金陵春

中

JINLING CHUN

歧歧 著

重庆出版集团　重庆出版社

目录

第二十一章 手段 ～ 001

第二十二章 打算 ～ 014

第二十三章 误会 ～ 027

第二十四章 护送 ～ 040

第二十五章 和好 ～ 053

第二十六章 探望 ～ 067

第二十七章 相助 ～ 080

第二十八章 处置 ～ 094

第二十九章 消息 ～ 107

第三十章 风声 ～ 120

第三十一章 设计 ～ 133

第三十二章 过年 ～ 145

第三十三章 冒险 ～ 159

第三十四章 明白 ～ 172

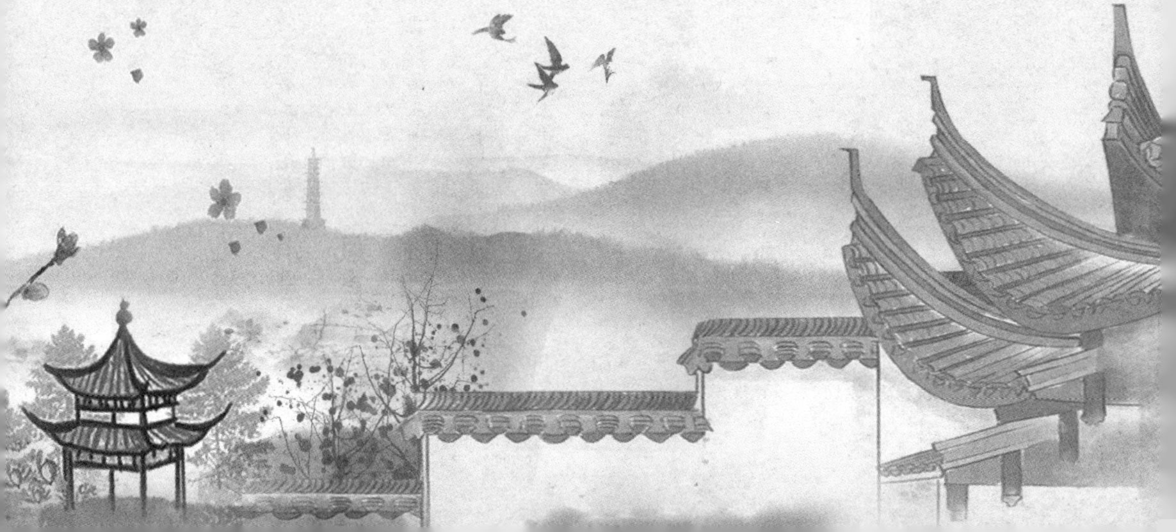

第二十一章　手段

程铭耐心地听母亲絮叨了半天,答应了让丫鬟送碗莲子羹过来,这才送走了母亲。

他一个人静静地在廊庑下,望着天井里那父亲当年亲手种下的、已经枝叶繁茂的石榴树连连冷笑。

说什么怕是他有口无心说错了话,说什么怕是有人别有用心以讹传讹,实际上心里却早已认定这话是他说的,还威胁他说这话要是传到了恩师的耳朵里会对他不利。偏生母亲却连一句为他辩解的话都没有,还把这件事的处置权全都交给了袁氏,真是蠢得简直都不知道怎么形容好。从来都不用脑子,他怎么会有个这样的母亲!

他想起袁氏,姿容端秀,举止大方,八面玲珑,长袖善舞……程许和他相比,也不过是比他会投胎而已……他的表情突然变得阴郁起来。

穿着青布短褐,腰间绕着玄色布带的赵大海走了进来。他二十来岁的年纪,身材不高,但很壮实,国字脸,紫红色的皮肤,看着像个田庄上的汉子,老实敦厚。

"大爷!"他恭敬地朝着程铭行了个礼。

程铭微微颔首,低声道:"书房里说话。"

赵大海默默地跟着程铭进了书房。

程铭指了自己对面的太师椅,道:"一路上辛苦了,坐吧!"

赵大海道了谢,却不敢坐下,接过丫鬟捧上的茶一口气喝了个精光,见丫鬟退了下去,他这才低声道:"您让我打听的事我都打听清楚了。许大爷被袁夫人支到杭州府去了,说是要给他的恩师拜寿。识大爷这几天除了参加了一次同窗的诗会,其他的时间都消磨在了花行。听花行的伙计说,识大爷好像要在家里举办一次赏菊会,正满大街地淘那些珍贵的菊花品种。

"证大爷倒是去了几趟广东会馆,和广东十三行的二爷吃过两顿饭,喝过一次花酒。听服侍的小厮说,好像三房想和十三行的人一起做海上的生意,不过最终到底谈成了没有,小的没有打听到。我想过几天去三房的药铺看看。证大爷要想和十三行的人做海上生意,一股最少也得五万两银子。这可不是个小数目,我估计会从药铺里拿银子,只要盯住了几个药铺,就能知道证大爷的生意成了没有。

"诰大爷和诣二爷自从上次走水之后,除了去书局买书或是去文德阁买笔墨纸砚,几乎不出来。

"诺大爷还是和原来一样,常常被举大爷怂恿着去秦淮河附近的妓家赌钱。"说到这时,他微微一顿,道,"还有一件事,五老爷在外面养的那个,昨天生了个儿子,五老爷那边还压着没让人吱声。"

"哦!"程铭挑了挑眉,笑道,"看样子九如巷又有热闹看了。"

赵大海也跟着笑了起来。

程铭吩咐他:"三房的事,你仔细盯着。一有消息就来告诉我。"他自言自语地道,"池四当年开裕泰的银子,就是跟十三行做海上贸易挣的,看样子程证这是想学池四。"

赵大海无从判断,不好回答。程铭亲自给他续了杯。赵大海忙弯腰道谢。程铭再次示意他坐下来说话。他这才坐了半边椅子。

程铭转移了话题:"能打听得到周镇什么时候回来吗?"

赵大海想了想,不敢肯定地道:"小的试试看。"

程轳就吁了口气，表情有些郁郁寡欢。赵大海就大了胆子道："爷，是不是周家二小姐那里……"

　　程轳没有作声。赵大海见他没有阻止谈论这个话题，遂关心地问道："爷，难道您真的要把周家二小姐让给程许吗？如今周镇可是调到保定做知府去了。就算爷能找到和周家二小姐出身相当的，可未必有周家二小姐的性子好；性子好的，又未必有周家二小姐这样好的出身。"

　　这个家里，能和程轳说得上话的，能让他放心的，也就是赵大海了。程轳心里十分郁闷，不免有些纵容赵大海，道："你以为，我不把周少瑾让给程许，我就能娶到周少瑾了吗？你做梦去吧！他是绝不会把周家二小姐嫁给我的。周少瑾都能查出当年的事来，更不要说他了。我若是不买隔壁的宅子，或许能在他面前打个马虎眼，可现在宅子挂在我名下，我再说不知道当年的事就说不过去了。可就算是这样，她周少瑾也别想有好日子过。

　　"袁氏不会答应程许娶周少瑾，可程许却对周少瑾一往情深。周少瑾在周家大小姐出阁之前肯定会陪姐姐继续住在程家的。有了程许的睁一只眼闭一只眼，只要程许的名字和周少瑾连在了一起，周少瑾想摆脱和程许'私相授受'的名声恐怕不那么容易。如果程识和程证在这个时候做点什么，那就有意思了！不过，这都是以后的事。

　　"我现在反而是担心周镇。他一介书生，却能让庄家那个败家子再也不敢找他的麻烦，只怕不是个简单的人物。程许看不出我的用意，池四爷不屑管这些，周少瑾是周镇的女儿，他若是有心，肯定能看出来。"说到这里，他脑海里浮现出周少瑾那张娇柔动人的面孔。

　　如果她不是庄良玉的女儿该有多好……不，就算她是庄良玉的女儿，没有一副和庄良玉一模一样的面孔，他也许还能装作不知道，好生生地把她娶了回来，像周镇对待庄良玉似的，把她如珠似宝地宠着。可现在，每当他看见那张脸的时候，就会想起庄良玉。想起父亲珍藏在书房里的那张小像，想起那年跟着父亲去甘泉寺上香，父亲远远地指了那个风姿绰约的美人问他"她当你的母亲好不好"，想起父亲临死前那痛苦而又绝望的表情……

　　他闭上了眼睛。开弓没有回头箭。从两年前他偶然遇到周少瑾开始，他就已经没有了退路。

　　程轳吩咐赵大海："那几户人家，你再跑去送些米粮，若是他们问起，就说是中秋节的节礼，让他们少出门。如果有人问起当年的事，不要乱说话。"

　　赵大海恭声应是。

　　程轳问："那个乞丐？"

　　"已经判了斩立决。"赵大海忙道，"我是装成帮闲给那户人家送的信，还佯装勒索了那户人家二百两银子。那户人家根本没有起疑。你就放心好了。"

　　程轳颔首，送走了赵大海，跪在了父亲的遗像面前。

　　"爹，您放心，我不会让您的苦白受的。只恨周镇宁愿戴绿帽子也不愿意把当年的事抖出来。"他望着父亲含笑的脸，喃喃地道，"我找不着庄良玉，可我能找周少瑾。我要让庄良玉在黄泉也不安生，我要让周镇后悔当初娶了庄良玉。"他咬牙切齿地说着，阴森的声音回荡在小小的耳房里。

　　周少瑾也得了程许去杭州给恩师拜寿的消息，她不由在心里念了声"阿弥陀佛"。看样子找袁氏还是有效的。

没过两天，程诰过来悄悄地告诉她："二房的老祖宗说族学里的风气不好，士子们不用心向上，刻苦攻读，反而关心些内宅大院里的事，把沂三伯叫去训斥了一顿，让他有空的时候别总是和人游山玩水，既接手了族学，就应该好好管管族学里的事。"

周少瑾莞尔。

谁知道程诰这话没说两天，程氏族学里又发生了一件事：鉴于程氏族学里的学风不好，长房决定资助族学里二千两银子，由族学的授课先生推荐，选十名有秀才功名的学子到四大书院之一的岳麓书院去游学两年。每人平均二百两银子的费用。不要说去岳麓书院里游学了，这笔钱都可以在金陵城的内城买个一进的小院子了。程氏族学的学子个个跃跃欲试，九如巷里不管走到哪里都可以听到仆妇们在议论这件事。

程铬却脸色发白。他知道，这件事十之八九是针对的他。釜底抽薪，只是不知道这是池四爷的主意还是袁氏的主意？就算是池四爷的主意，如果没有袁氏从中周旋，池四爷会管这些琐事？

程铬没有报名，但他的名字还是出现在族学影壁的大红纸上。族学里的人或真诚或妒忌地恭喜他。他得体地微笑，一一作答，心里却像飓风在刮。袁氏，程许，你们等着！程铬回家收拾行李。董氏哭得像个泪人似的，拉着儿子的手问："你能不能不去？"

"不行！"程铬柔声道，"会得罪长房的。"

董氏听了，更伤心了，哭起了程柏："你怎么就舍得丢下我们母子俩走了？要是你在，我儿怎么会中了秀才还要看人脸色？"

程铬望着扑在床上的母亲，只觉得很烦。就知道哭！如果哭有用，他会比她哭得更伤心。父亲一直想努力给庄良玉看，让庄良玉后悔，可父亲的目标还没有达成，庄良玉就死了。父亲了无生趣，自然就去了。母亲，真是蠢透了，连枕边人在想些什么都不知道。但母亲有句话却说对了，如果父亲在，他们有房有产，他又至于看九如巷的脸色？他有什么事，自然有父亲出面，父亲会像老鹰一样护着他！他想到父亲宽厚的背，温暖的手，视线渐渐变得模糊……

程许去了杭州府，程铬去了岳麓书院，周少瑾觉得天都蓝了几分。她时断时续地哼着不知名的小曲，给父亲和继母李氏赶制衣衫。

春晚欢快地跑了进来："二小姐，二小姐，老爷那边来人了，说老爷和太太两天之后到。"

"真的！"周少瑾喜出望外，丢下手中的针线，问，"来的是什么人？在什么地方？姐姐知道了吗？"

"来的是老爷身边的一个随从，叫什么李长贵的，大老爷正在书房里问他话呢！大老爷让人禀了老安人，说等会儿就去给老安人问安。大太太那边，也差人去报了信，大小姐应该也知道了。"

"走，"周少瑾草草整了整衣襟，笑道，"我们也去看看。"

春晚"嗯"了一声，陪着周少瑾去了嘉树堂。

周初瑾和沔大太太还没有来，关老太太正在更衣，见到周少瑾笑道："你来得正好，我正想让人去叫你——你父亲两日后到金陵城，具体是怎么安排的，等你大舅舅过来就知道了。"

周少瑾笑着应是，上前给服侍外祖母更衣的丫鬟帮手。

不一会儿，沔大太太和周初瑾过来了。沔大太太没等关老太太说话，已喜不自禁地道："听说姑老爷过两天就会回来？"

关老太太吩咐丫鬟上茶点，笑道："等大老爷过来就知道了。"正说着，有小丫鬟进来禀道:"大老爷过来了。"

众人忙去了宴息室。李长贵在院门口给关老太太磕了三个头,就算是问了安了。关老太太让人赏了李长贵五两银子,四房的大总管送了李长贵出门。宴息室的人这才坐定。

程沨笑道:"妹夫说,他们初二的上午进城,更衣之后就过来给您请安。估计是会在我们这边用午膳。下午他会接了初瑾姐妹回去,第二天早上祭祖,初七就启程去保定。"

大家都很意外。关老太太道:"不在家过中秋节了吗?不是说八月底到任就行吗?"

"好像是保定那边出了什么事。"程池笑道,"具体的,李长贵也说不清楚。我想着还有两天的工夫妹夫就回来了,也没有多问。"

众人都很失望。

关老太太就道:"好歹能回来见上一面,我之前还担心回不来。不过中秋节就不过,以后有的是机会。"老人家吩咐程沨和沨大太太,"初二的午宴,你们好生准备着。"又道,"有没有探探李长贵的口气,姑老爷是想过来简单吃顿饭,还是过来拜访程家?若只是简单过来吃顿饭,长房、二房、三房和五房那边,想必姑老爷早已准备好了土仪,我们提前过去说一声就是了。若是过来拜访程家,只怕得请了几房的老爷们过来作陪。"

程池笑道:"问过了。李长贵说,妹夫的意思,好久都没有看见初瑾姐妹了,您这些年来代他抚养她们姐妹,恩重如山,他过来主要是给您磕个头。等用过了午膳,他再去拜访老祖宗和几位老爷也不迟。"

"既是如此,那你就安排晚膳吧!"关老太太沉吟道,"等他们用过晚膳了再回去。"

程沨笑着应了。周少瑾和姐姐牵着手,止不住地笑。

关老太太就嗔道:"两个傻丫头,还不快去收拾行李,难道要等到你们父亲来了再收拾箱笼?"说着,眼眶里已有泪光闪烁。

周少瑾福至心灵,突然聪明了一回,笑道:"反正我们只在家里住几天,马上就回来了,又不用收拾那么多的东西,过几天再收拾有什么打紧的。"

这话关老太太爱听,把周少瑾搂在怀里喊了声"心肝",道:"难怪别人说女儿是娘的小棉袄。我这临老了,还多两个小棉袄了。"

大家都笑了起来,但回到畹香居,周少瑾和周初瑾都有些迫不及待地开始收拾行李。自己做的香露胰子、虞记的胭脂、谢复香的粉……样样都想要带过去,样样又都觉得不必带回去,周少瑾这才发现自己在这个小屋里留下了无数的痕迹。难怪梦中林世晟说她,每每回忆起从前,都是与程家有关的,在程家的那些日子里,她是最快活的。

周少瑾摩挲着谢复香的八宝琉璃香粉盒子,半晌才让人把她放绣品的箱笼打开。

她从里面拿出几套小孩的衣裳。都是上好的绫罗绸缎,衣衫、鞋袜、抱裙、斗篷……一应俱全,或绣着祥云,或绣着萱草,或绣着戏婴,十分精美。

在她的记忆中,妹妹周幼瑾就是今年年尾出生的。这个时候,李氏应该已经怀孕四个月了。父亲非常失望,到了三月份才写了封信回来淡淡地说了几句。她和姐姐都无缘见到这个妹妹。这一次,她希望能保住这个妹妹。也许父亲就没有那么容易接受汀兰,李氏也不至于使出雷霆手段,引起父亲的反感,最终和她反目成仇了。

施香见她拿了小孩的衣裳站在箱笼边看,奇道:"这些不是给长房的二姑奶奶做的吗?现在就要送过去?"

周少瑾笑道:"她只是求给箫表姐绣个褓褓而已,这些我别有用处。"她把东西重新放进了箱笼里。

程箢跑了过来:"少瑾,少瑾,我听说了,你父亲要回来了,还要带你们姐妹回去住几天。你很高兴吧?我到时候能去找你玩吗?"

周少瑾哭笑不得。这个程箢,什么时候都惦记着玩。她笑道:"你不担心良国公府的事了?"

前两天,良国公府那边又给她们送东西过来了。程箢得的是一对走马灯的琉璃珐琅花灯,周少瑾得的是对能拖着走的兔子灯,周初瑾得的是对绡纱五珠灯。说是送的中秋节的节礼。周少瑾大大方方地收下了。

程箢和周少瑾低语:"我听你说的,回去想了好几天,然后借故去留听阁,把这件事告诉了识从嫂。"她得意地眨着眼睛,"所以,识从兄跑去和我爹说了半天,然后我爹就发话了,说把我嫁给谁也不嫁到良国公府去给人做续弦。你也知道,我爹这个人说话向来是不算数的,可这次我爹却铁了心,说要是谁敢违逆他的话,他就请了老祖宗出面,赶出门去。"

周少瑾非常吃惊。在她的心里,程箢的父亲程泸胆小怕事,性格软弱,是个完全可以忽略不计的人。没想到他在程箢的事上竟然有这样的气魄。也许,梦中程箢之所以能嫁给李敬,也是程泸做的主?但程箢能在她的提点之下想办法摆脱困境,周少瑾还是很高兴的。

程箢告诉她:"反正不管我娘是怎么想的,我现在不可能嫁到良国公府去了。不过,我觉得我们应该装作不知道,给阿朱再回个礼才是。"她叽叽喳喳地道,"送花灯?她已经送了花灯给我们,我们再用花灯做回礼,也太不用心了。送金银首饰什么的,太俗了些;送扇面笔墨之类的,又好像不应景。"

"我准备送给阿朱自己绣的一对帕子。"周少瑾道。

程箢不满地嘟了嘴,道:"你太没义气了,怎么能只顾着自己?那我送什么好?"

周少瑾给她出主意:"我送帕子,你可以送荷包啊,还可以在荷包里装点玉牌之类的,既贵重又不显眼。"

程箢就去拍打周少瑾:"你明明知道我不会绣东西,还让我送荷包给阿朱。"

周少瑾咯咯笑着侧身避开。两人在屋子里笑闹着。周少瑾就在这温馨而又宁静的气氛中等来了八月初二。

虽然知道父亲中午才能到,但周氏姐妹还是天刚亮就起了床,梳头洗脸换衣服。她们花了比平时多一倍的时间,等到姐妹俩碰了头,周初瑾一会儿问周少瑾东西收拾好了没有,一会儿问冬晚昨天说的那件海棠花茶盘带上了没有,一会儿问持香打赏的银子都收拾好了没有……很紧张的样子。周少瑾更多的却是期盼。

梦中她不懂事,没有好好孝顺父亲,如今她希望都能补偿给父亲。她握住了姐姐的手。姐姐的手心里有汗,潮潮的。周少瑾却觉得安心。

用过早膳,她们一起去了嘉树堂。嘉树堂的角角落落都纤尘不染,就是花树的叶子,也比往日的碧翠,一看就是里里外外很用心地清扫了一遍的。周少瑾和姐姐陪着关老太太上了香。

来报的婆子不断:

"大老爷已经接到姑老爷了!"

"大老爷陪着姑老爷去了平桥街!"

"大老爷和姑老爷往这边来了!"

周少瑾和姐姐交换了一个眼神,心里的欢喜抑制不住地冒了出来。

最后一个来报的是似儿,她气喘吁吁地道:"老安人,大太太,大小姐,二小姐,大老爷和两位爷陪着姑老爷过来了。"

原本端坐在胡床上的关老太太一下子激动起来,再也坐不住了。她站起身来就朝外走去。一面走,还一面道:"初瑾,少瑾,你们随我去迎迎。"

周少瑾和周初瑾一左一右地虚扶了关老太太,急步地朝外走去。

程沨正陪着个身材高大的男子朝这边来。他看上去不过二十七八的样子,穿了件宝蓝色的湖绸直裰,腰间缠着丝绦,皮肤白净,五官俊逸,神色温煦,目光平和。程诰和程诣兄弟恭谦地跟在两人的身后。

周少瑾愣住。这是她爹？她记忆中的胡须呢？

周少瑾对父亲的印象,还停留在她梦中最后的一次见面。

那时候,父亲已经不管她了。她却每到朝廷大查的时候就格外关心朝廷邸报。有一年,她听到父亲会进京述职的消息,在通州等了四天才等到父亲。她躲在马车里,看着父亲被人前呼后拥地上了马车。刚刚不惑之年的父亲,留着胡须,身材消瘦,神色疲惫,眉宇间带着几分愁苦。虽然在人群中,却看着十分落寞、孤单。

她这才知道继母李氏去母留子之事,知道父亲和李氏反目的事,知道同父异母的弟弟叫周家瑾。可再见面,父亲却变成了温文尔雅、看上去比程识大不了几岁的年轻人。这反差也太大了！周少瑾心里有些拿不准。

那男子却已朝着她和周初瑾望了过来。"初瑾,少瑾。"他喊着姐妹俩的闺名,笑容就止不住地从他的眼里溢出来。

是父亲！只有父亲才可能看见她们就从心底笑出来。可周少瑾还是觉得有些尴尬。

周初瑾的眼泪一下子就落了下来。她哽咽着喊了一声"爹"。周少瑾不免有些踌躇。自己要不要也跟着说点什么。

谁知道她的念头闪过,周镇已上前几步,撩袍屈膝就朝着关老太太跪了下去。

"你这是做什么？"程沨忙上前去拉周镇,"快起来,快起来！"

周镇跪地不起,道:"初瑾和少瑾有今天,全是靠岳母、舅兄、大妗子的悉心照顾,我无以为报,想给岳母磕几个头！"

"使不得,使不得。"关老太太一听,忙侧身避开,道,"男儿膝下有黄金。你的心意我领了。你还不快扶姑老爷起来！"最后一句,却是对程沨说的。

周镇执意要给关老太太磕头:"男儿膝下有黄金,却也跪天跪地跪父母恩师。岳母您对我,就如那再生的父母一样。"说完,也不管地上的灰尘,在青石铺成的甬道上"咚咚咚"地给关老太太磕了三个响头。

"哎哟哟！"关老太太的眼圈都红了。老人家辛辛苦苦了一场,虽不求回报,但能得到真心的感激,又有谁不欢喜呢！

关老太太亲自上前扶起了周镇,见他额头发红,还沾着尘土,雪白的膝裤也脏了,连声吩咐沨大太太:"还不让丫鬟打了水过来给姑老爷更衣。"

周镇的低姿态,让沨大太太对他的好感噌噌直涨。关老太太的话音还没有落下,她已吩咐丫鬟去打水,还细心地嘱咐那丫鬟:"把老爷前几天刚做的那件新膝裤也拿过来。"丫鬟笑着应声而去。

周镇侧过身去,朝门外招手。

一个花信年纪的妇人带着个婆子走了过来。

她身材高挑,看上去比周镇矮不了几分,白色的湖绸立领衫外面套了件银红色的焦布素面比甲,戴着南珠首饰,眉目端秀,神色谦和。

那婆子看上去四十来岁的样子，人有些胖，满面带笑，穿了件丁香色茧绸褙子，戴着鎏金的首饰，看上去和蔼可亲，很是整洁。

周镇指了那妇人对关老太太道："这是内人李氏。"那婆子就扶着李氏给关老太太磕头。

关老太太一眼就看出她有了身孕，眼明手快地上前扶了李氏，对周镇嗔道："既是一家人，讲这么多客气话干什么？你子嗣艰难，我每每想起就觉得心痛。我看太太的样子，应该只有三四个月，你怎么能带着太太这么急地赶回来。"然后对李氏道，"快别这么多礼了！长途跋涉，应该累了吧？你快随我回屋歇歇。指望他们这些男人心痛你，你只有干忍着。"

老人家目光慈爱，语气真诚而善良，让李氏悬着的心一下子就落了定。

她笑道："我们家老爷常念着您和大姊子的恩情，初次见面，我怎么也得给您行个礼心里才安生。"

到了关老太太这个年纪，都喜欢化繁为简。她笑道："既是如此，你就给我行个福礼好了，也免得你不自在。"

李氏不免也十分欢喜。她知道丈夫敬重嫡妻的娘家人，更敬重为他教养两个女儿的岳母。能和丈夫嫡妻的娘家人相处好，丈夫就会更看重她。李氏就认认真真地给关老太太行了个礼。

轮到沔大太太的时候，沔大太太笑道："我这里你就免了，等你生下了肚里的小公子，带着小公子回来祭祖的时候我们再见礼也不迟。这个，就先记在账上了。"

李氏心花怒放，对沔大太太好感十足。丈夫已经有两个女儿了，现在盼的就是儿子，她求神拜佛，甚至许愿为菩萨镀金身，也都是为了求个儿子。她亲热地上前挽了沔大太太的胳膊，笑道："多谢太太，这账我认了，等孩子出生了，我定带着他来好好给太太磕几个头。"她语气轻快，带着几分打趣的味道，让气氛变得轻松了起来。

关老太太就招了周少瑾姐妹："你们也给你们的父亲和继母磕个头。"

早有手脚伶俐的婆子拿了两个蒲团放在周镇的面前。周镇和李氏站着，受了周初瑾和周少瑾的礼。

李氏的见面礼是两个匣子。当着众人的面，自然是不能打开的。两人屈膝行礼，向李氏道谢。李氏笑着说了几句客气话。

周镇伸手想摸摸女儿的头，这才发现两个女儿都已经长成了大姑娘，不太适合让他摸头了。他讪讪然地缩回了手，笑着不住地打量着两个女儿。

大女儿梳着双螺髻，插着金簪，戴点翠大花；小女儿梳着垂髫，只戴着珍珠发簪，一个穿柳绿色的衣裳，一个穿着粉色的衣裳，并肩站在一起，春花秋月般，小女儿却稳稳地压了大女儿一筹。

周镇不禁在心里深深地叹了口气：少瑾越长越像庄氏了。他忍不住就揽了周少瑾的肩膀，问周初瑾："你们姐妹没有顽皮，惹得老安人和大舅母生气吧？"

周少瑾长这么大，还是第一次有男子这么揽着她的肩膀。她不由身子微僵，看见姐姐抿了嘴笑，道："我们又不是小孩子了，哪里会顽皮惹了外祖母和大舅母生气？"

关老太太也呵呵地笑了起来，道："早几年兴许还有，这几年，两个孩子既懂事又贴心，以后两个孩子若是嫁了出去，我这日子还不知道怎么地难熬呢！"话说到最后，已唏嘘着红了眼睛。

"看您老人家！"沔大太太一面给关老太太递帕子，一面嗔怪道，"好好的，又说起这事来，平白惹得姑老爷也跟着伤心。您快别说了，姑老爷好不容易回来一趟，是高兴事，您应该高高兴兴才是。"

"是我不好，是我不好。"关老太太接过帕子，笑了起来，对周镇和李氏道，"我们进屋说话。"

众人齐齐应是，周镇就这样揽着周少瑾进了嘉树堂的宴息室。

李氏和自己带来的婆子交换了一个眼神。丈夫不仅为庄氏守孝三年，而且书房里一直挂着庄氏的遗像。不言而喻，丈夫最喜欢的是庄氏，但对庄氏留下来的女儿这么偏爱，李氏还是有些意外。她以为，到了丈夫这个年纪，应该期盼她能生下儿子才是。看样子，她得对周少瑾好一点才行。

李氏不动声色地随着众人进了宴息室，分主次坐下。然后她发现周少瑾站在丈夫的身边，周初瑾则站在关老太太的身边。在别人看来，周初瑾年纪大了，与父亲就不能那么亲昵了，可在李氏看来，丈夫这分明就是喜欢小女儿更多一些。

丫鬟们上了茶点，打水的丫鬟和拿膝裤的丫鬟也到了，程沅亲自陪着周镇去涵秋馆更衣，李氏等人则在嘉树堂陪着关老太太说话。

李氏向关老太太引荐跟过来的婆子："……从前服侍我母亲的，后来跟着我到了周家。夫家也姓李。"

李妈妈给关老太太等人磕头。关老太太等人都打了赏，关老太太让她在屋里服侍："……你们家太太正怀着身孕，你是近身服侍的，你们家太太的喜好你也更清楚。"

李妈妈恭谨地应了，低眉顺目地站在李氏的身后。

大家并不熟，这还是第一次见面，说来说去，也不过是各地的风土人情、日常的生活起居。等到周镇更衣过来，到了用午膳的时候。饭就摆在宴息室，男一桌，女一桌，没有设屏风。又因会儿还要去给二房的老祖宗问安，周镇等人没有喝酒。就算这样，小碟、冷盘、热菜、汤、甜点……这一路下来，也花了快一个时辰，又到了去给二房老祖宗问安的时候。

草草地喝了口茶，程沅陪着周镇去了二房。

沅大太太安排李氏去涵秋馆歇息，道："各房的土仪已经送过去了。你趁着这个机会先躺一会儿。姑老爷那边见过老祖宗，我再陪着你去见各房的老安人、太太、奶奶们。"

李氏笑道："我倒不累，只是不好打扰老安人午歇。"她说着，笑吟吟地望了周少瑾姐妹，柔声道，"要不，我们去涵秋馆说说话吧？"

这是李氏的善意，想和周初瑾、周少瑾多多接触，关老太太和沅大太太自然乐见其成。周氏姐妹跟着沅大太太、李氏去了涵秋馆。

暮夏初秋，涵秋馆的荷花已经过了花期，但桂花树油绿色的叶子间缀满了初露黄色的花苗，给人四季更迭、常开不败的欣欣向荣之感。李氏不住地称赞。

沅大太太笑道："你可能多留些日子？等再过几天，这些桂花就全都开了，说是十里飘香也不为过。"

李氏可惜道："我也想。可保定知府出了贪墨案，已被押解进京。如今保定府的大小事务都由同知打理……"说到这里，她目光微转，见服侍的丫鬟婆子都远远地跟着，只有周少瑾姐妹在她们的身边，她想了想，压低了声音，道，"据说这件事涉及几位皇子，朝廷不日会派特使过来。皇上的意思，是保定府还有和前任知府狼狈为奸的人，让老爷快点赶过去，好配合着特使主持大局，清理政务。我们家老爷也是没办法了。"

涉及的人级别太高，沅大太太不好说什么。

一行人到了客房。沨大太太笑道："你就在这里歇会儿。等老爷那边事完了，我再来叫你。"说完，她的目光落在了周初瑾和周少瑾的身上，顿时有些迟疑起来。

按道理，李氏是周初瑾和周少瑾名义上的母亲，她们两姐妹应该在这里服侍李氏才是。可李氏是续弦，还是商贾出身，又如此年轻，比周初瑾大不了几岁，她是把周初瑾和周少瑾捧在手上养大的，实在是舍不得端庄大方的周初瑾和娇滴滴的周少瑾在李氏面前伏低做小。

还好李氏是个聪明的，忙笑道："那大小姐和二小姐也去歇了吧？我这里有李妈妈服侍就行了。"她问沨大太太，"等会儿大小姐和二小姐也和我一起去拜访各房的老安人、太太和奶奶吗？"

沨大太太没打算让周初瑾和周少瑾去服侍李氏，但之前关老太太说过，这是礼数，不能缺了礼数，让别人对她们姐妹有机可乘。她只好道："要跟着去的，正好帮你认认人。"

李氏笑道："我看我自己去就行。中午一直陪着我，晚上还有晚宴要准备，大太太这边也要人帮忙吧！"

她的识趣让沨大太太的笑容更亲切了："那我就把她们姐妹留下来好了！"

周少瑾听了却另有打算。她笑道："可也不能让母亲一个人去。我看姐姐留下来，我陪着母亲去各房请安好了。"

周镇会不会觉得四房厚此薄彼？沨大太太还有些犹豫。

李氏笑道："那好，就请二小姐陪我一起去各房请安好了。"

周少瑾见大舅母并不是十分愿意的样子，索性笑道："我年纪最小，我不跑腿谁跑腿？姐姐还是留在家里，我跟着大舅母和母亲去给各房的长辈们请安。"又道，"我想吃炸藕丸子，姐姐记得让厨房里给我做一份。"一副非跟着长辈出去玩的小孩子模样儿。

大家都笑了起来。周初瑾保证："你放心，忘了什么也不会忘了你点的炸藕丸子。"

众人又说了一会儿话，周初瑾跟着沨大太太去了上房，周少瑾则在李氏的隔壁歇了。

李妈妈十分殷勤地拿了吃食过来："这是齐云的酸枣糕，江南的特产，太太路上做零嘴吃的，味道很好。太太特意让奴婢拿些过来给二小姐尝尝。若是好吃，太太再让家里给您带点来。二小姐也可以送些给各房的太太小姐们。"

周少瑾笑着道了谢，只觉得这李妈妈待她未免太热情了点，却也没放在心上，送走了李妈妈，睡了个午觉，陪着李氏、沨大太太和周镇、程沨碰头。

周镇看见周少瑾颇有些惊讶。李氏一副怕周镇误会的样子，忙道："大小姐跟着大太太学管家，如今已经能自己应付了。大太太等会儿要陪着我，所以就请大小姐留下来主持晚上的家宴。"

周镇释然，高兴地点了点头，问周少瑾："你等会儿想去哪里玩？"好像她跟着李氏就是想去各房串门似的。

周少瑾笑道："爹爹这话好生奇怪，我自然是跟着大舅母和母亲了！"

周镇这才发现自己说错了话，他嘿嘿地笑，先去了长房。

长房大老爷和二老爷，甚至是程许都不在家，接待周镇的是程池。

两人会面是怎样一幅情景，周少瑾不知道，她跟沨大太太和继母先去了袁氏那里。袁氏把她好好地表扬了一通，然后带着她们去了寒碧山房。

刚刚走进院子，正和几个小丫鬟踢着毽子的小檀就丢下同伴跑了过来。

"夫人，二小姐！"她的脸红扑扑，脸上闪烁着愉快的光芒，屈膝给袁氏等人行礼。

周少瑾笑着和她点头。翡翠和碧玉已得了信，迎了过来。

"夫人，二小姐，沔大太太。"两人笑着和她们打招呼，服侍她们进了正房。

郭老夫人一身藏青色的焦布比甲，头发整整齐齐地绾了个圆髻，只戴了两支碧玉簪。

等她们行过礼之后，郭老夫人请她们坐下来喝茶。

沔大太太和李氏都上的是明前的龙井，袁氏上的六安瓜片，周少瑾上的是老君眉。上果盘的时候，那小丫鬟冲着周少瑾笑了笑，特意把放着甜瓜的那一面摆在了周少瑾的身边。周少瑾就朝着那小丫鬟微笑。

郭老夫人和李氏寒暄起来，李氏就提到现任的江西教谕是金陵人，和周镇的关系很好。郭老夫人就问是谁，李氏就说起对方的履历来，郭老夫人想了想，竟是熟人："……我弟弟的学生。他是举人出身，所以我记得。"

郭老夫人只有一个弟弟，举人出身。郭父去世后，他就接手郭父的私塾，收的多是寒门子弟，考中举人、进士的虽然凤毛麟角，却因不讲门第出身，入学的人很多，是金陵城学生最多的私塾，不比顾家的学院，非秀才不收，也不比程氏的族学，只收程氏亲戚朋友、门生故旧推荐的学生，因而在金陵城的百姓中有很高的声望。

李氏趁机就和郭老夫人攀谈了起来。郭老夫人有意抬举她，笑着听她说着江西官场的事。听到一半，她顺手把面前的果盘推了推。碧玉会意，轻手轻脚地出去，端了一小碟子甜瓜放在了周少瑾的面前。

周少瑾又羞又窘。她听着实在是无聊，所以看大舅母没有客气地吃了块橘子，她也跟着叉了几块甜瓜吃。没想到郭老夫人居然看着她，还让碧玉给她专程又端了一小碟进来。她抬头，见郭老夫人正和李氏说着话，也不好说什么，只好低了头，捻着手里的牙签。

李氏来前周镇曾经跟她说过九如巷程家。对于长房这位生养了三个两榜进士的老太太，她是心存敬畏的，进门之后自然是耳听八面，眼观六路，亲眼看见郭老夫人这么宠溺周少瑾的。她暗暗吃惊，等回到周家，她在更衣的时候就迫不及待地把郭老夫人怎么对周少瑾的事告诉李妈妈，并道："你可都打听出来了些什么？"

李妈妈也有些讶然，道："我只听说二小姐得了长房郭老夫人的青睐，帮着郭老夫人在抄经书，却不知道郭老夫人如此喜欢二小姐。"

李氏的神色就有些恍惚。她想起去二房时，不同于在长房的轻松，周少瑾显得有些紧张。她不禁仔细地打量了二房一番，而且对二房的识大奶奶客气中带着几分疏离，不同于在三房的沉默和五房的冷漠，好像带着几分有意和二房亲近的意思。

九如巷程家、周氏两姐妹，可远比自己想象的要复杂得多！她捏着梳子的手有些用力，指尖发白。

李妈妈就小声地提醒李氏："你看，要不要吩咐仆妇给大小姐和二小姐送些甜点宵夜？"

在程家用过晚膳之后，周少瑾姐妹就随着她们回了平桥街的周家，周镇却把上房让出来给了周少瑾姐妹歇息，她和周镇歇在了书房。

看得出来，周少瑾姐妹对这样的安排非常惊讶，李氏却隐隐有点明白，这是庄氏住过的地方，丈夫是想继续保留着，所以她不仅没有表现出任何的不满，还乖顺地劝周氏姐妹："你父亲既然回来了，少不得要和同窗朋友聚聚，我和你父亲住在书房，也方便些。"

虽然不知道是为什么，周初瑾是从心里喜欢这样的安排的。这是她和庄氏、妹妹住过的地方，家里的陈设也都保持着庄氏在的样子。她还记得，庄氏刚生病的时候，父亲在书房里歇息，她和妹妹就在这里陪着母亲。父亲这样的安排，就好像母亲还在世时一样，只是有事被绊住了，要她带着妹妹先歇息。

她笑着向父亲和李氏道了晚安，拉着周少瑾就去了上院，指挥着丫鬟婆子开了箱笼，布置陈设。

周镇笑着摇了摇头，再看李氏，目光就比平时多了几分温和，柔声地道："你这几天也跟着辛苦了，早点歇息，我和马富山、李长贵说几句就过来了。"

李氏安静贤淑地微笑着称"是"，由李妈妈扶着到了书房。李妈妈替自家的小姐委屈，可她却是一点也不敢表露。

当初和周家结亲的时候周镇就说过了，他是成过亲的人，娶妻一是为了子嗣，二是希望能善待他前面的两个女儿。当时自家老爷和太太可都是点了头的，甚至做好了准备把周家的两位小姐接到任上供起来，不承想程家不放人，自家小姐这才没有进门就给人当娘。不过，若周镇前面的妻子留下来的是两个儿子，或是其中一位是儿子，只怕自家的老爷和太太也没有这么爽快地把小姐嫁过来了。

女儿出了阁就是别人家的人，儿子却是要支应门庭，当家作主的，自然会和继母产生不可调和的利益冲突。因此李妈妈也觉得自家小姐应该忍着，等到两位小姐出了阁就好了。

她来之前也做好了心理准备，不管周家两位小姐是怎样的脾性，就是唾沫星子都吐到她的脸上，她也得笑着、忍着、无怨地敬着两位小姐。

不承想两位小姐都是大家闺秀，说话行事无一不大大方方、客客气气的。难怪老爷愿意把小姐嫁进来——就凭两位小姐这气度，比通常的举人、进士家的小姐还要有涵养。这让她不由生出几分感慨来。

而李氏听了李妈妈的话，忙道："那是自然。只是也不知道两位小姐都喜欢吃些什么。你等会儿去问问马富山家的，她常年和两位小姐打交道。周家最熟悉两位小姐的，恐怕就是她了。"说着，她想了想，道，"你过去的时候再带两根金簪子过去，礼多人不怪。"

这门亲事，李家非常满意，仅陪嫁，就有两万两银子，更不要说李父每年还贴补李氏三千两银子的私房钱。李氏手里从来不缺银子，这次回来，仅赏人的银锞子，她就铸了五百两银子。

李妈妈会意，去了马富山家的去处。因而等到周初瑾和周少瑾都安顿好，盥洗一番之后，厨房那边便送了冰糖雪梨过来。

"厨房里说了，"端冰糖雪梨进来的春晚道，"今天太晚了，做其他的怕两位小姐不克化，明天晚上换莲子百合红豆羹。"

周初瑾点了点头。周少瑾端起碗就喝了几口。她这几天正感觉嗓子有点干。冰糖雪梨清甜，温度适中。

"好喝！"周少瑾赞道，见姐姐坐着没动，道，"姐姐也快喝，等会儿凉了就没现在这样好喝了。"

周初瑾一指就点在了周少瑾的额头上，嗔道："真是个傻丫头，白长了副聪明的面孔。"

咦！周少瑾有十几年没有听到姐姐这样说她了。梦中，她若是做错了什么事，姐姐总会这样说她。这次她又做了什么错事？

周少瑾把今天的事仔细地回忆了一遍，除了到二房的时候她有点像乡下人进城似的在二房到处看了看，她好像没做错什么啊！

周初瑾见她还是一副不明所以的样子,叹气摇头,又见屋里除了给她们铺床的持香没有旁人,遂低声道:"你想想,我们这才刚回来,厨房里就知道我们平日里都用的些什么。如果说太太没有跟着父亲回来,马富山家的主事,这也不稀罕;可如今太太跟着回来了,马富山家的做不了主,厨房里却反应这么快。我们家这位新太太,只怕不简单。"

周少瑾放了碗,笑道:"姐姐且放宽心,只要父亲向着我们,太太就不会生事。就算是生事,凭我们两人,难道怕她不成?说不定太太只是想和我们好好相处呢?家和万事兴,有谁愿意家里鸡飞狗跳的?她对我们好,我们承她的情就是了。以后姐姐去了镇江,我也最多在家里待个两三年,想必太太是个明白人。"

周初瑾听得愣住,然后笑了起来,道:"也不知道你是真傻还是假傻。你说得对,反正我们只和她相处几天,大家面子上过得去就是了。免得父亲伤心。"

"正是,正是。"周少瑾笑盈盈地催周初瑾喝冰糖雪梨,"这冰糖很好,说不定是太太从南昌那边带过来的呢!"

周初瑾喝了一口,甜而不腻,的确是上好的食材。她吩咐持香:"我记得外祖母让大舅舅给我们装了两盒苏式点心回来的,你去送给太太,说我们姐妹俩谢谢她。"

持香笑着去了。

周少瑾和姐姐漱了口,就歇下了。第二天天还没有亮,就被马富山家的叫醒了:"要去祭祖,两位小姐可别迟了。"

周少瑾和周初瑾起来穿衣。

周镇的祖父在金陵城东的青龙山脚下买了块墓地,把自己曾祖父母、祖父母、父母的坟都迁了过来,也算是周家的祖坟了。她们得先坐轿子到白下桥,再坐船从燕雀湖到青龙山。

用过早膳,天已经亮了,周少瑾和姐姐去书房给父亲和李氏请安。

周镇早已准备好了,在书房前的花圃一面和马富山闲聊,一面等着她们姐妹。看见她们姐妹,顿时就笑了起来,道:"你们穿得这么多,等会儿小心热。"

现在已是早晚凉爽,中午热的天气了。

周少瑾姐妹一个穿了青莲色四柿纹的褙子,一个穿了月白色忍冬葡萄纹的褙子。周初瑾笑道:"妹妹身子弱,受不得凉。我们还带了比甲,中午热的时候就换上。"

周镇点头,道:"来,我有东西送给你们两姐妹。"

周少瑾和姐姐跟着周镇去了书房。周镇拿出两个小匣子,黄花梨木雕,十分精美。

周少瑾想到昨天李氏送给她和姐姐的见面礼——一套红宝石的首饰,一套蓝宝石首饰,不由道:"这是什么?"

周镇目光中闪过一丝狡黠,道:"你们猜猜看!"像个顽皮的大孩子。

周少瑾突然间觉得父亲很可亲,刹那间拉近了距离。她轻轻地掂了掂盒子,想了想,沉吟道:"难道是一方印章?"梦中,她不知道听谁说过,父亲好像有点喜欢收集印章,而且擅篆刻。

周镇见她歪着头,黑白分明的大眼睛忽闪忽闪的,和庄氏想事情的时候一模一样,已是十分欢喜,又听她猜对了,想到庄氏生前喜欢金石古玩,心里更是高兴,一把将周少瑾抱了起来,道:"你这鬼机灵,什么也难不住你。的确是方印章,是我给你和你姐姐刻的,一方印着端仪,一方印着希妍,给你们以后用。"

周少瑾从没有被人这样抱起来过,她身子僵直,红着脸,一动也不敢动。好在周镇很快也感觉到了不妥。少瑾已经十二岁了,不是两岁。他把周少瑾放下。

周初瑾看着嘻嘻笑，欢欢喜喜地去开了匣子。鸡血石印章，鲜艳的沁色像沁上去似的，雕着祥云印钮，用秦隶刻着"端仪"两个字，字迹浑穆雄奇又婉通流畅，不管是印章还是篆刻都非凡品，十分难得。周初瑾非常喜欢，连声向周镇道谢，拿在手里看了又看。

周少瑾那枚和周初瑾的一样，不过是雕着"希妍"两个字。她不太喜欢鸡血石，觉得颜色红得像血，有点骇人，但那印章正正方方不过三分，长却有两寸，让她想起廖章英挂在身上的那方私章，觉得要是自己哪天也像廖章英那样出了字帖，就用这方私印盖在字帖上也是挺不错的，也高高兴兴地向父亲道了谢。

马富山家的走了进来，道："太太已经用过早膳了。"

周镇就道："那我们就启程吧！"

马富山家的去传话，周镇就领着两个女儿出了书房。

李氏由李妈妈扶着站在廊庑下，见周镇父女三人过来，忙上前给周镇行礼。

周镇扶住了李氏，没让她行礼，道："没有外人，你不必客气。"

李氏笑着应是，和周少瑾姐妹打了招呼，低眉顺目地跟在周镇的身后，去了轿厅。

周镇常年在任上，周家虽然有顶轿子，但很多年没用，已年久失修。他原本想雇几顶轿子，程沨却已经想到，体贴提出让九如巷的轿子送他们往返。马富山给那些轿夫打了赏。

周镇就问周初瑾和周少瑾："你们是坐一块儿还是各坐各的？"

"自然是坐一块儿！"姐妹俩异口同声地道。

周镇又笑了起来，吩咐马富山："把我昨天让你准备的攒盒放到大小姐和二小姐的轿子里。"马富山家的笑着应是。

她们上轿子。等起了轿，周少瑾打开攒盒，有酥糖、冬瓜条、蜜枣、米糕、福柿、玫瑰饼……满满一攒盒，全是齐芳斋的东西。周少瑾觉得父亲真心很不错。

她撩了轿帘朝前望。父亲的绿呢轿子一晃一晃地走在前面，却让她觉得很安心。

上了船，周镇指着沿途的风景给她们讲些典故，不仅周氏姐妹，就是李氏也听得津津有味。

周少瑾就问父亲："昨天您去长房的时候见到池舅舅了吗？怎么他下午没有过来用晚膳？"

周镇有点奇怪小女儿会问起程池，但他转念想到小女儿这些日子都在寒碧山房里抄经书，想必和程池接触得很多，倒也没有多想，笑道："见是见到池四爷了，不过池四爷好像很忙，我和他说了几句话就告辞了，倒没有想到你们会在长房待那么长的时间。听说还见着郭老夫人了？"他有意在李氏面前抬举女儿，笑道，"郭老夫人好几年前就不会客了，看样子我这次回来是沾了初瑾和少瑾的光啊，不然哪有这么好的船坐？"她们坐的船也是程家的。

周初瑾看出了父亲的用意，抿着嘴笑。周少瑾却想着程池为什么没有参加嘉树堂的宴请，只是父亲没有明告诉她，她也不好再问。难怪梦中程池像个隐形人似的，她在程家住了十几年却从来没有碰见过他。

难道他也不祭祖？周少瑾想着，一阵汗颜。程家祭祖，好像与她没有关系，她自然不知道程池出现了没有。待到祭完祖，已过了午时，周少瑾等人在船上草草用了午膳，回到金陵城已是夕阳西下。

第二十二章 打算

　　一天的行船坐轿，让周家上上下下的人都很疲惫了，用过晚膳，就各自回屋歇了。
　　第二天早上，周氏姐妹像往日一样在卯正时分醒过来。还没有等她们起身，值夜的持香听到动静走了进来，笑道："大小姐，二小姐，刚才老爷差了马富山家的过来传话，说两位小姐昨天辛苦了，今天好好歇歇，不用去给老爷和太太晨省了。"
　　也就是说，她们今天可以睡个懒觉了。周少瑾闻言眉眼都笑了起来，道："还是家里好！"
　　周初瑾看她海棠花般娇憨，笑着拧了拧她的鼻子，道："什么家里好？偶尔这样还行。若是天天这样，只怕会被纵容得没个规矩。"
　　周少瑾嘻嘻笑，倒头去睡回笼觉。
　　周初瑾问持香："太太呢？"持香不愧是周初瑾的体己人，笑道："太太也没起来。"周初瑾这才放下心，打了个哈欠，继续睡觉。
　　等到姐妹俩睁开眼睛，已是红日当头。
　　"糟糕！"周初瑾忙催着妹妹起床，问服侍的持香："书房那边可差了人来问？"
　　"没有。"持香一面手脚麻利地挂起了帐子，一面笑道，"老爷出去了——老爷的几个同窗知道老爷回来了，把老爷拉出去喝酒了。"
　　"啊！"周初瑾有些傻眼。那她们当不是要单独面对李氏？周初瑾不由皱了皱眉，神色踌躇地朝周少瑾望去。周少瑾却不以为意，低声和姐姐耳语："说不定人家也正犯愁呢！"
　　周初瑾笑了起来，搂了周少瑾的肩膀，道："难怪父亲说你是个鬼机灵！"周少瑾抿了嘴笑。
　　姐妹俩不慢不紧地梳洗打扮，用了早膳，去给李氏请安。李氏十分热情，留了她们姐妹说话。
　　周初瑾这才知道，李家原来是江西的首富，李氏是家中最小的女儿。她上面还有四个哥哥，娶的都是商贾之家的女儿。其中大哥最稳重，跟着李父打理着家中的生意；三哥胆子最大，自己在外开了家窑场，专烧青花瓷。李氏笑道："……等你们出嫁的时候，我让我三哥给你们烧一套出嫁瓷。"
　　出嫁瓷，按家资不同从一对至一百零八对不等，特点是每样东西都是成双成对的，所有的花样子都寓意着多子多寿或是夫妻和美。
　　周初瑾脸色微红，心中却有些不喜，觉得李氏到底是商贾出身，说来说去也就只知道拿些小恩小惠的贿赂人。这或许对别人是恩惠，可对出身九如巷的周初瑾来说，却有些硌硬。她有些敷衍地笑道："那可多谢太太了。"
　　李氏也不是那种没有眼色的人，恰恰相反，她在家里虽然是最小的，可母亲年事已高，家里当家的是大嫂，她知道自己就算是出了嫁也要娘家的哥哥嫂嫂撑腰，因而很会看人眼色。周初瑾骨子里隐隐流露出来的不屑，让她的心一抽一抽的。
　　丈夫不在家，她盘算着正好可以趁机好好地巴结两个继女，李氏这才留了姐妹俩说话的，谁知道人没有巴结上，反而让人轻瞧了。李氏的脸涨得通红。

周少瑾希望父亲晚年能享福。自己和姐姐迟早要出嫁的，父亲的晚年，还得靠李氏照顾。她忙笑道："太太，我喜欢粉彩，能不能让李家三舅爷给我烧一套一百零八对的粉彩？"

李氏一愣，心里顿时一暖。难怪程家的老太太都喜欢周少瑾，这孩子，可真是又乖巧又漂亮又贴心。

她忙笑道："好，好，好。我三哥是做这一行的，就是他窑厂里不烧，也能寻到高手。到时候我让他们拿了花样子给你挑，一定给你烧套顶好的出嫁瓷，能留给子孙们用。"

周初瑾也看出了妹妹的用意，她在心里暗暗叹了口气，低了头喝茶。

李氏见周少瑾天真烂漫，周初瑾却精明厉害，趋利避害的本能让她不敢和周初瑾再多说什么，一心一意地和周少瑾搭腔。

周少瑾天生不是个会应酬的，几句话下来，她也觉得颇为吃力起来。她朝姐姐投去求助的目光。周初瑾见她和李氏说得火热，心里不悦，装作没看见。

周少瑾没有办法，只好硬着头皮和李氏继续东拉西扯，眼看着话说完了，冷了场，周少瑾眼角的余光扫过花几上的藤篮，发现里面放着件做了一半的小儿衣裳，她眼睛一亮，指了藤篮道："这是太太给弟弟做的衣裳吗？"虽然知道李氏这胎是女儿，可梦中的李氏，做梦都想生个儿子，她并不想自己去捅穿这个美梦。

李氏闻言果然幸福地笑了起来，声音都柔了三分，道："是啊！是件小衣衫。"

周少瑾就走过去看。李氏起身也凑了过去。两个人说起刺绣裁剪来，终于熬到了用午膳的时候。

和李氏一起用过午膳，周少瑾和姐姐回了上房。

周初瑾进门就一指点在了周少瑾的额头上，嗔道："你个小白眼狼，母亲好不容易生了你，你却和那个女人说得火热，你到底是不是母亲的亲生女儿啊！"

原来姐姐是没有办法接受别的女人做她们的母亲啊！周少瑾汗颜。她真的没什么感觉，就像家里多了个客人似的，过几天就要走了。作为东道，她自然得客客气气的。姐姐从小在母亲膝前长大，自然没办法像她这样轻易地接受李氏。从这点上来说，姐姐好像才是母亲的亲生女儿。

周少瑾既为母亲感到开心，又有些心酸。她根本不记得母亲的样子。母亲对于她来说，不过是个名字，还不如姐姐亲呢！她紧紧地抱住了周初瑾，撒着娇道："我不是看着她挺可怜的吗？我以后肯定再也不理她了！"生怕姐姐生气。

周初瑾无奈地叹气。下午，她带着周初瑾去了庄氏生前打理的暖房，没想到遇到了余嬷嬷。

余嬷嬷十分高兴，煮了种水果茶给她们喝，说这是她们母亲生前最喜欢喝的，还告诉她们哪些花是她母亲留下来的，哪些花是后来重新分的盆，哪些花是从她母亲留下来的花树里嫁接的，哪些是后来添置的……周少瑾原本就喜欢莳花弄草的，不仅听着有趣，而且遇到些不懂的，还会问余嬷嬷。

余嬷嬷见周少瑾问的都是些内行话，觉得周少瑾不愧是庄氏的亲生女儿，连性子都一样，说得就更起劲了，领着她去挑了几盆兰花，道："……全是些罕有的品种，等秋风一起就可以陆续开花了。"怕她不知道，还吩咐年过六旬的花匠去寻些红纸条来，"我写上一、二、三、四，大小姐和二小姐照着摆放，这几盆花就可以从仲秋一直开到立春。等花开过了，那边要是没有人照顾，二小姐就把花再送过来。等过了立春，我再给二小姐送一批过去。"

周少瑾连连点头。等老花匠寻了红纸条来，周少瑾姐妹就帮着写条子。

余嬷嬷感叹道："这几个字还是当年庄太太告诉我的，她怕我把她的花弄混了，就在花盆上贴了这几个字教给我认，我从此就再也没弄错过。"

周初瑾和周少瑾听了怅然了一阵子，才开始动手写字条。

等字条写好了，周少瑾见余嬷嬷年纪大了，想让施香去找个小厮来帮余嬷嬷把这几盆花搬到花架子上去，可一转身，却看见了父亲周镇。

他靠在暖房的门框上，静静地看着她们，目光有些伤感，好像通过她们看到了什么让他伤心的画面。

父亲是什么时候来的？周少瑾小心翼翼地喊了一声："爹！"周初瑾也发现了周镇。她颇为诧异地也喊了声"爹"。

周镇如大梦初醒似的"哦"了一声，站直了身子，眼中伤感全无，取而代之的是温暖的笑意和夏日阳光般开朗的表情。

"你们怎么跑到这里来了？"他说着，走了进来，爱怜地触了触那株母亲留下来的蕙心兰的叶片，道，"没想到这花还长得这么好！"

周初瑾和周少瑾一时间都不知道说什么好。余嬷嬷忙屈膝蹲身行礼，这才打破了彼此间的沉默。

周镇问周少瑾："喜欢养花？"

周少瑾笑道："没事的时候乱养，没母亲的花养得好。"

"那是因为你住在程家。"周镇笑道，"你母亲刚嫁我的时候也这么说。后来这里成了她的家，她的花就越养越好了。"

难道母亲一开始没有把这里当成自己的家，也没有把庄家当成自己的家吗？周少瑾狐疑地望着父亲。

周镇却已把这句话抛到脑后，道："少瑾，你在这里玩一会儿，我有话对你姐姐说。"

周初瑾和周少瑾都非常惊讶，但还是乖乖地应诺，一个随着周镇去了书房，一个在暖房里等着。

周少瑾支肘坐在暖房里，看着太阳渐渐落下，却不感觉到寂寞。这里是自己的家。怎么看也不厌。姐姐已经十八岁了，如果能说服父亲让她和姐姐搬回来住就好了！

她在那里天马行空地乱想着，周初瑾面如朝霞地走了过来，羞赧地对她道："爹爹让你去书房！"

父亲都对姐姐说了些什么？她好奇地挽住了周初瑾的胳膊。周初瑾却怎么也不肯说，只是催她："你快去书房，爹爹还在书房里等着你呢！"周少瑾嘿嘿地笑，决定等晚上睡觉的时候再问姐姐。

周镇的书房不大，两阔的敞间用冰裂纹的落地罩分开，西边是内室，放了张小小的填漆床，桌椅花几、脚踏盆架，都一应俱全，是周镇临时落脚的地方。东边是读书写字的地方，整块梨花木做成的大书案放在屋子的正中，四周是顶到了承尘的书架，临窗放着张罗汉床。

周少瑾走进去的时候，周镇正坐在罗汉床上泡茶。

"过来了！"他笑着和小女儿打了声招呼，指着自己对面的空位道，"这是我从江西带过来的庐山云林茶，你尝尝！"

周少瑾想了想，笑着给父亲行了个福礼，坐到了父亲的对面。周镇就递了个紫砂杯给她。周少瑾见汤色明亮，闻了闻，幽香如兰，尝了一口，回甘香绵，不由赞了声"好茶"。周镇就笑了起来，又给她斟了一杯。

周少瑾这才觉得不对劲，忙去拿烧水的壶，道："我来吧！"

"不用，不用。"周镇笑眯眯地道，"这里又没有别人，我是你父亲，我们父女间不用讲究这些。"

可周少瑾还是有些不自在。周镇也就随她去了。

周少瑾给父亲斟了几杯茶。周镇赞道："没想到你还会沏茶。"以为小女儿在程家学的，倒也没有在意。周少瑾自然也不会去解释。

喝过几杯茶，周镇道："你给我写的那封信，是因为发现你母亲曾经和程家定过亲吧？"

周少瑾吓得手一抖，茶水差点溅在手上。

周镇柔声道："你别怕，我没有责怪你的意思。你做得很好。有什么事，既没有一味相信别人的话，也没有到处乱打听，而是写信问我。"

周少瑾脸色一红。如果不是有过梦中经历，她肯定会相信程辂所说的。

周镇道："说来说去，这件事都是我不好，让你们姐妹从小在程家长大，肯定受了不少委屈。可我实在是没有精力照顾你们姐妹，更不想随随便便娶个女人回家，万一她对你们疏于管教，我就是后悔也来不及。你心里别怨恨我就好！"

"没有，没有。"周少瑾忙道，"我从来没有怨恨过父亲，我知道父亲把我们交给外祖母抚养，是对我们好。"

梦中出了那样的事，她也没有怨恨过父亲把她放在程家长大。

她知道父亲的难处，也能理解父亲的心情。并不是每个人都像她的生母那样会善待前妻留下来的儿女。父亲一旦续娶，就得由新太太主持中馈，他不可能时时刻刻盯着续弦。她们年纪都还小，若继母有了歪心，很容易就会把她们养歪，还能让他抓不到把柄。所以父亲宁愿让她们姐妹受点苦，也不愿意她们姐妹不知天高地厚，嫁了人之后被人磋磨。所以她说"还是家里好"的时候，姐姐才会说"偶尔这样还行。若是天天这样，只怕会被纵容得没个规矩"。

周少瑾把早上和姐姐的对话告诉了父亲，并笑道："您看，姐姐也知道您的一片苦心。"

女儿们的懂事让周镇心里酸酸的，好一会儿才收敛住了情绪，道："实际上我这次回来，主要是想和你说说你母亲的事。"

周少瑾讶然。

周镇点头，道："我知道，若不是出了什么事，你肯定不会专程写信给我，也不会提及庄家位于官街的老宅子。我之后也让人问了马富山，他把你怎么知道官街的老宅子，又怎么派他去查程家的事，怎么'千金买骨'找到了从前服侍过你外祖父的仆从的事都告诉了我。"

周少瑾脸上火辣辣的。她以为自己做得隐秘，没有想到马富山居然事无巨细把事情的经过全都告诉了父亲。

"我，我不是有意的……"她喃喃地道。

"我知道。"周镇的声音越发柔和，道，"当年的事，我是知道的——你外祖父把你母亲许配给我之后，你母亲曾写了一封信给我，把当年发生的事都告诉了我。她在信中还说，她觉得自己没有错，若是我不能接受，趁着两家还没有下定，不如就此揭过不提。你姐姐当时还小,我没想过这么早续弦,听你母亲这么一说,我反而有点好奇起来,就借故去了顾家,见到了你母亲……"

他突然停了下来,目光充满了温柔缱绻。父亲是想起当见到母亲时的情景吧?周少瑾又唏嘘又羡慕。唏嘘母亲去世得太早,羡慕母亲就算不在了,父亲心里也有她。她没有吱声,怕打扰父亲的回忆。

过了一会儿,周镇回过神来,略有些窘然地朝着周少瑾笑了笑,道:"你母亲是个善良敦厚却又不失自我的人。那老乞丐说的多是实话,你母亲从来没有对不起任何人。以后若是有人说你母亲的不是,你不必觉得心虚,只管挺直脊背狠狠地回击过去就是了。"

周少瑾的眼眶立刻湿润起来。被人这样护着真好!

"我知道了。"她不禁哽咽地道,"我不会让别人诋毁我母亲的名誉的。"

"这就对了!"周镇很是欣慰地望着小女儿,不知道从哪里摸了条帕子递给她,道,"有些人做错了事,不仅不知道反省,反而觉得全是别人的错,是别人瞧不起他,是别人嫌贫爱富、贪图享受、攀龙附凤……这种人,你什么也别和他说,你和他说也说不通,离得远远的就是了。知道了吗?"

父亲是在说程柏吧?周少瑾不住地点头。周镇的表情明显松懈下来。

周少瑾就大着胆子道:"爹,等姐姐出了阁,我想和您去任上,行吗?"

周镇颇有些惊讶,道:"怎么,你在程家住着不舒服吗?"

"不是。"周少瑾想了想,道,"辂表哥好像很恨我似的。他遇到我,看起来对我很好,可没人的时候,却待我很坏。您要说具体做过什么错事,好像又没有。就是我的感觉……"

她没办法把梦中的事说出来,如今程辂又只是对她态度暧昧,不足以成为证据,她只好说些模棱两可的话。父亲既然如此关心她和姐姐,肯定不会坐视不理的。

果然,周镇听着神色大变,思忖片刻,道:"是不是说话有些阴阳怪气,让人听了不舒服,但在别人看来又没什么?"

"正是,正是。"周少瑾的目的是让周镇去查程柏临死前都对程辂说了些什么或是交代了些什么,所以程辂才会这么地恨她,"可是又不好对外祖母她们说。"

"我知道了。"周镇神色淡淡的,目光却有点冷,"这件事我来处置,你别管了。"

周少瑾重提跟着父亲去任上的事:"那我到时候能不能去保定府?"

"只是为了这件事吗?"周镇斟酌道,"你外祖母或是你大舅母,对你好吗?"

"很好!"周少瑾真诚地道,"像亲生的孙女、女儿似的。上次大舅母去梅花巷顾家喝喜酒,还带了我和姐姐一起去。"

周镇松了口气,笑道:"如果只是因为程辂,你大可不必这么急着跟我去任上!"

周少瑾不解。

周镇想了一会儿,道:"你知不知道程家在江南士林中的地位?"

周少瑾摇头:"不知道!"

周镇笑了起来,组织了一下语言,沉吟道:"九如巷早年间是两房,长房程辅,二房是程弼。程辅有三个儿子,长子程制,次子程列,三子程则。其中长子和次子是嫡子,三子是庶子。二房程弼有两个儿子,长子程刊,次子程刚,其中程刚是庶子。

"长房的长子程制是前朝最后一个探花。烈帝时,他任翰林院学士、行人司司正。京城沦陷,是他背着烈帝逃出京城的,又是他指挥禁卫军与当朝的开国大将林天德几番血战,护送烈帝南下。后来烈帝由信王、广王、卫王迎至泉州,建立'祥兴'王朝。程制被封为宰相。后来朝廷围困崖山,信王、卫王战死,广王悄悄打开大门迎接朝廷重兵。程制眼看着君臣难保,建议烈帝自刎。烈帝不敢,他陪着烈帝跳海身亡。"

周少瑾非常惊愕。她从来没有听说过程家这段历史,但想想这些都是前朝的事了,为什么没有人提起就可以理解了。难道这就是程家被抄家灭族的缘由?不对!如果是因为这个,太祖皇帝那会儿就把程家给抄家灭族了,还会等到现在?周少瑾不由道:"您说的都是真的吗?"

这已是百年前的老黄历了,女儿又长在深闺内院,多半没有听说过。"是真的。"周镇点头,道,"后朝修前史。我听你泾大舅舅说,皇上已命礼部和翰林院开始修前史,给程制的评语是'博通经史,持重有谋略,忠勇有大节'。"

这么高的评论?周少瑾睁大了眼睛。

周镇道:"程家长房的次子程列当时是举人,在京城跟着哥哥读书,不过十八九岁的年纪,听到朝廷攻打京都的消息,就自告奋勇地参加了右仆射王青组织的义军。京城沦陷之后,他和哥哥程制一起护送烈帝南下,后战死在了崖山。"

兄弟两个都死在崖山!周少瑾惊异道:"那时候程制已经成亲了吧?那他的孩子……"

周镇眼神微黯,道:"程制有三子两女,京城沦陷的时候,程夫人带着儿女逃到了通州,正巧遇到朝廷大军在追剿烈帝,有人告密。程夫人知道自己逃不了,要带儿女投缳自尽。有个叫秦大的忠仆不愿意程制绝了后嗣,就拿自己最小的儿子悄悄地换下了程制的幼子程备,程制这才得以留下血脉!"

姓秦的忠仆,难道是秦大总管的先祖?周少瑾思忖着,心里非常难过。她因为自己的遭遇,非常喜欢小孩子,最听不得这种事了。

周镇道:"程列年纪小,成亲没多久夫人就怀了身孕。他要去京城求学,夫人就留在了老家,次年生了儿子程叙。因一直留在老家,这才逃过了一劫。程列死的时候,程叙才三岁。"

程叙,程家的老祖宗。周少瑾愕然,道:"那程备多大?"

周镇苦笑道:"不到两岁。"

二房的孩子比长房的年纪大……

周少瑾问:"那是谁抚养他们长大?"

"是程叙的母亲,二房的老太君。"

程叙擢升正一品之后,给母亲请封了一品的诰命,家里人会尊她一声"老太君"。

周少瑾奇道:"不是应该三房的抚养他们吗?怎么会是二房的老太君?"

周镇犹豫了半晌,道:"这些事本不应该跟你说,但你现在住在程家,有些事告诉你,你也好见机行事。"他斟酌道,"说起来,这件事很有些蹊跷,只是程家的人不说,别人也不好盖棺论。

"长房的三子程则只比次子程列小三个月,程列去京城的时候,程辅已经去世,家里的庶务就交给程则在打理。秦大抱着程备回到金陵没多久,程制和程列就去世了。程家就由程则当了家。其间,秦大曾经和程则有过争执,秦大差点被赶出了程家。最后还是程弼出面平息了这场风波。大家都猜,可能是程则在钱财上苛刻了程备一脉。可让大家奇怪的是,等到程备和程叙成年之后,三房不仅将祭田还给了长房的程备,而且还按照族中的规矩把家产平分了。"

周少瑾想到长房、二房和三房的微妙关系,觉得这其中肯定还发生了什么外人不知道的事。她后知后觉地道:"那程家岂不是在江南的士林中有很高的声望和地位?"

"那当然。"周镇笑道，"要不然江南地杰人灵，名士辈出，诗书礼仪传世之家多如牛毛，怎么就轮到金陵九如巷程家为牛耳？程家靠的就是祖先的忠节之名！"

周少瑾不好意思地笑。

周镇道："程家不仅名声煊赫，而且你泾大舅舅是个喜欢帮人的，所以我才把你们姐妹留在程家的，不然你姐姐怎么会说了这么好的一门亲事？那廖绍棠，我亲自见过，不仅书读得好，人品、相貌也都相当出色，和你姐姐倒也相配。"

周少瑾想到姐姐那红若朝霞的面孔。难道父亲像和自己这样直白地说了姐夫的事？

"你的事，我也仔细考虑过。"周镇道，"我之前还怕你姐姐出嫁了把你一个人留在程家不好，如今你姐夫要守孝，你姐姐的婚期推迟到了后年。到时候你也快及笄了，又得了长房郭老夫人的青睐，在寒碧山房里抄经书，正好趁着这机会请郭老夫人、袁夫人给你说门好亲事。等到你姐姐嫁了，你也该定日子了……"

也就是说，父亲压根没有想过要把她带去任上！周少瑾非常吃惊，喊了声"爹爹"。

周镇没想到小女儿说起自己的亲事来脸不红心不跳的，不像大女儿似的，羞得一句话都说不出来。但他又觉得理所当然。小女儿既能通过程辂的只言片语就查到程庄两家的恩怨，想必是个胆大心细的。婚姻大事关系到她后半辈子的幸福，她主动地为自己盘算倒也符合她的性子。

"少瑾，"周镇对女儿也就越发宽和纵容，沉吟道，"你是不是觉得我们家有房有地，我又是四品官吏，你在周家好歹是正经的嫡小姐，在程家却是寄人篱下的表小姐，与其看人眼色，不如待在家里更好？"

周少瑾的确是这么想的。

周镇道："不知道你有没有留意长房袁夫人的出身？"

"我知道。"周少瑾道，"她是桐乡袁氏的姑娘。父亲曾是阁老，兄弟中也有很多做官的。"

周镇点头，道："不仅如此，袁夫人的母亲，是舒城方家的姑娘，舅母则是庐江李氏的姑娘。舒城方家不仅在前朝出过忠士节妇，本朝更是子弟辈出，每隔几年就有人金榜题名，在北方也算是赫赫有名的大族。庐江李氏是本朝才崛起来的，却势头很劲，保和殿大学士、工部尚书就是袁夫人舅母的胞兄。

"而二房的洪太太娘家虽然只出了个洪绣，可他们的母亲却是赛阳黄家的姑娘。赛阳黄家仅本朝就出过两位国子监祭酒，在江西籍官员中享有盛名。而江西又是官员最多的省份之一。"

说到这里，周镇意味深长地看了周少瑾一眼。

周少瑾明白过来。他们周家往上数好几代，自打有了族谱也不过只出了祖父和父亲两个进士。祖父官至四品知府，父亲目前也只是个四品官员。如果和梦中一样，会在三品止步。周家和这些人家相比，是寒门！不过，父亲说这些做什么？她不安地挪了挪身子。

周镇看着有些好笑。明明很聪明，却喜欢躲起来。这个小女儿，长得像庄氏，性情却一点也不像；反而是大女儿，长得像程氏，却和庄氏一样的性子。他不禁在心里叹了口气，道："女孩子家，没有个好出身就得有个好名声，才可能嫁个好人家。如果你生母在世，我何必把你们姐妹放在程家？就凭你母亲和我，怎么也能给你们姐妹找个如意郎君。偏偏你母亲去得早……关老安人守节多年，若是在商贾之家，早就请朝廷下令表彰了。不过程家是正经的读书人家，不屑用这样的名声为家族锦上添花罢了。你们姐妹跟着她，我在外做官，也就放心了。"

周少瑾默然。程家既有忠义之名，外祖母更是节妇，她们姐妹在这样的人家长大，谁也不会怀疑她们的品行。而程家的女孩子又少，所以姐姐虽然是程家的外孙女，生母早逝，但因是跟着外祖母长大的，由程泾做主，也能嫁到像镇江廖氏这样的人家去做宗妇。而父亲的打算已经说得很明白了。

周镇看她一副霜打茄子的模样，忍俊不禁地站起来摸了摸她的头，柔声道："怎么？你还想跟着父亲去任上？"

"嗯！"周少瑾忙不迭地点头，道，"我不像姐姐……我要是嫁到像廖氏那样的人家，应付不来！"

什么事都要试试才知道，怎么还没有开始就说自己不行呢？周镇见女儿清澈的目光中满是忧郁，话到嘴边又咽了下去。每个人都不一样，也许少瑾真没有初瑾的心性，更适合嫁个普通的人家。英雄不问出身。并不是每个世家子弟最后都能拜相入阁，也并不是所有寒门子弟与内阁首辅就无缘。也许，找个寒门出身、人口简单的士子更适合小女儿！

周镇心中一软，温声道："不是还有两年吗？若是你还是想跟我去任上，等你姐姐出了嫁，我就派人把你接过去。"

周少瑾喜不自胜。周镇看着也忍不住高兴起来。周少瑾要和父亲拉钩："就这样说定了！""好！"周镇和小女儿拉钩，"我们就这样说定了。"

周少瑾欢天喜地地出了书房。周初瑾问她："爹爹都和你说了些什么？"

"不告诉你。"周少瑾少有的活泼俏皮，道，"你不也不肯告诉我。"

"你这小丫头片子！"周初瑾要拧周少瑾的鼻子。

周少瑾嘻嘻躲开，道："你告诉我爹爹跟你说了些什么，我就告诉你爹爹跟我说了些什么。"

"你想得美！"周初瑾不依，继续去拧周少瑾的鼻子，"就算你不告诉我，我也有办法让爹爹告诉我。"

"那你去找爹爹问好了！"周少瑾一点儿也不怕，笑着跑开了。

周初瑾生气地跺着脚。周少瑾的笑声像银铃般落在院子里。在书房做针线的李氏若有所思。

等到第二天周镇受同窗之邀去了秦淮河，李氏拿了小孩的衣衫来找周少瑾。

"昨天听二小姐的话就知道你是个女红的高手，"她拿个花样子给周少瑾看，"你觉得我在衣袖和衣摆镶上这样的芽边怎样？"

周少瑾觉得挺好看，笑道："太太不妨试一试。"

李氏笑盈盈地点头，说起了兰汀："……她听说我们要回金陵，高兴得不得了。不承想老爷把她留了下来，让她随着我们的箱笼一起去保定，不然她也能见见大小姐和二小姐，到庄姐姐的坟上给庄姐姐磕个头了！"

若是没有梦中的那些事，周少瑾肯定不会多想。可如今，李氏的话让她不由多想。她心生警惕，笑道："等太太生了弟弟，再带了她回来祭祖也不迟。到时候她一样能见着我们。"

"我也是这么想的。"李氏笑道，"就怕兰汀心里不舒服。她常和老爷说起当年庄姐姐是怎么待她的。我想，庄姐姐不在了，这么多年来，她心里肯定很难受。我想跟老爷说一声，等我们到了保定，让人护送她回来一趟，给庄姐姐扫个墓，也好全了她的一片孝心。不知道二小姐觉得妥否？"

也就是说，兰汀打着母亲的旗号和李氏争宠，因兰汀是母亲留给父亲的人，她又不能处置，所以想借了自己的手收拾兰汀啰？周少瑾笑道："家里的事我一概不管的，这得问我姐姐。"

"是这样啊！"李氏笑道，"有二小姐这句话就行了！"

自己说了什么话？自己好像什么也没有说啊！周少瑾心中警铃大响，送走李氏就跑去了暖房。姐姐正在那里跟着余嬷嬷学习怎么养兰花。她要把庄氏留下来的几盆兰花都带回程家。

周少瑾自告奋勇地帮着姐姐照顾这些兰花。周初瑾却信不过她，道："你从前最多也就养过两盆茶梅。若是这几盆兰花有个三长两短的，我哭都哭不回来。这可是母亲留下来的。"

周少瑾只好放弃。

周初瑾听了妹妹说的话，冷笑了一声，道："我就知道她没安好心。这件事你别管了，等爹爹回来了，我自己去跟爹爹说的。"

周少瑾担心道："会不会太晚？如果是我，把语气变一变，一个字不漏，就能把整件事赖到我的身上，说是我让她来找你商量的……"

"你也知道说错了话啊！"周初瑾见她可怜兮兮的样子，又是好气又是好笑，嗔道，"看你以后还乱不乱说话？"

周少瑾嘿嘿地笑。

周初瑾摇头，无奈地柔声道："好了，好了，别担心，这件事交给姐姐了。"

周少瑾道："那姐姐准备怎么做？"

周初瑾原不想和她多说的，转念想到周少瑾这没心没肺的性子，觉得告诉她也好，不能让她转性，至少能让她多个心眼，遂低声道："听李氏的口气，兰汀仗着是母亲留给父亲的，就算是没有为难李氏，恐怕也让李氏心里非常硌硬。不管怎么说，李氏是父亲明媒正娶的，以后要和父亲过一辈子的人是她。如果李氏说的话只是为了对付兰汀的手段还好说，若是兰汀真的利用母亲的名义这样为难李氏，母亲的声誉也会受损。不如就顺水推舟，让兰汀回来一趟。若是李氏所说是真的，李氏奈何不了她，你是母亲的亲生女儿，却可以处置她。若李氏所言不实，只怕兰汀在父亲那里也没有什么好日子过，不如问问兰汀的意思：她想留在父亲身边，那她以后的事我们也管不了；她想离开，我们就请大舅母做主，为她许门好亲事，风风光光地把她嫁出去。"

"这个主意好！"周少瑾心头的石头落地，眉眼弯弯地朝着姐姐笑。

"就知道傻笑。"周初瑾真是拿这个妹妹没有办法，她道，"我还告诉你一句话，这件事于父亲有利，于李氏更有利。既然李氏敢打我们的主意，我们也不能就这样白白地被她当枪使，怎么也要让她付出点代价，不然她还以为我们是软柿子，她想怎么捏就怎么捏。"

对于这些事，周少瑾一点儿概念也没有。她唯姐姐马首是瞻。

周初瑾也没指望周少瑾能干什么。吩咐马富山家的去门口等着："父亲一回来你就差人来告诉我。若是太太在我之前知道父亲回来的消息，像上次似的突然端了冰糖雪梨给我们当宵夜，你不如跟马富山一起去保定服侍我父亲去。"

马富山家的吓得"噗咚"一声跪在了地上："大小姐，我原想……"

"好了！"周初瑾没等她解释就冷冷地打断了她的话，"你当好你的差事就是。是忠是奸，我心里自然有数。"

马富山家的哪里还敢说什么，唯唯诺诺地退了下去。

周少瑾很是佩服，自己哪天也像姐姐似的镇得住人就好了。

她在这边羡慕着，李氏坐在书房里，心里却打着鼓。

李妈妈宽慰她："话已经说出了口，就像泼出去的水似的，再后悔也没有用了。太太不妨往宽了去想。两位小姐都是有教养的人，太太又没有冤枉那兰汀一句，只是因为敬着前头的庄太太，所以不好处置兰汀罢了。您好好地跟大小姐说说，大小姐不是那不懂道理的人。"

"我就是有点怵她。"这里也没有别人，李氏说话也就没有了顾忌，道，"我刚给她端了碗冰糖雪梨，她就给我回了盒点心；我好心说给她置办一套出嫁瓷，她一副不屑的样子。你再看看家里的那些仆妇，哪个不看大小姐的眼色行事？"她说着，抚了额，头痛地道，"我也没办法了。要是这都不能治了那兰汀，去了保定府，只怕就更没有机会了。她如今也是二十八九的人了，我这胎要是个女儿，总不能再压着不让她生吧？"

李妈妈哪里不明白，所以李氏去找周少瑾的时候，她才没有拦着。

"还是二小姐好！"李氏叹道，"长得漂亮，性子又绵柔。"她说着，心里突然冒出个主意来，对李妈妈道，"你说，把二小姐说给我们家大姑奶奶的儿子怎样？"

李氏的大姑母嫁给了赛阳黄家，虽也是填房，却是嫡支，且儿子长得一表人才，品性纯良，书也读得好。

李妈妈神色大变，忙道："我的姑奶奶，您可千万别出这主意。我看着老爷把二小姐当眼珠子似的，这要是嫁过去了过得好还好，若是有个什么不顺心如意的地方，您就等着看老爷的脸色吧！"

李氏不由叹了口气，道："我也知道。我这不是病急乱投医吗？如果二小姐能和我一条心就好了。"

两人正说着话，有小丫鬟禀道："太太，老爷回来了。"

李氏大喜，忙梳妆打扮了一番，迎了出去。

周镇喝了点酒，人还很清醒。用过醒酒汤，他道："我听初瑾说，你为兰汀的事去找她了？"

李氏吓了一大跳，忙道："没有……"

周镇笑道："你也别急。我知道兰汀的事在你心里一直是个疙瘩。可她跟我这么多年，又是庄氏的贴身丫鬟，我也不好就这样把她丢下。初瑾说得对，后娘难为。你年纪轻轻的跟了我，的确受了不少委屈……"

"老爷，我不委屈。"李氏急了起来，连声道，"真的，我从来没有觉得委屈。"她还没找周初瑾，周初瑾就倒打了她一耙，可这话她不敢说。她觉得周镇肯定不会相信她所说的，反而会得罪周初瑾。

周镇安慰般地拍了拍李氏的手，和煦地笑道："不过初瑾说得也对，兰汀的事不管是交给你来处置还是交给我来处置都不好。你的主意不错，就让兰汀回来一趟，有什么话，请了马富山家的去问她，是留是走，也好有个定论。"

李氏心中凉凉的，这说了和没有说有什么区别？那兰汀要走早走了，这么多年跟着周镇熬着是为什么？还不是想让周镇抬了她做姨娘。她不是容不得周镇有姨娘，她容不下的是那兰汀总打着庄太太的名义在旁边指手画脚的，让她总觉得胸口堵着气似的。

男人不像女人那么细心。周镇说完就把这件事放下了。

他吩咐李氏："你明天准备准备，我们去九如巷做客。"

李氏愣道："不是去过了吗？"

"那天是我们去拜访。"周镇道，"明天他们宴请我们。"

李氏只好把这件事压在心底，次日跟着周镇，带着周少瑾姐妹去了九如巷。

二房的老祖宗程叙亲自出面款待周镇，程沂、程泸、程洒、程汶、程识、程语、程证、程诰、程诣、程诺等几乎程家所有在金陵的男丁都做了陪客，却独独少了个程池。程叙的解释是程家的一批货在临安出了点问题，程池去了临安。

周镇笑着点头，想到上次来时程池疏离冷漠的样子，心里不免有些困惑。回到家里，他悄悄地问周少瑾："你在寒碧山房给郭老夫人抄经书，常遇见池四老爷吗？"

周少瑾心里一跳，道："怎么了？"语气有些紧张。

"没什么。"周镇见状笑道，"听泽老说，池四老爷去了临安，我今天没有碰到。我原想请他对你们姐妹多多关照关照的。"程叙别号"春泽居士"，官场上的人多尊称他一声"泽老"。

池舅舅不在家？周少瑾想到自己去小山丛桂院见他的情景……很是怀疑。如果她还住在九如巷就好了，可以借口去找南屏，就立刻知道他到底在不在家了！周少瑾想打听些程池的消息，拉了父亲说话，道："池舅舅好像很少参加这些宴请的。要不是我在寒碧山房抄经书，恐怕都不认识他。他是个怎样的人？父亲可曾听人说起过？"

"是这样啊！"周镇呢喃道，有些心不在焉的，没有回答周少瑾的话。

周少瑾直觉父亲有什么事瞒着自己，而且好像还和程池有关。她直言："爹爹，是不是发生了什么事？"

"没有呢。"周镇回答得很快，很干脆，却没有更多的解释。

周少瑾更加肯定父亲有事瞒着自己，索性道："爹，您就是不告诉我，等我回了九如巷一打听，也能知道。"她佯作出副得意扬扬的模样带着几分挑衅地望着父亲。

周镇哈哈大笑，调侃她道："那你说说看，你怎么打听得到？"

"我去问郭老夫人啊！"周少瑾糊弄着父亲，"郭老夫人无聊的时候，也会和我说些事，我若是瞅了机会去问郭老夫人，郭老夫人肯定会告诉我的。"

周镇见过郭老夫人两次。那是个比男子还要坚强的妇人。可再坚强的妇人也有软弱的时候，特别是对着像小女儿这样活泼可人的小姑娘的时候。周镇思索了片刻，正色道："少瑾，这件事你还是别问郭老夫人了。""为什么？"周少瑾非常诧异。

"这件事只怕有些不对头。"周镇斟酌道。

周少瑾睁大了眼睛："怎么不对头了？"

如今女儿帮着长房的郭老夫人抄经书，他还想通过郭老夫人提高一下女儿的身价，相比二房和三房，周镇自然更倾向于长房。让女儿帮着给长房传个话也行！

周镇打定了主意，正色道："不管多显赫的家族，财力、物力、人脉都是有限的，只有这个家族最优秀的子弟，才能得到家族倾力的支持。可就算是这样，因为'谋事在人，成事在天'，其他优秀的子弟家族也不会放弃的。长房的池四老爷，之前我只见过两次，没说过话。可这次见面……"他皱了皱眉头，"先不说他有功名在身，就这行事做派，稳重而不失变通，细致而不失爽朗，是个极为妥帖周全的人，比我见过的很多同龄人甚至是比他年长很多的人都要优秀，程家怎么能让他打理家中的庶务而不是出仕为官？这岂不是浪费？"要知道，家里供出个进士来，是很不简单的。

"父亲也这么觉得？"周少瑾听着眼睛都亮了起来，道，"我也觉得很奇怪。可听九如巷的人说，是因为长房的大老爷和二老爷都在外为官，家里的庶务没人打理。"

"不是还有个程嘉善吗？"

"可程嘉善是案首啊！"周少瑾小心嘀咕道。

周镇不以为然，道："他到如今也不过是个案首，可池四老爷的功名却已实实在在地拿到了手里。"

是啊！与其等程嘉善考中举人、进士不知道要多少年，程池这里却已是万事俱备、只欠东风了。肯定是袁氏为了自己的儿子所以想着法子把程池留在了家里。周少瑾不无恶意地猜测，但还是凭良心道："程嘉善是长房嫡孙，他要打理庶务，那等到泾大舅舅他们致仕，谁来支撑长房呢？"

周镇笑道："照你这么说，那我们周家岂不是要喝西北风？"

周少瑾语凝。她们周家，父亲在外为官，两个女儿寄养在外祖母家，家中的大小事务全依仗马富山，不仅没有短了她们姐妹的吃穿，家中的资产反而逐年递增。等到姐姐出嫁的时候，父亲已有能力在湖州给姐姐置办三百亩的水田做陪嫁了。要知道南方不比北方，人多地少，家里有七八亩地已是富足之家，三百亩水田，抵得上北方几顷的大田庄了。

周镇道："程池今年才二十五岁，若是没有什么意外，等到他致仕，最少也是三十年以后的事了，说不定是四十年以后的事了，那时候程嘉善恐怕孙子都有了吧？就算是觉得程嘉善是个读书种子，舍不得耽搁了他的前途，渭二老爷不是还有个儿子吗？怎么不把他送回老家来跟着池四老爷学着打理庶务。家中有得力的大管事顶着，又有郭老夫人在一旁协理，他就是个烂泥，也能糊弄个几年。何况官宦之家的根本不在于此，只要长房三兄弟仕途长久，程家的庶务就不会倒。这个道理我都明白，程家二房的老祖宗、郭老夫人不可能不知道啊！"

他说着，心情有些沉重地站了起来，在屋里来来回回地走了两圈这才站定，问周少瑾："郭老夫人和袁夫人知道池四老爷没有出席今天的宴请吗？她们是什么反应？"

周少瑾奇怪地望着父亲，道："您不知道吗？郭老夫人根本就没有出席，袁夫人过来坐了一会儿也走了。是二房的李老安人领着泸大舅母等人陪的太太。"

郭老夫人以孀居为由，多年前就已经不见客了，所以来拜访程家的人才会以见到郭老夫人为荣。上次她们去拜访长房的时候，大家都以为见到袁夫人就为止了，没有想到郭老夫人居然亲自招待了李氏。所以周镇才说，他们都是沾了周少瑾的光。

"原来如此！"周镇听着，若有所思地道，"有件事，恐怕你也不知道。中午的酒宴过后，泽老把我叫去了他的书房，很正式地把你识表哥程有仪介绍给了我，还让他在一旁服侍，和我手谈了几局。其中不仅提到了他老人家在京城的一些门生故旧，还提到了洪家和黄家的人……"

这是什么意思？拉拢父亲？是不是因为这样，所以程叙才会亲自出面款待父亲，还用了那么高的规格，让九如巷在家的所有男子都作陪。可父亲不过是平调的保定知府，离九卿的位置还远着呢。程叙这么做，就不怕偷鸡不成倒蚀一把米？

"那，那您怎么说？"周少瑾干巴巴地道。

程叙放着好好的一个程池不用，却急吼吼地为自己那个只有秀才功名的亲孙子到处卖人情！郭老夫人不是巾帼不让须眉吗？怎么也不管管！程池那么傲气的人，肯定不屑为自己争这些。可他若是不争，前有程许后有程识，旁边还有个虎视眈眈的程叙，他这辈子就得窝在程家打理庶务了。那么辛辛苦苦地考了个进士出来有什么用？

难怪梦中她对这个池舅舅一点印象也没有！最后程家被抄家灭族，池舅舅逃都逃了出去，还转过头来劫了法场。肯定是因为程许是程家长房长孙，不然他一个人隐姓埋名，肯定过得安安稳稳，又何至于被朝廷追杀？程辂说，程许断了一条臂膀，那池舅舅会不会也受了伤？只恨自己那时候根本不知道池舅舅是谁，也没有问一声……

周少瑾想着，心里很为程池抱不平，嘴也不知不觉地嘟了起来，道："爹爹，您别上二房老祖宗的当，他这是吕不韦'奇货可居'呢！等下次朝廷大考，您若还是在保定知府职上，您看二房的老祖宗还会不会这么看重您？"

"胡说八道。"周镇笑着呵斥周少瑾，"'奇货可居'是这么用的吗？"

周少瑾朝着父亲嘟了嘟嘴。

周镇看着不免有些好笑。看来这小丫头和自己猜的一样，程家的几个房头，除了四房，她颇为偏向长房。

"傻丫头，"周镇笑着摸了摸她的头，道，"有些事是只能意会不能言传的。泽老不可能当着我的面说这是我曾孙，你若是承诺以后多多照顾他一些，我让我的那些亲戚朋友、门生故旧多照顾你一下，让你的仕途更顺利。我也不可能说你放心，只要我有那一天，我一定照顾你的曾孙……什么事都为时尚早。不过，"他说着，语气微顿，神色也变得肃然起来，"程家几房乱象杂生，你和你姐姐以后行事要小心点，别把自己给牵扯进去了。"

程家这么早就乱了吗？姐夫曾经说过，什么事都是先从里面开始烂起，里面烂了，外面的人通常轻而易举地就能攻进来。程家是不是因为这个原因，所以才会难逃覆家灭族的命运呢？周少瑾道："爹爹，我有件事要跟您说！"

周镇挑了挑眉。

周少瑾把自己发现长房和二房好像联起手来在压制三房似的告诉了父亲："……好像从很久之前就开始了。您说，会不会程则做了什么对不起程备和程叙的事？"

周镇非常意外。他仔细地想了想，道："说不定还真让你猜对了。三房的程则如果真的做了什么对不起长房和二房的事，长房和二房压制他就说得过去了。只要三房一日不出个进士、庶吉士支应门庭，三房就得依靠长房和二房的人过日子，还得日夜担心会被长房和二房打压报复。"

但最后三房却赢了。如果说现在有人告诉周少瑾说梦中她被害的事与三房没有什么关系，打死她她都不会相信！周少瑾默然。

周镇只当是周少瑾在为程家担心，笑道："小孩子家家的，别想这么多。程家的事还有你泾大舅舅和渭大舅舅呢！再不济，你回周家就是了。横竖父亲都会保你的平安。"

周少瑾相信。她点头，拉了父亲的衣袖，道："爹爹，若是您查出了程辂的事，就告诉我一声。程辂这个人很狡猾的，他虽然被泾大舅母支使到了岳麓书院，可谁知道他会不会又有什么阴谋诡计的，我们得防着他一点。"

"行啊！"周镇笑道，"有什么消息，我到时候一定告诉你。"语气虽然关切，却少了重视，显然没有把周少瑾的告诫放在心上。

周少瑾在心里暗暗地叹了口气。她就知道会这样。大家都不怎么相信她。如果池舅舅在这里就好了。他肯定会认真听她说了些什么的。想到这里，周少瑾突然发现程池好像特别谨慎，对一些小事情、小细节都很注意。是不是说，如果她能取得程池的信任，就能挽救程家？看样子，自己应该多在池舅舅面前晃晃才是，好歹也能混个面熟啊！不然池舅舅凭什么相信自己呢？

周少瑾心里有了主意，也不纠结父亲不带自己去任上的事了，而是关心起父亲来："您明天还出门吗？去干什么？"

"有回乡守制的同科邀了我去庙里吃斋菜，"周镇说着，想到小女儿难得出趟门，道，"你和你姐姐要不要和我同去？"

周少瑾的头摇得像拨浪鼓，道："我不去，您带姐姐去吧！"她就中元节去了趟莫愁湖，就惹出许多事端来，她还是老老实实地待在家里做针线好了。

第二十三章　误会

"你真不去？"周镇逗着小女儿。

"真不去！"周少瑾非常坚决，"您带姐姐去吧！"

周初瑾还真有点想去，但周少瑾不去，她犹豫片刻，也决定不去。

"姐姐，"周少瑾极力地劝周初瑾出去走走，"爹爹难得回来一趟，以后这样的机会不可能再有了。我是真心不喜欢出那么远的门，你和爹爹好好地出去玩吧！要是你不放心，我去跟爹爹说，把太太也带去，这下你总该放心了吧？"

"和她在一起有什么玩的？"周初瑾嘀咕道。

"她怀着身孕，肯定不会跟着父亲走动。到时候她在屋里歇着，你跟爹爹到处看看，你也不用担心我了。"周少瑾亲自帮周初瑾收拾出门的东西。周初瑾拗不过她，心里也的确想和父亲一起出门，带了李氏，嘱咐了周少瑾一千遍，才不放心地上了马车。

周少瑾大力地朝着姐姐挥手，等马车驶出了大门，她这才转回了上房。

春晚道："小姐，我们真的在家里做针线吗？"

"当然是真的啊！"周少瑾打趣着春晚，拿出明纸摊在了书案上。

她答应给程箫未出生的孩子画襁褓的花样子，算算日子，再过一个月程箫就该生了，她也要早点动笔把花样子画出来，针线房的人也好早日开始动针。

春晚有些不相信，可周少瑾却一动未动地在家里坐了一整天，直到点灯时分，周初瑾随着周镇回来，她才揉了揉肩膀，放下了笔。

周镇带着周初瑾去了位于鸡鸣山北麓的鸡鸣寺。

"非常壮观！"周初瑾显得有些兴奋，"据说比报恩寺还要大，你也应该去看看的。我还看见了尊坐南朝北的观世音像，佛龛上的楹联写着'问菩萨为何倒坐，叹众生不肯回头'。和父亲同去的王伯父说，除了鸡鸣寺，就只有正定的隆兴寺里有尊和这差不多的观世音菩萨像了……"

她给妹妹讲着去鸡鸣山的见闻。周少瑾笑盈盈地听着，觉得自己今天也颇有收获——她把给程箫孩子襁褓用的戏婴图画好了，等回去就可以给袁氏了。

李氏却有些无趣。周镇和人吟诗作对，欣赏美景，她只能坐在寺里的厢房里等着。周初瑾还能跟着到处看看。

还好从次日起周镇就没有再和朋友出去游玩，而是带着李氏、周初瑾和周少瑾拜访了几位朋友。周少瑾这才知道父亲在金陵城还有好几个知交好友。

这样过了几天，就到了初六。周镇先是去了九如巷辞行，中午的时候一家人围在一起吃了顿饭，下午开始收拾行囊。

周少瑾望着台阶前母亲亲手种下的西府海棠，很是不舍。

周初瑾心里也充满了离别的悲伤。她揽着妹妹的肩膀，顺着妹妹的目光望着那株枝叶茂盛的西府海棠，沉默良久。

晚上，周镇把两个女儿叫去了书房，想说些什么，看着懂事的大女儿和乖巧的小女儿，又不知道说什么好，亲自沏了壶茶，请周少瑾和周初瑾品了次茶。

初七那天天还没有亮，周家祖宅的灯就依次地点燃了。李长贵指使婆子小厮搬着周镇夫妻的箱笼，马富山在马房里检查周镇的马车，马富山家的则帮着周少瑾姐妹收拾东西。

　　干粮早已经准备好了，等周镇用过早膳，程沔和程泸到了。他们是来送周镇的。三个人站在院子里说了会儿话，周镇的几个好友也过来了。大家说说笑笑间，时辰到了。

　　马车停在了大门口，马富山过来请周镇上车。

　　周初瑾和周少瑾送李氏上了马车，周镇和送行的人寒暄了几句，坐上了李氏的马车，程沔和周少瑾等人则上了轿，把他们送出了城。

　　周镇同几个朋友辞行之后，嘱咐两个女儿："有什么事就给我写信。银子不够就跟马富山说。千万不要委屈了自己。等我在那边安定好了，若是时间允许，你们就去我那里住些日子。"

　　周初瑾和周少瑾忍不住落起泪来。

　　李氏忙劝道："两位小姐快别把妆哭花了。等过些日子去保定府玩。"

　　周氏姐妹点头，目送父亲和继母的马车渐渐远了，这才和程沔、程泸及周镇的几个朋友一起回了金陵城。

　　程泸有举人的功名，又打理着程氏族学，在金陵也算是小有名气。而周镇的几个朋友也都是读书人，有两个和程泸还很熟，另几个或和程泸只有几面之缘或只听说过程泸的名字，但有了周镇的这层关系，大家也都很快熟悉起来。程泸就请他们去江东楼喝酒。几个人也都没有客气，爽快地应了。

　　程沔要送周少瑾姐妹回九如巷，笑着向他们告罪："改天我请。"众人不依，催着他快去快回："我们等你过来再开酒。"程沔没有办法，答应送了周氏姐妹就赶去江东楼，这才得以脱身。

　　周少瑾抿了嘴直笑。程沔笑着摸了摸她的头。

　　回到畹香居，还没来得及更衣，听到消息的关老太太就由沔大太太搀扶着过来了。

　　"可算回来了！"老人家拉着姐妹俩的手左瞧右瞧，不住地道，"新太太待人可还和气？你们在周家住得可习惯？平时厨房里都做了些什么菜？今天用过早膳了没有？"好像她们走了十年八年，或是被后母虐待了似的。

　　周少瑾心里暖暖的，笑嘻嘻地抱了关老太太的胳膊，道："我们什么都好，就是很想念外祖母和大舅母。"

　　"看这小丫头，就知道哄人！"沔大太太笑道，嘴角却止不住地翘了起来。

　　难怪樊刘氏总是教她嘴巴甜点，可惜她觉得那是卑躬屈膝，一句也没有听进去。如今听了樊刘氏的话，果然就逗得沔大舅母开心。沔大舅母开心了，她身边服侍的也都变得轻快，气氛也跟着好了起来，对她们姐妹也更热情周到了。看来有时候嘴巴还是要甜一点。

　　周少瑾笑着亲自给关老太太和沔大太太沏了杯云林茶。

　　关老太太喝了一口，道："不错。没想到几天没见，我们少瑾都学会泡茶了。"

　　"是跟爹爹学的。"周少瑾眉眼弯弯地笑道，"爹爹还让我带了好几包回来，说是给外祖母、大舅母、舅舅和表哥们的。我已经装好了，等会儿就让人送过去。"

　　关老太太笑眯眯地点头。

　　程笳过来了。"你一走就是好几天，"她抱怨道，"也没有想到请我去家里坐坐！"

　　周少瑾哭笑不得，道："我每天跟着我爹到处串门，哪有空请你去家里坐啊！你要是实在想去，十月初一的时候我和姐姐要回家祭祖的，你到时候跟着我们去就是了。"

　　"你可要说话算话啊！"她要和周少瑾拉钩。关老太太等人一阵哄笑，笑得程笳脸都红了。

见她们这边还要收拾，关老太太和沔大太太坐了一会儿就走了，让她们晚上去嘉树堂用晚膳，并道："笳丫头别走了，等会儿一块过来。"

程笳高高兴兴地应了，和周少瑾姐妹一起送关老太太和沔大太太出了畹香居。

周初瑾丢下满屋的箱笼不管，去督促婆子们搬花。

程笳奇道："这是什么？从周家搬过来的吗？你们在这里又住不长，树挪死，人挪活，把花搬过来做什么？"

所以这么多年来，周少瑾都没有好好地布置布置自己住的畹香居。

"是我母亲留下来的。"她突然就有了个想法，道，"等我姐姐出嫁以后，要带去廖家的。"

周初瑾大吃一惊，道："这怎么能行……"

周少瑾没等姐姐说完就打断了姐姐的话，道："这有什么不能行的！这些花在你手里肯定比我照顾得好。"虽然她比姐姐会养花，可姐姐却比她更有心。

她紧紧地握住了姐姐的手，道："这个事就这么说定了。等我以后嫁了人，这些花也应该可以分盆了，到时候姐姐记得分我几盆就是了。"

"少瑾！"周初瑾眼睛微红。

程笳却在一旁怪叫："周少瑾，你好厉害，说起嫁人来脸都不红一下！"周少瑾无语。

第二天，她拿了两包茶叶和给程萧孩子的褓褓画的戏婴图去了寒碧山房。郭老夫人笑着让翡翠收了茶叶，问起她这些日子的日常起居来。周少瑾恭敬地一一作答。

珍珠跑了进来，道："老夫人，大爷回来了！"周少瑾和郭老夫人都非常惊讶。

郭老夫人忙道："出了什么事？怎么他这么快就回来了？不是说要到八月初十才回来的吗？"

"不知道。"珍珠笑道，"我看大爷笑容满面的，比出门的时候还要精神，想必是那边没什么事，就提早回来了吧！"

郭老夫人狐疑地点了点头。周少瑾避去了佛堂。碧玉就端了茶点过来招待她，见她桌上摊着幅画，便歪了脑袋瞧过来："这是戏婴图，画得真好，每个孩子手里都捏着块玉佩，这玉佩好像还有图样……"

周少瑾笑道："是马上封侯的图样，讨个喜庆。"

"真好看！"碧玉连夸了好几句。

周少瑾就问碧玉："老夫人正和许表哥说话吧？"

碧玉笑着点头。

周少瑾忙把图样折起来交给了碧玉："你帮我交给袁夫人，我先回去了。"然后不顾碧玉的挽留，匆匆地离开了寒碧山房。

周少瑾朝北走去。施香忙拉了她："二小姐，您这是要去哪里？嘉树堂在那边呢！"

周少瑾微微地笑："我们不回嘉树堂，我们去小山丛桂院。"

施香愕然。

周少瑾打开施香提着的竹篮，笑道："父亲带了些茶叶来，我既然连二房都送了些去，于情于理，怎么也应该给池舅舅送些去吧？"

"可是……"池四老爷那么厉害的人物，不是应该少接触为妙吗？为什么还要往前凑？要是万一惹烦了他，他连五房走水的事都能推到诺大爷的身上，还有什么事不能随心所欲的？施香深深地觉得二小姐应该离池四老爷远一点，可看周少瑾一副高兴样，这话她有些拿不定主意应不应该说。

周少瑾才不管施香怎么想呢。父亲说的那些话，她得想办法告诉池舅舅才是。她丢下施香就往小山丛桂院去。

施香哪里敢不跟着？两人一前一后爬上了山丘。出来应承的竟然又是清风。清风与周少瑾两人同时瞪大眼睛，你看看我，我看看你，最后还是清风败下阵来，懊恼地说了声"还请二小姐稍等片刻"，转身往里走去。

周少瑾看着不由冷哼了一声。还说池舅舅去了临安，这才几天，怎么就赶了回来？是池舅舅的推托之词，还是二房的老祖宗有意打压池舅舅找的借口呢？周少瑾觉得后者的可能性大一些。池舅舅毕竟是晚辈，看他那样子，虽然总是带着笑，也不是那任人搓揉的性子。二房的老祖宗只要透点口风出来，以他的性子，又怎么会厚着脸皮去吃吃喝喝呢？

她站在凉亭里等着，很是无聊，打量起小山丛桂院来。

小山丛桂院建在一个山丘上，她站的这个地方在山丘的半腰，一个凉亭，几块大石头，身后是片树林，地势渐高，绿树掩映间，能清楚地看到一片屋脊连绵的庭院，瞧那面积，竟然不比四房小。再往上，是山顶，有个亭阁，她上次去过，叫清音阁，一路上小溪流水，古树野花，山石嶙峋，颇有些山间情趣。

不过，江南的山水都这样，十之八九是人工建起来的，是假的，不像北方的山水，虽然粗犷，却实打实的是原来的样貌。说起来，她还是更习惯北方，特别是冬天，有地龙，暖暖的，一点也不冷，不像金陵，要用火盆，屋子里总有股子气味。

偌大个庭院，难道只住了池舅舅一个人？小山丛桂院的山林好像连着寒碧山房似的。只是不知道它们后面是哪里？如果哪天有机会，她怎么也要绕着九如巷走一圈，看看九如巷西到哪里，东到哪里……就这么看过去，她们好像住在山里似的，哪里看得到一点金陵府的繁华？周少瑾在那里胡思乱想了半天，清风连个影儿也没有，她就坐在凉亭的美人靠上等着。

"二小姐，您小心着了凉。"施香忙拉住了她，拿出自己的帕子垫在美人靠上，嘀咕道，"这要是能有个坐垫就好了。"

周少瑾猜这清风是不是有意冷着自己，因而笑道："等我们下次来的时候，自己拿个坐垫来。"想了想，又道，"还带套茶具来，带本书。反正要等着，不如喝喝茶，看看书。我就不相信了，那清风还敢不给我通禀。"

施香忍不住扶额。人家这是明着赶二小姐走，二小姐却要赖在别人家门口。这要是让大小姐知道，还不得气得半死啊！她劝周少瑾："要不，我们明天再来？带了茶具和坐垫……"

"再等等吧！"周少瑾看了看天空，太阳已经升了起来，照在身上已没有夏日的燥热，"若再过半刻清风不来，我们就直接进去好了。"

"这，这恐怕不妥吧？"施香说着，觉得自己额头上好像有汗冒出来似的。

周少瑾却不以为然，道："你说谁家的小童胆敢怠慢客人？小山丛桂院的小童就敢。可见天下之大，无奇不有。他们院的小童既然敢私自做主不给客人通报，我就是闯了进去，那也是有样学样，没什么大不了的。"她与其是说给施香听的，不如说是在给自己打气。

施香无奈。

周少瑾见清风还没有踪影，心一横，走了进去。

"二小姐，二小姐，您三思而后行！"施香在一旁苦口婆心地劝着。周少瑾只当没有听见。

清风却从旁边的树林里跳了出来，怒目道："二小姐，我们家四老爷不在家，还是请您先回去吧！"

"是吗？"周少瑾不为所动，继续往前走，"我怎么看着你根本没有去通禀啊！"

清风拦在了周少瑾的面前。周少瑾从他身边绕过，继续往前走。清风只好又拦住了她，道："周家二小姐，我们家四老爷真的不在！"周少瑾烦死了，站在那里高声喊着"南屏姑娘"。清脆的声音带着几分甜糯，软软地回荡在树林间。清风神色大变。

周少瑾警告他："你要是再敢拦我，我就告诉郭老夫人去。就算池舅舅护着你，你的名声也完了。你就等着一辈子做小道童好了。"清风气得直跺脚。周少瑾抿了嘴笑。清风小大人似的，实际上却是个孩子，很好玩！

有人婀娜多姿地走了过来，高挑的身材，玲珑的曲线，玄色的衣裳，赛雪欺霜的肌肤，冷冷的表情，艳丽的面孔，居然是集萤。不知道为什么，周少瑾总觉得集萤不像婢女，给人感觉有点不好惹。她不由敛了笑容，站直了脊背，微笑地朝着她点了点头，完全一副大家闺秀端庄的姿仪。

集萤挑了挑眼角，笑道："我说是谁在喊南屏姐姐呢？原来是二表小姐啊！不知道二表小姐来有什么事？我可否代为通禀？"

她的话音还没有落，周少瑾就感觉到清风身子一僵，整个人都变得充满了警惕。她们之所以认识，是因为五房走水。程池虽然没有叮嘱自己让自己保密，可这不是常识吗？就像清风，见到自己就像不认识似的。集萤为什么会一点也不避嫌地和自己打着招呼呢？难道清风也和自己一样感觉集萤不好相处吗？周少瑾思忖着，笑道："多谢集萤姑娘了，我刚才碰到了清风，让清风给我通禀一声就是了。"

清风闻言好像松了口气似的。他恭敬地给周少瑾行礼，道："二表小姐，您在这里等一会儿，我这就去给你通报。"好像真如周少瑾所说的那样，周少瑾刚刚到，清风也是刚刚碰到她似的。

集萤冷笑，甩着衣袖和他们擦肩而过。

清风长透了口气。

周少瑾就不满地喊了声"清风"，道："我可是帮了你一个大忙，你要是还像刚才那样推三阻四的，我见了池舅舅肯定狠狠地告你一状。"

"就知道告状！"清风气得够呛，却不知道怎的，没有像刚才似的对她横眉怒目，而是不愉地朝那片庭院走去。

不一会儿，他折了回来，道："四老爷在绣绮堂等小姐。"

绣绮堂是个什么地方？不过，九如巷凡是称之为"堂"的地方，都是一房的上房。长房已经有了个住着袁氏的蕴真堂，怎么又出了个绣绮堂？周少瑾按捺着心中困惑跟清风往前走。不远处就是个五阔的敞间，黑漆柱子，门扇上镶着玻璃。

清风带着她上了敞间的廊庑，朝右边的游廊去。

周少瑾趁机朝敞间瞥了一眼，见敞间的中堂上挂着块黑漆匾额，匾额上"绣绮堂"三个斗大的鎏金行草非常醒目，旁边还有副黑漆鎏金的对联，可惜她走得匆忙，没有看清楚上面写的什么。

游廊拐个弯，是条长廊，左边是美人倚，右边是花墙，尽头是个三阔的敞厅。

透过花墙，可以看见竹林、芭蕉树和湖面，只是不知道那边是哪里。

敞厅门扇开着，可以看见左右都用万字不断头的落地罩隔了，挂着湖色的帐子。虽然帐子用银钩钩着，但还是看不清楚落地罩后面的情景。中堂是幅《钱塘江观潮图》，图下是张黑漆长案，长案正中摆着象牙山水桌屏，两边各置尊牡丹花开的粉彩梅瓶。长案前放了张黑漆四方桌，左右各放一张黑漆太师椅，下首是一排黑漆太师椅，用黑漆茶几隔着。

好普通的陈设啊！周少瑾踮起脚来朝里看了看，没有人。

清风站在门口恭谨地禀道："周家二小姐过来了。"与刚才和周少瑾说话的态度有天壤之别。周少瑾也不由得紧张起来。

程池从右边的落地罩后面走了出来。他像上次一样，穿了件月白色细葛布道袍，玄色福头鞋，雪白的袜子，乌黑的头发用根象牙簪子绾着，神色暄和，面带笑容。

"你过来了。"他指了指旁边的太师椅，笑道，"找我什么事？"好像很忙，抽了功夫才能和她说句话似的。

周少瑾就更紧张了，忙拿过施香手中的竹篮，道："我父亲从南昌回来，我回家住了几天，这是父亲带来的茶叶，老夫人也说好喝，我就给您拿了点，我记得您是喝茶的！"

程池笑了起来，道："我是喝茶。多谢你了。"他说着，示意清风接过了竹篮。

周少瑾顿时有些不知所措。不说让她坐吗？池舅舅是主人，为什么不先坐下来？他这样站在那里，好像随时送客，拔腿就走的样子，她难道要告辞不成？

如果她就这么走了，岂不是白来了一趟？这次她要是不厚着脸皮留下来，下次还不知道要等多久才有借口来找他。而且二房老祖宗和父亲说的那些话，也得要及早告诉他才是。周少瑾握了握拳头，装作什么也不知道，笑盈盈地坐在了太师椅上。

程池很是意外。他的意思已经很明显了，没想到这个小姑娘却根本不懂。难道是他和顾九臬这样的人打交道久了，行事做派太过含蓄了？程池轻轻地咳了一声，遂在周少瑾的对面坐下。这样，这孩子总归知道他的意思了吧！

正经的主人家待客，都会请了客人和自己一起坐在四方桌旁：如果有长幼尊卑之分，身份高的人又是主人，通常都坐在四方桌前，身份低的人或是客人则会坐在下首。程池这是没有把周少瑾当客人看待，颇有些"你有什么话就说，说完了快走"的意思。

周少瑾最敏感不过了，哪里感觉不到他的态度？她心里有点难过，可想想又释然了。池舅舅本来就和她没有什么交集，不是他好心救了她一回，她也根本不会认识池舅舅。她这样贸然地找过来，若自己与他易地而处，也会觉得有些烦人。周少瑾又有点小倔，觉得自己既已经坐到了程池的面前，就不应该半途而废才是，是好是坏，不去做，永远不会知道。她努力地微笑着，让自己看上去落落大方。却不知道她略带几分窘然的笑容和清澈的眸光中流露出来的慌张落在程池的眼里却是那么明显。

小姑娘不是不懂，是有求于他吧？程池思忖着。可能还是第一次这么求人，所以明明知道自己在赶她，却硬着头皮装作不知道。

望着周少瑾虽然柔美却青涩的脸庞，他突然想到自己第一次出远门。

大冬天的遇到了下大雨，他执意冒雨前行，结果秦子宁淋病了。他好不容易找到一户乡绅，想借住一晚，结果别人见秦子宁病得厉害，怕秦子宁有个三长两短的晦气，怎么也不愿意。他好说歹说，那乡绅才勉强同意把柴房借给他们住一晚。他那是生平第一次求人，除了愤怒，还有一丝窘然。

小姑娘家的，能有什么事求他？不过是些"你喜欢我，我喜欢他"之类的男女之情而已。看在她竟然有胆量找到自己帮忙的分儿上，自己就帮帮她好了，反正对于自己来说也不过是举手之劳的事。这些乱七八糟的事都解决了，她应该也就不会再来找自己了。

程池思忖着，笑着指了指自己下首的太师椅，道："你是为程相卿的事来找我的吗？他不是去了岳麓书院吗？"

程相卿程铬？！自己来找池舅舅，与他有什么关系？周少瑾眨了眨眼睛，半晌才反应过来。她的心怦怦地乱跳，道："这件事是池舅舅插手的吗？"

"不是。"程池笑道，"是袁夫人的意思。她出的钱，联系的书院。"

原来是这样啊！周少瑾的心平静下来。

程池却道："既然程相卿那边没有什么事，你难道是为程嘉善过来的？"

他为什么会这么说？周少瑾瞪大了眼睛，道："许表哥的事，与我有什么关系？"

程池闻言皱了皱眉，道："你不知道嘉善回来了吗？"

"知道！"周少瑾道，"我刚刚知道——他去给老夫人问安了。"

程池有些不解，周少瑾心里却隐隐作痛。程许总是缠着她，觉得他总有一天能打动她……难道池舅舅也认为她和程许有纠葛不成？想到这些，她又自我安慰，程嘉善出身名门，年少英俊，还有个案首的功名在身，仕途可期，是很多名门望族眼中的金龟婿，又愿意在她面前伏低做小。池舅舅误会她被程许感动，也是人之常情。周少瑾想到自己第一次和程池接触，就是为了躲避程许。难不成池舅舅一直以来都以为她在程铬和程许之间玩欲擒故纵的把戏，不然他怎么一开口就问起程铬，之后又问起程许？

周少瑾非常委屈，不知道说什么好。她既不想嫁给程许也不想嫁给程铬……为什么大家都不相信她！

程池看着眼眶突然红红的小姑娘，有些莫名其妙。他又没有说什么，怎么就突然哭了起来呢？

"既然不是为了程嘉善，那你找我到底有什么事？"程池正色地道。

周少瑾心中一惊。万一池舅舅真的以为她和程许有什么瓜葛，那可就糟糕了！池舅舅的厉害，她是见识过的。五房走水那么大的事，他说压下去就压下去了，事后还没有一点点痕迹。偏偏程许又做出许多让人误会的举动，如果池舅舅以为她和程许是两情相悦，以为她来找他是为了让他成全自己和程许。以池舅舅的手段，说不定真的有办法让她嫁给程许。到时候她可是跳莫愁湖都洗不干净了！

"池舅舅，"周少瑾急得脸色通红，忙道，"我留在程家是为了陪姐姐。等到姐姐出嫁，我就会跟着父亲去任上。程家的大恩大德，我永世难忘。在我心里，它永远是我的外家。我以后若有机会，逢年过节都会回来看外祖母、舅舅们的。"

程池有些意外。小姑娘这是在告诉他，她无意嫁给程许呢！不过，她怎么会这么想呢？但程池转息就明白过来。他笑了起来，问周少瑾："你知道程嘉善回来了吗？"

周少瑾一愣。这已经是程池第二次问她了。她不知其意，傻傻地点了点头。

程池笑道："那你知道他是去给他的恩师拜寿的吗？"

"知道！"周少瑾老老实实地道。

"你父亲先前说过会回来过八月十五，他恩师寿诞在八月初七。他可能盘算着给他恩师拜了寿，正好赶回来见你父亲一面。"程池淡淡地道，"可没想到你父亲八月初七就要走。他听到消息连他恩师的寿宴都没有参加，就日夜兼程地赶了回来。不承想还是晚了一天，你父亲已经走了。"

周少瑾听了脸色发白，失声道："他，他要见我父亲做什么？"

"你不是说你知道吗？"程池看她的手指头又绞在了一起，猜着她可能一紧张就会绞手指头，笑道，"估计是想娶你，不能想办法向你父亲提亲，能在你父亲面前留个好

· 033 ·

印象也不错。"

周少瑾骇然，尖声道："我，我不要嫁给程许！"又怕程池不相信，道，"我死都不会嫁给程许的。"

连名带姓地称呼程嘉善，可见是多么地不待见他。程池望着周少瑾仿若落入猎人陷阱般惶恐不安的目光，不禁在心里叹了口气，起身倒了杯热水给她，温声地道："来，坐下来喝杯茶！"

周少瑾止不住地打颤，直到茶盅暖暖地温热了她的手，她这才缓过神来，抬头朝程池望去。

"没事了吧？"程池笑望着她，明亮的眼眸像冬日的阳光般暄和。

周少瑾有片刻的恍惚。池舅舅的笑容，真的很暖人心。然后她想起刚才池舅舅说的话，不由一个激灵，神色大变。因为知道她和程辂没有关系，所以池舅舅才会说"程辂不是去了岳麓书院吗"。因为知道自己是真心不想嫁给程许的，所以池舅舅才会问"你知道程嘉善回来了吗？"池舅舅，从来都没有怀疑过她！他一直都相信自己，反而是自己误会了他！觉得他和那些人一样，听见程辂说那些话，就觉得她和程辂暧昧不清；看见程许中意她，就觉得她应该兴高采烈地嫁给程许。就是姐姐，刚知道这件事的时候也只是担心她和程许门第有别，怕她嫁了过去受委屈，却从来没有想过她愿不愿意嫁给程许。

猝然间领悟到这一点，周少瑾的眼泪止不住地落了下来。"池舅舅……"她低着头，抿着嘴小声地哭泣着，不能自已。

程池觉得头痛。不是没有女人在他面前哭过。可没有谁像眼前的这个小姑娘一样，哭得这么痛快，这么认真，仿佛天地间就只剩下哭泣这一件事似的。现在的小姑娘，真不知道她在想什么！你说东，她指的却是西，让人摸不清头脑。

程池轻轻地咳了一声。怀山无声无息地从右边的落地罩后面走出来。程池轻声吩咐他："去叫了南屏过来。这种事得交给她。"怀山强忍着笑意，恭声应"是"，退了下去。

周少瑾隐约间感觉到有人进来了，又出去了。她不由抬起头来，泪眼婆娑地四处打量。屋里只有她和程池。或者是自己感觉错了！周少瑾暗忖道，立刻把这件事抛到了脑后。

程池却松了口气。见她眼睛、鼻子红红的，像个小娃娃似的，想了想，掏了块帕子递给了周少瑾："把眼泪擦擦。"

周少瑾赧然地接过了帕子。她没想过在池舅舅面前哭的。她原打算好好地和池舅舅说说话，让池舅舅知道她虽然年纪小，却也颇有几分见识的，现在，全泡了汤。周少瑾十分懊恼，悄悄地打量程池的神色。

程池姿态随意地坐在太师椅上，神色依旧很温和，好像对她的哭泣并没不耐烦似的。她如释重负。

见程池侧身去端茶盅，周少瑾忙跳了起来，道："池舅舅，茶冷了吧？我给您重新换一杯。"然后夺过桌上的茶盅，一溜烟地跑了。

程池望着空空如也的桌子，哂然失笑。

而周少瑾直到进了茶房，耳朵还火辣辣的。希望等会儿她再进去的时候，池舅舅已经忘了这件事。

周少瑾满脸通红地走到了炉子前，根本没有注意到坐在角落里吃着炒胡豆的清风和朗月。

清风和朗月看见周少瑾却很是惊讶，两人不由得交换了一个眼神——周少瑾的眼睛红红的，一看就是哭过了的。朗月用手肘拐了拐清风。清风轻轻地冷哼了一声，别过脸去。朗月没有办法,无可奈何地笑了笑,从兜里掏出把炒胡豆递到了周少瑾的面前。

"二表小姐,"他笑盈盈地道,"您吃豆子。"

周少瑾从小佳肴美馔,口味偏软,像炒胡豆这样坚硬的食物,她通常都不吃的。但她还是笑着道了谢,接过炒胡豆装进了兜里,自然也就看见了坐在墙角小杌子上的清风。

她笑着朝清风点了点头。清风面无表情。周少瑾也就懒得理他了,提了水壶去注水。

朗月忙道:"二小姐,我来,我来。"

"不用了。"周少瑾笑着拒绝了。她现在需要做点事让自己忘掉刚才的窘然。

周少瑾打了水,把壶放在了炉子上,顺手拿了蒲扇,坐在炉子前的小杌子上给炉火扇起风来。

"二表小姐,还是我来吧!"朗月去拿周少瑾手中的蒲扇,道,"我们家四老爷可讲究了,沏茶是沏茶的人,烧水是烧水的人,您就别和我客气了。要是扬起来的炭灰把您的手弄脏了可怎么办?您还是在一旁坐着,等我把水烧好了喊您好了!"

"是吗?"周少瑾有些犹豫。她上次在三支轩遇到池舅舅的时候,好像是她烧的水,她沏的茶,池舅舅也没有说什么啊!

难道他是为了给她解围?她思忖着,见炉子里有烧白了的灰屑飘出来落在了她的手上,于是把蒲扇递给了朗月。

朗月就笑指着旁边的一个铜盆,道:"二表小姐去净净手吧!那边有把小杌子,南屏姐姐喝茶的时候喜欢吃些茶点,那边的闷户橱里放了梅子、橄榄什么的,您别客气,喜欢什么就吃什么。等我把水烧好了,再喊您沏茶。"说完,喊着"清风",道:"你去拿个攒盒过来,看二表小姐都喜欢吃些什么,装个攒盒。"

清风默默地从朗月说的那个闷户橱里拿了个攒盒出来,沉声问周少瑾道:"二表小姐,您要吃些什么?"

周少瑾什么也不想吃,她只盼着程池把刚才的事忘记。

"你们不用管我。"她委婉拒绝道,"我要是想吃什么茶点,跟你们说就是了。"

两人正说着,南屏走了进来。她乌黑的青丝梳了个圆心髻,插了根碧玉簪,穿着件水绿色的湖绸比甲,面带笑意,显得温柔而娴静。

"二表小姐,您过来了。"她笑着朝周少瑾福了福,道,"这里炭味重,您还是到廊庑上坐会儿吧!等水烧开了,清风再来喊二小姐也不迟。"

周少瑾见南屏说得诚恳,倒不好坚持,由南屏陪着,出了茶房。

南屏见她眼皮红红的,一张脸却雪白雪白的,不仅不见狼狈,反而有种弱不胜衣的楚楚动人之姿。她不由暗暗赞叹。四房的这位二表小姐长得可真是漂亮!不仅仅是漂亮,眼角眉梢、举手投足之间还带着股让人怜惜的柔顺娇美,好像那花似的,略一用力就会被折断般。难怪她哭起来四老爷也不好大声训斥她。以后也不知道谁家的儿郎有这福气把她娶了去。这些念头也不过是在南屏的脑子里一闪而过。

她笑着和周少瑾寒暄:"您这些日子闲了的时候还做针线吗?我上次去的时候见您正做着件女子的裙子,若是我没有看错,好像是条月华裙。没想到二小姐的女红如此好,连月华裙也会做。"

周少瑾谦虚道:"不过是看得过眼罢了,比不得针线房里的诸位师傅手艺高超。"

"她们是靠这吃饭的,"南屏笑道,"要是比我们还差,那还得了!"

两人说着话,朗月探出头来:"二表小姐,茶沏好了。"

周少瑾笑着应了一声,去茶房拿茶,对南屏道:"我们等会儿再说。"

南屏笑着目送周少瑾进了敞厅。怀山不知道从什么地方冒了出来,低声道:"周二小姐没事吧？"

"没事。"南屏笑道，"我看周二小姐挺懂事的……"言下之意是怎么哭了起来。

怀山道："我也不知道，她突然就哭了起来。"他说着，摸了摸下巴，幽幽地道，"不过，有几年没有看见有人敢在四爷面前哭了，我也吓了一大跳！"

南屏语凝。

周少瑾佯装出副若无其事的样子把茶盅放在了程池的手边，甜甜地喊了声"池舅舅"，道："您喝茶。"

程池看她眉眼弯弯的模样，如果身后还有条摇啊摇的尾巴，就活脱脱像只讨好主人的波斯猫了。他笑着"嗯"了一声，端起茶盅来喝了一口。

周少瑾心里的大石头落了地。喝了她的茶，就算是既往不咎了吧！

周少瑾坐到程池下首的太师椅上。程池问她："你是不是有什么事要问我？"

在周少瑾去沏茶的功夫，他想了想，既然她不是为了程相卿的事来找他，也不是为了程嘉善的事来找他，那就只有一种可能，像上次似的，因为遇到了弄不明白的事来问他了。

周少瑾怎么好开门见山地说二房老祖宗的事，那谣言不总是当事人最后一个才知道吗？池舅舅虽然厉害，但若是二房的老祖宗做得很隐秘，池舅舅尊敬他是长辈，根本没有察觉到，她就这样直截了当地说出来，池舅舅肯定不会相信的。与其费心地去解释，还不如委婉地提醒池舅舅，池舅舅自会去查证的。

"没有啊！"周少瑾把早就想好的话说了出来，"上次我父亲回来的时候二房的老祖宗不是做东宴请了我们家吗？我当时在内院，回去后才听父亲说您去了淮安，还说家里有批货出了问题，您去淮安处理去了。我有些担心，想着还要送茶叶给您，就顺道过来了，想问问南屏姑娘您的事办得怎样了，没想到遇到了清风，说您已经回来了……"

既然如此，茶叶已经送到了，他的人她也看到了，她为什么还要横了心留下来呢？程池不相信她的话。总觉得她还有下文。

果然，周少瑾不出他所料地笑道："池舅舅，淮安那边的事您已经处置好了吗？不知道是什么事，居然要让您亲自跑一趟？我爹爹走的时候一直在惋惜，说池舅舅学识渊博，谈吐文雅，之前他为了举业和您只见过两面，如今有机会和您长谈，您又太忙，没说几句话就被管事们叫了去。他原以为会在宴席上见到你，没想到您去了淮安。结果被二房的老祖宗叫去书房下棋，还把识表哥也叫去了，让他在一旁端茶倒水的。"她说着，嘻嘻地笑，好像在看程识的笑话似的，道，"我爹爹还说，没想到洪大舅母的外家竟然是赛阳黄家。池舅舅，赛阳黄家很有名吗？比九如巷还有名吗？我爹爹说，九如巷是金陵第一家，是真的吗？"

程池心中微震。这小丫头，是来告诫他小心二房的老祖宗的吗？她到底知不知道自己在说些什么？这种事，也是她一个小丫头能掺和的吗？

程池笑道："金陵城是六朝古都，藏龙卧虎，九如巷怎能算得上是金陵第一家？那人家梅花巷顾家又摆在哪里呢？还有石头巷的郭家，哪家不比我们程家有底蕴？这话可不能在外面乱说。"

"我知道啊！"周少瑾抿了嘴笑，道，"我就是在池舅舅面前说说。"

她心里很是焦急。池舅舅到底有没有听懂自己的话啊！她要不要说得再直白点？周少瑾有些拿不定主意。

程池却发现她左手握着右手，指头好像又要绞在了一起似的。不知道有没有其他人发现她这个毛病？还好她只是个深闺女子，如果在外行事，只怕三下两下就被人算计了。不过,就算是个深闺女子,以后嫁了人,还不是要上应对婆婆,下应对妯娌,还是一样很容易就被人摸清楚底细。他忍不住道:"你知不知道你心里一有事指头就绞在了一起?"

"啊?!"周少瑾瞪大了眼睛。不是说他的事吗?怎么突然说起她的事来?她有些不知所措。

程池又道:"有人跟你说过你有这毛病吗?"

这算是毛病吗?周少瑾半晌才回过神来,道:"我,我姐姐跟我说过,可我怎么也改不过来。"她有些羞愧地低下了头,"后来我就尽量地少出门,待在家里。"

屋子里一时间静悄悄的,没有一丝声响。池舅舅,不会因为这个就生气了吧?周少瑾惴惴不安地抬头朝程池望去。只见程池眉峰微蹙,好像在想什么似的。周少瑾不知道出了什么事,只好安静地坐在那里,尽量让自己的呼吸声轻一点,不要打扰到他。

也不过几息的功夫,程池突然道:"你坐着的时候,能不能养成把两只手紧紧地握在一起的习惯?不管是什么时候,你的两只手都紧紧地握在一起。"他说着,目光落在了她的手上,"不要让人察觉你是在紧张,而是让人以为你就是这样的举止。"

程池的视线,比夏日的阳光还要灼热地落在了周少瑾的手上。

周少瑾的手不由得朝袖子里缩了缩,但她转念想到程池说这些话都是为她好,她又挺直了脊背,把手伸了出来,然后照着程池说的,把手紧紧地握在了一起,小声地道:"是,是这样的吗?"

"大致上就这样。"程池道,"等到冬天的时候,你把衣袖做得长一点,这样别人就更加看不出来了。"又道:"这个动作你要好好地练习练习,养成习惯,就自然了。一旦成了自然,别人也就看不出你的异样来。"

周少瑾连连应诺。

程池道:"你父亲陪二房老祖宗下棋的事,是你父亲告诉你的吗?是单独说的,还是大家一起聊天的时候说的?"

周少瑾顿时有些犹豫起来。她如果说是父亲单独和她说的,不知道池舅舅会不会觉得父亲是要借她的口给他传话,让他误会父亲这是在他和二房的老祖宗之间挑拨离间啊?

程池突然就笑了起来,温声道:"还是你自己想告诉我的?"

周少瑾眼睛都亮了,忙道:"是我自己想告诉您的。"这样,就不会拖累父亲了吧?

程池哈哈地大笑起来。这小丫头,是怕把父亲拖下水吧?不过,周镇若是无心,又怎么会当着女儿说这些话呢?他看周少瑾的目光又温和了几分。

外面传来脚步声,周少瑾循声望去。看见清风走了过来,隔着帘子恭敬地禀道:"四老爷,大爷过来了。"

周少瑾差点就跳了起来。程许……他来这里干什么?她朝程池望去。

程池满脸平静,吩咐清风:"让他进来吧!"

周少瑾这才想到,程许既然出了趟门,走的时候辞别长辈,回来的时候给长辈问安,原是礼节,是她自己考虑不周详,没有想到这些,却怪不得程许。她忙站了起来,紧张地道:"那,那我告辞了。"话音刚落,又觉得不妥。她这个时候离开小山丛桂院,有可能和程许碰个正着,以程许的脾气,说不定匆匆地和程池说上两句话就会追出来……她还不如等程许走了再告辞。她又忙改口道,"您让我到您的茶房里喝杯茶再走,行吗?"说完,周少瑾目含期盼地朝程池望去。

程池心中微讶。小丫头带着些许惊惶的目光像被猎人逼到了角落的小兽般恐慌而无助。她为什么这么怕程许？这已不是简单的不待见或是讨厌，而是害怕了。程池心存疑惑，面上却不显，笑道："你去吧！茶房里还有茶点，喝杯茶，吃了点心再回去也不迟。"

周少瑾感激地朝他投来一瞥，转身就跑了出去。可帘子还在晃动，她又跑了进来，满脸通红地道："池舅舅，我，我能到您……"她指了指左边的敞间，"那里坐坐吗？"

她进来后就注意到了，右边的敞间是个书房，大书案上还摊着书和宣纸，左边是个宴息室，只摆了些桌椅、香案、多宝槅瓷器之类的，而且程池是从右边的敞间走出来的。她怕书房里有什么东西，她不方便看，所以才想左边的宴息室避一避。

绣绮堂的茶房在两个敞厅之间。程池猜着她可能是看见程许走过来了，去茶房会被程许看见，只好又折了回来。

"行啊！"他笑着应了，问她，"要不要我让丫鬟给你上杯茶？"

"不用，不用。"周少瑾连连摇手。她要是大大咧咧地坐在那里喝茶，程许一进来就能看见，那她又何必折回来？

程池也没有勉强她。周少瑾刚躲到落地罩的帐子后面，程许就走了进来。他穿着件湖蓝色的素面湖绸直裰，脚下穿着玄色掐祥云纹的脸面鞋，神采飞扬，笑容满面。

"四叔父！"他欢快地和程池打了招呼，没等程池说话，已笑嘻嘻地坐在了程池的下首，原来周少瑾坐的位置。

程池神色冷淡地点了点头，道："回来了？你恩师怎么样了？还每天都写诗吗？"

"写诗，写诗。"程许笑道，"不仅写诗，还每天都会背诵一首杜、李的诗选。"看得出来，程许的恩师不仅和程池认识，而且两人的关系还很好。

然后程许就笑着开始讲起自己在杭州的经历来："那个五芳斋，还是小的时候跟着母亲去过一次，一点样子也没有变。我就进去买了些桃酥、梅菜饼之类的，给祖母和您都带了些回来……恩师的儿子陪着我去了西湖，遇到了福建闵家的闵健强和几个同伴。"他说着，兴奋起来，道，"就是您那一科的状元郎闵健行的胞弟。比我大十岁，去年考中了举人，跟着家中的族兄到杭州来游历。他那族兄的妻舅在杭州府任同知。他知道您和他的哥哥是同窗，对我非常热情，还留了地址，让我有空的时候去福建找他玩。他过些日子会去嘉兴。嘉兴知府，是他的另一位从兄。我们已经约好了在嘉兴碰头，到时候我会请他到家里来做客的。

"他的同伴领我们去了西湖旁边的一个小饭馆。那馆子虽小，做的叫花鸡和炸响铃却十分地道，叫什么'聚英会'的，哪天您去杭州，可以去尝一尝……"

桃酥、梅菜饼什么的，对于周少瑾来说，都如轻风过耳，可"福建闵家"四个字却重重地落在了周少瑾的心里。

兜兜转转，福建闵家，还是出现了。梦中，她有段时间常想，那个本应该嫁给程许的女孩子是谁，就有那么好，让袁氏宁愿和她两败俱伤也不愿意接纳她。如今，她疏远程铬，引来了谣言，程许被打发去了杭州，遇见了福建闵家的人。是不是冥冥早就注定，闵家的那位小姐才是程许真正的有缘人呢？周少瑾默默地靠在落地罩房，轻轻地叹了口气。

程池安静地坐在那里，慢慢地喝着茶，却渊渟岳峙，气度雍容，好像可以一直这样天荒地老似的。

程许看着就有点心慌起来。他起身告辞："四叔父，那我先走了，改天再来看您。"程池颔首，喊了清风送程许出门。

周少瑾长呼口气，从帐子后面走了出来，向程池告辞。

程池见她已不复刚才的苍白脆弱，道："我让集萤送你回去吧！"

刚才已经让程池看笑话了，周少瑾哪里还好意思让程池派人送她回去？她婉言拒绝道："这里离嘉树堂不远，走一会儿就到了，就别麻烦集萤姑娘了。"

程池不置可否。

周少瑾不敢多做停留，屈膝行礼，辞了程池，叫了施香，离开绣绮堂。可她没想到的是，程许和他的小厮欢喜以及随从大苏竟然站在小山丛桂院门外的凉亭里。

程许的表情显得有些茫然，好像有什么事困惑着他似的。大苏和欢喜则恭恭敬敬地站在他的身后，大气都不敢出的样子。

他怎么还没有走？周少瑾在心里嘀咕着，只好折回了绣绮堂。

施香问："小姐，我们怎么办？"

周少瑾无奈地道："只有等他走了我们再走了。"

她们等着程许离开。

朗月不知道有什么事经过走廊，笑着和她打招呼。周少瑾吓了一大跳，忙朝外望去。还好程许正在和大苏、欢喜说话，没有注意到这边的动静。周少瑾透了口气，朝着朗月做了个噤声的手势。朗月笑着拐进了长廊右边的如意门。

周少瑾觉得站在这里太不安全了，吩咐施香："我们去池舅舅那里。"万一程许发现她在这里也有个躲的地方。

她们又去了后面的敞厅。程池正和怀山站在厅堂里说着什么，看见了周少瑾却神色如常地瞥了她一眼，继续和怀山把话说完，这才抬起头来。

周少瑾忙屈膝行礼，面如朝霞地喃喃地道："许表哥在门口……"

程池什么也没有问，闻言道："那就进来坐会儿吧！"

周少瑾喜出望外，向程池道谢，进了敞厅。

怀山微微点头，退了下去。

周少瑾不好意思地还了个礼，见屋里只有程池，不禁悄声地道："池舅舅，您是不是知道许表哥会在半路上等我？"

"没有。"程池简明地道，"我是看见刚才程嘉善坐在我面前，眼珠子却骨碌碌地直转，一副找人的样子，才猜想他可能是得了消息来找你的。"

所以池舅舅才让集萤送她回去的！周少瑾心里五味杂陈，轻声道："池舅舅，那您让集萤姑娘送我回去吧！"她不知道程池为什么让集萤送她回去，但她相信程池的决定。他说让集萤送她回去，集萤就肯定能顺利地让她回到四房。程池"嗯"了一声，吩咐清风去叫集萤过来。清风应声而去。

程池就指了刚才周少瑾坐的太师椅，道："你先坐会儿，集萤应该马上就会到的。"

周少瑾笑着道谢，重新坐了下来。她发现方桌上多了本蓝皮的册子。

周少瑾想到刚才厅堂里的情景，不安地道："池舅舅，我是不是打扰您了？要不，我就在廊庑里等好了。"

程池"哦"了一声，瞥了一眼四方桌上的蓝皮册子，道："没事，是淮安那边的账册，我早已经看完了。"

第二十四章 护送

是吗？周少瑾想起右边敞厅书案上摊着的宣纸和册子，有些不相信。可程池已经说了不要紧，她也不好坚持去廊庑等，那样好像显得有点小家子气。反正自己已经欠了池舅舅很多，也就不在乎这些了，只有等以后有机会再报答池舅舅了。

周少瑾问程池："淮安那边的货，真的出了问题吗？"

"嗯。"程池道，"翻了艘船，好在是没人伤亡。损失了几千两银子，要和货主商量赔偿的事。"

周少瑾不禁念了声"阿弥陀佛"，道："银子没有还可以赚，没有人丢了性命就好。"

程池点头。心想，我这么说，你应该不会再来找我了吧？

集萤过来了。她穿了件葡萄紫的比甲，梳着个纂儿，神色冷淡，举止却恭敬地向程池行了个礼。

周少瑾不由在心里嘀咕。这个集萤，怎么每次见到她的时候她都穿这么深颜色的衣服啊，难道她就不热吗？腹诽间，她听到程池吩咐集萤："你把周家二小姐送回畹香居去。"

集萤恭顺地应"是"，朝着周少瑾做了个"请"的手势，率先走了出去。

周少瑾匆匆地给程池行了个礼，追了出去。

程池摇了摇头，走回了右边的敞厅，坐在大书案前，轻轻地抚着书案上的册子思考着。

怀山悄无声息地走了进来，禀道："四爷，我们明天就出发吗？"

"后天走吧！"程池道，声音有些低，显得懒洋洋的，"明天我去见见广东十三行的二当家，他已经给我下了两次帖子了，说有要紧的事找我。我原以为是为了三房程识的事找我，不想管的——他们想和三房做生意就去做好了，天下这么大，谁还能吃独食不成？可他把广东会馆的商大老板拉了出来，说是和商老大一起请我吃个饭，我猜可能是为了漕运上的事，我去听听他们怎么说。"

"漕运上的事？"怀山皱眉道，"他们想怎样？"

"还能怎样？"程池不以为意地笑道，"若是朝廷疏通了通顺河，南来北往的货物就可以直接从京杭运河走了，不用从广东沿福建到浙江再到天津了，他们广东十三船的船队恐怕就要散了。十三行的二当家这次来金陵城，多半也是为了这件事。"

"您是说，万童？"怀山有些不敢确定地道。

"嗯。"程池把摊在面前的册子都拢到了一起，道，"说动了万童，就等于说动了皇太孙；说动了皇太孙，就说动了皇帝。这本账他还是算得过来的。"

"您准备插手这件事吗？"怀山吞吞吐吐地道，"如果以后南来北往的货物可以走京杭运河，两岸的百姓得利，九边的粮食也可以少些损耗。"

程池笑道："咦，你什么时候也关心起朝廷大事来了？"

怀山没有表情的面孔突然一红。

程池不好继续打趣他，道："我就是去看看。"说着，他嘴角微翘，露出个略带几

· 040 ·

分嘲讽的笑容，懒懒地道，"这天下的事都与我无关，我只管睁只眼闭只眼把九如巷粉饰成个太平景象就行了。至于谁生谁死，谁好谁坏，与我何干？"

怀山低下头去，不敢搭腔。

程池望着窗外院子角落的一丛方竹，眼底闪过一丝落寞。

周少瑾和集萤出了绣绮堂，已不见程许等人的影子。她松了口气，带了施香和集萤往四房去。

半路上，她们遇到了程许。

程许满头大汗的，拿了把纸扇"呼啦呼啦"地扇着风，大苏和欢喜低头站在他的面前，大气也不敢喘一下的样子。

看见周少瑾，程许的眼睛一亮，忙道："周家二表妹，你怎么会在这里？"声音里带着难掩的喜悦。可他的目光落在集萤身上的时候，他眼中又充满了困惑，道："集萤姑娘，你怎么会和周家二表妹在一起？"

"许大爷！"集萤浅浅地行了个礼，冷艳的面孔毫无表情，道，"四老爷命我送周家二小姐回畹香居。"

"你，"程许盯着周少瑾，惊愕地道，"你刚才在小山丛桂院？"

周少瑾心中一紧，正要开口说话，集萤已道："许大爷，不好意思，请您让一让路。我还要回去给我们家四老爷复命。若是您有什么要问的，或再去趟小山丛桂院，或等我把周家二小姐送回畹香居之后您再仔细和周家二小姐絮叨。我却不便在此地久留。"

这是个丫鬟应该有的态度和应该说的话吗？程许和周少瑾等人都惊呆了。集萤却已拉着周少瑾和程许擦肩而过。

"等等！"大苏拦在了集萤的面前。

集萤冷笑，道："秦大苏，您可别忘了，我是服侍四老爷的人，难道你想以下犯上吗？"

周少瑾这才知道原来大苏姓"秦"。那他与父亲所说的"秦大"有没有什么关系呢？还有五房走水的时候遇到的那个管事，也姓"秦"，九如巷的大总管，也姓"秦"。周少瑾只觉头昏脑涨的。对程家的事了解得越多，越觉得程家让人摸不清、看不透了。

秦大苏听集萤这么说，面露迟疑。集萤冷哼一声，看也没看大苏一眼，拽着周少瑾径直往前去。施香急急跟上。

她们身后传来程许的声音："你们等等！"集萤不仅没有停下脚步，反而越走越快了。周少瑾和施香小跑着勉强跟上了她的脚步。可再一回头，程许等人已被她们甩到了身后，大苏正拦着程许在说什么，程许的脸色很难看。

这还是周少瑾第一次这样干净利落地甩了程许，她不由心情愉悦，向集萤道着谢。

集萤不以为意，道："我只是奉四老爷之命行事罢了！"

"可还是要谢谢你。"周少瑾一边跑，一面喘着气道，"就算你是奉了池舅舅之命，可若是你站在一旁任许表哥拦着我说话，也不算是违反池舅舅的意思啊！"

集萤冷冷地瞥了她一眼，没有说话，继续往前走。

周少瑾觉得集萤走得好快，有点跟不上，可一想到程许就在她们的身后，她又觉得走快点也好，就可以快点回到畹香居了。就这样走了大约两盏茶的功夫，周少瑾喘着粗气。集萤突然停下了脚步。

周少瑾奇道："为什么不走了？"集萤定定地望了周少瑾片刻，又猝然地朝前走。这次，她走得比较慢。周少瑾刚才走得太快，虽然依旧有点累，却不像刚才似的一路小跑了。"

她问集萤："你几岁进府当的差？是程家的世仆吗？娘老子都在干什么？有兄弟姐妹吗？"

集萤沉默了一会儿才道："我十八岁进府当的差。娘老子都在家里种田。有两个哥哥，没有弟弟妹妹。"

"十八岁才进府当差？"周少瑾有些目瞪口呆，"你们家怎么舍得把你送进府来？你长得这么漂亮，都可以嫁人了。"

既然不是世仆，通常只有家里太穷，养不活儿女的才会把孩子卖给别人家做小厮或是丫鬟。像集萤这样的，完全可以找个有点家底的人家嫁了，一样会衣食无忧。难道，集萤进府不仅仅是给池舅舅当丫鬟？周少瑾被自己的这念头吓了一大跳。

集萤似笑非笑地望着她，道："你觉得我漂亮？"

"是啊！"周少瑾不知道自己哪里说错了，道，"难道没有人说你漂亮吗？"

集萤目光中闪过一丝迷茫，半晌才道："有啊！有人说我漂亮。"

那为什么还要怀疑呢？周少瑾觉得集萤和这九如巷一样，处处透着不解。既然看不透，那就暂时不要琢磨好了。时候到了，自然就看透了。周少瑾学了几年禅，心态比从前宽了很多。

她们一路无语地到了畹香居。周初瑾正在门口翘首以待。她忙拉过周少瑾打量了一番，见她好好的，嗔道："你去送个茶叶而已，怎么这个时候才回来？"

周少瑾嘿嘿地笑，把集萤引荐给姐姐。

周初瑾听说是程池身边服侍的大丫鬟，又送周少瑾回来，客气地请她喝杯茶再走。

"多谢大小姐。"不同于对待程许的冷淡，集萤嘴角带着丝微笑，冷艳的面孔如冰雪融化般，显露出美艳炫目的本色，"四老爷还等着我回话，下次再来拜访大小姐。"

周初瑾没有勉强，亲自送集萤到了门口，直到她的身影消失不见，这才携了周初瑾的肩膀往屋里去，并道："她真的是池舅舅身边的大丫鬟吗？不仅长得漂亮，这通身的气派，哪里像个丫鬟，我都没好意思打赏她！"

周少瑾恍然，道："我说呢，姐姐怎么把这件事给忘了，原想提醒姐姐一声的，集萤走得太快了，我也没顾得上。还好我没有说，不然这脸丢大了。"

姐妹俩脑海里不约而同地浮现同一个念头。这集萤，不会是被送给池舅舅做通房大丫鬟吧？真是太可惜了！她完全可以正正经经地嫁给别人做太太。两人都在心里叹了口气。

回到屋里，周初瑾这才低声地问妹妹："是不是出了什么事？许表弟刚才来过了，亲自送了份土仪，说是从杭州带回来的。你又是被池舅舅的丫鬟送回来的。"

周少瑾把事情的经过讲了一遍。周初瑾道："爹爹也真是的，让你传什么话？你也是的，说给郭老夫人听就成了，还跑去小山丛桂院……"

周少瑾只是笑，不作声。周初瑾只当是妹妹顽皮，唠叨了几句，也就把这件事抛到了脑后。

下午，周少瑾去寒碧山房抄经书，碧玉和翡翠几个正在商量送什么寿礼给郭老夫人。周少瑾这才想起来九月初九是郭老夫人的生辰，自己也应该凑个兴才是。

周少瑾问碧玉："往年大家都会送些什么？"

"针头线脑的小东西。"碧玉有些不好意思地道，"老夫人是极体谅我们的，赏的赏钱比我们买寿礼的钱还要多，我们也不好意思送很贵重的东西。"

周少瑾想到上次关老太太说让她给郭老夫人绣条额帕的事，就寻思着给郭老夫人绣两条额帕、两双鞋袜做寿礼。

周初瑾也觉得好，道："长房什么好东西没有？你送再稀罕的东西也不稀罕了。自己动手做几件小东西，却是礼轻情意重。"

四房却不能马虎。

关老太太道："往年我过寿的时候，长房的礼都很重。今年少瑾在寒碧山房里抄经书，两房走得比平时还要勤，老夫人的生辰要比平日里加一成才行。"

沔大太太就有点犯愁。今年关老太太的生辰，长房除送了四套衣裳之外，还送了一串楠木佛珠、一根紫檀木的拐杖，四房加一成，加什么好？

周初瑾给沔大太太出主意："送个祝寿的屏风吧？上次二房的老祖宗过寿，我看有客人送了对彭祖拜寿图的屏风，我们不如送对麻姑拜寿的屏风。"

沔大太太也觉得不错，叫了管事进来去寻那屏风不说，程许这边却很是苦恼。

他去杭州府的时候还闷闷不乐的，待到了杭州府，有朋友给他接风，其间说起时闻轶事，莫过于朝廷要疏浚通州河的事了，有人说好有人说不好，最后谁也说服不了谁，就打起赌来。程许当时心中一动，觉得若是自己用前程和母亲打个赌，说不定就能顺利地娶了周少瑾！

他越想越觉得有道理，等听到周镇初七就要启程去保定的消息时，就再也坐不住了，匆匆辞了恩师就赶了回来。虽说到底是迟了，可他已打定了主意，倒也没有多失望。只是心里像揣了个小鸟似的，忍不住想看看周少瑾，想和她说上两句话。

没想到她还是和从前一样避着他。周少瑾到底是于他无意，还是顾忌着男女大防呢？他觉得他得想办法弄清楚才是。只是她总避着自己，自己什么时候才能好好地和她说上一句话呢？程许在家里坐立不安。

欢喜素来有察言观色的本领，很快就琢磨出程许的烦恼来，他低声道："大爷，老夫人的寿辰要到了！"

程许明白过来，不由得大喜过望，重重地拍了拍欢喜的肩膀，赏了他五两银子，躺在醉翁椅上想着到时候自己该怎么办好。

各房都开始送中秋节的节礼。良国公府却差了人到九如巷来报丧：朱鹏举的妻子病逝了。关老太太不由长长地叹了口气。

沔大太太却警觉地道："往年这样的事不是送了外院的管事就行了吗？怎么今天却给我们房头也送了一份丧报过来？"

关老太太的神色渐渐凝重起来，吩咐沔大太太："外院管事那里你派人盯着点，少瑾姐妹俩那里，你也要留心。"

沔大太太点头。

阿朱派了嬷嬷过来，说嫂嫂病逝，原来说好的赏花会办不成了，让她们多多包涵。周少瑾姐妹和程笳都写了信过去安慰阿朱。因为有长辈在，良国公府只准备停灵七天就下葬。

程笳和周少瑾说起来不免有些愤愤不平："……怎么也要停个三七二十一天吧？这样也太草率了些！难道朱夫人的娘家就没一个出来说话的？"

周少瑾昧着良心安抚程笳："可能是要过中秋节了。而且过了中秋节良国公父子就要进京了，想必是没有心情操办丧事。"

程笳到底还是为死者鸣不平，嘀咕道："就算是这样，不是还有长史吗？难道还要他们父子亲自摔盆打灵不成？"

周少瑾只好转移了话题，道："我听说中秋节洛阳那边送了很多节礼过来，是不是真的？"

程箸不感兴趣地点了点头，道："李家表哥送来的，说是为了答谢上次对他的款待，还说过些日子会再来拜访的。"

周少瑾在心里笑。李敬肯定像上一世似的看中了程箸。程箸有人喜欢，不管以后怎样，总算是有个依靠了。这样想虽然有点自私，可程箸是从小和她一起玩大的伙伴，李敬却是只见过一面的陌生人，菩萨就原谅她厚此薄彼吧！

周少瑾怂恿着姐姐做月饼："……每家都送一点，是我们一番心意。"

周初瑾的烹饪和女红都不如周少瑾，可她却做得一手好点心，其中应景的粽子、月饼、春卷之类的更是拿手的好戏。她不由得怦然心动。过两年自己就要出阁了，要是把这些东西教会了周少瑾，以后周少瑾逢年过节的时候就能自己做着送人了，多多少少能讨长辈们些许欢心，妹妹的日子也好过些。

姐妹俩就吩咐马富山家的买了食材进来，五仁冰糖馅、豆沙莲子馅、梅菜芝麻馅、玫瑰红糖馅……林林总总地做了一箩筐。然后周少瑾又画了"桂树飘香"的图案让马富山家的印在纸匣子上，除了给各房都送去一份，还给良国公府的阿朱和小山丛桂院也送了一份。

程箸吃了觉得好吃，派了翠环过来讨那梅菜芝麻馅的月饼。周少瑾让春晚给程箸包了一匣子。关老太太差了似儿来请周少瑾和周初瑾去嘉树堂说话。

"知道是什么事吗？"周少瑾悄声地问似儿。

似儿笑道："镇江廖家那边过来送节礼，说是顺便给大小姐请个安。"

姐夫家？周少瑾不由皱眉。梦中镇江廖家送节礼的人可从来没有来给姐姐请过安，难道那边出了什么事？可千万别是她的预知梦引起的，不然她可要后悔死了。

周少瑾不安地去了嘉树堂，在耳房里等了一会儿，才等到了和沔大太太一起过来的周初瑾。

周初瑾显然已经在沔大太太那里梳洗打扮了一番，银红色湖绸比甲、白绫挑线裙子，耳朵上坠了南珠耳钉，脸上淡淡地敷了粉，涂了胭脂，原本就如芙蓉般娇美的面庞更添了几分艳丽，光彩照人。

周少瑾不禁抿了嘴笑。还好自己心亮，没有打扮，正好给姐姐做陪衬。

周初瑾脸"腾"的一下飞红，轻轻地拧了拧妹妹的脸，道："笑什么笑？"

周少瑾顽皮地朝着姐姐眨眼睛，道："姐姐小心点，屋里坐着的可能是廖家有体面的妈妈，可指不定茶房里还坐着廖家跟过来的粗使婆子。"

周初瑾的脸更红了，道："伶牙俐齿的，看以后谁敢讨了你去！"

周少瑾咯咯地笑，挽着在一旁笑个不停的沔大太太进了厅堂。周初瑾只好跟了进去。

周少瑾听到宴息室那边有人说话，忙放开了沔大太太，站在姐姐身后。

沔大太太看着暗暗点头，带着两姐妹进了宴息室。

关老太太坐在罗汉床上，一穿着鹦哥绿焦布比甲的妇人坐在关老太太的下首。听到动静，她扭过头来。周少瑾吓了一大跳。来的居然是姐姐的婆婆身边最体己的钟嬷嬷。钟嬷嬷看到她们姐妹俩，眼睛一亮，忙站了起来。

周初瑾猜着这是廖家的人，不由打量了一眼。那妇人五十来岁，白白胖胖的一张圆脸，未语先笑，看上去非常亲切。她心中一宽，和妹妹给关老太太行了礼。

关老太太就指了钟嬷嬷，道："这是廖家过来的，夫家姓钟。"

"不敢，不敢。"钟嬷嬷连声道，屈膝给周少瑾姐妹行了个福礼。

周初瑾侧了侧身,朝着钟嬷嬷点了点头,算是全了礼。

周少瑾姐妹就坐在了关老太太身边,钟嬷嬷亲切地和周初瑾说了几句话,就起身告辞了。

周少瑾朝着施香使了个眼色。施香会意地跟了出去,等四房打了赏,就凑过去把周少瑾准备的两锭雪花银塞到了钟嬷嬷的手里,笑道:"嬷嬷辛苦了,这是我们大小姐给您买酒喝的。"

钟嬷嬷没有客气,笑着道谢,带着两个婆子离开了嘉树堂。

周少瑾问:"廖家派人来干什么?怎么就这样走了?"

关老太太呵呵地笑,道:"不过是来看看初瑾。"

"为什么要来看姐姐?"周少瑾有些不解。

"傻丫头!"沔大太太点了点周少瑾的额头,道,"他们廖家的媳妇,总要派个人来看看吧?"

梦中就没派人来看!周少瑾嘟哝道:"下定的时候不是看过了吗?"

"那时候你姐姐几岁?"沔大太太笑道,"现在你姐姐几岁?"

"你啊!就别逗孩子们了。"关老太太笑道,眼睛看着周初瑾,却对周少瑾道,"是听顾家的人说,你姐姐不仅性情好,而且端庄大方,长得非常漂亮。廖家的人好奇,忍不住派了人过来相看。"

"那这应该是好事吧?"周少瑾求证道。

"当然是好事了!"关老太太笑道,"没嫁进去就先有个好名声,以后比较容易在夫家站稳脚。"

这就好!周少瑾笑眯眯的,觉得自己自预知梦中醒来后总算是有了件值得高兴的事!

过了八月十五,良国公府那边送葬。程家也在街上摆了路祭。

周少瑾有些伤感,静静地坐在窗前绣着给郭老夫人的额帕。程笳过来找她,一改从前的叽叽喳喳,只是坐在那里看周少瑾做针线。过了几天,两人的心情才好了些。

周少瑾沉下心来抄经书。有人在佛堂外打量她。周少瑾抬头,看见了站在院子中央的集萤。

她朝着集萤笑了笑。集萤想了想,走了过来,隔着窗棂问她:"你就每天下午这样抄经书啊?"

"是啊!"周少瑾笑道。笑容像温柔的湖水般安静从容。

集萤有些意外,道:"看样子你是真的喜欢,不是假装。"

之前,很多人都认为周少瑾的安静是被逼的,不以为意。周少瑾莞尔,不想和集萤去争辩这些,她问:"你怎么过来了?池舅舅回来了吗?"

上次她派了施香去给小山丛桂院的送月饼,清风却告诉施香程池去了淮安还没有回来。过中秋节的时候家里有灯会,也没有见着程池的踪影。

集萤听到她提起程池,撇了撇嘴,道:"四老爷还没有回来。我是跟南屏一起过来的。老夫人留了南屏说话,我闲着无聊,四处走走,就走到你这里来了。"

周少瑾奇道:"老夫人找南屏姐姐有什么事?"

集萤道:"谁知道!十之八九是为了四老爷的事,除了这件事,我也想不出还有其他的事了。"

"老夫人不是不管池舅舅屋里的事吗?"周少瑾问道。

"虽说是不管,"集萤一副不愿意多谈的样子,道,"可也会叫了南屏过来问问的。"

周少瑾不好多问。

集萤道："上次送来的月饼，据说是你自己亲手做的？"

"我和我姐姐一起做的。"周少瑾诚实地道，"我灶上的婆子帮着和的面皮，姐姐调的馅，我就帮着包了一下。"

集萤听了微微点头，评论道："那月饼还不错。"

周少瑾想着程池是男子，多半不爱吃甜食，还特意多装了些梅菜芝麻馅的月饼。没想到大家都觉得梅菜芝麻馅的月饼好吃，可惜池舅舅没吃过。

两人正说着话，有小丫鬟过来请集萤："……南屏姑娘说要回去了。"

集萤和她告辞。周少瑾不由得想：不知道池舅舅什么时候会回来？

没过两天，集萤就找上门来。她来得很突然，周少瑾在做针线，她隔着窗棂问周少瑾道："听说你女红很好？"

周少瑾一时没有反应过来。待反应过来，先是往四周瞧了瞧。

集萤过来，怎么也没有个通禀的人？施香和春晚都不在，当值的小丫鬟正坐在门槛上打瞌睡。这大清早的，怎么会打瞌睡？周少瑾在心里嘀咕着，有些不好意思地站了起来，请她进来喝茶。

"不用了。"集萤眼底闪过些许窘然，道，"我有东西想请你帮着做做，不知道你有没有空？"

周少瑾愕然。她看了一眼藤篮里的布头，道："不知道你要做什么？如果不着急要还行，若是着急要，只怕一时半会儿做不了。"

周少瑾感觉到集萤好像松了口气般的，虽然神色依旧有些冷冷的，但整个人却比问她之前轻快了很多。

"不等着用。"她说着，拿出一块月白色的松江三梭细布，道，"你帮我做四双男子的袜子就行了。既不用绣花也不用镶边，简简单单的就行了。"

"啊？！"周少瑾睁大了眼睛。

"哦！"集萤反应过来，忙道，"不是我私下给别人做的，是南屏分给我的活，是你池舅舅的。"

周少瑾的眼睛睁得更大了。

集萤不得不解释道："这不立了秋吗？各房都在赶制冬衣。你池舅舅的冬衣是南屏负责的，她每年都会分给我些小活计。我原本想让几个小丫鬟做的，结果南屏说你舅舅有两年没添新皮袄了，今年收了些好皮子，要给你舅舅赶制两件皮袄。那些什么棉袄、袍子什么的都分给了那几个小丫鬟。我去针线房，针线房也在忙着赶活。除了二房的冬衣，还添了萧小姐、识大爷孩子的东西，而且还全是些绣活，针线房的已经有两个月没有休息了。我说出钱给外面的人做，南屏又不同意，好像我把你池舅舅的东西偷偷给别人用了似的，我只好拿到你这里来了。"她说着，目光在周少瑾面前的藤篮上扫了扫，道，"我也知道你挺忙的，估计是在给郭老夫人赶制寿礼。也不用你亲自动手，你随便交给个女红差不多的小丫鬟动手就行了。到时候我带你去六畜场吃好吃的。"

周少瑾半晌才理清楚集萤说了些什么。

"怎么好随便找个小丫鬟给池舅舅做袜子呢？"她不解地瞪着集萤，"你不会女红吗？南屏姑娘若是知道你不会女红，为何非要你给池舅舅做袜子？南屏姑娘看着不是那种为难人的人啊！"

集萤闻言冷哼一声，道："你怎么和南屏一样？程子川是皇帝吗？他的袜子怎么就非得近身服侍的人做？别人做的他穿了难道会身上痒吗？"

周少瑾听了脸色一红，忙道："我们不是这个意思，只是觉得近身的东西交给不相识的人做有些不好。"

"他又不是女人！"集萤不以为然地打断了周少瑾的话，"我看，程子川就是给你们这些人惯坏了。这也不吃，那也不喝的，一点也不像男人！"

有这样说自己东家的丫鬟吗？周少瑾张口结舌。

集萤看着就轻轻地咳了一声，道："我也就是私底下说说你池舅舅，没别的意思。"

"哦！"周少瑾觉得她肯定不止一次这样私底下说池舅舅。

集萤在周少瑾仿佛映着她倒影的清澈眼眸的注视下有些不自在，又轻轻地咳了一声，道："那我们就这样说好了。你帮你池舅舅做四双袜子，过年之前做好就行了。"说着，丢下手中的布就要走。

周少瑾忙喊住了她，道："你为什么不帮着池舅舅做？你要是女红不好，我可以教你啊！你不能总这样把池舅舅的东西差了这个再差那个。要是郭老夫人知道了，该多伤心。她那边的碧玉、翡翠的女红都很好，不过是几双袜子而已，她老人家放心地把池舅舅交给了你们服侍，你们这边居然连双袜子都没有人做。"

集萤要走的身子一顿，慢慢地转过身来，道："你刚才说什么？"

周少瑾见她目光灼灼，心里不由一惊，吞吞吐吐地道："我说，郭老夫人把池舅舅交给了你们服侍。"

"不是，不是。"集萤摇了摇头，"你说，你可以教我做……"她说着，双手击掌，竟然笑了起来，"不错，不错，这主意不错。从明天开始，我就到你这里来跟着你学女红好了。这样一来，我看南屏还能说什么？"

可这样一来，她岂不是搅入了南屏和集萤的矛盾之中？周少瑾连连摆手，道："我看你还是跟南屏说一声的好！你不能给池舅舅做袜子，不代表别人也不行。"

集萤却根本不听她说了些什么，自顾自地道："那就这样决定了。你每天下午不是要去寒碧山房抄经书吗？那我以后每天已时过来，那个时候你姐姐也应该去涵秋馆了。"说着，她拍了拍手，"这件事就这么定了！"转身走了。

这，这算什么事？周少瑾追了出去。集萤已不见了影子。她望着集萤留下来的月白色松江三梭细布感觉像是烫手的山芋。

待周初瑾回来，她忙将这件事告诉了姐姐。但她又怕姐姐恼怒集萤，没敢细说，简单地说了说集萤要跟着她学女红，好给池舅舅做袜子。

周初瑾很是意外，道："池舅舅身边的丫鬟不会女红吗？"

"我也不知道啊！"周少瑾想到上次去针线房曾遇到池舅舅屋里的鸣鹤要章娘子帮着做暑袜的事，道，"可能是真不会做。"

反正也不是什么坏事，说不定能讨了郭老夫人的喜欢，周初瑾想了想道："那你就告诉她好了。"

她不告诉集萤，难道集萤就不来吗？周少瑾点了点头。

等上了床，她忍不住琢磨起给池舅舅做个什么样的袜子来。看池舅舅那个人，就是极讲究的，不绣花、不镶边，恐怕不是集萤嫌麻烦，而是池舅舅不喜欢。那就得做得合脚，穿着舒服。可若是做得合脚，穿着舒服，就得量一量脚。想到这里，周少瑾猛地坐了起来。她总不能去量池舅舅的脚吧？刚才怎么就忘了让集萤带双旧袜子来做样子。念头闪过，她失声而笑。集萤既要给池舅舅做袜子，肯定有池舅舅的尺寸。池舅舅屋里的南屏，不是女红的高手吗？就算是集萤忘了，南屏也应该记得才是。想通了这些，周少瑾才重新躺下。

第二天早上，集萤果然依约前来。她给周少瑾带了几笼虾饺过来："你尝尝，今天一大早从新桥那边送来的活虾做的。大家都有份儿。"最后一句，却是对施香等人说的。

施香尴尬地望着周少瑾。周少瑾见那虾饺晶莹剔透，虾子的红色淡淡可见，十分诱人，索性吩咐施香："摆了碟，大家都尝尝。"

施香提着食盒退了下去。集萤眼底露出淡淡的笑意。

拿人的手短，吃人的嘴软。吃了集萤带过来的虾饺，施香等人看集萤的目光都亲切了几分。

自己当初怎么会认为集萤冷漠高傲，不懂得与人相处呢？周少瑾腹诽着，将昨天集萤留下来的月白色松江三梭布摊在衣案上，然后拿出了画粉和剪刀，问集萤："样子呢？"

集萤一愣，反问她："什么样子？"

周少瑾眨了眨眼睛，道："你让我告诉你怎么给池舅舅做袜子，你不拿个样子给我，我怎么知道尺寸大小呢？"

集萤面色微黑，道："你等会儿，我这就去找双旧袜子来。"

周少瑾默然。集萤飞快出了门，却和正端着茶点进来的施香碰了个正着。

施香望着和她擦肩而过的集萤，不解地道："这是怎么了？集萤姑娘怎么刚来就走了？"

"没什么。"周少瑾慢慢地将装着画粉的小匣子摆放在了衣案边，道，"马上就回来了。"

施香"嗯"了一声，将茶点放在了旁边的小几上，道："二小姐，您喝茶。"

周少瑾点头，喝了口茶，寻思着今天早上算是泡了汤，明早估计集萤还会来，自己就只能晚上赶制送给郭老夫人的寿礼了。这样算来，时间就有些不够，鞋袜什么的就算了，只做两条额帕送过去好了。再来就是自己的针线，还是少作为礼物送给别人为妙。之前有袁氏求她帮着画戏婴图，现在又有集萤求她帮着做袜子，谁知道明天还会引了谁来？她又不是绣娘，而且姐姐快出嫁了。梦中，姐姐子嗣艰难。她想绣一幅观音送子图给姐姐做陪嫁。这样比较大的绣品，她最少也要绣半年，若是有事耽搁，绣上一年也不稀奇。仔细算算，现在就得准备了。

她越想越觉得自己的时间不够，干脆叫了施香进来，让她给自己准备几张大一点的明纸："……要四尺见方的。"

小块的明纸都是由大块的明纸剪裁而成的，这件事很简单。施香笑着应声而去，又和进屋的集萤碰了个正着。

周少瑾不由"咦"了一声，道："你怎么这么快就回来了？"

集萤面色不太好看，没有回答她的困惑，而是把用两根指头拎着的一双鞋子丢在了周少瑾的面前："喏，你池舅舅的鞋子。"

周少瑾望着地上一正一反的玄青色细布绣祥云的胖头鞋，愕然地道："你不是让我教你做袜子吗？你带双鞋来干什么？难道南屏姑娘还让你帮着给池舅舅做鞋不成？"

集萤比她更惊讶，睁大了眼睛道："不是要照着鞋子的尺寸做袜子吗？"

"谁告诉你的！"周少瑾睁大了眼睛。

"我在家的时候，家里的嬷嬷都是照着我的鞋子做袜子的。"集萤的眼睛比周少瑾瞪得更大，"你不照着鞋子的尺寸做袜子，那你照着什么尺寸做袜子？难道还让我去量你池舅舅的脚不成？"她一副嫌弃的样子，继续道，"要是这样，我宁愿去问南屏你池舅舅到底穿多大的袜子。"

那是因为你是女孩子，所以你们家的嬷嬷不能拿了你的旧袜子给别人做样子。周少瑾已经不知道说什么好了，闭了闭眼睛，好一会儿才道："你要么找双池舅舅的旧袜子来，要不请南屏姑娘画一张袜样子过来。"

南屏管着小山丛桂院的针线，池舅舅的尺寸她肯定了如指掌，画张袜样子也就是顺手的事。不过，周少瑾估计集萤不会找她，要不然刚才就不会闹那么大的一个乌龙了。但集萤说，她在家的时候家里的嬷嬷都照着她的鞋子给她做袜子，这是讲究的大户人家做派，难道集萤家是被没籍的官宦？不对，她不是说她父母都在老家种地吗，还有两个哥哥？那她到底为什么会进府服侍池舅舅的呢？周少瑾越想越觉得糊涂。

集萤已风一样地折了回来，用两根手指拎着双袜子："喏，给你！"

周少瑾只看一眼心里就有数了。她指了指衣案旁边的小藤筐，道："放那里就行了。"

集萤把袜子丢在了藤筐里。周少瑾拿了画粉就开始在布上画袜样子。集萤奇道："你都不用量的吗？"

"这还用得着量？"周少瑾头也不抬地道，"我从前学针线的时候，不知道做过多少双袜子。"

集萤更好奇了，道："为什么要做袜子？"

"为了练习走针线啊！"周少瑾拿起剪子开始咔嚓咔嚓地剪布，"针线做得好不好，主要是看针走得均匀不均匀、平整不平整，这要经常练习才行，否则你的衣服裁得再好，缝上之后却因为针脚大小不一皱巴巴的，那衣服看上去也不好看。所以绣花的新手都绣帕子，做衣服的新手都做袜子。"她看集萤对针线上的事一点都不知道的样子，又对集萤的来历颇感兴趣，不由道，"你小的时候没有学过针线吗？"

集萤含含糊糊地道："我娘是想让我学的，可我爹说我这样，不学也没什么关系。反正多的是女人会做针线，到时候请人给我做衣裳鞋袜就行了。"说到这里，她的脸色变得有些难看起来。

周少瑾看看，在心里叹了口气。集萤是没有想到她家里最终却让她给池舅舅做了丫鬟吧？而做丫鬟，针线却是最基本的技能。针线做不好，你就是再厉害，也难以出头。周少瑾手一顿。还有一种情况，就是有些女孩子天生会算账。不会做针线，但会算账，一样可以在东家站得住脚。

"那你是不是算学很好？"她问集萤。

"与别人比自然是好的。"集萤说着，脸上闪过一丝阴霾，道，"可和你池舅舅比就不算好了。"

周少瑾释然。敢和男子比，想必在女孩子中算是非常强的了。不怪她父亲说她不会女红也不打紧，还最终把她送进了程家。也不怪她的气焰这么高，艺高人胆大嘛！"那已经很厉害了。"她安慰集萤，"像我大舅母，一直想找个帮她算账的丫鬟，结果到今天也没有找到，只好一直拉着我姐姐帮忙。前几天我大舅母还说，等我姐姐出了阁，她可怎么办好？你能管着池舅舅屋里的账目，很多人羡慕都来不及呢！"

集萤却不屑地撇了撇嘴，道："我怎么会帮你池舅舅管屋里的账目呢？你池舅舅屋里的账目都是南屏在管。她的算学虽然很一般，但她对你池舅舅的话如奉纶音，只要是你池舅舅说的话，再枯燥无味的事都能乐此不疲，我可比不上她。"

这不是应该的吗？周少瑾望着集萤不以为意的神情，真心无话可说了。

好在她很快就把袜子裁好了，告诉集萤哪块布是袜底，哪块布是袜筒："……你明白了没有？把这两块缝到了一起，再把这一块接上去，就好了。"

集萤很聪明，几乎在她拿起其中的一块时集萤就立刻明白了另一块的作用，而且还看出来她一共裁了十双袜子，并道："南屏只让我做四双，你裁这么多做什么？"

周少瑾笑道："其余给你练习。"实际上是她把布料叠在一起，一双也是三剪刀，两双也是三剪刀，十双也是三剪刀，并不费什么事。

集萤也看出来了，她"哦"了一声，没有说什么。周少瑾就教她怎么拿针，怎么拿线。集萤学得也很快。只是等到要缝的时候，她犹豫道："你先做双我看看，总觉得我会把这料子废了。"

周少瑾刚开始学做针线的时候也一样，不敢下针。她笑着让集萤看着，开始缝袜子。

周少瑾的手又稳又快，针脚平整密实，还像绣花似的，走的是十字针。这样一来，袜子虽然什么花样子也没有，但接头的地方却像绣了边似的，又是同色的线，看上去竟然有种低调的华丽。

集萤不由赞道："你的针线比南屏的还要好！"

周少瑾觉得她这是客气话，笑道："南屏姑娘的针线连针线房里的章娘子都赞不绝口，我怎么能和她比？"

"我觉得你的针线真的比南屏的好。"集萤认真地道，"她是丫鬟，每年不知道要做多少东西。你却是小姐，最多也就给自己做两件小衣裳，比起南屏来针脚却毫不逊色，所以我说你的针线比南屏要好。"

周少瑾决定再也不说话了。

施香笑眯眯地走了进来，道："二小姐，南屏姑娘过来了。"周少瑾讶然。

集萤皱着眉道："她来干什么？"

"不知道。"施香笑道，"南屏姑娘什么也没有说。"

集萤对周少瑾道："她要是问起我，你别说我在这里。"

周少瑾看出来了，集萤和南屏之间有些不对头，她也不希望两人在自己的地方闹腾起来。"我知道了。"她笑着答应了集萤，和施香去了会客的小花厅。

"真是对不住！"南屏见着她就满脸抱歉地给周少瑾赔不是，"集萤大大咧咧的，不太懂规矩。她这样冒冒失失地来找您，给您添麻烦了。"她说着，指了指桌子上摆放的纸匣子，"这是齐芳斋的点心，给二小姐压压惊。还请二小姐原谅集萤的无心之过。"

集萤一会儿鞋子一会儿袜子的，弄出这么大的动静。作为小山丛桂院的大丫鬟，肯定是瞒不过南屏的。

周少瑾觉得南屏太客气了。她笑道："也还好，集萤姑娘只是让我告诉她怎么做袜子而已，也说不上打扰。"

南屏听了像是松了口气似的，道："二小姐也和集萤打过交道了，她什么都好，就是脾气太耿直，受不得一点委屈。可人在世上走，哪能事事都顺心呢？所以我才让她帮着四老爷做些针线的，也可以趁机拘着她，免得她乱跑——四老爷去了淮安，到现在还没有回来呢！"

周少瑾相信南屏的话，要不然也不会只让集萤给程池做四双袜子。对于不会女红的人来说，做四双袜子很难，对会女红的人来说，也就是一天的工夫。

周少瑾不知道南屏和集萤之间有什么罅隙，但听说程池还没有回来，也有点怕两人闹起来。她思索片刻，道："要不你就让集萤跟着我学几天女红吧！等池舅舅回来了，你再教她也不迟。"

南屏知道自己指使不动集萤，想了想，感激地向周少瑾道谢，道："那这几天就麻烦二小姐了。四老爷最多还有三天就回来了。"

周少瑾笑着点头，送走了南屏。回到屋里，集萤正在那里拿着针线练着呢。周少瑾看着很高兴，觉得集萤为人虽然高傲，却是个把事当事的人。

集萤问她："南屏走了？"

"是啊！"周少瑾坐下来继续缝袜子，道，"说是你在这里跟着我学女红打扰我了，特意过来道谢。"

集萤冷哼了一声，丢下了手中的针线，道："我就是看不惯她那个样子，好像只有她对你池舅舅忠心耿耿的，别人都是有二心似的。"

周少瑾仔细一想，还真别说，南屏和集萤还真是两种不同的人，或者这也是她们之间有矛盾的主要原因。

她缝起了一只袜子，见集萤还在那里发着呆，不由道："你怎么了？是不是哪里不顺手？"

"哦！"集萤回过神来，道，"没哪里不顺手的，就是不太习惯。"说着，拿起针线，照着周少瑾刚刚教的，慢慢地缝着两块零头布。

周少瑾笑了笑，很快就把另一只袜子缝好了。她拿起来仔细地看了看，满意地笑了笑。

集萤凑了过来，道："真看不出来，就这小小的一点改变，这袜子看上去好看多了。"她又道，"你很喜欢做女红吧？我爹说，只有喜欢一样东西的时候，才可能把这件事做好。"

周少瑾有些意外，笑道："你爹还挺有见识的。"

"那是！"集萤颇有些与有荣焉地挺了挺脊背，道，"我父亲年轻的时候走过很多地方，还曾出海找过蓬莱仙岛。不过没找到……"她说着，淡淡地笑了起来，俏皮得像个小姑娘，哪里还有一点倨傲的模样？

周少瑾也笑了起来，对集萤的出身就更好奇了。她把袜子放在了一旁，道："你先练着，等差不多的时候，我告诉你怎么走这十字针。"

集萤道："我这最基本的平针还没有学会呢！"

周少瑾笑道："什么东西看似最简单，实际要做好却是最难的。你以为我们为什么要选用十字针给池舅舅缝袜子啊？是因为这十字针有个牵牵扯扯的也不大看得出来，正好合适你这样的。"

"是吗？"集萤有些不信，却也没有反驳，低下头去继续练习缝纫。

周少瑾拿了没做完的额帕出来绣花。

集萤问她："这是给郭老太太的吗？我瞧着好像是宝相花。可别人都用大红、大绿、宝蓝，你怎么用丁香色、黄藤色、鸦青色啊？"

"颜色也要适合人的年纪。"周少瑾笑道，"你看郭老夫人的样子，绣个大红、大绿、宝蓝色的额帕，你觉得她会喜欢吗？"

集萤笑了起来，神色间少了几分冷艳，多了几分温柔。

周少瑾就问她："怎么没见鸣鹤姑娘？"她把上次去针线房遇到鸣鹤的事说了，并道，"我去了小山丛桂院两三次都没有遇到她。"

集萤道："她快要做新娘子了，所以这些日子躲在屋子里做针线呢！"

周少瑾非常吃惊，道："鸣鹤要嫁人了吗？怎么没有听寒碧山房里的人说起？她嫁的是什么人？在哪里当差？"

"她是小山丛桂院的丫鬟，要嫁人自有你池舅舅做主，嚷得大家都知道干什么？"集萤道，"你池舅舅把她许配给了湖州一个姓沈的捕快，那姓沈的世代都是捕快，家里还略有些资产，应该还不错吧？我没见过。"她接着抱怨道，"要不是连鸣鹤也没有空，我也不至于这么狼狈了！"

周少瑾流汗。鸣鹤的丈夫，集萤要见干什么？她总觉得和集萤接触越多，就越觉得集萤说话行事都有点古怪。可池舅舅竟然把鸣鹤嫁给一个捕快……也够奇怪的了！

两人又说了些家长里短的，有的时候周少瑾只问了一句，集萤却呼啦啦地说了一大通，有时候周少瑾问了半天，集萤一句话就把她给打发了。可不管是谁的话长谁的话短，几番下来，周少瑾觉得和集萤相处起来没有什么负担，对集萤的印象也越来越好。

集萤的脾气却越来越不好，她丢下手中的碎布，道："我要歇会儿！"

周少瑾抿了嘴笑，让施香去给她重新沏了杯茶进来，温声地道："那你喝口茶吧！"

集萤冷冷地"嗯"了一声。周少瑾继续绣自己的额帕。

集萤道："你再缝几针给我看看吧！"

周少瑾放下手中的额帕，拿起裁好的布料，很快就把脚底缝好了，只要把袜筒缝上去就又是一双袜子了，略一犹豫，把袜筒也给缝上去了，然后递给集萤道："你看清楚了吗？"

"看清楚了！"集萤说着，拿起另一只袜子的布料就要开始缝纫。

周少瑾忙拦了她，道："你重新再缝一只——就是习惯一样，缝纫时的松紧也不一样，另外一只还是我缝好了。"

集萤点头，没有和她客气，重新拿了双袜子开始缝纫。周少瑾把另一只袜子缝好了。

集萤才开了个头，而且针脚歪歪扭扭的，非常丑，但针法的先后顺序却没有出错。

周少瑾鼓励她："还不错！你继续努力，过几天就可以做一双顶数的了。"

集萤看着自己手中的针线，满意地点了点头，很自信地道："我也这么觉得。"

周少瑾不禁莞尔。

集萤就站起身来："天色不早了，你下午还要去寒碧山房抄经书，我先走了，明天再来打扰你。"说完，她扬了扬手中的袜子，"这个我先带回去，晚上好好地练练，争取快点上手。"

周少瑾笑盈盈地颔首，送了集萤出门。

中午，她和姐姐正陪着关老太太用午膳，二房那边来报信，说识大奶奶郑氏生了个儿子，六斤六两，母子平安。

梦中不是吃螃蟹的时候生的吗？今生怎么提前了些日子？周少瑾在心里嘀咕着。

关老太太却极欢喜，不停地说"好"，吩咐沔大太太用过午膳就去看望识大奶奶："……我们程家的子嗣向来单薄，你们这辈里，只有你和洪大奶奶两胎都是儿子。如今识大奶奶算是开了个好头，以后程家肯定会人丁兴旺的。"

沔大太太笑着应"是"，要带了周氏姐妹过去看新生的小毛头。

周少瑾觉得二房和三房都很伪善，不想和他们多接触，委婉拒绝了，去了寒碧山房。周初瑾却很想去看看，跟着沔大太太去了二房。

周少瑾一路上遇到的几个仆妇都喜出望外的，有两个还悄声地议论着这次二房的二少爷做满月的时候二房会怎么打赏她们，远远的都能感觉到她们的喜悦。只是时间久远，她也想不起郑氏生第一个孩子的时候二房都打赏了那些仆妇什么了。可等到她到寒碧山房，院子里静悄悄的，没有一个人谈论郑氏生子的事。众人神色平静，该干什么依旧在干什么，遇到周少瑾也只是像往常那样点头微笑，好像不知道郑氏生子的事。

没想到长房和二房的关系已经到了这么紧张的地步，就连面子上的事也不愿意掩饰了。不过这样也好，池舅舅就不会上二房老祖宗的当了。

周少瑾笑着进了佛堂，净了手，开始抄经书。可她没抄两页，小檀兴高采烈地跑了进来，道："二表小姐，箫小姐，哦，是二姑奶奶，生了个儿子，袁家来报喜了，人还在跟袁夫人说话，已经有人跑来给老夫人报信了。"

啊？！两家竟然同一天得了喜讯。周少瑾还没有来得及说什么，外面已传来一阵脚步声。小檀忙跑了出去，又很快地折了过来，道："二表小姐，夫人过来了。"

周少瑾朝着她笑了笑。不管是谁家生了儿子，都与她关系不大。大不了等会儿去向郭老夫人辞行的时候道一声恭喜，等到长房派人去给箫表姐的儿子送满月礼的时候把存在箱底的小孩子衣物拿一套出来作贺礼。

她蘸了墨，继续抄经文。但没等她向郭老夫人辞行，长房这边就热闹起来。

袁氏给长房所有有头有脸的管事、嬷嬷都打赏五两银子，有等级的丫鬟按照三至一两不等，寻常丫鬟小厮婆子各五百文。其他房头只要是来道贺的仆妇，每个四百文。

没多久，二房那边传来消息，打赏比照长房。

第二十五章　和好

梦中长房和二房好像没有这么针尖对麦芒的，也许有，但自己没有发现。

周少瑾微微地笑，不知道为什么，心情很好，翌日见到集萤的时候，主动和她打招呼，问她："用过早膳了没有？我们厨房今天做了水晶糕和什锦豆腐捞，两样都是我喜欢吃的。你要不要吃一点？"

"好啊！"集萤道，"你给我来两块水晶糕、半碗什锦豆腐捞就行了。我已经吃过了。"又抱怨，"早知道这样就不在小山丛桂院用早膳了。"她说着，指了指手中的纸匣子，道，"这是荆州府的云片糕和酥糖，你尝尝合不合胃口？"

施香笑眯眯地接了，去给集萤端水晶糕和什锦豆腐捞。

集萤拿出了自己做的袜子。只比昨天多缝了几针，而且针脚还乱七八糟的，根本不是十字针法了。

梦中，周少瑾也曾教过庄子上的小姑娘们拿针线，有些小姑娘对拿针线就很不在行，要教很长的时间才略有收获，有些则是怎么教也教不好。可这些小姑娘做其他的事却非常在行。也许集萤便是这样的人。集萤这么聪明，若是知道了自己是这样的人，肯定会很伤心吧？

周少瑾不忍说她，笑道："没事，没事，我再重新教你。你慢慢学，没多长时间就能学会了。"

集萤点头。周少瑾把她之前缝的仔细地拆了，又手把手地教了她一遍，教她缝了几针。集萤道："我总觉得你缝得比我好。你陪我缝几针吧！"

周少瑾善意地对着她笑了笑，拿起裁好的袜子，教集萤缝了几针。集萤看得很仔细。

· 053 ·

周少瑾想着反正线都穿了，不如把这根线缝完。她飞针走线，三两下把个脚底缝完了。集萤就照着她说的，在那里慢慢地缝着。

施香端了水晶糕和什锦豆腐捞进来。周少瑾招呼集萤吃东西。

集萤也不客气，笑着谢道："坐下来吃东西。"

周少瑾在一旁闲着，干脆把那只袜子缝完了。

集萤丢下碗，道："哎哟，吃得太多了，我得消消食才好。"

周少瑾笑着绣起了额帕。集萤就在屋里走着消食。

春晚跑了进来，道："二小姐，笳小姐过来了。"

程笳三天两头地往这边跑，周少瑾早已习惯她的不请自来，对春晚道："请她进来吧！"春晚应声而去。

集萤挑了挑眉，问周少瑾："三房的笳小姐？"

"是啊！"周少瑾笑道，"你认识她？"

"不认识！"集萤很干脆地道，"但听说过这个人。"一副很不屑的样子。

周少瑾没有说话，想到集萤第一次见到自己时的情景。集萤是对大多数人都瞧不起还是仅仅因为程笳是三房的人所以才瞧不起呢？

程笳见到集萤却大吃一惊，忙道："这是谁啊？怎么长得这么漂亮？"集萤面色微沉，挑了挑眉。周少瑾忙向程笳引见集萤。集萤颇有些高傲地朝着程笳点了点头。程笳根本不以为忤。

她上上下下地打量着集萤，一面打量，还一面道："原来你是池从叔屋里的人，我之前怎么从来没有见过你？你怎么会跟着少瑾学做针线啊？你手上的这镯子可真好看，是玛瑙的吗？成色这么好的玛瑙镯子可是很少见的！"

初次见面，有这么大大咧咧地说话的吗？周少瑾恨不得捂了程笳的嘴，忙道："你找我有什么事？"

程笳"啊"了一声，把周少瑾拉到一旁的太师椅上坐下，道："我娘想让我过了九月初九去静安斋上课，我想问问你的意思。"

静安斋如今只有她和周少瑾两个女学生，如果周少瑾不去，她一个人有什么意思？

周少瑾道："这件事我要与外祖母和大舅母商量。"

程笳点头，叹道："我好想出嫁，这样就不用每天都被我娘管东管西的了。"

这是什么鬼话！周少瑾瞪了她一眼。

程笳却不以为意，随手翻了翻周少瑾衣案上的东西，道："你这是给谁做的袜子？怎么做了这么多？"她说着，还把周少瑾刚做的那只袜子拿起来看了看。

周少瑾心中一跳，捂着胸口深深地吸了几口气。

程笳不解地道："你怎么了？是不是哪里不舒服？"

"我没事。"周少瑾道，"集萤带了荆州府的云片糕和酥糖过来了，你要不要尝尝？"

"算了，我刚喝了碗莲子羹出来的。"程笳道，"等我饿了的时候再说。"

周少瑾没有勉强。春晚送了茶点进来，程笳见她还有针线要做，喝了茶，说了几句话，就起身告辞了。

集萤坐过来和周少瑾一起做针线。周少瑾却沉默下来。她默默地把另一只袜子做好了，把它和另外五只袜子摆在了一起，对集萤道："还有一双袜子，你自己慢慢地做，总能做好的。"

集萤看着她，目光闪了闪。

周少瑾拿出给郭老夫人做的额帕，低下头，静静地绣着花。

集萤咬了咬唇，看了周少瑾好一会儿，见周少瑾始终都没有抬头，这才开始照着周少瑾教的那样缝袜子。屋子里静悄悄的，只听见周少瑾针穿绸布的声音，越发显得屋子里静谧无声，也让人觉得有些沉闷。

集萤"啪"的一声把手中的袜子丢在了衣案上，烦躁地道："这个事我承认是我不对，我给你赔不是。我和南屏打了赌，只要我能给你池舅舅做四双袜子，她就再也不对我指手画脚的了。我原来也是想和你直言的，可我知道程家的规矩大，你一个尚在闺中的小姑娘，竟然给男子做袜子，就算是你的舅舅，我想你可能也不会答应，所以我才会出此下策的。"

"你不用跟我解释。"周少瑾依旧低着头，集萤看不见她的表情，却能听到她的声音闷闷的，像是哭过了似的，"这是你和南屏姑娘的事。我却是最恨别人骗我了。请你现在就离开，再也不要到畹香居来了！"

集萤非常尴尬，跟她赔着不是，不安地试探道："你，你是不是哭了？"

"我没有！"周少瑾抬起头来，虽然眼睛红红的，却没有落泪，"你这样的人，不值得我哭。"

集萤脸上红一阵白一阵的，喃喃地道："我，我真的不是有意的。我就是想赢了南屏！"

"不管怎么说，你有心哄骗我是真的。"周少瑾站起身来，冷冷地看着她，"你走吧！我没有你这样的朋友。"

"朋友？"集萤震惊地看着周少瑾。

周少瑾已扭头叫了施香进来，道："你送集萤姑娘离开畹香居。"说完，头也不回地进了内室，闩上了门，扑在了床上。

她怎么这么傻，那么轻易就相信了集萤？周少瑾心如刀绞地痛。是不是在池舅舅的眼里，她也是个让人几句话就哄骗了的笨蛋，不然他身边的丫鬟怎么会这么对待她？这念头一起，周少瑾又觉得有些羞愧。是集萤骗她，关池舅舅什么事？自己不能因为轻信了集萤就迁怒池舅舅。集萤看上去那么冷艳雍容，谁知道她却会做出这样的事来！真是人不可貌相。周少瑾委屈极了。

"二小姐，二小姐，"集萤拍着她的门，"这件事是我不对，我给你赔不是了。你就别生我的气。要不，你打我两下得了，或者你觉得怎么做才能让你消气，我任你处置就是了。二小姐，二小姐……"

周少瑾被她吵得头都痛了，她冲着门外大声地道："你再也不要出现在我面前，我的气就消了。"

拍门声就突然停了下来。周少瑾无力地伏在了床上。不一会儿，施香在门外小声地道："二小姐，集萤姑娘走了。"

"哦！"周少瑾躺在床上，全身的骨头像散了似的，不想起来，直到施香叫她起来用午膳，她才草草地梳洗了一番，去了嘉树堂。可等她从寒碧山房回来才发现集萤并没有把她给程池做的三双袜子带走。

夕阳的余光照在雪白的袜子上，留下斑斓的色彩。她慢慢地坐在了衣案前，戴上顶针，把剩下的六双袜子都做好了，然后揉了揉有些酸涩的眼睛吩咐施香："你明天给集萤姑娘送过去。就告诉她，我不生她气了，但也请她以后当不认识我。"

施香黯然地点了点头。周少瑾很早就睡了。

可第二天早上醒来，施香却神色忐忑地告诉她："集萤姑娘过来了！"周少瑾有些不解。

施香小心地道:"我还没来得及去送袜子,集萤姑娘却先过来了。她带了很多吃食过来,说是要给您赔不是。我怎么说她也不走,我又拦不住……她正坐在厅堂里等您起床呢!"

周少瑾气得够呛。她这是算准了自己好说话,好欺负不成?改用软刀子磨人了!周少瑾怒气冲冲地冲了出去,抬眼就看见了坐在桌子边的集萤和满桌子的点心。

"二小姐,"集萤立刻站了起来,道,"昨天的事是我不对。我想了一夜,还是决定要请你原谅……"

"我原谅你了!"周少瑾打断了集萤的话,道,"你可以走了!"

"二小姐!"集萤皱眉,神色有些不悦,带着些许慑人的冷意。

周少瑾心里咯噔一下。她怎么忘记了集萤是个连程池都不怕的主,又怎么会怕她?可让她意外的是,集萤垂下眼睑对她说了句"对不起",居然乖乖地离开了。周少瑾松了口气。

下午,周少瑾从寒碧山房回来,施香告诉她,袜子已经送去了小山丛桂院:"集萤姑娘收下了,还送了我两方销金帕子。"

一方销金帕子也要大几两银子,集萤出手倒是大方。周少瑾在心里冷哼一声,觉得这样两人也算互不相欠了。

没想到第二天一大早, 集萤就差人送了水晶糕、什锦豆腐捞来,并找了送东西的小丫鬟递话:"……水晶糕是从醉仙楼买的,什锦豆腐捞是从南市楼买的。"

周少瑾大门不出二门不迈的,既不知道醉仙楼,也不知道南市楼,可听小丫鬟的话,估计醉仙楼的水晶糕有名,南市楼的什锦豆腐捞有名。小丫鬟都是跑腿的,她也不想为难人家小丫鬟,便让施香收下:"……全倒到溲水桶里去。"

"这么好的东西……"施香有些可惜。水晶糕晶莹剔透如美玉,顶上一点红又透着几分俏皮,不吃已让人先流口水。什锦豆腐捞的佐料十足,榨菜、肉丝、黄花菜……香味扑鼻。她打量着周少瑾的脸色,道:"要不,送给值夜的婆子,多少是份人情。"

周少瑾没有作声。如果集萤觉得这样就算是给她赔了罪,那就让她赔罪好了。

施香吁了口气,把东西赏了值夜的婆子,得了婆子的一通感激。

次日,集萤又派丫鬟送了萝卜糕、鸭血粉丝。周少瑾依旧让施香倒了。施香这次没有问周少瑾,把送来的东西赏了来给畹香居修剪花木的婆子。

第三天,集萤送的是桂花鸭和状元豆。第四天,送的是小笼包和煮干丝。第五天……惊动了周初瑾。周初瑾喊了施香过去问话。施香自然不敢隐瞒,一五一十地都说了。

周初瑾虽然不喜集萤这样哄骗周少瑾,可见她有错认错,倒也不乏光明磊落,想到周少瑾平日里只闷在家里,若是能多经历些事也好,遂装作不知道,让她自己去处理。

这样过了七八天,集萤突然送了只小狗过来。是只刚出生不久的哈巴狗,巴掌大小,雪白的毛发,黑溜溜的大眼睛,脖子上系了个大红色绸带,挂着小铃铛,窝在铺着猩红毡毯的竹篮里,歪着脑袋冲着周少瑾细声细气地"汪汪"直叫。

周少瑾的心顿时就化成了一汪水。她把小狗抱了起来,看见篮子下面有张纸,写着"你若是抱了小狗,就算是原谅我了"。

周少瑾又气又急,把小狗递给了施香,道:"把它给我抱走。"施香只好把小狗抱了出去。

周少瑾低下头来绣额帕。院子里传来小狗"呜呜"的声音,像小孩子哭似的。周少瑾如坐针毡,绣了几针,终于忍不住了,叫了施香进来,道:"那小狗怎么了?"

施香擦着额头的汗道："我们送回去了，不一会儿集萤姑娘又送了过来。来来回回的，我瞧着那小狗的精神都不怎么好了。"

"真是卑鄙无耻！"周少瑾嗔道，却不忍心因为自己和集萤把这小狗给折腾病了，让施香把那小狗抱了进来。

小狗费力地从篮子里爬出来，在周少瑾的脚边蹭来蹭去的。周少瑾把它放在篮子里，它又爬了出来。

施香道："这小狗怕是饿了。"

周少瑾没有喂过狗，道："那它吃什么？"

施香想了想，道："我记得前几天来给我们修剪花木的一个婆子是从田庄里抽过来的，我去问问她。"

那婆子听说是周家二小姐养的狗，自然不敢说田庄的狗都吃什么，又合计着那狗应该很珍贵，自己只管往好的说就是了："……是个小狗啊，那就喝些肉汤，吃点细粮什么的。"

施香回去就让厨房里给那小狗熬了点肉骨头汤，泡了点粳米饭。小狗吃得津津有味，嘴上到处都是。周少瑾就随手给它裁了个兜兜。施香几个都争着帮它缝兜兜，还出主意："别人家看门的狗都有个名字，我们也应该给它取个名字才是。"

周少瑾见那狗雪白一团，笑道："那我们的狗就叫'雪球'好了，你们觉得呢？"

大家都说好，就"雪球""雪球"地叫它。雪球左看看，右看看，趴在篮子里睡觉。众人都觉得它很是可爱，哈哈地笑。周少瑾就觉得屋里都热闹了几分。

可等她从寒碧山房里回来，施香几个眼泪巴巴地告诉她："雪球不知道怎么了，突然拉起肚子来。我们已经去请大夫了，可大夫说了，他只能看人看不好狗，让我们赶紧派了管事去找会给狗看病的。管事到现在还没有回音，雪球已经趴在篮子里不动了。"

周少瑾觉得自己的心都像被什么东西给抓住了似的。她三步并作两步就回了屋。雪球果然趴在篮子里一动不动的。周少瑾叫它，它抬头看了周少瑾一眼，"呜呜"了两声，又无力地趴了下去。周少瑾的眼泪都出来了，道："管事的怎么说？"

施香抹着眼泪道："说家里从来没养过狗，不知道谁会给狗看病，只能慢慢地问。"

等他们问到，雪球都没命了！周少瑾爱怜地把雪球抱在了怀里。她很少和人深交，就怕到时候要分离，更不要说养什么小猫小狗小鸟之类的。

周少瑾想到始作俑者，不由恨得咬牙切齿，对施香道："你去跟集萤说，她送给我的小狗生病了，让她想办法快点找个大夫来给它瞧瞧。"要是雪球有个三长两短的，她这辈子都不会理睬集萤了。

施香听了眼睛一亮，道："哎哟，我们怎么就没有想到？集萤姑娘既有办法买了这狗回来，肯定知道怎么养狗。我这就去。"话还没有落音，已提着裙子往外跑。

周少瑾也是这么想的。她一面走来走去，一面轻轻地抚着雪球毛茸茸的背安慰着它："没事，没事。大夫马上就来了，你很快就能好了！"

集萤来得很快，她到的时候施香还没有影子。看见周少瑾的样子，她先是愣了愣，然后才道："买回来的时候不是好好的吗？怎么突然病了？"

"我怎么知道！"周少瑾瞪了集萤一眼，"让你去请大夫，你去请了吗？"

"请了！"集萤道，"马上就来。"

周少瑾心中微安。集萤也有些焦急，过去摸了摸雪球的背。两人一时间都不知道说什么，一个抱着狗在屋里走，一个不安地坐在太师椅上等着。

大约过了半个时辰，施香跑了进来。"二小姐，二小姐。"她面露喜色，"给雪球看病的人来了。"

周少瑾和集萤二话不说就迎了出去。

来人是个模样儿有些猥琐的小老头,六十来岁,穿了件秋香色的粗布短褐,由先前给周少瑾送东西的丫鬟领着,站在院子里殷勤地朝着周少瑾等人笑了笑。

这人能行吗?周少瑾朝集萤望去。集萤也有些怀疑,但她还是道:"是卖狗的那个介绍的。说叫安大,金陵城里的狗生了病,都找他的。"

周少瑾"哦"了一声,把怀里的狗递给了施香,让她抱过去给安大看病。

安大就问起雪球的情况来。等他听到施香说今天一早雪球还喝了一碗肉骨头汤,他很夸张地大叫了一声,道:"这才断奶的哈巴狗,你们怎么能给它喂肉汤?它就像个刚出生的孩子,只能吃清淡的东西,如果有羊奶之类的喂它,就更好了。"

大家都非常意外。周少瑾更是身子一僵,原来是她害得雪球这样的。她心里很难受。

集萤看在眼里,轻轻地拍了拍周少瑾的肩膀,问安大:"那现在怎么办?"

"我先给它喂点我祖传的药,三天之内都只能喂白粥给它吃。"安大有些不确定地道,"三天以后我再来复诊,若是好了,就不用再吃药了;若是不好,我再给它换个药试试。"

大家的心都提了起来。施香领了安大去给雪球喂药。

周少瑾望着无精打采的雪球,不由哽咽:"都是我不好……"

集萤安慰周少瑾:"你喂它肉汤,也是为它好嘛。谁知道它不能吃肉汤呢……而且大难不死,必有后福。雪球以后肯定无病无灾,长命百岁的!"

周少瑾却没有她那么乐观。送走了安大,她抱着雪球默默地给雪球梳理着毛发。雪球舒服地"呜呜"叫。周少瑾总算是有了点笑容。

集萤看着心里很不好受,她歉意地道:"我原想送个小狗让你开心的,没想到会弄成这样。真是对不住。我等会儿回去的时候再让人找找,看看金陵城里有没有其他会给狗看病的,都找来给雪球看看。我想总有一个是高手能把雪球治好的。"

"先让安大给雪球看两天再说吧!"周少瑾道,"总给雪球换大夫也未必是件好事。以防万一,会给狗看病的人也得找。"

"嗯!"集萤点头,想到明天周少瑾还要去寒碧山房抄经书,道,"要不,我明天帮你照顾雪球吧?你不是还要抄经书吗?"

周少瑾有些犹豫。

集萤忙道:"你就让我尽尽心吧!不然我心里总有个疙瘩的。"

周少瑾看着她充满内疚的面孔,突然就想到了自己梦中那个无缘的孩子。雪球也是条性命,如果出了什么事,集萤心里也会很难受的吧?周少瑾轻轻地点了点头。

那安大的确还有些本事。一颗药丸下去,一个时辰之后雪球就不拉肚子了,第二天一大早已经可以颤颤巍巍地站起来了。

周少瑾大喜过望,亲自喂了雪球几口米汤。雪球呜呜地叫,亲昵地摩擦着周少瑾的裙摆。周少瑾把它抱起来,放进了竹篮里。雪球就乖乖地趴在篮子里,睁着双黑漆漆、圆溜溜的大眼睛望着周少瑾,把周少瑾的一颗心都看化了。

进来收碗的施香看到这情景,笑道:"不亏二小姐花了大力气救了它,它也知道感恩图报。"

周少瑾点头,拿了绣花绷子坐在雪球的竹篮边绣额帕:"要不怎么有人说这狗是最忠贞不贰的呢!"

施香笑吟吟地答"是"，忍不住摸了摸雪球的头，这才端着碗碟走了出去。

等用午膳，周少瑾和施香又喂了雪球一颗药丸。

集萤过来了。她问周少瑾："雪球好些了没有？我又让人找了几个会给狗看病的，你就别担心了，雪球一定会好起来的。"

周少瑾向她道了谢，道："已经可以站起来了，今天再吃一颗药丸，明天应该就能走了。"

"那就好！"集萤听着心里的大石头也跟着落下来，道，"时间不早了，你快去寒碧山房吧！这里有我看着就行了。"

周少瑾也没有更好的办法，交代了集萤一些注意的事项，就去了寒碧山房。

因心里一直惦记着雪球，周少瑾一开始写得有些潦草，写了两页纸心才跟着静下来，又把那两页纸重新写，结果花了一个下午，才抄了原定的一半经文。

碧玉关心地问她怎么了，她只说是没有睡好，比往常早了半个时辰回去。

集萤把雪球抱在怀里坐在罗汉床上，正一面给它梳理着毛发，一面看着书。一连三天都是如此。

周少瑾很是意外。她以为集萤只是看见雪球病了，心存内疚，所以抽空给她照顾一下雪球，没想到她竟然每天下午都来。算算日子，池舅舅也应该回来了。她这样，难道就不怕池舅舅责怪吗？那袜子明明是自己做的，以南屏的眼光应该一眼就能看出来才是；或者她已经认输了，索性破罐子破摔，和南屏闹翻了？

到第四天，周少瑾问集萤："你屋里没事吗？你这样每天过来，南屏姑娘那里没说什么吧？"

这是明晃晃地要赶她走啊！集萤很是不自在，道："你放心，等雪球好了，我不会再来打扰你的。"

周少瑾之前和集萤吵架，那是有口气堵在胸口。如今时间长了，集萤又送给了她这么乖巧可爱的雪球，她胸口的那股气也就消了。她不由道："我不是要赶你走。我是怕你在池舅舅面前不好交代。"

"没事。"集萤听着松了口气，不以为意地道，"有南屏在，你池舅舅身边不会少了服侍的人。"

她依旧是那副冷艳样子，可莫名地，周少瑾就觉得她的样子有些寂寞。或者相貌太过出色的人都会这样，不像相貌寻常的人那样容易融入众人。梦中，周少瑾也曾吃过这样的苦头。她心中一软，道："你和南屏打赌打得怎样了？以她的眼光，只怕是瞒不过她。"

集萤不以为意地挥了挥手，道："我认输就是。她还能把我怎样？不过就是让我给你池舅舅端茶倒水烫脚，我把心一横，有什么做不得的！"

还烫脚吗？看集萤傲气的样子就知道了，她肯定像梦中的自己一样，把这种事视为奇耻大辱。周少瑾迟疑道："要不，你还是跟我把十字针法学会吧？南屏姑娘只是让你做四双袜子，又没有说一定要做怎样的。只要池舅舅觉得你做得不错，南屏姑娘总不能说你做得不好吧？"

集萤愕然，看了周少瑾半响，道："你，你还愿意教我针线？"

"有什么不愿意的。"周少瑾笑道，"你不都送我雪球了吗？我也可以帮帮你。"

集萤好一会儿都没有说话。

周少瑾把压在心里好多日的话说了出来："我看你那么聪明，不像是学不会女红的人。是不是你不太喜欢学？"

· 059 ·

"不太喜欢学……"集萤愕然,道,"你是说,我,我不愿意做丫鬟?"

"是啊!"周少瑾真诚地道,"笨鸟先飞还早入林呢!你那么聪明,如果真的有心,什么学不会。你之所以不会,我觉得还是因为你不愿意学。"

集萤的表情显得有些晦涩难明,好半天都没有说话。

周少瑾觉得这件事可能与集萤的出身有关,但集萤不说,她也不好挑明。只好含含糊糊地劝她:"除非你不做丫鬟了,不然这些东西迟早要学会的。你又何苦自己为难自己?"她想到自己那次去清音阁,集萤颓顿于地的狼狈模样,觉得池舅舅待她可能也很一般,想了想,又道,"现在池舅舅屋里是南屏当家,我看她虽与你有些罅隙,却不是那小肚鸡肠的人。可她不可能总待在池舅舅屋里。等到哪天她嫁出去了,你这个样子又担不起大丫鬟的职责,难道还等到比你资历晚的来指使你吗?你总得为自己以后打算才是。"

集萤没有作声。周少瑾在心里暗暗地叹了口气。家家有本难念的经。有些事,只能自己琢磨。她不再多说话,继续绣着额帕。

等到她绣了快半朵花的时候,集萤突然开了口,道:"二小姐,我其实是因为父亲和程子川打赌打输了,被迫给程子川做婢女的。"

"啊!"周少瑾手一抖,手指被绣花针刺了一下,滚出血珠子来。她忙把指头含在嘴里吸了吸,这才道:"这,这到底是怎么一回事?我觉得池舅舅,不像是你说的那种人啊!"

集萤冷哼了一声,道:"你池舅舅不是这样的人?那他是哪样的人?"说完,她又戛然止住了这个话题,道,"反正这事说来话长,最终就是我父亲打赌打输了。按我父亲之前和程子川说好的,我二哥要给程子川做十年的小厮。可当时我二哥已经成亲了,二嫂正怀着身孕。十年,等我二哥回去的时候,他们孩子都能打酱油了;何况我二嫂还是我最好的朋友,我就更不能看着我二嫂和我二哥劳燕分飞了,所以我就说服我父亲,让我进府给程子川做了婢女。"

"十年?"周少瑾瞪大了眼睛,"你十八岁才进府,待十年,岂不是……"

二十八岁!成了老姑娘了!周少瑾语凝。

"是啊!"集萤怅然地道,"十年……等我回去,都不知道变成什么样子了!"

周少瑾默然。池舅舅为什么要和集萤的父亲打这么个赌呢?集萤的父亲输了,他甚至让集萤入府也要集萤的父亲践约,难道这其中还有什么蹊跷不成?周少瑾心中一动,道:"池舅舅为什么和你父亲打赌啊?"

集萤欲言又止。周少瑾如释重负。如果是池舅舅的错,集萤又岂会保持沉默?她就知道,池舅舅不是那种欺负女孩子的人。

周少瑾不由道:"这件事也不能全怪池舅舅吧!一个巴掌拍不响,何况是打赌这种事,若是一方不应,这赌又怎能打起来?"

"所以我也没有怪程子川啊!"集萤有些愤愤不平地道,"他交给我的事,我哪件没有完成?我就是烦南屏,整天在我耳边唠叨着婢女应该怎样,不应该怎样,我哪里又犯了忌讳,我哪里又做得不对,好像我不对着程子川顶礼膜拜,就不是忠心耿耿似的……"

南屏还真有点像集萤说的性子。周少瑾忍不住"扑哧"一声笑。

"是吧?是吧?"集萤立刻像找到了同盟者似的,高声道,"你也觉得吧?不是我冤枉她吧?"

自己要是说集萤是对的,集萤岂不是更要同南屏对着干?那池舅舅屋里就别想消停了。周少瑾道："可你也有不对的。不过是让你给池舅舅做些针线，你就学也不愿意学。你既然进了府，就得有婢女的样子，不然就是没有南屏，你遇到其他人，也一样会受人非议的。"

集萤闷闷地哼了两声，道："我就是不想学。程子川和我爹打赌的时候，是让我二哥进府做小厮。我做小厮的事行了，为何要把我当婢女？他既然缺婢女，为何还要我二哥进府做小厮？"

周少瑾抿了嘴笑，道："那你能帮池舅舅牵马赶车、净身值夜、打尘问路吗？"

集萤闻言睁大了眼睛瞪着周少瑾，好不容易从牙缝里挤出了"不能"两个字。

周少瑾大笑，顺手拿了两块碎布递给集萤："那你还是好好地和我学女红吧！"

集萤咬着牙，不耐地问周少瑾："顶针在哪里？给我根针！"

周少瑾不仅给她找了根针，还笑着把线穿好了才递到她手里。集萤就恨恨地跟着周少瑾学针线。

周少瑾立刻就感觉到了集萤的变化。她不仅很快就学会了十字针法，而且还能举一反三。周少瑾略一提她就知道自己的问题出在哪里了，不过半天的功夫，她的针法至少已经在一条线上，接下来就是怎样让针法一致的问题了。

周少瑾鼓励她："你比我那会儿可强多了，我那时可学了快三个月才把十字针法学会！"

谁知道周少瑾的话音刚落，集萤就冷哼了一声，道："你就忽悠我吧！你今年几岁？一个十字针法就让你学三个月，这一套针法学下来，还不得你七八年？你看你现在做的东西，竟然能和南屏不相上下。"她说着，举起自己绣的东西仔细地看了几眼，然后颇有些得意地道，"不过，我觉得凭我学针线的时间而言，我做得也真是挺不错的！"

周少瑾哭笑不得。

集萤就催她："你快裁双袜子我试着做做！"

周少瑾也不和她客气了，道："你现在还得练段时间才能行。"

"我给我自己做双袜子也不行吗？"

"行啊！"周少瑾笑道，"只要你穿得出去。"

"有什么穿不出去的？"集萤不以为然地道，"难道谁还会看我的脚不成？"

周少瑾嘻嘻地笑，就给她裁了双袜子。集萤很认真地低下头做针线。周少瑾也笑着坐了下来绣给郭老夫人的寿礼，一转头就可以看见雪球乖乖地趴在篮子里，正用它黑溜溜的大眼睛望着她。她心里只觉得暖暖的，笑容一直挂在嘴边歇不下来。

周初瑾看她的样子就知道她和集萤和解了，也暗暗替妹妹高兴。集萤性子直爽，妹妹有这样一个玩伴，性情应该也开朗一些。她还特意选了个集萤过来的日子去了周少瑾的厢房，和集萤说了会儿话，还赏了很多的糖果糕点给集萤。

集萤礼数周到，笑语嫣然，可不知道为什么，周少瑾直觉集萤不怎么喜欢她姐姐。等姐姐走了，她问集萤："你这是怎么了？我姐姐可有做得不对的地方？"

"没有！"集萤耸了耸肩膀，无奈地道，"你姐姐很好。可我总觉得你姐姐和南屏挺像的，都太规矩了。我通常和这样的人都合不来。"

"这是什么鬼话。"周少瑾瞪了她一眼，道，"难道我就不规矩？"

集萤当着周少瑾的面就把刚才周初瑾赏给她的点心匣子给撕开了，拿了块酥糖塞进了嘴里，道："你那不是规矩，那是笨！"

周少瑾气得不行了。

集萤哈哈大笑，道："你有没有听说过'笨有笨福'这句话？我这是在夸你有福气呢！"

如果有福气，梦中怎么会被人害得那么惨！周少瑾讪讪然。

集萤就小心地道："生气了？"

"没有！"周少瑾怅然地道，"就是想起些从前的事，有点感慨。"

集萤不以为然地撇了撇嘴，道："我给你讲个故事。"然后也不等周少瑾说话，自顾自地道，"有个小孩子很伤心地坐在台阶上，有路过的看见就问他，你这是怎么了？你猜那小儿怎么回答？那小孩长长地叹了口气，道：我在想我小时候的事。"

这算是什么故事？周少瑾好半天才反应过来。敢情集萤这是在笑话她啊！她不由推了推集萤的肩膀，道："好啊！你居然笑话我，我以后再也不让厨房里做你喜欢吃的锅贴了。"

集萤哈哈直笑，道："你这反应也太慢了点。当初程子川给我讲这个故事的时候，我立刻就反应过来了。我说你笨，你还不承认。"

周少瑾愣住，道："原来这故事是池舅舅给你讲的。不过，池舅舅为什么要给你讲这个故事啊？"她想象不出来池舅舅讲故事的时候是什么样子的。

集萤闻言竟然脸一红，轻轻地咳了一声，道："程子川这人动不动就喜欢刺人，我哪里还记得那么清楚？"

周少瑾根本不相信。要是记得不清楚，怎么会拿了这个故事来笑话她？不过，集萤那时肯定很狼狈。周少瑾不是那种喜欢揭人伤疤的，没有追问，只是抿了嘴笑。

集萤就轻轻地叹了口气，摸了摸周少瑾的头，道："你脾气真好，也不知道谁家的公子有这样的福气娶了你去。"

周少瑾不想说这些，岔开了话题道："池舅舅应该从淮安回来了吧？淮安那边的事还办得顺利吗？"

"程子川亲自出马，还能不顺利？"集萤毫不在意地道，把缝了寸长的袜子递给周少瑾看，"怎么样？应该还可以吧！"

针脚虽然还是参差不齐的，但也算得上是有模有样了。周少瑾感叹道："你学得真快！"

"那当然。"集萤不客气地道，"我从前手很稳的，所以学这些东西是不费吹灰之力的！"

"真是的！"周少瑾扶额。很想问问她从前怎么了，才会手很稳，但她想了想，还是没有问。

集萤道："我明天给你带些茶馓来吃。"

周少瑾道："茶馓是什么？"

"淮安的一种小吃。"集萤笑道，"我觉得还挺不错的。"

周少瑾笑道："是池舅舅带回来的？"

集萤撇了撇嘴，道："你觉得你那位池舅舅是干这种事的人吗？"

不像！周少瑾摇头。

"那不就对了。"集萤道，"是秦子平带回来的。他和程子川去了趟淮安，程子川先回来，秦子平是昨天回来的。"

秦子平？周少瑾道："他和秦子安是什么关系啊？"

集萤知道周少瑾见过秦子安，笑道："是他的弟弟啊。秦家三兄弟，老大叫秦子宁，老二叫秦子安，老三叫秦子平，是秦大总管秦守约的孙子。"

周少瑾道："那你有没有听说有个叫秦大的？"

集萤想了想，道："没听说过。不过，如果你想知道，我帮你去问问。"

周少瑾连声道谢，道："没想到秦子平还挺细心的，去了淮安还给你们带东西吃。"

"他哪是给我们带的！他是给南屏带的。"集萤一点不领情，道，"他带了四匣子过来，其中两匣子是给南屏，其他两匣子是给我们分的。"

周少瑾很是意外，道："秦子平有多大了？他送南屏东西，池舅舅知道吗？"

集萤扑哧一声笑，道："你想哪里去了！南屏是秦子平的嫂子。"

周少瑾讶然。

集萤就叹了口气，道："南屏和秦子宁青梅竹马，可惜定亲没多久秦子宁就去世了。程子川和秦大总管的意思是，等过几年秦子宁的事过去了，再给南屏找个好人家。可南屏不愿意，说是要给秦子宁守着。你舅舅也不好勉强她，就这么一直拖着了。秦家见了，少不得要照顾她一二……有时候我想想，觉得她也挺可怜的。我应该让让她，可我实在是和她说不到一块儿去，最多两三刻钟就会不欢而散。"

难怪南屏那么大年纪还没有嫁人。周少瑾在心里唏嘘了一番，想到集萤进府的时候都有十八岁了……她不由道："那你在家的时候有没有定亲？"

集萤神色一紧，拿针的手微微地颤了颤，笑道："小姑娘家的，管这么多做什么？"笑容却有些勉强。

周少瑾隐隐有些明白。集萤在家里的时候肯定定过亲了，可她要在池舅舅身边当十年的丫鬟……那边就算不跟她解除婚约，恐怕也难以守身如玉地等她十年……集萤虽然是自愿代哥哥进府的，可理智是一回事，感情又是另一回事。她会不会是因为这个所以显得非常浮躁，所以才会那么拒绝做婢女应该做的事呢？

周少瑾道："你中途难道就不能回去看看吗？我身边的丫鬟除了那些从小就被父母卖了，根本不知道家在哪里，或是路途遥远，家中已没有了什么至亲的，每年都会给几天假让她们回去探望父母。小山丛桂院是谁管事啊？你可以跟他说啊！再不济，你也可以跟池舅舅说说。我觉得池舅舅不是那么不通情理的人。"

"真是个笨丫头。"集萤听了笑着要去捏周少瑾的脸，周少瑾想避开，集萤的手却快如闪电，立刻就把她给捏住了，"要是我能随时回去探望父亲，那还是什么赌约啊！你不会是想替我向你池舅舅说情吧？我看你上次闯进清音阁的时候就挺理直气壮的。"

周少瑾生气地打落了集萤的手，道："你再捏我的脸，我以后做了好吃的都不留给你了。"

集萤哈哈大笑，道："你每次威胁我都是不给我吃的，你就不能换点别的？"

周少瑾讪然，道："我才不会去帮你求情呢！自池舅舅管了九如巷的庶务，九如巷的日子一天比一天好，他肯定是个很厉害的人。他既然和你父亲打了这样的赌，一定有他的用意的。我才不中你的激将法呢！"

"看不出来你有时候还挺聪明的！"集萤又损她。

周少瑾不理她。集萤又哈哈大笑起来，哪里还有一点点她和周少瑾刚见面时的冷漠和孤傲！

施香进来给她们换过茶，重新换了果盘。集萤就挑了个秋梨吃。周少瑾就问她："那你父亲和哥哥能来看你吗？"

集萤沉默了一会儿，道："那得看程子川的心情好不好了。"

周少瑾很想说那你就听话点，乖点，说不定池舅舅心一软，就让你回去探望你父母了。可念头从脑海里掠过，她又及时地打住了。以集萤的性子，要让她像那些性格柔顺

· 063 ·

的丫鬟一样低眉顺目，恐怕比杀了她都让她难受吧！周少瑾只好道："要不，你多写几封信给家里人，写信应该可以吧？"

集萤不置可否。

周少瑾惊讶地睁大了眼睛。难道写信也不行？那岂不是成了拘禁？池舅舅为什么要这样对待集萤和她家人呢？她隐隐觉得这答案可能会影响到她和集萤之间的友谊，遂改变了话题，道："我酿了几坛桂花酒，过了初九就能开封了，你带些回去吧！埋在树下，吃螃蟹的时候喝最好不过了。"

集萤没有客气，拿了两坛走了。

周少瑾和集萤东家长西家短的这么闲聊一通，心情变得轻快了很多。待去了寒碧山房，见碧玉正指使着几个媳妇子、婆子在换正房的陈设，她还跑过去瞧了瞧。

原先中堂挂着的"仙人指路"换成了"麻姑献寿"，原先摆放在花几上的文竹变成了万年青，原先铺着的祥云图案的坐垫换成了五蝠捧寿……总之，所有的陈设都变得与"长生"有关了。

周少瑾笑着问碧玉："到时候在这里给老夫人拜寿吗？"

"嗯！"碧玉笑道，"老夫人说她老人家年纪大了，来来去去的，不仅折腾她还折腾那些给她老人家来祝寿的人。说是散生，不请老太爷在世的门生故旧，只请平日里走得近的几家女眷。晚辈们在这里给她老人家磕了头之后，就去蕴真堂喝酒听戏、抹牌游玩，只留几位老妯娌在这里陪着她老人家说说话儿就行了。"

"这么简单啊！"周少瑾笑道。就是四房的关老太太过寿，也比这热闹些。

碧玉含蓄地道："老夫人早年间可是进过宫给太后娘娘、皇后娘娘问过安的人。再大的排场，又怎么比得过宫里的排场？"

周少瑾笑道："登泰山而小天下？"

"正是这个理！"碧玉和她说笑着，几个丫鬟、媳妇簇拥着袁氏走了过来。

"少瑾！"远远地，袁氏就笑吟吟地和她打着招呼。

因为隔得远，早在八月中旬，袁氏就派人把程箫孩子的洗三礼带去了桐乡，只等着程箫的孩子落地。今天早上她收到了嬷嬷的来信，说用周少瑾的花样子为程箫孩子绣的襁褓不仅让袁家的女眷赞不绝口，而且在孩子洗三礼的时候，程箫的婆婆亲自选了那块襁褓包孩子，让程家送去的东西大出了风头。

袁氏备觉脸上有光。她去拉周少瑾的手。周少瑾却捋了捋头发。袁氏也没有在意，笑着把情况告诉了她，道："这次多亏了你，给你箫表姐长了脸。你箫表姐还特意写了信回来，让我向你道谢。还说让去送洗三礼的婆子给你带了些小玩意回来，让你千万不要客气。"

礼物就不用了，只要别麻烦我再给你们设计什么花样子就好。周少瑾微微地笑，让她稚嫩娇美的面孔显得有些腼腆。

袁氏就呵呵地笑，要拉了她去见郭老夫人。碧玉忙道："老夫人去了四老爷那里，要等一会儿才能回来。夫人进屋去喝杯茶吧！"

袁氏笑着点头。

周少瑾趁机向袁氏辞别，回了佛堂。她问小檀："你知道老夫人为什么突然去了小山丛桂院吗？"

"因为老夫人要过寿辰了！"小檀笑道，"大老爷和二老爷都不在家，老夫人过寿，自然希望四老爷能来参加啊！"

"难道老夫人的寿辰，四老爷从不参加吗？"周少瑾吓了一大跳。

"我听碧玉姐姐她们说，好像前几年都没有露面。"小檀道，"说是裕泰票号有事。老夫人那几年都不高兴。为这件事，有一年老夫人的生辰，大老爷还专程从京城里赶回来了一趟都没能哄得老夫人高兴……还是老夫人亲自去了趟小山丛桂院，四老爷才过来给老夫人拜了寿。老夫人这两年每到过寿的时候就会去看看四老爷。"

这，这也太奇怪！周少瑾不敢评论。去给郭老夫人辞行的时候，就小心翼翼地观察郭老夫人的表情。可惜郭老夫人神色端肃，她什么也没有看出来。第二天她就问集萤："池舅舅会参加老夫人的寿宴吗？"

"寿宴不知道，"集萤道，"但肯定会去拜寿的。"

周少瑾犹豫了好一会儿，道："那你们不觉得奇怪吗？"

"这有什么好奇怪的。"集萤奇道，"一屋子的女眷，他一个男子，拜了寿不走难道还在那里陪着嫂嫂、婶婶们抹牌不成？"

这话也太犀利了。周少瑾决定以后少问集萤这样的话。

到了初九那天，周少瑾跟着关老太太、沔大太太、周初瑾早早就去了寒碧山房。不承想还有人比她们更早。

一位老太太，带着两位四十来岁的妇人和四个花信年纪的少妇及七八个十二三岁到十七八岁的女孩子，看那气度，稳重内敛，绝非普通人家；可看穿衣打扮，却都很朴素，又不像是权贵之家的女眷。

周少瑾一个也没见过，关老太太和沔大太太却认识，忙笑着上前和对方打招呼。她这才知道这些人原来是郭老夫人的娘家——石头巷郭氏的女眷。

老太太是郭老夫人的弟媳，看上去却比郭老夫人大几岁的样子，笑容宽和，谈吐文雅，一听就知道是会识文断字的女子。老太太说话的时候郭家的其他女眷都微笑着听着，规矩很大。

在周少瑾她们之后到的是顾家的女眷。她们来了十七八个人。顾老安人没来，领头的是顾家的大太太，顾七奶奶和顾十七姑也在人群里。

顾家的女眷和郭家的很熟，见过礼之后，就互相问候起来。顾七奶奶笑着朝周少瑾和初瑾点了点头，顾十七姑则跑了过来，笑吟吟地跟周少瑾和周初瑾打招呼。

三个人正说着话，三房的人过来了。屋里又是一番欢声笑语。

程笳一眼就看见了周少瑾和顾十七姑。她给长辈行过礼之后哧溜一声就跑到了周少瑾这边来了。

"十七姑，你是什么时候到的？"她热情地挽了顾十七姑的胳膊，"等会儿我们吃席的时候坐一块儿。"

"好啊！"顾十七姑高兴地应了。

又有人来了。屋里开始有些拥挤。

管事的妈妈就笑眯眯地请了太太、小姐们去旁边的厢房喝茶，留下了陪着郭老夫人说话的几位老太太。

程笳就撺掇着周少瑾等人在院子里说话："等会儿来的人更多，行礼都要把腰行酸了。"

顾十七姑掩了嘴笑，道："我是客随主便。"

周少瑾是素来不喜欢交际应酬的，不仅没有异议，还指了指院子里一丛竹子："我们去那里说话，竹丛后面有个长条石凳。"

周初瑾却不能把沔大太太一个人撇在厢房里，笑道："你们在那里说话就说话，可别到处乱跑,小心拜寿的时候找不到你们的人。"想着程笳是个不靠谱的,对顾十七姑道,"我可把少瑾交给你了。"

周少瑾脸色一红,顾十七姑则连声保证:"一定,一定。"周初瑾这才放心地去了厢房。三个人就笑嘻嘻去了竹丛后面。

那里本是碧玉等人乘凉的地方,石凳很干净。只是还没有等到周少瑾等人拿出帕子来擦拭,持香抱着几个坐垫气喘吁吁地跑了过来:"二小姐,大小姐让我送这个来。说是天气转凉了,不比夏天,还是垫着坐好些。"

三个人都很意外。周少瑾心里仿佛有暖流流过,忙接过了坐垫。

程笳叫道:"还是初瑾姐姐最好!"顾十七姑迭声让持香代她向周初瑾道谢。持香应诺,笑着走了。

程笳和顾十七说了会儿周初瑾的温柔体贴,话题就渐渐地转移到了上次还一起放河灯的阿朱身上,又从阿朱身上转移到了良国公府……话题越扯越远,最后竟然说起了官街梅府刘家大姑奶奶和离,带着一双儿女搬回了娘家居住的事:"说是刘家大姑爷宠妾灭妻,刘家大姑奶奶不愿意过了,刘家的几位老爷带着人过去把刘家的大姑爷狠狠地打了一顿,打得刘家大姑爷差点去了半条命,不仅把大姑奶奶的嫁妆全吐了出来,而且还倒贴了几千两银子,刘家大姑奶奶这才签下了和离书。"

还有这种事!周少瑾听得津津有味。

外面突然传来婆子高亢的声音:"四老爷和大爷过来了!"

院子里传来一阵喧哗声。想必是女眷们急着回避。除了她们,还有些女眷三三两两地站在廊庑和院子里说话。

很快,院子里就安静下来。周少瑾扭过头去,透过竹林看见程池和程许走了进来。

程池看上去比程许还要高一点,穿了件宝蓝色素面湖绸直裰,腰间缠了深蓝色布带,左边挂着靛蓝色素面荷包,右边挂了方小印,一手背在腰后,身姿如松却表情淡漠地走了进来。

程许落后他几步,穿了件紫红色蒲葺纹暗花直裰,腰间系着真紫色绦带,顾盼间神色飞扬,更显得他面如冠玉,鬓如刀裁。

顾十七姑看着颇有些惊艳地"啊"了一声,道:"程嘉善越长越好看了。"

周少瑾的目光却落在了程池的身上。池舅舅居然没有穿道袍,可见也不是像小檀她们说的那样不重视郭老夫人的寿辰。

程笳却哼哼地趴在了她们俩的肩头,道:"有什么好看的!还不是两个眼睛一个鼻子?"

顾十七姑的眼睛盯着程许,道:"两个眼睛一个鼻子也有不同啊!程嘉善的眼睛鼻子就是比别人长得好看。"

第二十六章　探望

周少瑾流汗。

程筎趴在她们的肩头"啧啧啧"地讥讽着顾十七姑："只知道看外表的家伙！"

"腹有诗书气自华。"顾十七姑反驳道，"外表不是由内在决定的吗？"

两人在那里斗嘴，周少瑾却感觉程池好像朝这边瞥了一眼似的。她不由睁大了眼睛看。程池身姿如松，目不斜视地由碧玉服侍着撩帘进了正房。周少瑾吁了口气。可能是自己看错了吧！

程筎道："应该要拜寿了吧！我们要不要去厢房里等？"

顾十七姑道："还是等程四叔和程嘉善走了我们再出去吧，免得碰着了。"

周少瑾非常赞同，道："碧玉之前也说过，池舅舅他们拜过了寿才到我们。"

三个人就在竹林后面等着。厢房那边却走出来两个小姑娘。都是十五六岁的年纪，一个穿着湖水绿的杭绸褙子，梳着双螺髻，戴着珍珠珠花；一个穿着豆绿色的杭绸褙子，梳着双丫髻，戴着赤金丁香发簪。两人皆长得眉如远山，目如秋水，有几分相似，非常漂亮。

程筎道："这谁啊？"

周少瑾也没印象。

顾十七想了想，道："好像是孙侍郎夫人娘家的侄孙女。叫什么我不记得了。上次我十六姐定亲的时候，孙夫人带她们来喝过喜酒。两人是从姐妹，湖州人。祖父刚升了刑部侍郎。"

那天顾家人很多，周少瑾也不记得自己是不是见过了。

她们正说着，厢房外当值的丫鬟已走到了两人的面前。一阵低语之后，丫鬟便领着她们往官房的方向去。

周少瑾道："怎么没见孙家小姐？"

顾十七姑笑道："怎么你不知道吗？孙家小姐和梅府刘家的七公子定了亲。怕是被拘在家里学规矩去了。"

程筎嘟囔道："学规矩什么的，真是太让人讨厌了。我以后嫁人，一定要找个疼爱媳妇的婆婆，免得要立规矩。"

顾十七姑捂了嘴笑。

厢房那边又有人走了出来。这次出来的是位年轻的少妇和个十五六岁的小姑娘，妇人低声和小姑娘说着话，往周少瑾她们这边走来。

周少瑾等俱是一愣。那妇人和小姑娘却越走越近。周少瑾这才发现那少妇竟然是江宁县县令刘明举的夫人。那小姑娘她不认识。穿了件粉色的褙子，眉如新月，面若桃花，娇娇柔柔的，像朵花似的，姿容十分出众。

周少瑾非常意外。刘夫人这是要干什么？她们要不要出去打个招呼呢？周少瑾朝顾十七姑和程筎望去。两人的神色也很茫然。

她们正犹豫着，刘夫人已经和那小姑娘走近了，她们就听见刘夫人对那小姑娘道着：

· 067 ·

"……你既然跟了嫂嫂出来,自有嫂嫂为你做主。就是说到了老安人那里,也有嫂嫂帮你顶着,与你何干!"话音未落,刘夫人已绕了过来,目光落在了她们三人的身上,露出了惊愕的表情,话音也随之戛然而止。

三人忙上前给刘夫人行礼。刘夫人半晌才回过神来,神色有些不自然地笑了笑,向她们引见身边的女孩子:"这是我的小姑子,家中的姑娘她行九。"然后又向刘九小姐引见了周少瑾等人。

几个小姑娘见了礼。

刘夫人笑道:"你们不在厢房,站在这里干什么啊?刚才吓了我一大跳。"

她看上去既大方又亲切,可不知道为什么,周少瑾总觉得她的身子绷得有点紧。难道刚才她和刘九小姐说的话里有什么乾坤不成?

周少瑾思忖着,顾十七姑已笑着上前道:"之前我们在院子里说话,后来程四叔他们过来了,一时避之不及,就躲在了这里。"

"是吗?"刘夫人笑着,眼底闪过一丝困惑。那刘九小姐却低下了头,很是羞涩的样子。

程笳在她耳边低声道:"你看刘家九小姐,和你像不像?"

周少瑾仔细一瞧,怎么也看不出来哪里像。

"刘家九小姐很漂亮。"她低声地道。

"没你漂亮。"程笳悄声道,"不过,和你从前一样害羞。"

周少瑾无语。

顾十七姑已经和刘夫人聊上了:"……您见到我们家大太太了没有?上次您去家里喝喜酒,也没多坐坐就走了。我们家大太太到今天还念叨着,说您每次都那么客气,我们却没能好好地招待您。也不知道您什么时候得闲,等到家里的菊花都开了,想请您过去喝杯薄酒,听两出折子戏呢!"

刘夫人笑道:"我刚才还和你们家大太太说这事呢。想九月十六的时候到你们家去喝酒赏花听戏……"

两人在那里你一句我一句地应酬着,绝不冷场。这才是八面玲珑的高手啊!周少瑾望着顾十七姑,十分佩服。刘家九小姐安静地站在刘夫人身边,不时地睃着周少瑾。周少瑾就朝着她善意地笑了笑。刘家九小姐却面色绯红地低下了头。

周少瑾、程笳、刘九小姐站在那里听刘夫人和顾十七姑寒暄着,正房那边有声响传了过来。几个人齐齐望过去。只见门帘晃动,程池和程许走了出来。

程池依旧表情淡然,程许和刚才相比却多了几分笑意,让他显得更为俊雅。只是两人刚走下台阶,孙侍郎夫人娘家的两位侄孙女正巧从通往官房那边的小道出来。两拨人就碰了个对面。

两位小小姐面红耳赤地屈膝行礼,其中有个声若蚊蝇地不知道说了句什么,程池瞥了两个小姑娘一眼,微微颔首,面无表情地径直朝前走去。程许跟在程池的身后,和两位小姐擦肩而过又忍不住回头望了一眼,正巧和其中那位穿着豆绿色杭绸褙子的小姑娘的目光碰在了一起。

那小姑娘朝着程许展颜一笑。灿烂的笑容,如夏日绽放的花朵,明艳动人。程许讶然,脚步微顿,朝着小姑娘点了点头,匆匆跟上了程池的脚步。

这是个什么情况?周少瑾、程笳和顾十七姑面面相觑。

可更让她们吃惊的是,刘夫人见状轻轻地笑了一声,对刘家的九姑娘道:"没想到你程四哥过来了,你跟着我过去给程四哥请个安吧!"随后回对周少瑾等人笑道:"你们要不要跟着我过去问候一声。"

三个人齐齐摇头，露出茫然不知所措的表情。什么时候这位刘小姐比她们高了一辈了，或者本来人家就比她们高一辈？

周少瑾的脑子有点迷糊，看着刘夫人带着刘家九小姐笑着朝程池和程许迎过去，看着程池神色微霁地和刘夫人打招呼，看着刘家九小姐娇羞地给程池和程许行礼……直到刘夫人领着刘家九小姐进了正房，程笳用手肘拐了拐她，她这才回过神来。可她一回过神来就看见顾十七姑捂着嘴巴无声地笑个不停。

"这，这是怎么了？"她不解地问。

"笑，笑死我了！"顾十七姑笑得眼泪都出来了，岔着气道，"程嘉善竟然被女孩子堵了。我敢和你们打赌，他在正房的时候，肯定有更多的姑娘盯着他。孙侍郎的夫人明天若是不带着她娘家的两位侄孙女过来拜访袁夫人，大后天准会来。"

周少瑾和程笳恍然大悟。程笳更是跳了起来，道："那孙夫人不是说起别人都义正词严的吗？怎么她自己娘家的侄孙女倒做出这样的事来，也不知道她知不知道？要是知道，不知道会不会连夜把两个侄孙女送回家去？"

顾十七姑好不容易才止住了笑，一面掏了帕子擦着眼角，一面道："她肯定知道了！说不定还是她自己想出来的主意呢！我就说，她怎么不带了三小姐出来，敢情是怕被人瞧了出来，坏了三小姐的名声。这两个小姑娘也够糊涂的，怎么就任那孙夫人指东往东，指西往西的呢！"

周少瑾欲言又止。

程笳见了不悦道："我最不喜欢你这个样子了！我们姐妹一场，你有话就说嘛！就算是说错了，那也没什么要紧的！"

"那倒不是。"周少瑾望着顾十七姑，斟酌道，"那，刘家九小姐，难道是来堵池舅舅的？"

"多半是。"顾十七姑的情绪比刚才平和了些，笑道，"不然刘夫人之前怎么会去厢房坐了，以她的身份地位，应该坐在正房才是。你没见她刚才和刘家九小姐去了正房。"她猜测道，"多半是正房的姑娘太多，为了给程四叔留下印象，所以才特意领了刘家九小姐'碰巧'遇到了程四叔的。"

"可刘家九小姐和我们差不多的年纪，"周少瑾困惑地道，"池舅舅要找，也应该找个大一点的吧？"

"妥妥一个现成的金榜题名的进士女婿，别说是大个十来岁了，就是二十来岁，又有什么打紧的？"顾十七姑笑道，"何况程四叔是头婚，嫁过去好歹也是结发夫妻，总比给人做填房的好吧？"

"对哦！"周少瑾道，"可池舅舅为什么一直没有成亲啊？"

"是啊，是啊！"程笳兴奋地道，"池从叔为什么一直没有成亲啊？"

侃侃而谈的顾十七姑卡住了，半晌才道："我，我也不知道啊！我从来都没有听长辈说起过！"

三个人都朝程池离开的方向望去。两旁郁郁葱葱的树枝婆娑起舞。程池早已不见了踪影。有管事的嬷嬷过来请她们："吉时快到了，小姐们回厢房用些茶点吧！"

嬷嬷是在委婉地提醒她们，拜寿的时辰到了，让她们别乱跑，快去厢房坐好。周少瑾三人闻言知雅意，笑着应是，去了厢房。

三阔的厢房，太太、奶奶们坐了东间，雅静内向些的小姐们坐了西间，还有些活泼好动的三三两两或站或坐地在明间说着话，衣香鬓影，好不热闹。

顾十七姑就抿了嘴笑，揶揄地对周少瑾和程筵低声道："你们看，太太、奶奶们都带了小姐过来。"比周少瑾在顾家十六小姐的订婚宴上看到的还要多。

但那个时候顾家十六小姐订婚的时候席开三十桌，郭老夫人的寿辰却只请了二十桌。难道这些人都是有"备"而来的？周少瑾有点怀疑，又觉得自己太多心了，正想和顾十七姑说这事，已有人看见了顾十七姑，热情地和顾十七姑打着招呼："你去了哪里？刚才到处都找不到你。"

那女孩子和程筵差不多年纪，中等身材，略带着几分婴儿肥的桃子脸，蛾眉大眼，皮肤白皙细腻，穿了件大红色葡萄缠枝暗纹的褙子，一说话眉眼都弯了起来，像个无锡娃娃似的，很喜庆，是那老一辈人所说的福相。

顾十七姑为周少瑾和程筵引见："这是梅府刘家的十九小姐。"她们互相见了礼。紧接着又有四五个人过来和顾十七姑打招呼。大家互相见过，契阔起来。顾十七姑认得好多人！周少瑾有些羡慕。

刘家十九小姐对周少瑾却特别亲热。周少瑾有些不解。刘家十九小姐笑道："我刚才见过令姐了——我外家是镇江廖氏的旁支。"

周少瑾恍然，看刘家十九小姐也觉得亲切了几分。

那刘家十九小姐见了，突然把她拉到旁边的花几旁，低声道："你刚才不在，顾家的十八小姐、二十小姐，郭家的三小姐、四小姐，孙侍郎家的两位表小姐、林教喻家的侄小姐……都被叫去了上房。"她一面说着，一面注意着周遭的动静，"其他几位小姐都去了，孙侍郎家的两位小姐却说要上官房。等到迎宾的妈妈走了，两个人又说不去了。过了一会儿，又说要去。你说就这么巧，回来的时候就碰到了程家的四老爷和长房的许大爷。这其中要是没有鬼，我愿意输你二两银子！"

这样的自来熟，周少瑾一时间不知道该说什么好，却忍不住瞧了瞧屋里的人。姐姐和大舅母一块儿陪着顾家大太太说着话，郭家的几位小姐好像真的少了两个人。

刘家十九小姐看了忙道："我没骗你吧？孙家的两位表小姐都去了上房——她们已经在许大爷面前露了脸，还留在这里做什么？真是不知廉耻！"她气鼓鼓的，仿佛她自己受到了什么不公平的待遇似的，又道，"听说浙江按察使胡大人的女儿、江宁知县刘大人的妹妹、金陵知府吴大人的女儿、同知申青云的妹妹……都在上房里呢！"

周少瑾吓了一大跳。刘家十九小姐却误会了，解释道："申青云的母亲，是庐江李氏的女儿，所以申青云的妹妹也在上房。"

周少瑾注意到的却是"金陵知府吴大人的女儿"。吴宝华比她大一岁，吴宝芝比她小一岁，而且德言容工也没有什么出彩之处，难道来的是吴宝璋？可吴夫人怎么会带了吴宝璋去上房？郭老夫人又怎么会允许吴宝璋在上房？她忍不住问刘家十九小姐："吴知府有三个女儿，你说的是他们家的哪个女儿？"

"还能有哪个？"刘家十九小姐不以为意地道，"当然是那个眉心长了颗观音痣的！最近金陵城里都在传，说吴家大小姐是菩萨面前的玉女转世，是宜家宜室、旺夫旺子的命格……长了颗痣就能宜家宜室、旺夫旺子，这话也就只有那些没有读过书的市井泼妇相信。明眼人一看就知道吴家安的是什么心。"

原来如此！郭老夫人也信这些吗？周少瑾默然。

顾十七姑在那边朝着她招手，道："周家二小姐，刘家十九小姐，你们快过来，我向你们引见嘉兴方家的大小姐！"

嘉兴方家，方鑫同家，不知道是方鑫同的什么人？周少瑾和刘家十九小姐走了过去。

方家大小姐十七八岁的样子，身材高挑，五官娟秀，难得的是举手投足间有种读书人的儒雅，初看时只觉得她温文尔雅，大方从容，可越看却越觉得她很漂亮，而且是种不同于一般女子的漂亮。

顾十七姑道："方家大小姐的哥哥是嘉兴首富方鑫同，曾在我们家的书院里读过书。"

"我说怎么这么面善呢！"刘家十九小姐笑道，"我有个姐姐嫁去了嘉兴，听我姐夫说，他的外家是花溪方氏，应该就是姐姐家了。"

她嘴很甜地和方家大小姐说着话。

顾十七姑就看着刘家十九小姐朝着周少瑾使了个眼色，悄声道："你别理她，她这个人，很喜欢传话的。你这刻跟她说的话，下一刻大家都知道了。"

真看不出来！周少瑾望着笑语盈盈的刘家十九小姐，有些闷闷的。相比顾十七姑的八面玲珑、刘家十九小姐的如鱼得水、方家大小姐的恬静宜然，甚至是程笳的活泼开朗，她显然很不适应这样的场合。她有点想在姐姐身边待着。

周少瑾在人群中找周初瑾。姐姐正笑吟吟地和郭夫人说着话。她顿时犹豫起来。江南的世家拐着弯都是亲戚，特别是像郭家、顾家这样开书院的，姐姐若能在两家的女眷面前露脸，对她以后在廖家站稳脚跟很有帮助。

周少瑾又收回了目光，站在那里听刘家十九小姐神色得意低声说着话："我觉得肯定是郭老夫人着急四老爷的婚事了。若是为许大爷说亲，袁夫人应该到场才是。可袁夫人一直都在忙着郭老夫人的寿筵，刚才四老爷和许大爷在上房的时候，袁夫人都没有进去！而且许大爷今年十七，你看那些小姐，最小的十五六岁，最大的二十岁……"

"谁二十岁？"程笳低声惊呼。

方家大小姐脸一红。

顾十七姑狠狠地咳嗽一声。

"哦！"程笳明白过来，目光落在了方家大小姐的身上。方家大小姐窘得脸色通红。

顾十七姑忙道："咦，不是说吉时快到了吗？怎么还没有开始拜寿？四小姐，吉时到底是什么时辰啊？"她问程笳，把话题岔开了。周少瑾却越发觉得没趣。

还好不过半刻钟的工夫，迎宾的妈妈就过来请了程笳、周少瑾和郭家、顾家这样的至亲去上房。

上房果然有好几位容貌气度都极其出众的女孩子，她也看见了吴宝璋。吴宝璋笑着朝周少瑾点头。周少瑾低眉顺目，装作没看见。

等她们这些亲眷给郭老夫人拜过寿，送了祝礼之后，就轮到了像孙侍郎、刘夫人这样的亲朋了。

周少瑾把厅堂让出来，去了东边的宴息室。周初瑾过来握了握妹妹的手，道："你怎么了？看样子精神不大好！是不是不舒服？"

周少瑾知道等会儿沔大太太还要领了姐姐去和那些太太、奶奶应酬。"我没事。"她忙道，"就是肚子有点饿！"

周初瑾笑了起来，道："我让你多吃点你不听，现在知道厉害了吧？看你以后还敢不敢不听姐姐的话！"随后柔声道，"你和寒碧山房里的人熟，随便让谁给你弄两块点心填填肚子。马上就要开席了。"

周少瑾笑着点头，道："姐姐你去忙你的吧！我等会儿和笳表姐一起坐席。"

周初瑾点头，去了沔大太太那边。

周少瑾只觉闹哄哄的，很想去茶房里躲到开席了再出来，可她知道，自己若是这样躲去了茶房，那和从前又有什么区别？她微笑着挽了程笳的胳膊，听顾十七姑和那些小姐说着家长里短，诗琴书画。

有人拉了拉她的衣襟。周少瑾还没有反应过来，她周边的人已露出惊艳之色。刘家十九小姐更是直言道："周二小姐，这是谁家的小姐？"

周少瑾后知后觉地回头，看见了穿着件深紫色妆花褙子的集萤。集萤正目含笑意地望着她。周少瑾心中一喜，随即想到身边站着的这群小姐，忙拉了拉程笳的衣袖，笑道："是我的表姐，九如巷程家的旁支。"

程笳没有作声。

众人笑道："难怪我们没见过。"就连顾十七姑也没有怀疑。

周少瑾松了口气，拽住集萤的衣袖就往外走，一面走，一面回头对顾十七姑等人笑道："我和她有点事，马上就来。"

顾十七姑等人自然不好跟着，周少瑾就拖着集萤去了茶房。

或许是上房正是要人端茶倒水的时候，茶房没人，只有沸水在炉子上"咕噜咕噜"地冒着热气。

集萤面沉如水，道："我什么时候姓程了？还九如巷家的姻亲呢？"

周少瑾心头一慌，可她想到集萤乖乖地跟着她学针线的样子，心头又一松，脑子也变得灵活起来，道："你从来都没有告诉我你姓什么，这能怪我吗？"

集萤有些生气，瞪了她一眼，但还是道："我姓计，闺名一个'莹'字。"

周少瑾恍然大悟，道："所以池舅舅给你取了个名字叫'集萤'？"

集萤没有作声，也就是默认了。

周少瑾想到她刚才不开心的样子，猜测定是自己介绍她是程家的姻亲让她觉得自尊心受到了伤害，遂道："那些都不过是不相干的人，你又何必向她们交代底细？难道你走到路上遇到个人问你姓名，你就要据实以告不成？"

集萤面色微缓。

周少瑾心中轻快起来，笑道："你怎么过来了？是来给郭老夫人拜寿的吗？怎么不见南屏姑娘、鸣鹤姑娘她们？"按礼，服侍长房的那些仆妇也要给郭老夫人拜寿。

"嗯！"集萤道，"她们在那边厢房和史嬷嬷等人说话，我懒得候着，就过来看看你在不在。"

周少瑾有些意外集萤会来给郭老夫人磕头。

集萤道："我父亲和程子川的恩怨是他们的事，郭老夫人又没有得罪我！她是长辈，过寿我自然要来给她老人家磕个头啊！"

周少瑾笑眯眯地连连点头，觉得心情好了很多。集萤这么想，可见她父亲和池舅舅不是什么生死之仇了！

她道："我刚才已经给郭老夫人拜过寿了，等会儿应该就轮到你们了。"她的笑容恬静舒展，和刚才在宴息室里的礼貌客气完全不同。

集萤不由道："有人欺负你了吗？我怎么看你不是很高兴的样子。"

周少瑾想了想，坦然地道："我就是不习惯她们说话行事的做派。"她把那些小姐的举动一一告诉了集萤。

集萤听得很认真，道："我小的时候，父亲曾经给我讲过一个故事。他说，有户人家里有两个寡妇，其中一个寡妇姓李，一个寡妇姓王。她们都是靠族中供养。其中姓李的寡妇生怕自己年老之后没人照顾，所以谁家有什么事她都很热心地帮忙，大家都很喜欢她，常送些吃食给她，在族里的名声也很好。而那个姓王的寡妇恰恰相反，除了族中的供给，她在自己家的屋前屋后种了菜，还养了小鸡，想出去走走就进城，想偷懒了就到邻村去买两个包子馒头。别人家有事若是不叫她，她是绝对不会出面的；就算是出面，也要看是什么样的人家。相比之下，大家都说这姓王的寡妇为人淡漠，不知道感恩图报，大家都不怎么喜欢这王寡妇。久而久之，族中的人甚至开始疏远她。

"李寡妇问王寡妇，你这样不讨族中人的喜欢，难道就不怕自己年老了躺在床上的时候没人照顾？王寡妇就道：你让我花几十年的工夫讨好他们，就为了让他们在我最后的那几年里有个照应？我觉得划不来，不干。李寡妇只摇头走了。

"然后李寡妇辛苦了一辈子，背也驼了，发也白了。临终前族里的人轮流照顾她，大家都去看她，没几日，她死了，族里的人都哭得很伤心。

"王寡妇却逍遥了一辈子，临终前只有两个人奉了族长之命去照顾她，也没有什么人去探望。没几日，她也死了，族里的人很快就把她忘了。"

集萤回忆道："我还记得，当时父亲问我，是学那王寡妇逍遥一辈子后受最后几天的苦还是学那李寡妇操劳一辈子享最后几天福呢？"她抬头望着周少瑾，"我说，我宁愿像王寡妇似的，用最后几天的苦难享一辈子的福。二小姐，若是你选，你会选哪一条路呢？"

周少瑾非常震惊。从来没有人和她说过这样的话。在她所受的教导里，都是告诉她做人要如何恭俭礼让，赢得别人的赞同，获得别人的好感。过自己的日子，让别人说去……她想都没有想过。周少瑾望着集萤，半晌都说不出话来。

集萤却笑道："二小姐，我是想告诉你，有些事，你就算是勉强了你自己，别人也未必会顾及你的感受，感激你的忍让。"

周少瑾若有所思。

架在炉子上的铜壶发出呜呜的水声。有婆子闯了进来。

"哎哟！二表小姐。"她抹着额头，道，"碧玉姑娘那边的一个小丫鬟把刚刚提过去的热水打翻了，我只好又送了一壶过去，就怕水烧开了漫出来把炉子给淋熄了，还好您在这里。"

集萤就推了推周少瑾，笑道："走吧！马上要开席了。"

周少瑾有些心不在焉地和集萤回了厅堂。

等到集萤等人给郭老夫人拜过寿，送上寿礼，打了赏之后，丫鬟婆子端了桌子进来，大家按照尊卑之序坐下，郭老夫人说了几句感谢的话，端了酒杯。寿宴就正式开始了。

太太、奶奶那边有袁夫人一桌一桌地劝酒，笑语殷殷，倒也热闹。小姐们这边却是个个自恃身份，坐得端正，吃得也斯文。

周少瑾想着集萤跟她说的那个故事，越想越觉得有道理，越想越觉得集萤的父亲不是寻常之辈。若是有机会，要好好问问集萤家里的事才是。

用过了寿宴，大家随着郭老太太去听戏。周少瑾这才发现原来离上房不远的地方有个戏台子。

郭老夫人点的是一折《六郎探母》，领衔的是长高班的高惠珠。他声如银瓶乍破，高亢清亮，扮相俊美，引得一帮老安人、太太、奶奶、小姐不时给他喝彩。

周少瑾却嫌太吵。她趁着程笳和顾十七姑等人不注意的时候悄然挤到了戏台的最外面，望着寒碧山房满眼的浓绿，长长地吁了口气。

有人在她的背后说话。她耳尖地听到对方提起"四老爷""大爷"什么的。周少瑾不由竖起了耳朵听。可戏台上锣鼓的声音压住了对方的声音。周少瑾转过身去，见说话的是刚才寿宴的时候坐在她隔壁的两个小姑娘，怎么称呼却忘了。

她不动声色地靠了过去，就听见其中一人对另一人道："……我觉得还是四老爷好。桂榜春闱这么一路考下来，谁知道会是什么结果？要不然刘大人的妹妹为何要讨好郭老夫人呢！"

　　另一个嗤之以鼻，道："若是我，宁愿陪着许大爷一路考过来，也好过守着个冷冷清清的宅子过日子。刚才四老爷一眼扫过，我打了个寒战。我总觉得他那么大年纪不成亲，肯定有什么问题，不然郭老夫人为何做出这样的安排？"

　　周少瑾很是意外。没想到池舅舅在别人的眼里竟然是这副模样！她还想再听听两个小姑娘会说些什么，戏台那边一阵高声喝彩，《六郎探母》唱完了。

　　周少瑾松了口气，重新回到廊庑下坐下，眼角的余光却看见了娇娇柔柔地坐在郭老夫人身边的刘小姐。郭老夫人和几位老安人的眼神都不太好了，她正拿着戏单子在那里报折子戏的名字。郭家的两位小姐则坐在郭老夫人的另一侧，一个约十八九岁，一个约十六七岁，都很端庄秀丽。

　　郭老夫人好像有些拿不定主意似的，转过头去和郭家的两位小姐说了几句话，年纪略轻的那个没有作声，年纪略长的那个则笑着和郭老夫人答了话，表情很是恭谦。郭老夫人就把戏单子递给了坐在旁边的郭家老安人。

　　郭家老安人说了几句话，将戏单子递给了二房的唐老安人……

　　坐在周少瑾身边的刘家十九小姐就有些不耐烦起来，低声嘀咕道："这还不耽搁时辰，怎么不事前把戏就全都点好了？"

　　周少瑾莞尔。

　　有婆子笑着走了过来，道："老夫人，四老爷过来了。"众人俱是一愣。

　　郭老夫人却波澜不兴，道："都不是什么外人，他年纪虽轻，却也是长辈。让他进来吧！"

　　几位原本准备回避的小姐只好红着脸又重新坐下。

　　不一会儿，程池走了进来。他神色轻快而自在，众目睽睽之下却镇静自若地给郭老夫人行了礼。

　　周少瑾很是佩服。如果是自己，恐怕早就两腿发颤了。

　　郭老夫人招了程池到身边说话。因隔得有些远，两人的声音又不大，周少瑾听不清楚郭老夫人都和程池说了些什么，只看见端庄的郭家小姐都露出了几分娇羞的神色，而她身边的人不知道是想听清楚郭老夫人和程池说了些什么，还是想看热闹，或朝郭老夫人身边张望，或朝郭老夫人身边挤去。

　　周少瑾差点被人撞着。她有些不悦，干脆出了廊庑。

　　程笛还在那边和顾十七姑耳语："……啧啧啧，池从叔成了唐僧肉。"周少瑾忍不住"扑哧"一声笑，抬头看见了集萤。

　　"你怎么过来了？"她快步走了过去。

　　小山丛桂院的仆妇给郭老夫人拜过寿之后就走了。还好当时周少瑾她们都在宴息室，若是被刘家十九小姐看见，只怕会有闲言闲语传出来。

　　集萤道："我陪着你池舅舅过来的。"

　　周少瑾道："那你站在这里干什么？"

　　集萤冷笑道："我只是你池舅舅的婢女，又不是他的护院。郭老夫人要他陪着看戏，他是想拉了我做挡箭牌呢！我这个时候给他挡了，郭老夫人要收拾我的时候，谁替我挡着啊！我才不做这种傻事呢！"又道，"你怎么在这里？"

　　周少瑾道："我从前总是睡不好，这锣鼓喧天的，吵得头有点痛。"

集萤笑道:"那我们去茶房里坐会儿好了,这次程子川没那么快折回来。"

这次?难道还有"上次"不成?周少瑾道:"你就这样走开了,池舅舅那里不要紧吗?"

"有什么打紧的?"集萤有些不高兴,道,"他不是程子川吗?这种小事怎么会难得倒他?"然后去拉周少瑾,"走了,走了!站在这里做什么?"

周少瑾还有些犹豫。

集萤道:"你知不知道上次发生了什么事?郭老夫人突然要去老太爷一个已经死了不知道多少年、家住来安的同僚家里吃喜酒,还说什么路途遥远,多有不便,非让你池舅舅送她老人家去不可。你池舅舅倒是满口答应了,临走的时候突然说要带上我。当时我还不像现在这么了解你池舅舅,还以为你池舅舅转了性,看着我被拘在家里都要长苔藓了,心里一软,决定带我出去走走。我兴奋得不得了,还做了几件新衣裳,高高兴兴地随他去来安……"她说到这里,气得胸脯一起一伏的。

周少瑾忙道:"后来怎样了?有人欺负你了吗?"

"谁敢欺负我啊!"集萤"呸"了一声,骂了一句粗话,咬牙切齿地道,"别人都把我当你池舅舅的通房了!"

难道你不是?周少瑾差点就脱口而出。她忙捂住了嘴巴,想到之前对集萤的怀疑,不由汗颜。

集萤以为周少瑾是太过吃惊,根本没有怀疑,继续道:"你说郭老夫人非要把你池舅舅叫去来安干什么?原来是去相亲。你池舅舅心里如明镜似的,却独独瞒着我一个人。我像只傻瓜似的,被他支使得团团转。他知道别人误会我也不解释,我真是倒了八辈子霉了,才会做了程子川的婢女!"

周少瑾窘然。

集萤有些讪然。自己这样当着周少瑾说她的舅舅到底有些不好。她忙打住了话题,道:"我们去茶房,我们去茶房。"

周少瑾也不想在这里待着,她笑道:"我去跟我的同伴说一声,免得她们见我不见了到处找我。"

集萤颔首。

戏台那边"锵锵锵",戏又开演了。

还好周少瑾这些日子和寒碧山房的丫鬟婆子都混了个脸熟。她转身就找了个人帮忙给程笳和顾十七姑带信,和集萤去了茶房。

茶房有两个婆子看着炉火,她们虽然不认识集萤却认识周少瑾,纷纷殷勤地上前和周少瑾见礼。

周少瑾赏了两个婆子几百文钱,让她们帮自己和集萤沏杯茶。

两个婆子惯会看眼色行事,知道今天家里来了很多的小姐,又见集萤穿着打扮都不是凡品,还以为周少瑾和集萤是要避开其他人找个地方说话,笑眯眯地道了谢,沏了两杯茶,上了两盘小点心,借口要去戏台那边看看有没有谁要添热水的,提着两个大铜壶出去了。

进了茶房,锣鼓声陡然间就变小了很多,周少瑾耳根一静,心头都轻快了几分。她坐下来喝茶。

集萤却有些坐不住,在茶房里走来走去,四处打量着,不知道从哪里翻出一小碗胡豆来。她兴致勃勃地道:"二小姐,我们来烤蚕豆吃吧!"

周少瑾见那胡豆是用五香煮的，奇道："这胡豆也能烤着吃吗？"

"怎么不能？"集萤笑道，"我们小的时候，父亲就常会在火盆里烤五香胡豆给我们吃，比一般的胡豆都要好吃。只是每次胡豆埋在了火盆里，熟的时候就会噼里啪啦地蹦出来炸得满屋都是炭灰，要花很大的力气清扫，把我娘气得不行，不让我们在火盆里烤东西吃，每次我爹都要背着我娘才行。"

她是想找回那时候的感觉而不仅仅是为了吃烤过的五香胡豆吧？周少瑾莞尔。

集萤把炉子上的铜炉提下来，用火钳夹了些木炭出来，然后把豆子埋在了木炭灰里，拍着手里的灰笑道："好了，很快我们就有胡豆吃了。"

周少瑾想着集萤刚才的话，道："郭老夫人既然专程带了池舅舅去相亲，怎么就没成呢？"在她看来，程池身材高大，相貌英俊，性情温和，又有功名在身，如果想成亲，根本不是什么难事。

集萤撇了撇嘴，不屑地道："那时候你池舅舅一把年纪了还是个秀才，别人又看见有我这样一个'通房'在身边，那些心疼儿女的父母还会把女儿嫁给你池舅舅吗？"

周少瑾干笑了两声。

"所以说你池舅舅这个人非常狡猾。"集萤说着，神色渐渐变得有些恍惚起来，怅然地道，"偏偏那次，我还碰到了焦子阳……"

焦子阳，一听就是男孩子的名字。周少瑾的八卦之心熊熊燃起，忙道："焦子阳是谁？是你在家里的时候认识的吗？"

集萤沉默了好一会儿，轻轻地点了点头。

有戏！周少瑾试探道："难道是你的未婚夫不成？"集萤没有作声。

周少瑾顿时急了起来，道："你难道没有跟他解释？"

"怎么解释？"集萤说着，眼圈突然就红了起来，道，"他当时一看见我就跑了。我追了两条街都没有把人给追着。"她说着，突然哭了起来，"程子川这混蛋，我让他帮我解释解释，他声都不吭一声，我这一辈子都会记得他对我的'好'的。"

周少瑾不相信池舅舅是这样的人。他连自己这个陌生人都会维护，又怎么会有意伤集萤的心呢？周少瑾想到了程辂。如果梦中有人告诉她程辂是骗她的，她恐怕无论如何也不会相信的。

她问集萤："你之后就再也没有和那个焦子阳见过面吗？"

"没有。"可能是觉得在一个十二岁的小姑娘面前哭太过失态了，集萤很快控制住了情绪，擦了擦眼泪，瓮声道，"你舅舅不同意，我是不能离开金陵城的，而且我也不可能每天都在外面转。"她说到这里，顿了顿，声音更加低落了，"别人不知道，焦子阳肯定应该知道我在金陵的。他若是有心，早就找了来。还要我去向他解释？"

这也是！周少瑾不禁道："会不会是那焦子阳有问题，所以池舅舅才会这么做的？"

集萤闻言愤然地瞪了她一眼，道："焦子阳有什么问题？焦子阳能有什么问题！我看有问题的是你池舅舅！这么大年纪了也不成亲，还整天让母亲担心。别人还出去寻个花问个柳的，他倒好，天天窝在家里哪里也不去。有人来见他他还装模作样地说自己不在家。"

周少瑾很是尴尬，正想劝劝她。集萤却脸色一白，望着茶房的门口戛然止住了话语。

"怎么了？"周少瑾问着，转身顺着集萤的视线朝门口望去。程池一只手背在身后，一只手自然地垂落在身边，笔直地站在茶房门口。下午的阳光斜斜地落在他的背后，让他的身影镀上了一层金光，让人看不清楚他的表情。

"池舅舅！"周少瑾忙站了起来，情不自禁地竖着耳朵听戏台那边的动静。高惠珠清亮的嗓音和女子们的喝彩声时大时小地传来。戏台那边的戏还没有散，池舅舅怎么就过来了？郭老夫人留不住他，还是他找了个借口出来透透气？周少瑾想着，屈膝给程池行了个礼。

程池走了进来。他背后的金光消失了，俊朗而不失儒雅的面容也显露在周少瑾的眼前。

集萤腾地站起来连连后退，贴墙而立。那种防备的姿态，好像程池是洪水猛兽似的。周少瑾困惑地望了望程池，又望了望集萤。

程池微微一笑，道："你们怎么没有去听戏？"

周少瑾正寻思着找个什么借口，炉子里"噼啪"一声响，有颗豆子进了出来，落在了程池的脚下。

"原来你们在这里烤胡豆吃啊！"程池望了眼脚下炸开的胡豆，淡淡地笑了笑。

周少瑾的脸腾地一下通红。池舅舅好像把她当成了偷吃的孩子。

"我……"她喃喃地不知道说什么好。炉子里的胡豆"噼里啪啦"地响了起来。周少瑾的脸更红了。

程池轻笑，道："快把豆子捞出来，小心都煳了。"

"哦！"周少瑾手忙脚乱地拿了火钳去夹。集萤这个时候好像才回过神来，也去帮忙。没多时，胡豆都夹了出来。

程池就对周少瑾道："外面在唱《游园》，你不去听吗？"

周少瑾感觉到集萤好像轻轻地拉了她一下。她笑道："我不喜欢听戏。池舅舅怎么过来了？您不喜欢听《游园》吗？"

程池笑道："我正准备走。没看见集萤，所以过来找找。"集萤"哦"了一声，和周少瑾告辞。

周少瑾只好眼睁睁地看着集萤跟着程池离开茶房。她一个人在茶房里坐了良久。听集萤的口气，应该和池舅舅相处得不错才是，怎么见到了池舅舅却怕成了那个样子？池舅舅发起火来很凶吗？

周少瑾想了想，去了戏台那边。台上正唱得热闹，台下的人都看得入神，和她离开的时候没有什么两样。周少瑾问程笏："池舅舅怎么走了？"

"不知道。"程笏目不转睛地盯着高惠珠，心不在焉地道，"好像是有什么事，就走了。"

周少瑾心中有些不安。她叫了施香，低声道："你陪着我去趟小山丛桂院。"施香看了一眼戏台，愣道："现在？"

"是啊！"周少瑾很肯定地道，"我们现在过去，赶在晚宴前回来。"

唱完这折戏就应该到了晚宴的时候。施香寻思着，不敢耽搁，和周少瑾去了小山丛桂院。

和寒碧山房的喧闹相比，小山丛桂院安静而清冷，甚至带着些许的孤寂。

门口当值的是朗月。他看见周少瑾脸上一喜，道："二表小姐怎么过来了？听说寒碧山房在唱戏，二表小姐不喜欢听戏吗？"

"还好。"周少瑾无意把自己的喜好告诉和自己不熟的人，她笑道，"集萤姑娘回来了吗？"

"回来了。"朗月笑道，"和四老爷一起回来的。二表小姐过来是找集萤姐姐的吗？要不要我通禀一声。"

池舅舅没有责罚集萤？这让周少瑾心里一松，笑道："那就烦请你去说一声。"

"二小姐您稍候。"朗月笑着请了周少瑾到凉亭坐下，沏了杯茶过来，这才退下去。

施香笑道："这朗月可比清风对人热诚多了。"

周少瑾笑着点头。

喝完了茶，朗月也过来了："二表小姐，集萤姑娘请您去她屋里坐坐！"

施香讶然。按礼，周少瑾要见集萤，跟管事的妈妈一说，管事的妈妈就会领了集萤去畹香居。二小姐之所以这样尊重集萤，一来是与她交好，二来也未尝不是看她是服侍四老爷的人。如今周少瑾已经到了门口，她不仅不亲自迎接，还让周少瑾去她屋里坐。这成什么体统！

施香正要劝周少瑾，谁知道周少瑾道："那好！只是我不知道集萤住什么地方，还要烦请你帮着带个路了！"

朗月欣然应允，带着她们绕过了绣绮堂，往后面的厢房去。路上，还告诉她："最高的是清音阁了，不仅可以看到九如巷的全貌，还可以看看九如巷外面的街道。不过，它却不是府里最高的，府里最高的是二房老祖宗那边的飞白亭，据说连整个金陵城都看得见。绣绮屋后面是立雪斋。集萤姐姐和南屏姐姐她们就住在立雪斋的后面……"

周少瑾猜："立雪斋是四老爷的书房吗？"

"嗯！"朗月笑道，"四老爷也歇在那里。"

周少瑾见他很活泼，笑着问他："你为什么总穿着道袍？是因为四老爷是道家居士吗？"

"不是！"朗月笑道，"是因为这样穿简单。"

周少瑾呵呵地笑了两声，道："你家是世仆吗？你是什么时候进的府？"

"我不是世仆。"朗月说着，神色微黯，道，"我是那年永定河发大水的时候被四老爷从河里捞起来的。"说着，他语气顿了顿，"清风也是。清风是先捞起来的，我是后捞起来的。四老爷说，我们两家的村子应该隔得不远。"

周少瑾讶然。永定河在北方，就算是发大水，对于江南的百姓来说，还不如隔壁谁家嫁女儿来的印象深刻。她要不是在京城住过，京城很多下人都是那年自卖为仆的，她也不会记得至德十五年永定河曾溃过堤。那年，正巧池舅舅进京赶考，可能是那个时候救的清风朗月。

周少瑾琢磨着，笑着安慰他道："大难不死，必有后福。你以后肯定会平平安安的。"

"我也这么想。"朗月很是乐观，"我们现在吃得饱、穿得暖，还能跟着怀山大叔读书写字，说不定我们以后也能像秦管事那样，当上九如巷的管事呢！"

周少瑾嫣然一笑，道："你肯定能行的。"

两个人说着话，很快到了集萤住的院子。

二层的小楼，红漆柱子，绿漆窗棂，糊着白色的高丽纸，刚刚换上的软帘绣着宝相花的纹样，廊庑上一溜白瓷盆的菊花，含苞欲放，墙角的两株芭蕉树，已齐屋檐高。

"二小姐！"集萤撩着帘子站在门内朝着周少瑾微笑，道，"你是怕我被你池舅舅责罚吗？"

"不是。"周少瑾有些不好意思，道，"我只是过来看看你。"

"知道了，知道了。"集萤眯着眼睛笑，招呼她，"快进来坐，我被你池舅舅禁足了，不能踏出这个门槛。还要写五百遍《女诫》。"

"啊？！"周少瑾睁大了眼睛。

"没什么的。"集萤笑道，"我写字还是挺快的。你们快进来坐。"

周少瑾闻言忙带着施香进了屋。

清一色的黑漆家具，铺着秋香色绣五蝠捧寿团花的坐垫，长案上供着官窑的双枝大梅瓶，桌屏是酸枝木的，镶一幅花开牡丹的苏绣，东边是如意门的内室，西边是落地罩隔成的书房，还有个端茶倒水的小丫鬟。

施香吓了一大跳。这个集萤，不仅行事做派不像丫鬟，就是吃穿用度也不像丫鬟。不知道小山丛桂院里的丫鬟都是这样呢，还是只有集萤独一份呢？她思忖着。

周少瑾也打量着屋子里的陈设，道："你这可真不错！"比绣绮堂都要好。也不是说摆的东西更好，就是绣绮堂给人一种冷冰冰的感觉，集萤住的地方却充满了活气儿。

她看到书房临窗放着张葡萄牡丹缠枝的矮榻，榻中间还放了张彭牙祥云纹的榻几。周少瑾微微一愣，上前摸着榻几上镶着的象牙雕花，问集萤："你是北方人？"

"咦！"集萤亲自将小丫鬟捧进来的果盘放在了榻几上，笑着请她在短榻上坐，"你怎么知道？"

周少瑾含含糊糊地道："我听人说，北方人的炕都砌在窗户下，我看你屋里的短榻在这里放着。"

"你心真细。"集萤笑着指了指果盘，道，"你尝尝，新上市的石榴，秦子平带回来的。"又道，"我家是沧州的，你听说过吗？"

周少瑾心中一跳。沧州，她当然听说过，离京城很近。京城很多护院就是沧州人。

"我在书上看到过。"周少瑾沉着地道，"不过没去过！"

集萤听着笑了笑，净了手帮周少瑾剥石榴。

周少瑾这才发现对面墙上挂着把剑。三尺长，绿鲨皮，红流苏，看上去古朴大方，不像那些镇宅用的剑，镶着宝石或八卦之类的。她便问："这是？"

集萤笑道："是我从家里带过来的，专镇小人的！"

周少瑾看着不像，不过集萤不说，她也不好多问。

集萤招了施香过来一起吃石榴。施香看了周少瑾一眼，见她并无异色，这才笑着道了谢，端了张小杌子坐在了榻前。

周少瑾问集萤："池舅舅是不是很生气？除了让你禁足、罚你抄五百遍《女诫》之外，还有没有惩罚你？"

"没有。"集萤鼓着腮帮子道，"你池舅舅还不至于这么小气。不过，"她嘿嘿笑了两声，道，"你池舅舅接下来的日子肯定有些不好过，不是，就算他想相安无事，可也得费一番周折。明天，郭家的老安人会请你池舅舅过去吃饭，你池舅舅已经答应了。我看他这次怎么逃？"

周少瑾道："你怎么知道的？"

"这事是四老爷当着众人的面答应的，我怎么会不知道？"集萤笑道，"这次郭家过来的几位小姐虽然年纪不大，却和你池舅舅是一个辈分的。从前郭家的老安人是逮不着他，这次既然碰上了，还请你池舅舅去吃饭，肯定是要再接再厉，继续给你池舅舅做媒了。"

她怎么就不知道呢？周少瑾愕然，突然有点同情程池起来。程筝、程箫出嫁都能选个合意的，到了池舅舅这里却是要压着牛头喝水。

不一会儿，南屏过来了。她带了些茶点过来，笑着和周少瑾应酬道："不知道二表小姐过来了，让厨房匆匆做了些点心，不成敬意。也不知道合不合二表小姐的口味？"又道，"前两天听夫人说，二表小姐给萧姑奶奶画的那幅戏婴图让袁家的人赞不绝口，我好生后悔，早知道就应该去针线房瞅瞅的。"

这样的客气，反而让周少瑾有些拘谨，觉得没有和集萤在一起的时候自在。她和南屏寒暄了几句，又见集萤这边没什么事，起身告辞。

南屏亲自送周少瑾。

周少瑾推辞了又推辞，好不容易让她在大门口止了步。可刚走了几步，她驻足想了想，转身朝绣绮堂去。

施香忙道："二小姐，您这是要去哪里？"

"我去看看池舅舅。"周少瑾头也不回地进了绣绮堂。今天的事，估计池舅舅心里也不好受。谁愿意被人逼迫呢？而且安排好的事又被集萤给搅和了，也不知道他现在怎样了。

周少瑾的脚步越来越快。绣绮堂依旧关着，四周不见一个人。周少瑾去了后面的敞厅。敞厅的门开着。周少瑾就站在走廊上喊了声"屋里有人吗"。

她的话音还没有落，怀山就走了出来。看见周少瑾，他并没有流露出惊讶之色，而是平静地问她："二表小姐找谁？"

周少瑾耳朵微热，道："我找池舅舅。他在吗？"

怀山犹豫了片刻，道："四老爷在立雪斋。二表小姐进来喝杯茶，我这就去帮您通禀。"

周少瑾耳朵火辣辣地在敞厅的明间坐下。怀山亲自给她斟了杯茶，这才去请程池。施香低声道："二小姐，怎么小山丛桂院里这么冷清，连个丫鬟小厮也不见。"

第二十七章　相助

"别胡说。"周少瑾低声道，"这是在别人的院子里。别人院子里的事，与我们何干？"施香噤声。

实际上周少瑾也感觉到了，可她总觉得那是因为小山丛桂院里没有女主人，随从、小厮进入频繁，丫鬟、媳妇子、婆子们不方便随意走动。可听施香这么一说，她不由留心起来。

很快，怀山折了回来。他道："四老爷请二表小姐到立雪斋说话。"

周少瑾"哦"了一声，站起来整了整衣襟，随怀山出了敞厅。

立雪斋在敞厅的西北边，周边遍植黄杨树，树干虬曲，枝叶繁茂，形态各异，全是有些年头的古树。周少瑾一眼望去，三阔厢房后面不时露出高翘的灰色屋檐，可见立雪斋面积不小。

怀山在厢房的软帘前站定，恭敬地禀了一声，程池说了声"进来"，怀山才撩了帘子请周少瑾进门。

立雪斋和绣绮堂一样，门扇和窗棂都镶着透明的玻璃，因而屋里的光线要比一般厢房明亮。

周少瑾走进去就发现程池换了衣裳。原本的宝蓝色素面湖绸直裰换成了花青色淞江三梭细布道袍；玉石簪子取了下来，乌黑的青丝很随意地绾了起来，穿了双青色粗布鞋，看上去既简洁又舒服大方。

他不准备再出门了吗？那戏台那边怎么办？周少瑾思忖着，屈膝给程池行了个礼。

程池笑道："你找我什么事？"

他坐在一张大书案的后面，书案两旁堆着高高的几摞账册，他面前还摊了一本，右手边的笔架上还搁着蘸了墨汁的湖笔，而花青色的道袍却映衬着他的皮肤细腻如瓷，光洁如玉，优雅而雍容，哪里有一星半点的忧心忡忡或是焦虑不安！

周少瑾突然觉得自己有些冒失。池舅舅是大人，掌管着九如巷这么大一片产业，什么事没见过，什么事没有经历过。说句不好听的话，他走的桥恐怕比自己走过的路还多，就算集萤搅和他的安排，以他的能力，想必也有很好的办法解决。倒是自己，听风就是雨，听集萤说池舅舅因此有麻烦，就寻思着自己是不是来给池舅舅道个歉⋯⋯不管怎么说，自己当时和集萤在一起。可现在看来，池舅舅好像根本不像集萤说的那样⋯⋯周少瑾面色如绯。

程池笑道："你是来给集萤求情的吧？"

"不是，不是。"周少瑾忙道，"集萤姑娘现在挺好的，您既然这样安排，想必有您的道理，我不是来给集萤姑娘求情的。"

程池闻言眉角微挑，表情显得有些促狭，道："真不是来给集萤求情的？"

周少瑾顿时呆住。持重的池舅舅也会流露出这样的表情吗？！她摇了摇头，把这个念头抛到了脑后，坦诚地道："我听集萤说，您明天要去顾家吃饭，我以为我们给您惹了麻烦，想向您说声抱歉！"

程池微微一愣，随后又笑了起来，道："结果看到我这个样子，所以决定不向我道歉了？"

"没有，没有。"周少瑾脸更红了，道，"还是要道歉的。"怎么道歉，却不知道该怎么说。

程池哈哈地笑了起来，道："这件事我会处理的，只要你不和集萤一块儿在我背后说我的坏话就行了。"

周少瑾恨不得把头埋到沙子里去。

程池的声音却陡然间如春风扑面般温和起来，道："戏要散场了。快回去吧！小心你姐姐找不到你。"

周少瑾这才想起戏台那边还唱着戏，"哎哟"一声跳了起来，慌慌张张地对程池说了声"对不起"，落荒而逃。

程池望着那跌跌撞撞的身影消失在眼前，不禁微笑着摇了摇头，脑海里突然浮现出她坐在茶房里，面带困惑地歪着小脑袋，声音甜糯而困惑地问集萤"会不会是那焦子阳有问题"时的情景。

小姑娘家还是经历得太少，自己不过伸了两次手，她连他是个怎样的人都不了解，就开始盲目地相信他！

相信！可跟了他好几年的秦子平却觉得是他拆散了集萤和焦子阳。还有南屏，嘴上不说，心里却认为他做得不对。

一个人完全相信一个人是容易，还是很难？程池望着门外被修剪成仙鹤模样的黄杨树，面容冷峻。

周少瑾赶回寒碧山房的时候，正好戏散场。她和施香都长长地吁了口气。

程笳挽着她胳膊叽叽喳喳地和她低语："高惠珠唱得可真好，扮相也标致。我原来以为他只会唱武生，没想到他的小生也唱得好。我看最多两年，长高班就要取代马家班成为金陵第一了……"

周少瑾恍恍惚惚地听着，问顾十七姑："听说池舅舅明天要去郭家做客，是真的吗？"

"是啊！"顾十七姑笑道，"说是郭老先生有些日子没有看见程四叔了，请程四叔去家里坐坐。"

那明天自己要不要去寒碧山房抄经书呢？周少瑾决定等会儿让碧玉帮着问问。迎面却碰到了程许屋里的丫鬟玉如。

"二表小姐，笳小姐。"她恭谨地给周少瑾和程笳行礼。

周少瑾睁大了眼睛。她怎么会在这里？

玉如笑道："老夫人这边有些年没请客了，今天骤然间来了这么多人，夫人就让我们过来给长房的搭把手。"

周少瑾根本不相信。袁氏把程许当眼珠子似的，就算是调了自己屋里的丫鬟、媳妇子过来帮忙，也不可能会动程许屋里的人。她心中生警，和程笳形影不离。好几次玉如望过来，周少瑾都像没有看见似的。她打定了主意，无论如何都不落单，不管程许打什么主意都没有用。

可她心里到底有些烦躁，草草用过了寿宴。沔大太太因要帮着袁夫人送客，周初瑾决定留下来等沔大太太一起回去。若是平时，周少瑾也就一个人回去了，可今天见到了下午突然冒出来的玉如，她决定还是和大舅母、姐姐一起回去。只是送客的事她帮不上忙。

周少瑾送走了顾十七姑，就坐在厢房里等。眼看着厢房里的人纷纷告辞，周少瑾心里有些着急起来。她问来收拾东西的小丫鬟："郭老夫人在哪里？"

小丫鬟认识她，笑道："在上房。"

周少瑾道："上房还有谁？"

小丫鬟道："还有郭家的人。"

那就过去避一避吧！在郭老夫人面前程许都不敢乱来，更何况一个玉如？周少瑾想着，便往上房去。

因已是华灯初上，上房台阶旁的大树旁有人在说话。身影笼罩在大树的阴影里，只能依稀看出说话的是两个妇人。

周少瑾没有在意，待走近了才听有人道："……从前听别人说'皇帝爱长子，百姓爱幺儿'，我还不觉得。可轮到自己才知道这话说得有道理。早几年我就应该逼着四郎成亲的。现在他大了，就更不会听我的了。"说着，长长地叹了口气。

周少瑾吓了一大跳。她没有想到是郭老夫人在树下说话。不知道另一个人是谁？

周少瑾思忖着，另一个人就开了口："姻缘天注定。也许四郎的缘分还没有到呢。等明天他去了我那里，我会让他大表哥好好地劝劝他的。他素来敬重他大表哥，大表哥的话他怎么也能听进去一点儿。"看来另一个人是郭家的老安人了。

"弟妹，"周少瑾就听见郭老夫人道，"这件事我就全指望着你们了。我也不拘对方是什么出身门第了，只要是四郎他瞧得上眼，我都睁一只眼闭一只眼地让他娶了回来，大不了我撑着这把老骨头手把手地教她好了。"

"您就放心吧！四郎心里有分寸。"郭家的老安人笑道，"一定会给您娶个满意的儿媳妇回来的。"

郭老夫人并没有因为这样的安慰而舒心，而是道："我满意有什么用啊！要不是怕四郎以后成对怨偶，我早帮他把婚事定下来了。"

周少瑾意识到自己听了不该听的，忙轻手轻脚地折回了厢房。

厢房里还有四五个人坐在一起说话。

周少瑾挑了个角落坐下，想着刚才郭老夫人的话。池舅舅为什么不成亲呢？不知道这次他有没有看中的人？

然后她看到玉如走了进来。周少瑾有瞬息的慌张。可她很快就镇定下来。只要她不跟着玉如走，她还能在大庭广众之下强拉了自己不成？

周少瑾稳妥妥地坐在太师椅上。玉如笑着走了过来。周初瑾却出现在门口："少瑾，我们要回去了。"

玉如的笑容一下子僵在了脸上。

周少瑾恨不得抱着姐姐亲上两口才好。她迫不及待地拉了姐姐的手，笑盈盈地和姐姐回了畹香居。

第二天，施香告诉她："碧玉说，郭老夫人辰正出门，酉正左右回来。二小姐若是想在家里抄经书，她等会儿就把笔墨纸砚和经书送过来。"

那多麻烦啊！周少瑾让施香去回碧玉："……我今天还是未初过去。让她别费那个劲了。"

施香笑着应了。

周少瑾早上试着设计了个新的花样子，下午去了寒碧山房。或者是因为没有主子在，寒碧山房的气氛显得比平时活泼了很多。

周少瑾一进门碧玉就笑着迎了上来，道："早上珍珠几个下五子棋有了输赢，差了小厮去齐芳斋买点心，等会儿二表小姐和施香姑娘也过来和我们喝杯茶吧？"

入乡随俗，到了哪里就要守哪里的规矩。既在寒碧山房做客，就要好好地和碧玉等人相处，何况周少瑾和碧玉还很谈得来，脾气也相投。她欣然应允，笑道："谁赢了？"

碧玉掩了嘴笑："除了翡翠，我们全都是赢家。"

周少瑾笑道："那岂不是输了很多钱？"

碧玉伸了个手掌："快五两银子。"

施香咋舌："翡翠姑娘真阔绰。"

"阔绰什么啊！"碧玉笑道，"输掉了她大半年的月例，可把她心疼的，中午饭都没怎么吃。"

几个人说说笑笑地朝佛堂去。

有小丫鬟过来请碧玉示下："……来了三车银霜炭，两车柴炭。往年都是堆在后面的库房里。可去年冬天暖和，到了过小年的时候才下了一场雪，库房里还堆了半屋子的炭。只怕是放不进去了。王嬷嬷让我来问姐姐怎么办！"

过了九月初九的重阳节，各房就要开始准备过冬的炭火。四房还没有开始，没想到长房这边已经开始分炭了。

周少瑾忙道："你去忙吧。施香陪我过去就行了。"碧玉有些犹豫。

周少瑾笑道："齐芳斋的点心来了你记得叫我们一声就是了。"

碧玉和她也相处了这么段时间，多多少少知道些她的秉性，想了想，爽快地道："那好！我就不陪你过去了，等会儿请您吃点心。"

周少瑾点头，和施香去了佛堂。供桌上红彤彤的苹果和金灿灿的佛手散发着果实特有的清香，冲淡了佛香的味道，让人精神一振。周少瑾净了手，沉下心来开始抄经书。

不一会儿，碧玉过来："您还有多少经书要抄？点心送进来了，还热气腾腾的。除了最有名的马蹄糕、云片，那小厮还买了些齐芳斋新上市的糖炒板栗、核桃酥、山楂片。"

周少瑾去了京城之后，爱上了糖葫芦，而糖葫芦是用山楂串成的。她闻言心喜，搁了笔道："齐芳斋什么时候开始做山楂片的？我怎么不知道？"

碧玉笑道："听小厮说，金陵城里如今开了家叫米记的糕点店，做的酥饼和油果子特别好吃。据说抢了齐芳斋不少的生意。齐芳斋今年就从北方请了个师傅过来，这山楂片的手艺就是那北方师傅带过来的。"

两人边说边收拾了东西，去了茶房。珍珠等人早就等在了那里，几个小丫鬟也都是平时相熟的，见她们进来纷纷行礼让座，小檀更是不知道从哪里拿了个蝶恋花的粉彩八角杯来递给周少瑾："二表小姐，这个给您喝茶！"

周少瑾连声道谢，坐了下来。碧玉等几个大丫鬟都围着周少瑾坐下，只有翡翠，坐在最外面，离周少瑾最远。众人都没有在意。

玛瑙动作娴熟而优雅地开始沏茶。周少瑾暗暗点头，又见那茶汤清绿明澈，兰香扑鼻，喝到嘴里回味绵长，不由笑道："你们沏的是什么茶？味道很好！"

"是太平猴魁。"玛瑙笑道，"是老夫人赏碧玉姐姐的茶。"

"好茶！"周少瑾赞道，"你的茶也泡得好。两相得宜。"

玛瑙面色微红，谦虚道："哪是我的茶泡得好，是二表小姐抬举我。"

大家就七嘴八舌地夸玛瑙的茶泡得好。

碧玉见翡翠笑得有些勉强，忙笑着出来打圆场，道："老夫人的茶好，玛瑙的手艺也好，二表小姐说得有道理。不过，这点心都冷了，等会儿你们可别说人家齐芳斋的东西不好吃啊！"

大家哄笑，喝茶的喝茶，吃点心的吃点心，还有小丫鬟趁着这个机会问碧玉："姐姐，府里的冬衣什么时候能回来？我今年可是等着府里的冬衣过冬的！"

就有小丫鬟牙尖嘴利地道："谁让你把旧棉袄都捎了回去？我听干娘说了，去年的冬天短，按理，今年的冬天就会很长，你还是赶紧想想别的办法吧！"

那小丫鬟苦着脸道："你们也知道的，我爹如今眼里只有继母，哪里还会管我两个妹妹？我要是不把旧棉袄让人捎回去，我爹不是卖了我一个妹妹就是由她们冻着。"说到这里，她问碧玉，"姐姐，我听说四老爷屋里的鸣鹤姐姐要嫁人了，能让我妹妹入府吗？"

有小丫鬟道："你做梦吧！小山丛桂院是什么地方？就你妹妹，大字不识一个，一天规矩都没有学的，怎么可能去四老爷屋里当差？"

"我又没有说让我妹妹去四老爷屋子里当差。"那小丫鬟立刻驳道，"我是想鸣鹤姐姐出嫁以后，不管哪位姐姐顶了鸣鹤姐姐的差事，总会空出个缺来。我妹妹只要能进府，就算是在外院扫地，也比待在家里强啊！好歹有口饭吃……"

周少瑾正听着，有人过来给她续茶，道："二表小姐，您别见怪！她们平日里难得见到碧玉姐姐，不免有些聒噪。"她一抬头，看见了珍珠那双波光流转的眼睛。

周少瑾和珍珠接触得不多。"没事，没事。"她忙笑道，"我觉得你们像姐妹似的，这样很好！"

珍珠笑道："百年修得同船渡。我们这样，也算是缘分了。能帮就帮着点。"

周少瑾连连点头。

有小丫鬟跑了进来，气喘吁吁地道："碧玉姐姐，老夫人和四老爷回来了。"屋里顿时一阵兵荒马乱。

"不是说酉时才回来的吗？"碧玉一面问，一面去看窗棂上的漏斗，"这才刚过申初。"

"不知道。"小丫鬟喘着气，道，"听二门的王婆子说，老夫人的脸色有些不太好，她让我们小心点。"几个丫鬟更是慌张了。

周少瑾忙道："从二门到这里最少也要两刻钟，你们留两个人在这里收拾茶盅，其余的人该干什么干什么去，别自乱阵脚。"

短暂的慌乱之后，珍珠几个也镇定下来。她们和周少瑾想到了一块儿。珍珠就道："听二表小姐的安排。小檀，你留下来，其余人跟当值的人打声招呼，都回屋歇了吧。等到酉时过来换班。"

有人拿主意，其他的人立刻安静下来，开始遵照珍珠的话行事。

碧玉歉意对周少瑾道："二表小姐，真不好意思。原是想让你歇歇的，不承想遇到了这样的事……"

周少瑾能理解碧玉的心情，忙道："看你说的是什么话？我茶也喝了，点心也吃了，哪里还有比这更好的事？你们只管忙你们的，等有了空，我们再聚在一起喝茶。"

碧玉点头，送周少瑾出门。

周少瑾笑道："你别管我了，我又不是不知道回佛堂的路……"只是她话还没有说完，就看见郭老夫人怒气冲冲地走了进来，后面还跟着不紧不慢的程池。

这么快！周少瑾和碧玉都下了一大跳。周少瑾更是本能地躲进了茶房。

碧玉欲言又止。周少瑾和她们不同，她们是下人，虽然不当值，但主人不在家的时候吃吃喝喝，到底有些不好。周少瑾是寒碧山房的客人，她完全可以大大方方地上前给老夫人行礼，说是到茶房来看看有没有什么好茶的，也就把这件事给揭了过去……不过，周家二小姐年纪还轻，恐怕是经历的事少，又有些心虚，所以才会躲进茶房里的吧？她也只好跟着退到了茶房里。

进了茶房的周少瑾却暗暗后悔。今时不同往昔。她应该不卑不亢地上前给郭老夫人行礼才是，怎么就躲了进来。不行！她得改掉这懦弱的坏毛病才行。想到这里，周少瑾不禁深深地吸了口气，又挺直了脊背走了出去。

院子里发出一声"哐当"的响声。周少瑾循声望过去，看见正房的帘板正打在门槛上，差点就砸在了神色带着几分窘然地站在门前的程池身上。这，是出了什么事？周少瑾正寻思着自己是不是要回避一下，程池已经撩帘进了正房。

她松了口气，低声对碧玉道："那我先回佛堂了。"碧玉大气不敢喘一下，重重地点头。

周少瑾的脚刚抬起来，东边郭老夫人的内室已传来咆哮声："……你到底想怎样？之前说有了功名再说亲，可以找到更好的妻族，我依了你。后来说不想像五房那样整天争吵不休，想找个温柔娴静的姑娘家，我也依了你。现在呢？说什么年纪大了，和这些小姑娘家说不到一块儿去。我一把年纪了，还有几天好活？你就不能为了娘，睁一只眼闭一只眼吗？你难道要让我死不瞑目不成？我不管你怎么想的，反正今年你一定要成亲，明年我一定要抱孙子！"

她忙把迈出去的脚收了回来。院子里当值的更是躲得人影全无。

内室传来程池温煦的声音，可惜隔得太远，听不清楚他说了些什么，周少瑾只是听到程池的声音落下之后，郭老夫人就痛哭了起来，一面哭，还一面说了句"你是不是还在怪你父亲？这全是娘的主意，你要怪就怪娘，娘就是拼了这条老命、舍了这偌大的家业，也不会让那老匹夫得逞的"……

程池一阵温柔的低语。郭老夫人的哭泣声渐渐小了下去。周少瑾望着郭老夫人内室的雕花窗棂，很是茫然。到底发生了什么事？

周少瑾好一会儿才回过神来。她决定快点回佛堂去，免得又听到了什么不应该听的话。只是让她没有想到的是，她刚刚离开廊庑，正房的门帘子一撩，程池走了出来。

周少瑾大惊失色。他不是在和郭老夫人说话吗？怎么这么快就出来了？院子里静悄悄的只有自己一个人，也不知道他会不会怀疑她是在偷听他和郭老夫人说话。她忐忑不安地上前给程池行了个礼，喊了声"池舅舅"。

程池的神情有些恍惚，好像之前并没有注意到她，等她给他行礼问安的时候他才发现周少瑾的存在似的。"你来了！"他一改往日的温煦，淡淡地和周少瑾打着招呼，眉宇间透着几分疲惫。

是因为和郭老夫人的谈话不顺利吗？周少瑾在心里猜测着，笑道："我在佛堂抄经书，刚刚过来喝了杯茶！"虽然没有把事情的经过全都告诉程池，可也没有隐瞒。

"是吗？"程池很随意地应了一声，显得心不在焉的。

周少瑾闻言知雅意，忙向他告辞："那我回佛堂抄经书了。"

程池点了点头，可周少瑾走了几步之后，他又叫住了她，迟疑道："老夫人在内室，心情不好，你既然过来了，不妨陪着老夫人说说话！"

她？说话？周少瑾愕然。她和郭老夫人能说什么啊？这个时候，她又能和郭老夫人说些什么呢？

周少瑾正为难着，没想到程池已改变了主意，道："算了，你性子恬淡，不像笙姐儿那么活泼，恐怕就是陪着老夫人也难以让老夫人开怀，你回佛堂抄经书去吧！"

她脸色涨得通红，低声应诺，快步朝佛堂走去，但拐过屋角的时候，周少瑾还是忍不住回头。程池一个人身姿笔直地站在正房廊庑的台阶下，背着手，静静地望着蔚蓝色的天空，安详却充满了寂寥。他和父母之间都发生过些什么事？他为什么不成亲？在郭家，又发生了些什么呢？老匹夫指的又是谁？

周少瑾脑子里像有个走马灯似的，哗啦啦地转个不停，直到她向郭老夫人辞行，心情也没能平静下来。

郭老夫人却比她想象中的更强硬。从外表看，她和平日里没有什么两样。若不是周少瑾很肯定自己下午的时候听到过郭老夫人的咆哮，她会以为什么事也没有发生。可这也只是外表而已。郭老夫人一反常态地问起了周少瑾抄经书的进度。当她听周少瑾说年前能完成的时候，她非常满意，甚至露出了些许笑容。

在周少瑾看来，与其说因为她抄经书的进展顺利而让郭老夫人高兴，还不如说是因为这件事按照郭老夫人的要求顺利地在实施而让郭老夫人心中稍微好受了些。

回到畹香居，她问姐姐："您知道池舅舅小时候的事吗？"

周初瑾奇道："你问这个做什么？"

"今天在寒碧山房遇到池舅舅了。"周少瑾道，"我很好奇。他为什么考中了进士都不入仕。"

周初瑾不疑有他，笑道："这有什么稀奇的？做官要离乡五百里，天下又有几个地方比得上金陵城的富足？与其到那苦寒之地做个七品小官，还不如留在金陵做个风流的名士！"

周少瑾抿了嘴笑，隐隐觉得程池不做官的原因只怕没有这么简单。

周初瑾给妹妹出主意："你若真想知道池舅舅小时候的事，不如问问长房那些年长的仆妇。她们肯定知道。"

周少瑾让樊祺去打听。

樊祺第二天就给她回了话："四老爷是在京城出生的，永昌十五年长房的老太爷去世的时候，四老爷才六岁，回乡守了一年的孝，就被二老太爷接去了京城。之后多数的时候都在京城跟着二老太爷读书，偶尔会回金陵城探望一下郭老夫人。直到至德十三年，四老爷二十岁，要下场了才回来的。如果想要知道四老爷小时候的事，那得问京城二老太爷身边服侍的才行。"

"啊？！"周少瑾睁大了眼睛。也就是说，程池大部分的时间都待在京城，回金陵也不过是这几年的事。难怪之前没有听到过他的消息。但这也不对啊！他什么时候开的裕泰票号呢？既然跟着长房的二老太爷读书，长房的二老太爷又怎么让他"不务正业"呢？

樊祺又压低了声音，神神叨叨地道："二小姐，我还听他们说，四老爷在城西北三十里的石灰山有个别院，叫什么'藻园'的。四老爷刚回来的那会儿，也不住府里。住在藻园。后来是老夫人发了话，四老爷才搬回来的。"

程池有个别院的事周少瑾早听说过了，只是不知道在石灰山而已。她并没有把这件事放在心上，而是问樊祺："你帮我打听一下裕泰票号是什么时候开的。"

"我知道，"樊祺很肯定地告诉她，"是至德八年，九月初九。"

周少瑾困惑道："你怎么知道？"

樊祺嘿嘿地笑道："我在村里的时候，隔壁的小秀才一心想去裕泰票号当学徒，是他告诉我的。他还告诉我，每到九月初九，裕泰票号都会施米，很多人都排队去领米。"

九月初九，既是重阳节，也是郭老夫人的生辰。难道其中没有一点关系吗？

至德八年，也就是十年前，池舅舅十五岁。他那么小，家中又富足，他怎么会想到撇开家里的生意去创建一家票号？家中管理庶务的，通常都是仕途无望的，那个时候，家里应该还没定下由他打理庶务才是？而且事后证明，池舅舅虽然下场得晚，他却一科也没有耽搁，没有非常扎实的基本功，就算是有翰林院学士的叔父、两榜进士的哥哥提携，也不可能这么顺利。太夫人让池舅舅不要怪已经去世的长房老太爷，会不会是因为过早定下了让池舅舅管理庶务而耽搁了池舅舅，直到他二十岁才下场考试呢？这也不对！早些年郭老夫人不是也管过家中的庶务吗？池舅舅若是个读书的种子，以郭老夫人的刚强，她肯定会继续管着家中的庶务，怎么会为此耽误儿子的前途呢？

周少瑾越想越觉头大如斗。她挥了挥手，让樊祺下去歇了："以后若是有什么事，再来告诉我。"

樊祺却笑道："还真有件事要告诉二小姐——小山丛桂院的鸣鹤姑娘要出阁了，而且还是远嫁到了湖州，小山丛桂院里就空出个大丫鬟的名额来。很多人都想通过秦大总管去小山丛桂院，可秦大总管说了，小山丛桂院不添人，这算不算是件事呢？"

周少瑾非常惊讶，道："你说的可是真的？"

"再真不过了！"樊祺保证，"您要是不相信，最多再等两天，秦大总管那里就有话放出来。"

好小子！周少瑾差点去摸樊祺的头。早上她在寒碧山房的，那小丫鬟问碧玉的时候碧玉还没个准音，可这才几个时辰，樊祺已经得了信。她高高兴兴地赏了樊祺一两银子。

樊祺笑呵呵地揣在了怀里，道："二小姐，还有件事，不过与小山丛桂院无关，是二房的事，您要听吗？"

敢情这还有奉送的啊！周少瑾对二房的事不感兴趣，不过，她觉得对程家的事知道得多一些，以后她行事起来也方便，因而笑道："你快说说是什么事？"

樊祺见周少瑾感兴趣，也来了兴致，道："前些日子长房的二姑奶奶不是生了个儿子，二房的识大奶奶也生了位少爷吗？结果长房和二房赛着打赏，长房因为送给二姑奶奶的洗三礼得了婆家的赞扬压了二房一头，二房不舒服，听说这次二房的唐老安人拿了私房银子出来让她送去识大奶奶的娘家，让识大奶奶的娘家送两件看得上眼的满月礼过来……"

周少瑾听了觉得啼笑皆非，道："识大奶奶娘家的人不生气吗？"她没想到唐老安人那么精明厉害的人也会做出这么糊涂的事来！

樊祺嘿嘿地笑道："我听别人说，识大奶奶的娘家是个空壳子。"他说完，等了周少瑾继续问。周少瑾却没有作声。

他狐疑地抬头，却看见周少瑾满脸惊骇地坐在那里。

樊祺不知道自己哪里说错了，有点害怕，小心翼翼地喊了声"二小姐"，道："您，您这是怎么了？"

"我没事！"周少瑾深深地吸了口气。

她想起来了。二房的老祖宗程叙，在至德八年因病致仕。也就是说，池舅舅是在程叙没有做官之后开的裕泰票号。为什么？因为程家是空壳吗？周少瑾不相信。这里面一定有什么关联！只是她不知道而已。周少瑾的脑子里乱成了一团麻。

她旁敲侧击地向家中的老仆问起当年程家的吃穿用度。

老仆笑道："莫愁湖的水都没有干，九如巷怎么会少了嚼用？不要说这太平盛世了，就是改朝换代那会儿，我爷爷说，金陵城外有人易子而食，程家也没有少了吃穿，三房的老太爷生辰，下人们照例有赏银。"

程家有这么有钱吗？周少瑾觉得自己知道了些什么，可仔细再想想，又说不清楚自己到底知道了些什么。在她略有些焦虑的心情中，兰汀奉了周镇之命给两个女儿各送来了一匣子东珠。

让兰汀给她们姐妹送东珠是假，借姐姐的手安置兰汀才是真吧！

周少瑾把满匣子的东珠倒在了大红色丹凤朝阳的锦缎被子上。莲子米大小的东珠光泽圆润，和锦缎朝辉相映，让人挪不开眼睛。

周初瑾在床边坐下，拢了拢珠子，笑道："多大的人了，还喜欢玩这些。还不快收起来，小心掉了一颗，害得施香要到处找。"

周少瑾嘻嘻笑，把珠子装进了匣子里。

周初瑾就问她："你真不和我去见兰汀？"

"真不去！"周少瑾拨弄得匣子里的珠子"噼里啪啦"直响，笑道，"有什么话姐姐跟她说就是了。"

梦中，兰汀是被李氏卖给了个路过的行商。她被卖之前，可能有所感觉，曾写信向姐姐求助。姐姐却没有理睬她。那时候周少瑾自顾不暇，根本不知道这件事，等她知道的时候，周镇已经和李氏形同陌路。她问过姐姐这是怎么一回事。

姐姐告诉她："母亲留了她是让她照顾你的，虽然后来我们被外祖母接进了府，但父亲守孝期满之后，她却跟着父亲去了任上。但凡她还感念母亲的一丝恩情，父亲守孝的时候，怎么也应该跟着我们进府才是。"

她不知道姐姐是怎么知道这件事的，可她相信姐姐。既然梦中都没有被兰汀蒙住眼睛，她相信姐姐今生一样能看清楚兰汀的为人。

周少瑾有更重要的事要做。

梦中，她是十六岁的时候嫁给林世晟的。那个时候沐家已经出事有一年多了。算算日子，最多三年，沐姨娘家就要被籍没了。而三年一眨眼就过去了，留给周少瑾的时间并不多了。她却始终没有什么好办法让沐姨娘躲过这一劫。所以当她听集萤说老家在沧州的时候，她心里就隐隐有个念头，只是还没有等她找到机会和集萤说这件事，集萤就被池舅舅禁了足。抄完五百篇《女诫》才被解禁，那要等到什么时候？

还有池舅舅那边，她费了那么大的力气才能见着他，可他要么不见，要么三言两语就把她给打发了。她原以为了解得越多就越有办法靠近池舅舅，但当她真的了解了一鳞半爪之后，心里却越发迷茫了。

她怎么才能在池舅舅跟前说得上话呢？周少瑾把自己关在了书房。

施香不免有些担心，和樊刘氏道："二小姐这是怎么了？自她三月份摔了一跤之后，不是在屋里做针线就是去寒碧山房抄经书，像现在这样在书房里一待就是几个时辰的事还是头一次。您看，要不要派个人去跟大小姐说一声？"

"暂时别说。"樊刘氏也有些担心，道，"你也说了，二小姐已经很久没有这个样子了。说不定二小姐只是一时心血来潮，想在书房里一个人静一静，想一想呢？"

施香和樊刘氏都比较喜欢现在的周少瑾。倒不是从前的周少瑾不好，不过从前的周少瑾不怎么说话，有事喜欢自己在心里琢磨，不像现在的周少瑾，不仅和她们有说有笑，还会议论些家长里短，让人备感亲切。

施香就派了个小丫鬟守在门口，道："二小姐一出来你就立刻喊我。"小丫鬟就一直坐在书房的台阶上。

周少瑾直到午膳时才从书房出来，用过午膳，又关了书房的门在里面一个人待了很久，以至于她比平时晚了两刻钟才到达寒碧山房。

寒碧山房里静悄悄的，当值的丫鬟们都垂手恭立，宴息室那边不时传来一阵欢声笑语。

碧玉悄声告诉她："是福建闵家的公子。大爷去杭州府时交的朋友，过来探望大爷，特意过来给老夫人问安的。"

应该就是那个闵行强了。

周少瑾拐了个弯，直接去了佛堂。

晚上，程许设宴招待闵行强，二房老祖宗程叙破天荒地出席了宴请。

周初瑾奇道："福建闵家很厉害吗？怎么老祖宗会如此礼遇那个闵公子？"

闵行强只是个举人。可如果程叙有意为程识铺路搭桥，就什么都解释得通了。周少瑾笑了笑。

第二天去了小山丛桂院。当值的是清风。清风的脸色依旧不太好看，可也没有像上次似的把她晾在那里，沉声说了句"您等会儿"，就转身去通禀了。很快，他就折了回来，和他一块来的，还有南屏。

"二表小姐，"她满脸歉疚，"真是对不住！集萤的《女诫》还没有抄完，只能烦请您跑一趟了。"

按礼，集萤应该来见她才是。周少瑾笑道："我特意来看她的，正好到她屋里喝杯茶。"

南屏陪着她去了集萤的住处。集萤兴高采烈地把周少瑾迎进了门，亲自端了茶点招待她，还指了红漆海棠花攒盒里的酥饼道："你尝尝，米记的。"

周少瑾一愣，哈哈大笑起来。集萤瞪大了眼睛。周少瑾很少这样笑。

"我昨天在寒碧山房和碧玉她们喝茶……"她把当时的情景跟集萤说了一遍，"我们还说起米记的酥饼和油果子，没想到今天就吃到了。你们长房，可真是会吃东西。"

集萤也笑了起来，得意地道："那是当然。人活在世上，总有点爱好嘛，我的爱好就是吃！"

周少瑾笑眯眯地点头，道："你不是被禁了足吗？谁给你去买的点心？"

"我只是被禁了足，又不是被禁了嘴。"集萤不为以意地笑道，"秦子平去买的。"

这已经是周少瑾第三次听到秦子平的名字了，而且每次都是与吃有关。她不由笑道："秦子平也很喜欢吃吗？"

"还好啦！"集萤笑道，"他主要是方便——程子川这些日子正在操练他，他几乎每天都在外面跑。"

周少瑾尝了块酥饼，果真是酥脆可口。

她问集萤："你的《女诫》抄得怎样了？"

集萤闻言肩膀立塌了下去，道："不怎么样……"她话音未落，眼睛立刻亮了起来，并凑到了周少瑾的面前，道，"要不，你帮我也抄几遍吧？"

周少瑾一把推开了她，道："别想！我每天都要去寒碧山房抄经书，哪有空帮你！你自己的事，你自己做。"又道，"何况我们笔迹不同，你就不怕池舅舅再罚你抄五百遍吗？"

集萤听了欢喜地跳了起来，伸手就摸了摸周少瑾的头，道："你可真聪明！我怎么没有想到。程子川只是让我抄五百遍《女诫》，可没有说让我亲自抄。我这就找秦子平帮忙去，让他给我雇个人抄五百遍好了！"

"这也能行吗？"周少瑾张口结舌。

"行不行总得试试。"集萤一副债多不愁的模样，大大咧咧地道，"大不了他再罚我抄五百遍。"

周少瑾冒汗。

集萤道："你今天怎么有空来找我玩？你的针线活儿做完了吗？"

"针线活儿哪有做完的时候？"周少瑾想了想，道，"实际上我今天来，是有事要求你。"她问，"池舅舅允许你和家里人联系吗？"

"不知道。"集萤道，"我自来这里之后，就再也没和家里人联系了。我怕我忍不住会偷偷跑回去。"

那就不能让集萤帮忙了。周少瑾道："那，你能不能让秦子平帮帮我？不过，这件事得保密。"

集萤听着略略思索了片刻，道："你是不是要送什么东西去哪里？或者是送什么人去哪里？"

周少瑾没想到自己不过说了几句话就被集萤看穿了心思。她讪讪然地笑了笑，道："是想送个人去京城，然后再平安地把他带回来。"

"不想被家里人知道？"

周少瑾颔首，道："这件事对我很重要，最好是神不知鬼不觉的。"

集萤笑道："秦子平是你池舅舅的人，让他帮你办事，你池舅舅怎么可能不知道？"

这样说来，又不成了！周少瑾难掩失望。

集萤笑道："你这么快就放弃了干什么？没有秦子平，不是还有我吗？"

周少瑾摆手："还是算了，我再想其他的办法。"

"你能想出什么办法来？"集萤斜睨着她，"你的性子我还不了解，要不是走投无路了，怎么会向我开口？你放心好了，我虽久不和家里联系了，但我爹爹还是挺担心我的，告诉我有事就让人带信到金陵江东桥旁边的茂记米铺。你有什么事，我让他们办就是了。"

怎么听着有点不对劲啊！周少瑾道："那会不会牵连你或者是池舅舅啊？"

集萤捏了捏周少瑾的脸，道："敢情我给你讲的那个故事白讲了——你管别人干什么，把自己的事做了要紧。"

"话也不能这么说，"周少瑾想避开集萤却怎么也没能避开，还是被集萤捏了一下脸，她喃喃地道，"总不能只顾自己吧！"

集萤就狠狠地瞪了她一眼。周少瑾忙打住了话题。集萤满意地"嗯"了一声，道："你快说，要干什么？"

周少瑾的直觉告诉她可以相信集萤。她道："我有个朋友，住在京城胡大官人胡同，我想让我的小厮给她送封信去。你让人把我的小厮送到京城，然后等他给我办完事之后再送回来就行了。"

"还要瞒着家里人？"

周少瑾不好意思地笑了笑。

"行！"集萤豪爽地道，"你就等我的消息好了。"

周少瑾不胜感激："多谢，多谢！"

"有什么好谢的。"集萤叹了口气，道，"要是搁在从前，我就亲自去帮你办这件事了。"

亲自？那就不用了。周少瑾忙道："现在这样就挺好。"

回到畹香居，周少瑾就叫了樊祺过来。

"我有件要紧的事要你去办！"她肃然地道，"但这件事你谁也不能告诉，就是你娘，也不能说，而且还得出趟远门。但事情若是做成了，我不仅会赏你二百两银子，还会赏你十亩上等的水田。你敢去吗？"

周少瑾也曾想过把奖赏提高，但又怕太高吓着樊祺。可就这样，樊祺还是目瞪口呆地望着她，半晌才回过神来。

二百两银子，足够给他娘养老送终了；十亩上等的水田，足够他这辈子温饱不愁了。何况他本是周家的仆人，给二小姐当差本是他分内的事。他想也没想，立刻应道："一切都听二小姐的差遣。"

周少瑾吁了口气。还好樊祺答应，不然她还真不知道差了谁去做这件事。她让樊祺关了门，低声地和他说话："我要你去京城一趟。大小姐那边，我就说你有事回老家了；樊妈妈那边，你可有什么好借口？"

樊祺年纪小，又没有个正经的差事，一段时间不在府里，不会引起太多的关注。

而樊祺没有想到周少瑾是让他去京城，他既兴奋又向往，忙道："要不就说你想买几亩水田，让我回乡下去打听了？"

"这个借口好。"周少瑾笑道，"到时候我把水田写在你的名下，姐姐也不会生疑。"然后夸他，"你脑子可真好使！"

樊祺嘿嘿地笑。

周少瑾道："我会托人一路护送你去京城，但有一点，你别让那些护送你进京的知道你要做什么。你到了京城之后，找到崇义坊胡尚书胡同，从东往西数第三家，姓沐，老爷在礼部任主簿，有三个女儿一个儿子。大女儿许配给了崇仁坊一条胡同林家的长子。你去打听一下，如今沐家和林家是怎样一副光景。然后……想办法找个游方的道士或是挂单的和尚，就说沐家的大女儿十七岁的时候有一劫，会殃及父母弟妹。如果能在十七岁以前嫁出去，不仅沐家会逢凶化吉，而且夫家也会人丁兴旺，子嗣昌盛。"

林世晟虽是独子，却也不是没有规矩的破落户。当初若不是她同意，嫁进去之后又没有动静，林世晟还买通了个游方的郎中给她把脉，信誓旦旦地说她不可能有孕，林家根本不会同意林世晟纳妾。如今她想了这个法子让沐家早点将女儿嫁给林世晟，也算是一报还一报了。

樊祺却听得目瞪口呆，怎么想怎么觉得不对劲。听二小姐这语气，是要成全沐家的大小姐。可这是件好事啊，二小姐为什么要偷偷摸摸的呢？其中难道还有什么他不知道的用意不成？他是很愿意帮二小姐跑腿，可若是二小姐要害人，那他……怎么也要劝劝啊！

"这，这能行吗？"樊祺磕磕巴巴地道，"不会是那沐家大小姐有什么不妥当吗？"

"人家沐家大小姐好着呢，有什么不妥当的？"周少瑾不悦地道，"你只管照着我的话去做就是了。"就算沐家和林家心有疑窦，等到戊戌科举舞弊案事发之后，他们心中就再也不会怀疑了。

梦中，周少瑾和沐姨娘相处得还不错。沐姨娘心心念念地想为自己的父亲沉冤昭雪。用她的话说，她的父亲完全是冤枉的。当时的主考官、副考官泄露了考题，最终却把板子打到了具体办事的人身上。不管是真是假，只要沐姨娘嫁到林家去，沐家的官司就与她无关了。以林世晟的能力和手腕，也就可以以姻亲的身份用钱把沐姨娘的母亲和两个妹妹、一个弟弟赎出来了。

周少瑾细细地吩咐樊祺："你让送你的人把你放在朝阳门附近的悦来客栈。你先在客栈里住两天，到处走走看看，趁这个机会悄悄地把沐家和林家住的地方打听清楚。然后再想办法搬到崇仁坊一条胡同附近的高升客栈去。离那儿不远，有个上清宫。地方虽小，却常有武台山、九华山的道士在那里挂单。我给你五百两银票带在身上，要找那种吃拿哄骗的出家人，编一个沐大人棒打鸳鸯的故事，让别人以为是林家托人做的这个局。千万不要心疼银子，只要你把这件事做成了，多少银子都值得。"

樊祺不住地点头，心里的狐疑却越来越大。二小姐，应该没有去过京城吧？可她对京城却那么熟悉，甚至是沐家附近有什么饭馆，林家附近有什么客栈都一清二楚……

他忍不住道："二小姐，您怎么什么都知道啊？这沐家和您是亲戚还是林家和您是亲戚？你这是在帮他们吗？"

周少瑾微微一愣，道："林、沐两家都是我的亲戚，是我母亲那边的亲戚……"

她语气不详，樊祺却一副恍然大悟的样子，忙道："我晓得了，我晓得了。保证谁也不告诉。"

周少瑾没指望他能一辈子不说出去，可把这事在心里放个两三年，等到沐姨娘嫁给了林世晟，他说不说也都没什么关系了。反正她想做的事都做成了。

周少瑾把事先准备好的银票装在一个荷包里给了樊祺："你想办法分开放好了，估计这几天就有人送你上京城了。"

樊祺把荷包小心翼翼地贴身放了，起身出了书房。

周少瑾坐在书房里，把和樊祺说的话前前后后地琢磨了良久，觉得没有什么太大的漏洞，这才吁了口气，去了宴息室。

她如今的宴息室，左边一张书案，右边一张衣案，不远处的落地衣架上还挂着姹紫嫣红的绫罗绸缎、漳绒细布和荷包络子，旁边还放着架绣花绷子，凌乱得很，可也温馨得很。

周少瑾准备给关老太太做两条额帕。上次郭老夫人寿辰，她听了关老太太的建议，送了两条额帕给郭老夫人做寿礼。关老太太虽然没说，但在她拿去给关老太太看的时候，关老太太摩挲了好一会儿才放手，显然很是喜欢。这次她绣的是葫芦宝瓶和仙鹤衔果的图样，选了花青色和丁香色的料子。

只是她刚刚把葫芦宝瓶的图案画好，春晚就走了进来："二小姐，有个小丫鬟，说是小山丛桂院的，奉了集萤姑娘之命请姑娘过去喝茶！"

周少瑾讶然，道："现在吗？"

"应该是现在吧？"春晚也不敢肯定，道，"那小丫鬟一直在外面等着呢！"

周少瑾走出去一看，还果真是个小丫鬟，穿了件大红色的潞绸比甲，还没她的桌子高，难怪传个话都传不清楚了！

她抓了把糖给那小丫鬟，牵着小丫鬟去了小山丛桂院。

集萤一看见她就抱怨："你说你这个舅舅是怎么想的？又不是没有银子，却像铁公鸡似的，连个丫头小子都舍不得买，我想找个人传话都找不到。"又道，"鸣鹤嫁了，他竟然不添人。以后这屋里的活谁干啊？"

周少瑾道："会不会是因为池舅舅觉得他迟早会回藻园住的？"

集萤冷哼一声，道："藻园比这儿人更少，除了两个守门的夫妇，就是一对管花木的夫妇并一个管事，四个小厮，两个丫鬟。上次南屏回来说，屋里的灰都堆成了山，再不找人好好打扫一番，那些家具什么的，就只有让人重新漆一遍了。"

周少瑾奇道："既然如此，他买个别院做什么？"

"鬼知道。"集萤道，"我又没去过，谁知道那里藏了些什么？"然后拉了周少瑾的手往内室去，"我有话跟你说。"

应该是护送樊祺去京城的事！周少瑾的心怦怦地跳，吩咐施香守在门口，随着集萤去了内室。

集萤关了门，从首饰盒里翻出一根银簪子递给了周少瑾，道："我也不问你要干什么，你拿了这根银簪子，派人去米铺里找一个姓王的大伙计，直接吩咐他就行了。"

"集萤！"周少瑾接过簪子，只觉得这簪子有千斤重似的。

"你说了把我当朋友的，"集萤笑道，"多的话就不要说了。你池舅舅这个人既狡猾又多疑，你下午还要去寒碧山房抄经书，等会儿就在我这里用了午膳再走。这簪子你藏好了，别让小山丛桂院的人看见。"

周少瑾眼眶有些发红，把簪子藏进了衣襟中。

集萤哈哈笑着捏了捏她的面颊，道："可惜了。若是我还在沧州，肯定想办法把你骗回家，把你许配给我的堂弟做媳妇。"

周少瑾泛滥的感激之情顿时不翼而飞。她一把打掉了集萤的手，道："你再捏我，我以后都不帮你了。"

集萤闻言戏谑道："你帮我什么了？让你做袜子，最后还是我把雪球送给你，你才气消。让你帮我抄《女诫》，你说你没空……我看，我还是再捏捏你好了。"

周少瑾摸着脸跑出了内室。集萤忍俊不禁。

晚上回去，周少瑾把簪子交给了樊祺。她问樊祺："你怕不怕？"

樊祺昂首挺胸地摇了摇头,道:"我还想给您做大总管呢!若是这点小事都做不好,以后怎么能管那么多的丫鬟、婆子、小厮呢?"

周少瑾不由笑了起来。谁知道她以后会怎样呢?不过,有愿望总是好的。她正色地嘱咐樊祺:"若是觉得情况不对,就立刻赶回来。你一定要记住了,留得青山在,不怕没柴烧。你的性命最珍贵。"

"二小姐,您放心。我会小心的。"樊祺辞别了周少瑾。

第二十八章　处置

送走了樊祺,周少瑾几乎一夜没有睡。她知道,这件事有些冒险,可如果她不去冒这个险,就只能眼睁睁地看着林世晟和沐姨娘劳燕分飞。但愿那些人会因为樊祺年纪小而忽视他,让他能钻个空子。

周少瑾早上起来,去给菩萨上了三炷香。樊刘氏站在一旁欲言又止。周少瑾知道她多半是想问樊祺的事,她无意让樊刘氏担惊受怕,索性问她:"你是不是有什么话跟我说?"

"没有。"樊刘氏想了想,道,"我就是怕祺儿年轻,差事当得不好,误了二小姐的事。"

没有分家的爷们都不能置私房,何况是她一个没有出嫁的女儿!乳娘,到底还是向着她的。

周少瑾心中流过一道暖意,轻轻地挽了樊刘氏的胳膊,笑道:"你放心,不过是让樊祺去看看,成不成还两说呢!"

樊刘氏既然决定替周少瑾瞒着,也就定下心来,笑道,"这小子从小就机敏,我没什么不放心的。但愿天遂人愿,一切都顺顺利利的。"又道,"我看二小姐起来后就不怎么精神,是昨天晚上没有睡好吗,还是哪里不舒服?您看您要不要用过早膳之后再去补个觉?我昨天听大小姐屋里的持香说,等过了十月初一,静安斋那边又要开课了,您到时候静安斋、寒碧山房的两边赶,这身子骨可要注意了。不如趁着这几天闲着,好好歇歇。针线什么的,有施香、持香,再不济,也有外面的针线铺子。您就别做那么多的活了。"句句都是发自肺腑的关心。

周少瑾抿了嘴笑,道:"我没事,可能是犯秋困。"

"那就更要休息好了。"樊刘氏道,"秋收冬藏,这秋天正是休养生息的好时候,秋天休息好了,冬天就少受病。"

两人正说着,周初瑾梳洗打扮好了,由持香陪着走了进来。

"说什么呢?"她笑着和周少瑾、樊刘氏打招呼,"这么高兴,在屋外就听见少瑾的声音了。"

"姐姐这是冤枉我吧？"周少瑾笑道，"都是樊妈妈在说，你怎么就推到我身上来的呢！"

大家一阵笑。

周少瑾和姐姐分主次坐下来用早膳。软糯的白粥佐上什锦大头菜、清炒小白菜、奶香馒头，虽然简单却回味无穷。

等到放下了筷子，周初瑾斟酌着对周少瑾道："我已经探过兰汀的语气了，听她的意思，还是想跟着父亲在任上。"如果不是这样，当初就不会趁着李氏失去女儿伤心欲绝的工夫怀上父亲的子嗣了。

周少瑾道："那姐姐的意思呢？"

周初瑾没有说话，摆弄了一下面前的筷子，道："我想让她留下来。"

周少瑾没有说话，静静地望着周初瑾，等着她的解释。

良久，周初瑾才道："小时候的事，你恐怕不记得了，可我还记得！她当初要留下，母亲曾问过她，若是留下，就得好好地照顾你。既然如此，那就让她留下来服侍你吧！"

周少瑾非常意外，她道："让兰汀住在畹香居吗？"

"让她住在周家的祖宅。"周初瑾毫不犹豫地道，"她既然是周家的仆妇，拿周家的月例，就得守周家的规矩。母亲让她留下来，她就得留下来。"或者，没有了念想兰汀就会放弃。

周少瑾没有评价。她下午去寒碧山房抄经书的时候，程许也在。

碧玉告诉她："大爷说想在家里办场菊宴招待闵公子。老夫人答应了，还亲自叫了花房的管事来，让他们搭菊塔、酿菊酒、买螃蟹，袁夫人也把自己养的紫金盘、佛手黄、白鲛绡都拿了出来让闵公子赏玩。老夫人还吩咐我们开了她老人家自己的库房，把她老人家的那架十二屏风黑漆镶螺钿西湖十二景屏风拿出来摆在大爷设宴的水榭里。"

紫金盘、佛手黄、白鲛绡都是菊花的品名。周少瑾的眉头就几不可见地蹙了蹙。

碧玉奇道："怎么了？"

"没事。"周少瑾忙展颜而笑，道，"我就是一想到开菊宴会来很多的客人就头痛。"

碧玉笑道："还好二表小姐遇到的是四房和我们长房，不管是老安人还是太太们都不是那种喜欢应酬的。您要是遇到的是识大奶奶就糟糕了——识大奶奶如今还没有满月，就开始筹备花会了！"

梦中，也是二房的交际应酬最多。周少瑾笑着没有说话。

有人在外面道："周家二表妹在吗？"是程许的声音。周少瑾的眉头就打成了结。她朝着碧玉摇了摇头，示意碧玉说她"不在"。碧玉有片刻的困惑。可就这片刻的困惑，程许已经大步流星地走了进来。

"周家二表妹。"他穿了件紫红色梅兰竹暗纹杭绸直裰，玉树临风地和她打着招呼，"我过几天要开菊宴，听说二表妹那里有株紫袍金带，不知道能否借我两天，让我的那些朋友也讨个吉利。"

紫袍金带也是菊花名，它的花有点像魏紫，碗口大的花，花瓣重重叠叠，又因花瓣边上有一圈黄金，因此而得了个"紫袍金带"的名声。又因紫袍和金带都是一品大员的装束，寓意很好，很受士子们的欢迎。

她什么时候养了盆紫袍金带？周少瑾淡淡地道："或是许表哥记错了，我家里只有几盆寻常的曲粉、状元红。"

程许摸着脑袋讪然地笑道："或许真是我记错了。"

周少瑾点了点头。程许望着她一左一右立着的碧玉和施香，欲言又止，黯然离去。

周少瑾松了口气。

谁知道第二天，程许让人送了一盆国色天香，一盆金膏水绿过来，并让小厮给她传话："……虽不是什么珍稀名种，品相却好，送给两位表小姐观赏。"

周少瑾收下了花，笑着打赏了小厮，转身却把这件事告诉了郭老夫人："……说是给我和姐姐观赏的。我正好懂些莳花弄草的事，等到开春的时候给它们分枝丫，到时候我给您压一盆。"

郭老夫人呵呵地笑，什么也没有说，周少瑾却能看得出来，郭老夫人的笑意没有抵达眼底。周少瑾趁机辞行。

翌日下午，她正在佛堂里抄经书，袁氏突然过来了，还带了很多的瓜果点心。

周少瑾不明白袁氏的来意，请她在旁边的太师椅上坐下。袁氏就遣了身边服侍的，和周少瑾说起家常来。

她先说了说程箫的情况，接着话锋一转，说起了程许："……几个朋友专程从杭州来看他。我一问才知道，原来是福建闵家的公子，壬辰科状元郎闵行健的胞弟，和大郎他四叔父是同年。那年策论考的是治水，非常难，很多的内容都涉及了《洛河图》解，只有闵行健知道典故，学问极其丰富，听说已经兼了行人司的差事。虽然一个是举人，一个是秀才，可那闵行强却和我们家大郎十分投缘，这些日子不仅吃住在一起，就是出门访友，也和我们家大郎一起去。那闵行强还开玩笑地让大郎给他做妹夫，说他们还没有出阁的六个姑娘随便让大郎选一个……"

袁氏没事和自己说这些做什么呢？还有意无意地抬举闵行健贬低程池！这让她心中微微有些不悦。

袁氏已叹息道："我一看你给箫丫头的孩子设计的那戏婴图，我就知道你是个好姑娘，后来又听说你不仅女红好，还做得一手好菜，也不知道谁家的儿郎有这福气把你娶了去。"

周少瑾心中暗暗生警。袁氏这是在劝她不要对程许有非分之想吗？她气得指尖发抖。一直以来的委屈，倾泻而出，让她差一点就拂袖而去。还好她在紧要的关口管住了自己，深深地吸了几口气，让心情慢慢地平静下来。

"这是泾大舅母的抬举，我哪有您说的那么好？"她和袁氏寒暄着，"我听说《洛河图》是本神仙遗留在凡间的书，有鬼斧神工之能，没想到闵状元那么厉害，竟然读懂了《洛河图》！可见这世上正如书上写的那样，'人外有人，天外有天'。如果九如巷哪天也能出个这样的状元郎就好了。"她说完，又低声道，"我还以为状元都是一样的，没想到状元里面也分三六九等的。"

她这是指桑骂槐地说程许也不过如此。袁氏强忍着才没有跳起来。她冷冷地朝周少瑾望去。不承想周少瑾也正瞪着一双黑白分明的杏眼望着她，表情很是无辜。两人的目光碰到一起，她甚至从周少瑾的眼睛看到自己的身影。

袁氏苦笑。周少瑾还是个孩子呢，又素来乖巧懂事，走路都生怕踩着蚂蚁了，又怎么会讥讽自己呢？说不定她根本就没有听出她话中的意思，自己跟她置个什么气呢？袁氏觉得自己来告诫周少瑾本身就做错了。她应该把这件事告诉周初瑾的，让她来约束周少瑾才是。袁氏打定了主意，笑道："可不就是你说的这个道理？所以大家都觉得闵行健很厉害。"

之后她和周少瑾胡乱闲聊了几句，就起身告辞了。

周少瑾在佛前默诵了一遍《心经》，心情才慢慢地平静下来。

蕴真堂里，剑拔弩张。袁氏和程许对峙而坐。

程许眼睛瞪得大大的，不甘示弱地道："为什么大姐和二姐的婚事就可以自己决定，我就不行？"

"因为你是男子，是九如巷的嫡子嫡孙，是我们程家支应门庭的人。"袁氏冷冷地望着儿子，"女孩子家一辈子生活在内宅，嫁人之后除了看丈夫的脸色、婆婆的脸色之外，还要看小姑子的脸色、妯娌的脸色，年老了，甚至还要看儿子的脸色。男子却能行走四方，出入朝野，理当要光宗耀祖，以建功立业、国家社稷为重。内宅，不过是你们偶尔歇息的地方；庙堂，才是你们应该待的地方，才是你们应该使劲的地方。"

程许闻言脸涨得通红，道："修身治家齐国平天下，内宅安宁就不重要吗？"

他的话音未落，袁氏已嗤笑一声，道："可是谁想内宅不宁呢？不是你吗？放着好好的康庄大道不走，你偏要往死胡同里走。这件事是你祖母同意还是你父亲同意？到底是谁在这里闹腾得不得安宁呢？"

程许欲言又止。他很想说，建功立业、名垂青史之类，都是谋事在人、成事在天的，谁敢说自己就一定能成就一番大事吗？可娶一个自己喜欢的妻子，却是他眼前的事。他此时只想顾着眼前的事。但他更清楚，他这话不能说。这话要是一说出来，那可真就是家宅不宁。不仅母亲失望，就是祖母和寄予他无限希望的父亲，也会很失望的。程许望着母亲，表情怅然。

袁氏心中一软。想到儿子小时候像阳光般灿烂的小脸，吃到好吃的东西从嘴里拿出来往她嘴里塞时那胖胖的小手……她的语气不由舒缓了很多，低声道："嘉善，这世上的事，有得就必有失。你的责任不允许你这样任性。我们不说别的，就说皇上，'普天之下，莫非王土'，应该是天下最尊贵的人了吧！他想立林贵妃为后，可林贵妃没有子嗣，内阁不答应，他就只能另立生了长子的王贤妃为后。皇上都要遵循世俗的规矩，更何况我们这些平民？少瑾很好，可如果她出身世代官宦之家，娘不仅不会阻止你，还会想办法帮你把她娶回来。你也很好，可如果你只是个市井之家的长子，娘也不会这样要求你。你享受了程家的供养，就要回报程家。这既是你的命，也是少瑾的命。你不能只顾着你自己，不管别人。"

程许不甘心，他道："那四叔父呢？他考中了进士不入仕，年过二十不成亲。你们为什么不管管他，偏要盯着我不放？"

说了这么多，儿子还是一句都听不进去。袁氏气得脑子嗡嗡作响，知道自己说再多的也没有用。她干脆道："你若是能像你四叔父那样，不花家里的一分银子，这时候分宗出去都能自立门户，我也不管你！"

程许听着精神一振，立刻跳了起来，道："那好，娘，我们就这样说定了。我若是也能像四叔父那样不用家里的银子，不依靠家里也能生活得很好，您就答应我的婚事我自己作主。"

袁氏听着差点吐血，好在她还没有完全被儿子气糊涂，凭着直觉道："你等得，姑娘家却等不得。女子及笄而嫁，只怕这是你一厢情愿吧？"

程许知道母亲这是为难他。可他不是那么容易就让人难住的。他的脑子飞快地转着。后年是丁酉年，有桂榜，如果他考中了举人，就可以像四叔父那样渐渐地不再依靠家里了吧？

他立刻道："那好，我们就以三年为限，如果三年以后我不再依仗家里，您就要遵守我们之间的约定。反之，如果三年之后做不到独立自主，我也会依诺听您的安排。"

三年之后，周少瑾就及笄了。袁氏道了声"好"。等儿子考中了举人之后他就会发现，没有家族的支持，想闯入每三年才取三百余人的春闱是有多么困难。

周少瑾不知道今生和梦中某一时刻总会惊人地重叠在一起。

菊宴那天，她躲在畹香居里没有出去，程许也没有借口这事那事地找她。她松了一口气的同时，心里也有些惴惴不安：不知道什么时候，程许又会冒出来。她不动声色地向碧玉等人打听这些日子程许的行踪。

"……一直在陪闵公子。"碧玉道，"听欢喜说，闵公子约大爷一起去国子监求学，公子好像答应了。夫人也很赞同，还写了信给大老爷。如果大老爷没有异议，过完了寒衣节，大爷就会和闵公子一起进京了。"

十月初一寒衣节，家家户户都要祭祖。周少瑾愣住。梦中，程许一直待在金陵，不会是又受她重生的影响吧？若是如此，却是件受影响的好事。她不用提心吊胆地防着程许，程许去了京都之后开阔了眼界，也许就觉得她不过如此便放了手。这是件好事！周少瑾心情雀跃，提了几只螃蟹去看望集萤。

集萤见那螃蟹个个都有碗口大，馋得直流口水，道："我有好多年都没有吃到这么大个的螃蟹了。我记得我在院子里还埋了坛女儿红，挖出来喝了。"

"别，别，别。"周少瑾忙阻止她道，"女儿红埋得越久越醇厚，我们还是再埋几年吧！"

"谁知道明年又是怎样一番光景？"集萤却不以为然，道，"我听鸣鹤说，南屏这些日子在收拾东西，好像是要搬去藻园住。要是真的搬过去了，这酒还不知道要埋到哪年哪月，便宜了谁呢！"

"你们要搬去藻园？"周少瑾非常惊讶。

集萤耸了耸肩，道："只是这么听说。具体搬不搬，我也不太清楚。"

这话像块大石头，重重地砸在了周少瑾的心里。那她怎么接近池舅舅呢？那她又能找谁向程泾示警呢？程家怎么办？她怎么办？难道是二房的老祖宗程叙做了些什么？

周少瑾急了起来，道："住得好好的，怎么突然要搬走啊？"

集萤笑道："你这么着急干什么？就是要搬，恐怕也是寒衣节之后的事了。"

周少瑾难过地道："那，我以后还会见到你吗？"

"你别一副生离死别的样子好不好？"集萤见状又是好气又是好笑，道，"你舅舅那个人阴晴不定，说不定前脚我们刚搬出去，后脚又搬了回来。你想想啊，他就是谁也不放在眼里，谁也不放在心上，总不能把自己的母亲也抛在脑后吧？所以只要老夫人还健在，只要老夫人还住在九如巷，他就不可能不回来。"

可如果老夫人不在了呢？这个念头顺着集萤的话就钻进了周少瑾的脑海里。她不由打了个寒战。老夫人是什么时候去的？周少瑾不停地回忆。

程许最后一次出现是至德二十四年还是二十五年，她记得不清楚了，但那个时候郭老夫人还在，不然程许也不可能跑到京城来发疯。那郭老夫人就是至德二十五年之后去的。

至德二十六年，她不记得程家发生什么事了。但至德二十七年，诰表哥金榜题名，考中了庶吉士，在刑部观政。后来诰表哥来看她……诰表哥落第，是丙午年，至德二十九。诰表哥没有提郭老夫人，但之后……长房的二老太爷程劭突然暴病而逝，他赶去了杏林胡同帮着治丧。

杏林胡同是程家在京城的落脚处，长房的二老太爷一直住在那里。她记得当时诰表哥还跟她说："你既然不想再和程家的人有什么接触，就装作不知道好了。"让她不要派人去祭拜。

她那时看程诣很消沉，非常担心，曾悄悄派人跟过去，结果回来的人告诉她程诣很好，让她别担心，还说，金陵那边有人过来报丧。程诣第二天一大早就要赶回金陵了，就不过来向她辞行了。

金陵那边程家的姻亲太多了，而且程诣是第二天一大早才往回赶，那肯定不是至亲了。她没有放在心上。难道当时去的是郭老夫人！周少瑾的太阳穴怦怦地跳。两年以后，也就是天顺二年，程家被抄了。程氏全都被抓了。

不管是在金陵老家的妇孺、京城为官的子弟还是外放的二舅舅程沅，却独独跑了长房的四老爷程池。他还劫了法场，只救了程许一个人！如果至德二十九年池舅舅就离开了金陵，离开了程家呢？周少瑾被这个大胆的假设吓了一大跳。

她想到了那天在三支轩。有良国公世子朱鹏举，后来的工部侍郎顾九臬，有可能是当朝首辅、文渊阁大学士、吏部尚书袁维昌长子的袁别云……他们侃侃而谈。皇上的大伴万童、乾清宫大太监陈立、司礼监秉笔太监刘永，这些跺一跺脚就会引起朝野震荡，让封疆大吏闻之色变的人物，在他们的眼中却是平常。

她那个时候不知道池舅舅的身份，后来知道了为她解围的人是谁之后，偶尔不免会想，池舅舅认识这么多厉害的人物，在程家的生死关头，怎么就没一个人站出来为程家奔走？可见都是些酒肉朋友！但如果这些人只是和池舅舅交好，而池舅舅早已不在程家了呢？

如果自己的猜测是真的，那当年出了什么事让程池在郭老夫人去世之后就离开了程家呢？冰冻三尺，非一日之寒。周少瑾想到了二房老祖宗对程池的打压，想到了程池的行事做派……如果程池这个时候就有了离开程家的打算，那，一切都说得过去了，包括他对程许的冷淡，对身边仆妇的安置，对自己婚姻大事的打算……都统统有了答案。她甚至想，如果是自己，恐怕也会这样做。既然决定离开，牵挂自然越少越好，感情自然越疏远越好。

周少瑾正想得出神，肩膀就被人拍了拍。"想什么呢？"集萤冷艳的面孔出现在她的眼前，"喊你好几声你都没反应。"

周少瑾忙歉意地朝着她笑了笑。

集萤道："今天的酒是喝不成了——我被禁了足，不能踏出这个门槛；你又手无缚鸡之力，挖不动。只有等晚上秦子平过来的时候让他帮忙了。"

周少瑾也没有了心情和集萤喝酒，留下了螃蟹，约了明天再来，回了畹香居。

而在离这不远的立雪斋里，程池却在看账本。他问双手笼袖站在他书案前的怀山："广东十三行的二当家怎么说？"

怀山恭敬地道："说今年接了九边的饷银，要垫一成，一时间拿不出那么多现银，能不能先拿一半，剩下的一半他们用广东、番禺、佛山、惠州四家分号做保，按三点的利算，以两年为期还完……"

"不行！"怀山的话还没有说完，翻了一页账册的程池已态度坚决地打断了他的话，道，"跟他们说，让一个点，全部付清。若是他们还拿不出现银，就跟福建安家回话，让他们准备银子。"

怀山忍不住道："四爷，广东、番禺、佛山、惠州四家分号是十三行最早的几家分号，也是十三行的脸面。他们拿了这四家分号做保，显然是诚心想把我们的船行接过去的。而且我也打听清楚了，十三行这次为了接九边的饷银和京城的永福盛拼了个两败俱伤，这趟差事下来，肯定是亏的，只看亏多少了。您又何必咄咄逼人？十三行的大掌柜，可是个人物。而福建安家却是靠勾结倭寇起的家，手里的钱不干净。万一朝廷查起来，很麻烦的……"

"怀山！"程池放下了手中的账册，颇有些疲惫地揉了揉自己的眉心，道，"我们需要现银，我没时间等他两年。两年，变化太大了。我不想再等了！"

"四爷！"怀山有些羞愧地低下了头。

程池站了起来，走到他身边拍了拍他的肩膀，低声道："我知道你是为我好，希望我还能顶着程家四老爷名头在这江南繁阜之地做我的风流名士。可我却腻味了。我想饮一壶浊酒，在大漠的风沙中醒过来；煮一壶清茶，听着海浪的潮汐入眠……"

"四爷！"怀山有些激动地抬起头来，眼睛微微有些湿润，道，"您别说了，我这就去通知福建安家！"

程池搁在怀山肩膀上的手却微微一顿，道："算了！你说得也有道理。安家行事太嚣张，迟早是要出事的，万一牵连到程家就不好了。你去跟十三行的二当家说吧，就按照他们之前说的，先交付一半的银子，两年以后结清。"

"四爷！"怀山诧异地睁大了眼睛。程池决定的事，很少会更改的。

"或者是因为我的年纪越来越大，心肠越来越软了。"程池也知道，他自嘲地笑了笑，"我可以不顾别人，却不能不顾我娘。这件事就这么定了。"

怀山点头，迟疑道："四爷，集萤姑娘那边……"

"你是说茂记米铺的事？"程池淡淡地道，转身重新坐在了书案后面的太师椅上，道，"让人跟着那个小厮就行了。就算是集萤不知道好歹，计家也不会跟着犯糊涂。不然当初就不会跟焦家划清界限了。不过，这件事也提醒了我，周家的那位二表小姐，你派人去摸摸她的底细。能指使着集萤帮她跑腿，只怕也不是个简单的人物。"

他想到她几次往自己跟前凑，还以为她只是小姑娘家的好奇。现在看来，却未必。

程池目光微凝，眉宇间就如剑锋般凌厉起来。

怀山身子一震，犹如不敢直视般低下了头，道了声"我这就去安排"，躬身一直退到门口，这才离开。

程池一个人坐在屋里，看着屋里的光线一点点暗下来，直到黑暗把他笼罩。

第二天，周少瑾没有去集萤那里吃螃蟹。因为兰汀吵着要见她，还为此开始绝食。

周初瑾非常烦躁，对来报信的马富山家的道："她若是舍得死，早就死了，你不必管她，你只管照着一日三餐送就是了。她吃不吃，是她自己的事。"

周少瑾觉得这不是个事儿，想了想，道："我去见见她吧！"

周初瑾不同意，道："她就是想逼着你去见她。"

周少瑾知道，大家都觉得她是个软柿子，在姐姐那里行不通的事就来找她。从前她是一律摇头，如今却不能把这些事都推到姐姐的身上，让姐姐背上"不孝"的恶名。何况这件事也是因她而起！

"她不是口口声声地奉了母亲之命吗？"周少瑾对姐姐道，"那我们就把话说清楚，看我母亲当初是怎么交代她的。但凡是我母亲交代的，我们都照做就是了。可若不是母亲交代的，我们也不能就由着她乱来，不然那些奶了我们的妈妈又该怎么办呢？"

周初瑾听着这话有理，不由对妹妹刮目相看，笑道："也好。我和你一块儿去。由你和她说话，我就在屏风后面听着。"

姐姐还是怕她上当，但这已经是个很大的让步了。周少瑾笑眯眯地点头，和关老太太说明了缘由之后，由马富山家的陪着，和周初瑾回了周家的祖宅。

马富山家的把兰汀安置在上房后面的厢房里，安排了一个丫鬟一个婆子"服侍"她。

梦中，周少瑾对兰汀的印象只限于"去母留子"的事上，今生见到，不由仔细地打量了她几眼。看上去不过十七八岁的年纪，白皙光洁的皮肤，小巧的瓜子脸，一双水汪汪的大眼睛忽闪忽闪的，说不出来的楚楚动人。

周少瑾很意外。母亲已经去世十一年了，兰汀最少也有二十四五岁了。她没有想到兰汀看上去这么年轻。

看见周少瑾，她扑通一声就跪在了周少瑾的面前，眼泪如雨般落了下来。

"二小姐，我可算是见着您了。当初我离开的时候，您才这么一点点。"她抹着眼泪，"可怜我天天挂念着二小姐，却又不敢违背太太的意思让老爷一个人在任上。"

周少瑾突然间就理解了姐姐的烦躁。母亲已经去世了，她却还以母亲的名义牟私利，真是太无耻了！

周少瑾打断了兰汀的哭诉，道："起来说话吧！地上凉。"

兰汀一愣，随后眼泪落得更厉害了，道："二小姐，您真像太太，一样的心善……"

周少瑾笑笑没有作声，径直在堂屋的太师椅上坐下，问兰汀："你会写字不？"

这东一榔头西一棒子的，让兰汀有些摸不着头脑。她想了想，道："会，从前太太教的。"

"那就好。"周少瑾柔声道，"我知道母亲临终前把我们姐妹托付给了你，这些年来，父亲因此也很敬重你。这次让你回来送珍珠，实际上是我们姐妹的意思。"

兰汀愕然。

周少瑾像没有看见似的，慢条斯理地继续道："母亲去世的时候我们姐妹还小，如今想起来，若不是父亲书房里还挂着母亲的小像，只怕我们连母亲长什么模样都不知道了。我们姐妹一合计，就叫了你回来。你既然会写字，不如把母亲临终前都说了些什么写给我们，也算是给我们姐妹留了个念想。"

兰汀立刻意识到周少瑾这是烦她总拿庄氏做借口。她在心里冷笑。庄氏临终前说了些什么，周镇又不在，还不是任她说什么就是什么！

她诚惶诚恐地点头。周少瑾让马富山家的给她准备笔墨。马富山家的朝周少瑾投来一记佩服的目光。周少瑾汗颜。她知道马富山家的误会了。她只是单纯的不想听兰汀聒噪而已。

很快，兰汀就把庄氏的"遗言"写好了。

周少瑾一目十行地扫了遍，问兰汀："你是说，母亲让你照顾父亲和我们？"

"是啊！"兰汀红着脸道，眼睑微垂，看上去羞答答。当然不止这些，但这句话最重要。

周少瑾笑道："既然如此，你为什么不愿意留在周家呢？父亲现在有继母照顾，我们姐妹身边却少了个拿主意的人。莫非你不愿意照顾我们姐妹？"

兰汀愣住。周少瑾是真不懂还是假不懂啊？她望着周少瑾那精致漂亮却略带几分青涩的面孔，突然觉得自己好像找错了人！可是，周初瑾更厉害。她在周初瑾手里，一点胜算也没有。

兰汀的眼泪又落了下来，她又跪在了周少瑾的面前，道："大小姐、二小姐有程家的人照顾，可老爷却孤身一个人在外面做官，我怎么能把老爷一人丢在任上？"

周少瑾笑道："不打紧，父亲在外做官都快十年了，想必早已适应。我这就给父亲写封信，让他把你让给我们姐妹。我想父亲肯定会给我们姐妹这个面子的。"说着，就让马富山家的准备笔墨。

兰汀总算明白过来。敢情她们姐妹早就商量好了，不管她说什么，都要把她留在金陵。这一定是周初瑾的主意！她立刻跪下来抱住了周少瑾的腿，哭道："二小姐，求您把我送回保定吧！您都不知道那李家有多可恶。他们把李氏嫁进来，根本不是看中了老爷的人品才学，而是看中了老爷位高权重，可以帮他们打通官场上的关节，好让他们的生意做得更大，也不管老爷是不是为难，也不管这样做会不会连累老爷的声誉。他们根本就是要吸老爷的血……"

可周少瑾却被她那一扑吓得脸色大变，"哗啦"就站起身来，还没来得及避开，就被兰汀抱了个正着。看着脚下嘤嘤直哭的兰汀，周少瑾很是尴尬，还没有人这样在自己面前哭过。她忙道："你有什么话站起来说，站起来说。"

兰汀却把她抱得越发紧了。

马富山家的看着脸都气红了，上前去拉她："二小姐面前你这样哭哭啼啼的算是怎么一回事？"

她的力气比较大，兰汀被她拽得东倒西歪的就是不放手："二小姐，我可不是为了我自己，我是为了您和大小姐。您是不知道啊，那李氏一嫁进来，就把太太的小像给收了起来，要不是老爷斥责，她就丢了。老爷说要接了您和大小姐去任上，让她收拾宅子，她不情不愿的。后来关老安人来信，要留了你们姐妹，又是李氏怂恿着老爷让您和大小姐继续留在程家的。她这是想割断你们父女的情分啊！"

周少瑾听着很腻味。李氏有私心，难道她自己就没有？既然彼此半斤八两，又何必去指责别人？眼看着兰汀怎么也不放手，她只好虎了脸道："你若是这样，我就喊人进来了。"

周少瑾骨子里透着股娇柔，就是发脾气，举手投足间也透着几分温婉，根本不可能威慑兰汀，反而让她三下两下挣脱了马富山家的。

周初瑾就铁青着脸从屏风后面走了出来："你这是要做什么？威逼着二小姐要听你的话行事才行？既是忠仆，又怎么做得出这样的事来？"

兰汀看着周初瑾就两眼冒烟。要不是她被李氏买通了，自己又怎么可能落得这样的地步？她清清楚楚地记得，李氏先后送了她们姐妹快五百两银子的私房钱，普通人家有了这笔嫁妆哪怕是个瘸子都能找个四肢齐全的嫁了。

"大小姐，您到底也只是太太的继女，"兰汀看周初瑾的目光像淬了毒药的刀子似的，"再怎么说，这也是二小姐的事。二小姐的事，您还是别插手的好。"

她知道金陵的周家是这位大小姐当家，她也知道自己斗不过周初瑾。可她的事情已经闹到这个地步了，她就是想退也退不了了，还不如趁机在周初瑾和周少瑾之间撒点盐。她就不相信，同父异母的两姐妹，就一点罅隙也没有。就算没有，周初瑾这么强的个性，周少瑾怎么也有受委屈的时候。只要周少瑾受委屈的时候想起她的话就行了。

周初瑾气得脸色发白，吩咐马富山家的："叫两个婆子进来，把人绑了。"马富山家的忙出去喊人。

兰汀跳起来就朝周少瑾扑过去。她是想抱住周少瑾的胳膊躲一躲。可看在周初瑾的眼里就不是这么一回事了。她以为兰汀是想拿了周少瑾威胁自己。

周初瑾大惊失色，厉声喊道："少瑾，快躲开！"

周少瑾早有警觉，还没有等兰汀近身，就转身跑到了太师椅旁的落地柱旁。兰汀落空了。周初瑾三步并作两步拦在了周少瑾的面前。

周少瑾忙去拉周初瑾："姐姐，姐姐，我没事。"想把周初瑾拦在身后。

周初瑾不为所动，对着兰汀冷笑，道："怎么？你还想伤人不成？"

兰汀眼底闪过一丝凶狠的光芒，只是还没有来得及有所行动，马富山家的已带了两个粗壮的婆子飞奔而至。

周初瑾看着兰汀眼底的光芒心里"咯噔"了一下。她不应该让周少瑾过来的。兰汀现在就像走投无路的困兽，会孤注一掷地反扑的。她想也没想，拉着周少瑾就躲到柱子后面。兰汀追了过来。

周初瑾带着周少瑾躲在了花几后面，并随手搬起了花盆，准备兰汀再追过来就砸过去。而马富山家的看到这情景早已魂飞魄散，不顾一切地就朝兰汀扑过去。兰汀一个趔趄，被扑倒在地。两人的粗使婆子们立刻跑了过去，把兰汀给绑了起来，还顺手把她的嘴给堵上了。

周初瑾气得直哆嗦，好一会儿才能找到自己的声音："给我叫了牙行的人来，把这不知道好歹的东西给我发卖了。"

周少瑾吓了一大跳，忙抱了姐姐的胳膊，安慰姐姐："别气，别气。小心气坏了身子。"心里却幽幽地叹了口气，事情到底还是走到了这一步。可见有些事能改变，有些事却不能改变。那她的命运、程家的未来是能改变还是不能改变呢？周少瑾在这一刻有些迷茫。

周初瑾拉开了周少瑾，上上下下地打量着她，关心地道："她有没有伤着你？"

周少瑾摇头。

周初瑾停顿了片刻，低声道："我知道兰汀是母亲留下来的人，可你刚才没有看见她的眼神，我看着心底都发凉，还是打发了她的好。"又道，"到底是服侍过母亲的，又在父亲身边待了那么久，我也不会亏待她。"

姐姐是怕她心里不舒服吧！"我知道，我知道。"周少瑾依偎在姐姐身边，低声道，"姐姐不必顾忌我，该怎样处置她就怎样处置她。我虽心中不忍，中山狼的故事却是知道的。"

周初瑾摸了摸她的头，欣慰地笑了笑。

那边马富山家的几个已经把兰汀绑好了，听到周初瑾的吩咐，她犹豫道："大小姐，真的叫牙行里的人来啊？"周家还从来没有发卖过人。

周初瑾点了点头，低声道："这人留不得。"

"那两位小姐先去上房喝口茶，歇一会儿。"马富山家的人道，"这事就交给我了。"

周初瑾颔首，嘱咐她："找个死了老婆一心要续弦的，不拘卖了多少银子，拿二十两出来给买她的人，说是我打发的嫁妆。以后若是有什么事，也可以找你。但要守着兰汀过日子，不能让她跑了。"

马富山家的应声而去。

兰汀被按在地上，呜呜咽咽的，红着双眼睛盯着周初瑾。周少瑾看着心里发寒，挽了周初瑾的肩膀就往外走："姐姐，我们去上房吧！"

周初瑾也不想妹妹看到这腌臜场面，随着周少瑾就出了堂屋。两人在上房的宴息室坐下，喝了几口茶，心情这才平静下来。马富山家的已领了牙行的人过来，问周初瑾要不要见见。

"不用了。"周初瑾有些疲惫地道，"你看着办就行了。"

马富山家的应诺退下。

周初瑾对周少瑾道："我一想到以后我要过这样的日子，就觉得嫁人没什么意思……"

周少瑾愣住。姐姐还是第一次和她说这样的心里话。她上前蹲在了姐姐的面前,握住了姐姐的手,真诚地道:"不会的!姐夫是很好的人。他会为你遮风挡雨的。你和姐夫一定会琴瑟和鸣、白头偕老的。"

周初瑾脸色一红,赧然地嗔道:"小丫头片子,什么话都敢说。快别让人听见。"

周少瑾嘻嘻地道:"姐姐要是不相信,可以让人去打听嘛!姐夫是很好的人。"廖绍棠真是很好的人。成亲之前有个通房,和姐姐定下婚期之后就打发了出去。之后和姐姐一直都很好。不管廖家的人说什么,还是后来程家出事,姐夫都护着姐姐。如果能早点有个孩子,那就更好了。

周少瑾决定早点把送给姐姐的观音像绣出来。如果明年真的有幸能跟着郭老夫人去普陀山进香,她还是供奉本经书替姐姐祈福好了。至于她自己……她年纪还小,以后还有机会。周少瑾笑着站了起来。

马富山家的闯了进来。

"大小姐,二小姐,"她神色有些慌张,"你快去看看吧!兰汀又开始胡说八道了。"

周初瑾手中的茶盅就哐哐当当地落在了茶几上:"那就告诉她,是想让我灌了她哑药把她发卖了,还是想这样全须全尾地走出去?"

马富山家的嘴角翕动,却站在那里没有走。

周初瑾眉头一挑。马富山家的上前两步,在周初瑾耳边道:"兰汀说,太太是被程柏害死的。"

周初瑾跳了起来。周少瑾不知道出了什么事,紧张地拉了姐姐的手,道:"怎么了?怎么了?"

周初瑾没有说话,目光停留在了周少瑾的脸上。她想到妹妹刚出生时抱在襁褓里粉粉的样子;想到她做错了事被自己训斥时腼腆地对着自己笑的样子;想到她受了委屈扑在自己怀里小声抽泣的样子,可更多的,却是想到妹妹给自己做衣裳的样子,抱着自己的胳膊咯咯笑的样子,怕兰汀伤害了自己要拦在自己身前的样子。妹妹,慢慢地长大了,知道心疼她、关心她了。周初瑾眼眶湿润起来,她神色微毅,道:"少瑾,你跟我来!"

堂屋还是那个堂屋,甚至因为太阳升了起来,光线更加明亮了。可屋子里的人却个个神色凝重。周初瑾坐在中堂前的太师椅上,端起茶盅,用盅盖轻轻地浮了浮水面上的茶叶,沉声道:"说吧!怎么一回事?"

粗使的婆子、牙行的人都已经退了下去。为了防止兰汀做出什么激动的事来,她依旧被绳子绑着,丢在了周初瑾的面前。周少瑾站在姐姐的身后,马富山家的在门外守着。

兰汀眼里闪烁着狡黠的目光,道:"大小姐送我回保定,我就把事情的经过告诉您!"

周初瑾冷笑,站起身来,高声喊了马富山家的进来,道:"你去向那些道姑虔婆讨服哑药过来给她灌了——她既不想说,那就让她永远给我闭嘴。"说罢,头也不回地朝外走去。周少瑾急急跟上。

兰汀道:"你就不想知道当初到底发生了什么事?"

周初瑾不屑地嗤笑:"你有什么证据?当我是三岁的孩子?你就是说一千道一万我还要人去查证,你还妄想和我谈条件?母亲死的时候,你最多也就十二三岁,以你的年纪,还轮不到拿一等的月例。就算是程柏害了母亲,你恐怕也只是事后想起些蛛丝马迹。等我把你灌了哑药,挑了手脚,发卖到了最下等的娼寮,再去查证当年几个服侍母亲的大丫鬟,还怕查不出个子丑寅卯来!若是你说的属实,我就让你待在娼寮里苟延残喘。

若是你胡说八道,你放心,不过是多花些银子把你送到九边去做官妓。"她说到这时,吩咐马富山家的,"对了,你发卖她的时候跟那虔婆说清楚了,不要灌她避子汤。我不仅要让她为娼,还要让她生的子女都世世代代为娼……"

周少瑾听着都打了个寒战。兰汀这才变了颜色。"不!"她凄声厉叫,"你不能这样对我,我是你父亲的人……"

周初瑾"呸"了兰汀一口,道:"你算个什么东西,也敢说是我父亲的人?是我母亲喝了你的磕头茶,还是我父亲去衙门里给你正了名?不过是个给我父亲暖床的玩意儿,也配称是我父亲的人?你可别忘了,你的卖身文书还在我周家!我抬举你,你就是个人;我作践你,你就是摊泥!马富山家的,你还站在这里做什么?难道我连你也指使不动了不成?"

马富山家的脸色发白,一个哆嗦,连声应"是",连声音都变了。

"不,不,不。"兰汀挣扎着想朝周初瑾爬过去,可被五花大绑着,不仅没能爬过去,反而让自己跌倒在了地上,"大小姐,您不能这样,您不能这样。"

周初瑾冷冰冰地瞥了兰汀一眼,昂首挺胸地朝前走去。周少瑾忙上前虚扶了周初瑾的肩膀。她才发现周初瑾身子微微地打着战儿。姐姐也害怕不能制服兰汀,所以才会说出那番话来。

周少瑾像打气似的,紧紧地握住了周初瑾的手。妹妹的手,纤细柔软,却温暖有力。周初瑾立刻明白了周少瑾的用意。她侧头望了一眼周少瑾,眼里暖意浓浓。周少瑾就朝姐姐抿着嘴笑了笑。

她们身后就传来兰汀急促而又焦虑的声音:"大小姐,我说,我说。您只要不把我卖到那腌臜的地方,我什么都告诉您。"

周初瑾回头,冷漠地道:"你觉得你可以和我讲条件吗?"

"不能,不能。"兰汀看着周初瑾如霜似雪的面孔,心中寒意弥漫,知道自己碰到了硬角色,若是一个不慎,就会沦落烟花之地不能翻身,她忙道,"大小姐,是我说错了话,我什么都告诉您,什么都告诉您。"

周初瑾似笑非笑地撇了撇嘴角,道:"说说看,当初都发生了些什么事?"

兰汀打起精神来,语带几分巴结奉承地道:"正如大小姐所言,当初我只有十三岁,是太太屋里的二等丫鬟。当初服侍太太的,是欣兰,太太的陪房。"她说着,语气微顿,道,"大小姐可知道存义坊的程柏程大老爷?"

"知道!"周初瑾淡淡地道,重新回到太师椅上坐下。

马富山家的立马跑过来给周初瑾续了杯茶,这才关上门,走了出去。

兰汀听周初瑾说知道存义坊的程柏,很是意外,道:"他不仅是程家的旁支,早些年,还和太太有些渊源……"

周初瑾打断了她的话,不以为意地道:"不就是和母亲定过亲吗?这件事大家都知道。"

这件事什么时候变得大家都知道了?兰汀愕然。当初周镇可是花了大力气才把这件事给压下去的。她睃了眼周氏姐妹。不仅周初瑾神色如常,就是周少瑾,也没有露出什么异样的表情来。兰汀这才相信这件事大家都知道了。她惴惴不安起来。看来她这几年不在金陵城,发生了很多事,自己等会儿得小心翼翼作答才是。

兰汀神色微紧,道:"当时太太和老安人住在官街,老太爷又不在家,内院进进出出的事都交给了欣兰。程柏对太太紧张得很,隔三岔五地送些东西来,有时候还会写信写诗送给太太,这些全都是交给欣兰带给太太的。太太不喜欢程柏的这些小利,让欣兰

· 105 ·

把东西还给程柏。程柏再给太太送东西,也会买些头花帕子之类的送给欣兰,求欣兰在太太面前说几句好话。一来二去的,欣兰就和程柏熟悉起来。

"太太和程柏的婚事没成,欣兰也就跟着太太嫁到了周家。偏偏那程柏不死心,求着欣兰又给太太送了几次东西。太太说了欣兰几次,欣兰反而为程柏说好话。太太就和老爷商量,把欣兰嫁了出去。

"欣兰嫁的是个做棉花生意的行商。早些年那行商还在杭州一带收棉花,后来这边的生意不好,就带着欣兰去荆州府。大家都以为欣兰嫁了之后再也没有回来过。实际上太太怀着二小姐的时候,欣兰曾经回来探望过太太。不过太太身边服侍的都是欣兰嫁了之后进府的,她又变了模样,太太好像也不太想让大家知道,大家一时没有想到她是谁罢了。

"她当时想在家里住几天,太太没有留她。她很失望地走了。我就是因为这个才留意到她的。后来她又来了几次,太太渐渐待她也就没有刚开始时候的冷淡了,偶尔还会和她说说闲话。我记得,太太生二小姐的时候是难产。当时家里的人都慌了手脚。欣兰突然来拜访太太,管事把她安置在了花厅就匆匆忙忙去请大夫了。"

兰汀陷入了回忆中。

"我头天晚上值了夜的,太太发作的那会儿我正在屋里睡觉。听说太太难产,哪里还躺得住?我就寻思着去小佛堂里给太太上炷香。结果上房到处都是人,老爷在院子里走来走去的,看谁也不顺眼。我没敢上前,拐过弯去了厨房。远远地,我就看见欣兰提了个热水壶走了过来。她看见了我就和我打着招呼,还很担心地问我太太现在怎么样了,然后举了手中的铜壶告诉我,说上房一直嚷着要热水,茶房的炉子太小了,烧不及。她见那些小丫鬟吓得毛手毛脚的,就自告奋勇地帮着提提水。

"我当时也没有细想,还说,您是客,哪能麻烦您?这壶水还是我送进去好了。谁知道欣兰听了像吓了一大跳似的,连声道着'不用',提着壶就匆匆往上房去。

"我见她一个嫁出去的都这样殷勤,想了想,也跟了过去。谁知道等我到了上房,她却不见了影子。我正在心里嘀咕,她又不知道从哪里冒了出来,提着那铜壶,就站到了帘子旁。

"我记得,当时老爷看见了还皱了皱眉,想说她什么的,结果屋里的人喊着'再送壶水进来',欣兰忙把水递了进去,老爷也就没说什么。没多久,稳婆就脸色苍白地从帘子后面探了头出来,跟老爷说,血止不住,她也没有办法。

"老爷当时的样子说有多吓人就有多吓人了,冲着那稳婆道:'你刚才不是说血止住了吗,怎么又说血止不住?到底是止住了还是没止住?你要是胡说八道,以后就别想再吃这碗饭。'稳婆当时就吓得哭了起来,说,开始是止住了的,谁知道刚把太太安顿好,又开始大出血。

"老爷是真心待太太好。别人生产的时候都请的是医婆,老爷请的是个大夫。还陪着那大夫进了产房给太太把脉,太太这才留下了一条命。可太太到底是伤了元气,拖了半年,还是去了。"

兰汀说到这里,神色有些茫然起来。周少瑾听着自己小时候的事,想象母亲去世后父亲的伤心,一时间有些痴了。屋子里顿时静悄悄的,没有一点声响。

周初瑾冷哼了一声,道:"这就是你所说的'程柏害死了我母亲'?我看不是程柏害死了我母亲,是你无事生非吧?你就是想编个故事哄骗我们姐妹,也编个像样的啊!"

"大小姐,我没有编故事。"兰汀回过神来,焦躁地道,"真的是程柏害死了太太。

第二十九章　消息

周初瑾不屑地笑，抬眼，目光就落在了门口。马富山家的守在门外。

兰汀心中一紧，急道："大小姐，我没有骗您。大夫是老爷的一个熟人，最擅长看妇科。事后那大夫很奇怪，说他的药方是祖传的，从来没有出过错，更没有遇到这种情景，还把当时的稳婆、屋里服侍的媳妇子等都叫去问了话，可硬是不知道哪里出了差错。那大夫走的时候直摇头，称'是件怪事'。"

周初瑾道："那也不能凭这个就断定欣兰送的那壶水有问题啊？"

"可没过几天，我遇到了欣兰啊！"兰汀道，"太太身子骨不好，老爷全身心地都扑在太太身上，家里的事也不怎么管。眼看着要过年了，家里的年货还没有置办齐整。几个大丫鬟都轮流地在太太屋里服侍着，有经验的媳妇子不是守着大小姐就是守着二小姐，特别是二小姐，"她说着，看了周少瑾，"生下来像小猫似的，过了两天才有力量吮吸。老爷一头是二小姐，一头是太太，还要抽空去看看大小姐，整个人都瘦了下来。管事就叫了我们几个小丫鬟帮着去清点年货。

"我跟着太太学过识字，又懂点算术，管事就让我在货行里和伙计们对账单。那伙计的字迹十分潦草，我刚学认字不久，对账的时候不时要问问那伙计写的是什么。

"我一抬头，就看见了欣兰。她穿了件银红色妆花褙子，头上戴着点翠大花，耳朵上坠着赤金的银杏叶，手上戴着三四个金马蹬戒指，金光闪闪的，比一般人家的太太装扮得还要华丽。只是身边连个丫鬟小厮也没有带。

"我当时就喊了她一声。她好像没有听见，径直去了杂货铺隔壁的银楼。我原想过去给她打个招呼，但东西还只点到一半，我怕出错，没有挪脚。等我把货点完了，在那里等管事过来装车的时候，看见欣兰从那银楼走了出来。她身边还跟着个男的。穿了件青色的襕衫，大冬天的，只戴了个网巾，看上去二十七八岁的样子，人瘦得很厉害，神色憔悴。我就问铺子里的伙计那男的是谁。铺子里的伙计告诉我，是存义坊的程柏程老爷……"

周少瑾有些透不过气来。她抓住了自己的衣袖。

周初瑾却眉头紧蹙，道："那伙计怎么认识程柏？"

兰汀道："程柏当时在太平街那块儿也开了间南北货行，和我们买东西的那家杂货铺有货品上的往来，因而认识。"

周初瑾微微点头。

兰汀继续道："我当时很好奇。欣兰不是嫁了个收棉花的吗？怎么又和存义坊的程老爷搅到了一起？我又想到她身上戴的那些东西，少说也值二三十两银子。正好有小厮过来说，江东门外有船相撞，拉鱼的船一时不能进城，管事要去江东门看看，让我们清点好了东西就先拉回去。我就借口想到街上去给自己买两方新帕子过年，把东西交给小厮装车，自己悄悄地跟了过去。

"欣兰和程柏七拐八拐的，在一条小巷里停了下来。我就听见欣兰道，我一个女人家，孤身一人住在客栈里，那些正经人只当我来投靠亲戚无着，那些登徒子却以为我是风尘女子，半夜三更还去敲我的门，吓得我整夜整夜地睡不着。我什么时候才能跟着您回家啊？俚语不是说，有钱没钱，娶个老婆好过年。眼看着快过年了，您总不能让我一个人在客栈里过年吧？

"程柏就安慰她说，快了，快了。等他把这段时间忙完了，就接她回来。然后掏了一锭银子给她，让她随便买点自己喜欢的东西。还说，让她这段时间不要乱跑，小心让有心的看出点端倪来。

"我那个时候还不知道太太定过亲，也不知道这程柏是什么人，还以为欣兰不守妇道，丢下丈夫跟这男的跑了，不屑她的为人，转身就走了。

"是后来太太快不成了，庄舅爷跑到家里来大闹，说是老爷害死了太太，要让老爷赔银子，我这才知道原来太太和程柏定过亲。可我那时候也没有往这上面想。就是觉得欣兰做得不应该，打了太太的脸。话虽说如此，但我还是很好奇欣兰最终进了程家的门没有。她要真给程柏做了妾，太太知道了，她会不会羞愧？就想办法去打听程柏的消息。我这才知道，原来程柏也病了，程家的人根本不知道有欣兰这个人。没多久，程柏也死了，这件事就更加没有人知道了。

"我心里也只是猜测，却不敢跟老爷说。这么多年来，就像块心病似的，每每想起就睡不着觉，吃不下饭。这次要不是遇到了大小姐，我就准备把这件事烂到肚子里去的。谁知道我最终还是把这件事给说了出来。可见这是太太在天之灵保佑着大小姐和二小姐，让大小姐和二小姐不至于什么也不知道，让她老人家沉冤昭雪。"

梦中可没有这一出！兰汀说的是真是假？周少瑾细细地回味着兰汀所说的话。周初瑾讥笑道："我看，不给你点儿颜色看，你是不会说真话的。马富山家的，让那两个粗使的婆子进来！"

兰汀脸色大变，哀求道："大小姐，我知道的都说了，没一句是假的。您要是不相信，我可以拿我的性命发誓！"

马富山家的探了个头进来，看到屋里的情景，又很快地缩了回去。

"好！"周初瑾目光如刀地盯着她，道，"你现在就发誓，如果有一句隐瞒，生的儿子世代为奴，生的女儿世代为娼。"

兰汀愕然地望着周初瑾，嘴角翕合，却像喉咙被堵住了似的，始终没有发出声响。

"怎么？不敢？"周初瑾讥讽地笑了笑，道，"我问你，你进府的时候，欣兰应该嫁出去了吧？"

"是！"兰汀点头，神色间带着几分不确定的犹豫和小心翼翼。

"既然如此，你看到欣兰和个陌生的男子一起走出了银楼，为什么要问杂货铺的伙计那男子是谁？一般的人看到这样的情景，不都会觉得那男子是欣兰的夫婿吗？"

"我，我忘记跟您说了，"兰汀望着周初瑾，神色紧张，"她来看太太的时候，曾说过自己是一个人来的。"

"是吗？"周初瑾道，"她一个人来的，母亲难道就不好奇她为什么会一个人吗？就算是你是小丫鬟，不知道母亲和欣兰都说了些什么，那么长时间了，欣兰的夫婿找过来不是很正常的吗？"

"她当时说她和夫婿的关系不好，所以我才……"兰汀急急地补充道。

"兰汀，"周初瑾冷冷地打断了她的话，"你不累，我累了。你有所隐瞒，也不过是想和我谈条件，让我放你回保定，待在父亲的身边罢了。你也是服侍父亲这么多年的人了，父亲的脾气你应该是最了解，父亲最敬重的人就是母亲了。你知不知道你今天都在我们面前说了些什么？"

兰汀目光微转，面如死灰地颓然瘫在了地上。

"不，不，不……"她厉声尖叫道，"我没有说，我什么也没有说……"

周初瑾压根就没准备放过她，继续道："我只要把你今天说的话一五一十地写信告诉父亲。若你说的属实，你恶意隐瞒，你说，父亲会怎么看你？又会怎么处置你呢？若是你在造谣，拿母亲的生死造谣，你说，父亲还会让你待在他的身边？还会像从前那样对你吗？"

最后一句话，像压死骆驼的最后一根稻草，兰汀再也无暇去算计什么，无暇去顾忌什么。她喃喃地道着："不会的，不会的。老爷不会那样待我的，老爷是这世上最重情重义的人了……"

周初瑾和周少瑾听着都觉得很腻味。周初瑾索性喊了马富山家的进来，道："提两桶河水来，把她给我浇醒了。"

这时候已经仲秋，井水是温的，河水却是凉的，浇在身上已有了寒意。马富山家的应声而去，很快带着两个提着水的粗使婆子进来，指了兰汀道："淋上！"

两个婆子捋着衣袖把水淋在了兰汀的身上。兰汀打了一个冷战，清醒过来。马富山家的立刻带着两个粗使的婆子退了下去，出去的时候还细心地带上了门。

"说吧！"周初瑾望着淋得像落汤鸡却连抹一下脸上的水也不能的兰汀，道，"你说了，我一高兴，说不定就放你一条生路。可你若是不说，我就把这件事写信告诉父亲，然后让他来处置你。"说完，她笑了起来，道，"不过，我觉得李太太对你的兴趣肯定比父亲还大，我是不是应该先写封信给李太太，然后再写封信给父亲……"

"不，你不能这样！"兰汀尖叫。

周初瑾站起身来，道："那你就看看我能不能这样！"

"我说，我说！"兰汀一下子溃不成军，哭泣道，"大小姐，你放过我吧，我告诉你欣兰在什么地方。"

这才是兰汀的底牌吧！周少瑾思忖着。

这的确是兰汀的底牌。之后不管周初瑾如何威胁利诱，她只咬紧了一点：让她说出欣兰的下落可以，周氏姐妹得放过她。

周初瑾斩钉截铁地拒绝了，并示意马富山家的把兰汀的手筋挑了。兰汀凄声厉叫。和姐姐站在院中的周少瑾吓得抱着姐姐的胳膊直发抖。

不一会儿，马富山家的从堂屋里走了出来，低声道："她说了。欣兰可能在荆州府。"她满脸疲惫，显然这桩差事对她也是件难事。

"可能？"周初瑾蹙了蹙眉，沉吟道，"具体在什么地方没说吗？"

"没有！"马富山家的毕恭毕敬地道，"具体在什么地方，她也不知道。她说，欣兰的男人早些年在附近收棉花，后来发现荆州府的棉花要比这边便宜很多，就辞了太太，带着欣兰去了荆州府。

"欣兰回府的时候，太太问起她的近况，她也说她就住在荆州府，这次回金陵是想把之前留在金陵的老宅子卖了，以后就在荆州府定居了。

"后来她发现欣兰与程柏关系暧昧，觉得她肯定是骗太太的，就悄悄地去了欣兰从前住的宅子，发现那宅子已托了牙行买卖，还没有卖出去。她怀疑欣兰是偷了男人的地契，还让人佯装是买家去司衙看那宅子的文书，手续齐全，那欣兰还就真是回来卖宅子的。

"后来程柏病了，她没有看见欣兰，又去了欣兰的宅子。隔壁的邻居告诉她，前些日子欣兰的男人从荆州府赶了过来，把宅子卖了，带着欣兰回了荆州府。之后她就再也没有见过欣兰了。"

周初瑾沉默了一会儿，对马富山家的道："她这样，只怕还存着侥幸之心，想着我既然知道了欣兰的事，肯定是要把欣兰揪出来的，不会要了她的性命的。你这就进去，说我根本不相信她的话，要你挑了她的脚筋。"

挑了脚筋，那可就一辈子都瘫在床上了。

马富山家的骇然道："真，真的挑了她的脚筋啊？"

周初瑾气极，道："一个唱红脸一个唱白脸你懂不懂？"

马富山家的立刻明白过来。脸涨得通红，唯唯称诺。

周初瑾道："你要让她相信，我之所以不灌她哑药的原因是那药不好找，一时还没有送过来。如果她再不说实话，一碗哑药灌下去，就算是她想说话也说不了了。金陵府虽然有能接筋的大夫，可若是不及时医治，就算是请了大夫来也没有用。……要让她相信，我根本不信任她的话——她凭什么怀疑太太是被程柏害死的？那欣兰不过是帮着小丫鬟提了壶水进去，那程柏也不过是和欣兰关系暧昧。也许欣兰什么也没有做，也许程柏无意间遇到了欣兰，两人之间才有了纠缠。你要劝她，她想活命，就得好好地把知道的都讲出来。就算她不讲，我知道欣兰在荆州府，大可通过程家派了人去查。除非她是胡言乱语，十年前搬过去的外来户，很容易查到的。"

马富山家的连声应"是"，想了想，进了堂屋。

周少瑾还有些担心，道："那她要是不相信呢？难道我们还真的挑了她的脚筋不成？"

"如果真走到那一步，"周初瑾沉吟道，"也就只能这样了。"

周少瑾唏嘘，陪着姐姐去了上房等消息。过了大约一炷香的工夫，马富山家的过来了。

"大小姐，"她神色有些窘迫，道，"兰汀说，太太去世之后，老爷要把她们都放了。她为了取信于老爷，就想到了曾在银楼里看见过的一对和太太私底下贴补给庄家舅老爷差不多的羊脂玉镯子。可她没钱买，最后主意就打到了程柏的身上。但程柏根本不理睬她，她没有办法，就大着胆子写了张'你和欣兰合伙害死了太太'的字条给程柏，程柏竟然乖乖地照着她说的在城隍庙的大树放了二百两银子。她发现后吓得半死，怕被程柏报复，没敢拿，之后程柏就病了。至于欣兰，她是真不知道欣兰具体住在什么地方，只知道她见程柏病得厉害，就算是进了程家也没什么好日子过，自己的男人找来的时候，她就跟着她男人回了荆州府。"

也就说，所谓母亲托付她照顾妹妹的遗命也有可能是假的！周少瑾目瞪口呆。周初瑾像呼吸困难般捂住了胸口，半晌才道："暂且先留她一条狗命，等我把那欣兰找到了，再通知父亲过来审问，到底是什么情况，也就一清二楚了！"

马富山家的低头应是。

周初瑾叮嘱她："你可要把她盯好了。如果她拿了银子打点你们，你们只管收下好了。就算是她让你们悄悄地给她找大夫续筋，你们也给她找人，别让她觉得没有了希望，不管不顾地寻了短见。我指望着她和欣兰狗咬狗呢！"

马富山家的忙拍胸脯保证。

姐姐这是要用希望吊着兰汀的命！周少瑾这才真正体会到周初瑾有多厉害。她十分羡慕，可更多的却是佩服。所以在回去的路上，周初瑾问她"你都学到了些什么"时，她嘻嘻笑着摇了摇头，道："姐姐，我还是躲在你和父亲身后安安分分地过我的小日子好了。"

周初瑾怒其不争地摇头。周少瑾只是抱着她的胳膊笑。

周初瑾无奈地叹气，想到了外祖母所说的"一根草一滴露水"。对于妹妹来说，自己要走的这条路也许并不适合她。相反，她的路在她自己的脚下，她只要走好自己的路，就能找到幸福。说不定，她会更幸福！周初瑾释然，轻轻地摸了摸妹妹的头。

周少瑾问姐姐："欣兰的事，怎么查？"

周初瑾笑着反问她："你说该怎么查好？"

周少瑾想了想，道："我觉得马富山最合适，可就怕马富山没空。"

"嗯！"周初瑾赞同道，"他的确不太合适。寒衣节之后就是立冬，要准备春节的年节礼了。很多堂官都是江南人，他们喜欢的是杭州的莲子米、高邮的盐鸭蛋，这些东西都得马富山帮着准备，他脱不开身。"

周少瑾想到了一个人——马富山的堂侄马赐。梦中，马赐是姐姐出嫁时要在周家的世仆里挑选陪房的时候由马富山做保进的府。他不仅吃苦耐劳，而且精明能干，忠心耿耿，跟着周初瑾去了廖家没多久就冒了出来，成为周初瑾最倚重的人。后来她出嫁，身边没有合适的人帮着打理陪嫁。姐姐问过她之后，把她的陪嫁交给了马赐打理。不过几年，她的体己银子就翻了一番。直到她自噩梦醒来之前，马赐都帮着她们姐妹在做事。

她的双手就紧紧地握在了一起，道："姐姐，我偶然听说马富山有个堂侄，人很能干，好像叫什么马赐的。你不如问问马富山，看能不能让他的这个堂侄给我们跑跑腿！"

周初瑾很是惊讶。她不是惊讶周少瑾突然提到了马富山的堂侄，她是惊讶周少瑾突然想到办法克服自己一紧张就绞指头的坏毛病。

"你是什么时候想到这个主意的？"周初瑾指着她的手道，"不过，你放轻松点，这样看起来就更自然了。"

周少瑾不好意思说是程池告诉她的这个方法，"哦"了一声，调整了一下姿态，追问姐姐："你觉得我这个主意好不好？"

周初瑾压根不相信周少瑾是偶然听到了马赐这个名字，在她看来，这肯定是马富山家的求周少瑾给她的堂侄安排一个差事。如果是别的事项，她立刻就答应了，但这次是要调查欣兰的下落，她道："你让他来见我吧！如果行，就让他去。"

周少瑾松了口气，笑盈盈地应了，回到畹香居就让施香去给马富山家的带信，让马赐去见周初瑾。

马富山知道自己的这个侄儿一直以来都想进周府当差，只是周镇在外为官，两位小姐又长住程家，平桥街这边实在没有空缺，这才一直闲着了。听说周初瑾要见马赐，他还以为马赐走了其他的什么门路，也没有多问，交代了他几句应该注意的事，就让他去了九如巷。

马赐才十六岁，但已长得高大壮实，很稳重。周初瑾问过话之后很满意，许了他二百两银子跑趟荆州府。

周少瑾听说后呆了半晌。姐姐让马赐去荆州府，才给了二百两银子；她让樊祺去京城，给了五百两银子……

她忙让施香去查她的私房钱。每一笔进出施香都记了账的，还要不时地清点，以保证账实相符。周少瑾问起来，她张口就来："您还有十六两三钱的体己钱。"

周少瑾立刻汗流浃背。她许了樊祺事成之后赏二百两银子加十亩上等的水田。樊祺回来，她拿什么银子赏他？她在屋里急得团团转，问施香："我支银子的时候，你怎么不告诉我说我只有五百多两银子？"

施香奇道："您说要拿了银子去买地，我想着买地是百年大计，何况您又没什么用银子的地方。待到过年的时候，老安人、大太太、大老爷等都有赏赐下来……"

周少瑾道："可那些都是银锞子，银锞能换钱吗？"

施香睁大了眼睛，道："银锞子当然可以换钱啊，要不然诣二爷他们赌博的银子从哪里来的？"

"是哦！"周少瑾应着，心里却想着等让施香把自己历年来得的银锞子都拢到一起，看能不能凑二百两银子。如果实在不行，就写信向父亲要好了。不过，以什么做借口呢？总不能说自己要打赏樊祺吧？

财务的危机困扰着周少瑾。梦中，她大部分的时间都待在家里，很少用银子，也没有这方面的苦恼，唯一一次缺银子是从程家跑出来，在通州遇到了大风雪，耽搁了几日，银子花完了，但樊刘氏很快就当了樊家祖传的镯子，带着她找到了姐姐。后来嫁给了林世晟，她有自己的陪嫁，又有马赐帮着打点，她大笔的开销就是去庙里捐香油钱，想买什么就能买什么，就更不缺银子了。可没想到如今，她竟然手里没钱！

周少瑾坐在寒碧山房的佛堂里，越想越糟心，连着写坏了两个字。她索性搁了笔，决定先把心静下来，就听坐在门口打络子的小檀对施香道："……把留听阁翻了个底朝天，才把识大爷说的那个羡阳盆给找出来。"

留听阁，是二房程识的宅子。周少瑾不由留了心听。

施香道："羡阳盆？识大爷要养水仙吗？这东西也不稀罕吧！我们院里就有好几个，每年到了这个时候就会拿出来给大小姐和二小姐摆水仙。"她说着，"哎哟"一声，道，"你不说我都忘了，这两天忙东忙西的，竟忘了去跟暖房的婆子说声帮我们家大小姐和二小姐留几株好一点的水仙花。去年我们说晚了，好点的水仙花都让人挑走了。"

小檀道："去年我们院的水仙倒开得好，连顾家的大太太过来拜年的时候都赞了一声。"

施香笑道："你们院里的东西什么时候不好了？"

"那倒也是。"小檀笑道，"不过我们这边的珍珠姐姐会养花，我们这边的水仙花都是珍珠姐姐亲手刻的花茎。珍珠姐姐说，识大爷说的那个羡阳盆是梯形的，识大爷十之八九要摆个进士及第模样的水仙花来。不比我们寻常的羡阳盆，不是圆的就是方的；再不就配个紫檀木的架子，要摆个进士及第的模样儿出来，那可得费功夫了！识大爷多半是要送人！"

"送人？"施香奇道，"还有谁能让识大爷这么花心思？"

"不知道。"小檀笑道，"识大爷和识大奶奶都是喜欢和人往来的人。这不，识大奶奶还没有满月，已经准备腊八节的时候请亲戚朋友到家里喝腊八粥了。"

这件事施香知道，她笑道："说起来识大奶奶这人真的不错，自嫁到程家来，每年都会亲手煮了腊八粥送到各房头。"

小檀闻言就撇了撇嘴，道："她就是再贤淑又能怎么样？我们家大爷才是长子嫡孙，我们家大爷的奶奶才是宗妇。"

施香这才惊觉自己说错了话，忙笑道："那是！我也不过是这么一说。你别放在心上。"

小檀这些日子和施香像姐妹般相处，闻言顿觉自己说话太生硬，不禁暗暗后悔，解释道："我是因为看不惯二房那捧高踩低的样子才这么说的。姐姐你是不知道，那闵公子的胞兄不是壬辰科的状元吗？我们房的四老爷也是那年金榜题名的，却是二甲十二名。识大爷就一门心思地巴结那闵公子，好像巴结上了那闵公子就是巴结上了状元郎，就把我们房的四老爷踩在了脚下似的。"

周少瑾并不意外。施香却愕然道："还有这种事？"

小檀半是愤怒，半是为了弥补她和施香刚才产生的裂痕，义愤填膺地道："何止啊！上次闵公子和大爷去梅花巷顾家做客，识大爷不知怎么知道了，非要跟了过去。过去之后，顾家设宴招待闵公子，拿了家中珍藏的葡萄酒出来待客。闵公子当时就开玩笑地说了句'可惜无缘见那夜光杯'，识大爷就急巴巴地不知道从哪里弄了只所谓的'夜光杯'送给了闵公子。可惜闵公子瞧不上识大爷，不仅把那'夜光杯'还给了识大爷，还跟识大爷说什么'君子之交淡如水'，把识大爷臊了个脸红。我们听说的时候可真是解气。识大爷仗着他比大爷年长，总喜欢在大爷面前指手画脚的。可他也不想想，就算是他比大爷年长又怎么样？以后掌管程家的，还不是我们家大爷。"

施香连连称是。

周少瑾却在心里琢磨着：袁氏想娶闵氏女，闵行强在家里做客，这么好的机会，她没道理不好好利用利用。闵行强这么得罪程识，难道是知道了什么？而且还对程许的印象很好，想让程许做他的妹夫？她站起身来喝了口热茶。不管怎样，都与她无关。她只求菩萨保佑，让她平平安安、风平浪静地度过这两年的光阴，至于程许会娶谁，程辂会怎样，都统统与她无关。

那边立雪斋里，偌大个庭院静悄悄的没有一声人语。寒气还没有袭来，书院的书案前已摆了个斗大的火盆，上等的银霜炭烧得红彤彤，把屋子都照亮了。屋里的书架空着，地上却到处都丢着线笺、书册、画本，一片狼藉。

程池长身玉立，穿了件靛蓝色细布夹袍站在火盆前，笔直的身姿像北方原野上的白桦树，安静的面庞像亘古不变的雕像，正不时地把书案上的账册打开看上几眼，丢进火盆里。火苗迅速地蹿起来，吞噬了他丢在火盆里的账册。

怀山抱着一大摞账册走了进来，看见眼前的情景微微一愣，迟疑道："四爷，这些都烧了吗？"

"全都烧了。"程池眉眼都没有动一下，继续往火盆里丢着账册。

怀山把抱着的账册放在了大书案上，犹豫良久，还是道："四爷，这可都是府里几十年的账册，一旦烧了，可就再也没有了。以后就是想查什么，也无处可查了。"

火光照亮了程池脸庞，他的眉梢显得有些冷："我就是把账册给他们留了下来，他们看得看懂吗？"

怀山一哽。程池又往火盆里丢了一本账册，淡淡地道："方鑫同怎么说？"

怀山道："他说两千架织机，他一个人吃不下去，问能不能找几个同行一起……"

程池鬓角的青筋跳了跳。怀山脸色微变。

四爷的心情好像很差。他离开书房之后，难道发生了什么事？

他垂下了眼睑，耳边就传来程池听上去依旧颇为温和的声音："他这个嘉兴首富都吃不下我两千架织机，我想别人就更没有能力了。这样好了，上次不是有个叫郑四的，想从我们这边接点活做，我看着他还是个拎得清的。你去问问他，看他有没有胆量把我这两千架织机、三百熟练的织工一起接在手里。我现在不要他一分银子，两年以后结清。但我有个要求，这两年的时间里，他得跟我把方鑫同拉下马，我不喜欢他做嘉兴的首富。"

"是！"怀山汗淋淋地道。

"反正十三行欠我的银子两年以后才能结清，闲着也是闲着。"程池又丢了本账册在火盆里，银霜炭仿佛经不起账册的力道，"砰"的一声灰尘四溅，眼看着就要扬到程池的身上。

怀山的衣袖却快如闪电般地划了个弧，所有的灰尘都像碰到了一张无形的网，全落在了火盆里。

程池又丢了本账册进去。这次账册轻轻巧巧地落在火盆里，乖乖地被燃了起来。

怀山松了口气，道："四爷，您让我查周家二表小姐的事……"

"怎么样了？"程池漫不经心地翻了一本账册。

"周家二小姐自六个月大进府到现在，从来没有出过远门，甚至可以说是自从今年三月二十四日之前，她从来没有单独出过门。"怀山道，"三月份之后，她先后出去过几次，一次是四月份，端午节之前，她和姐姐回周家的祖宅祭祖；一次是庄家从前服侍过她外祖父的人求她的恩典。"他事无巨细地把周少瑾自三月份之后所做的事都禀了程池，并道，"四爷，我可以肯定，她真是周知府的女儿，四房的二表小姐。"

程池问："京城那边可有消息传过来？"

"有。"怀山道，"那小厮十分机灵。计家的人把他送去了京城，转眼间就把人给跟丢了。他雇了个外地的行商，谎称是他的叔叔，要去天津收货，把他寄居在了崇仁坊附近的上清宫。"或许是机灵的孩子人人都喜欢，说到这里，怀山露出了浅浅的笑容，声音也变得活泼起来，"盯着他的人说，他看上去每天无所事事，不是听戏就是上馆子、逛大街，还和上清宫的一个小道士搅和到了一块去了，帮那个小道士还了二十个铜板的点心钱。可实际上他每天有意无意都会经过崇仁坊的一条胡同和胡尚书胡同，和那些街坊邻居说说话，其中问到最多的就是一条胡同的林家和胡尚书胡同的沐家。"

程池听了也有些意外，道："这两家有什么特别吗？"

怀山眼底闪过一丝困惑："林家是世袭的三品指挥使。沐家是读书人，在都察院任御史。两家是儿女亲家。虽然不是门当户对，但林家和沐家是老邻居，又是通家之好。林家的儿子长得一表人才，品行也为人称赞，和沐家的女儿年纪相当、青梅竹马，也勉强算是门好亲事。现在还不知道周家二表小姐让那小厮打听林、沐两家做什么。"说完，他补充道，"那小厮叫樊祺，是周家二表小姐的乳兄。"

能让怀山记住名字，还在他面前提一句，这个小厮必有过人之处。程池扬了扬眉。

怀山道："他今年才十二岁，怀里揣了五百两银票。"

五百两银子，可以在京城买个小小的宅院外带四五十亩良田；可以在淞江府最繁华的大街上盘下两间铺子；可以在宁波入股海上贸易，更可以让兄弟反目，父母成仇。很多人一辈子都没有赚到过五百两银子。

程池笑道："让人盯着他，看看他到底要干什么。"

怀山恭敬地应诺："那周家二小姐那里……"

"先派人看着，"程池不以为意地道，"她既派了樊祺去京城，我们只要盯着樊祺，迟早会知道她想要干什么的！"

怀山应"是"，退了下去。

程池静静地站了一会儿，慢慢地翻出一本账册。打开后，最前面的一行用楷书写着"冬月十二日，收灰鼠皮四十四张"。字迹方正，是最标准不过的馆阁体。虽然年代久远，却可以看得出写这几行字的人提笔收势间流露出来的果断和毅然。

程池的手指轻轻地划过那行字，然后拎起那本账册丢进了火盆里。火光四射，溅在了程池的衣角，烧了个洞。

那边周少瑾回到了畹香居，施香已把她历年所得拿了出来，除了银锞子，还有几颗金豆子。

周少瑾望着雕红漆海棠花托盘堆着的银锞子、金豆子恍如隔世。那个步步高升的银锞子是有一年程诣去给他的外祖母拜年，他的外祖母赏了他六个步步高升的银锞子。她觉得很有意思，过完年，程诣就送了一个给她，并歉意地告诉她："如果不是长辈赐的，我就全都给你了。"那几个万事如意的银锞子则是姐姐给的，好像是姐姐到谁家做客，别人赐的，姐姐给了几个给她。只是她不记得那是什么时候的事了。那几颗金豆豆，则是长房的程笙表姐给的——长房向来富贵，程笙又是郭老夫人的掌中宝，每到过年，郭老夫人就给程笙一袋子金豆子。她看着很是羡慕，程笙就给了她几颗。

施香道："二小姐，这些加起来快二百两银子了，全都兑换吗？"

周少瑾默然。这些或是长辈所赐，或是姐姐们所送，她想想就舍不得，好像自己为了块银子辜负了长辈的祝福、姐妹的心意似的。"暂时先别兑换。"周少瑾吩咐道，"等我缺银子的时候再说。"

施香不疑有他，笑着应了，把那些赏赐重新收在了箱笼里。

周少瑾就在屋里打起转来，觉得还是嫁人好，嫁了人就有了自己的体己银子，想做什么就做什么，不至于像现在这样捉襟见肘，也不知道别人是怎么过的。

她的晚膳是在嘉树堂用的，饭后，关老太太和沔大太太商量给二房程识的次子送满月礼的事。除了小孩子的衣服鞋袜，还有金银长命锁、手镯、脚镯，七七八八的也得五六十两银子。

周少瑾咂舌。这还只是满月礼，百日礼的时候岂不是更重！

关老太太自然不知道周少瑾在心里想什么，吩咐她和周初瑾："你们是未出阁的姑娘家，拿几件针线活送过去就行了。"

周少瑾又觉得做姑娘家也不错，人情客往的时候她们只是应个景，不算在内。可这银子的事到底怎么办，她心里还是没有底。

等长房的外孙和二房的孙子做了满月礼，就到了寒衣礼。祭祖、送年节礼、收租、盘点、赶制过年的新衣……不管是外院还是内院，都开始忙碌起来，大家也都喜气盈盈地开始盼着过年。

静安斋已经恢复上课。周少瑾的日子一如往昔般平静有序——每天早上去静安斋上课，下午到寒碧山房抄经书，晚上做针线，偶尔和程笳斗斗嘴，隔三岔五地去探望集萤。

集萤终于赶在腊八节之前抄完了五百遍《女诫》。周少瑾有些不相信，睁大了眼睛悄声道："我前几天来的时候还看见你案头上只放了五六本，怎么突然就抄完了？"

集萤瞪了她一眼，低声道："你难道就不能装作不知道吗？"

周少瑾恍然，眼睛瞪得更大了。集萤扑哧地笑。周少瑾道："谁帮的你？"

集萤得意扬扬地道："我给了秦子平一百两银子，秦子平就帮我抄了。"

有这么好的事？周少瑾狐疑地望着她。

集萤就"喂"了一声，道："你这是什么眼神？难道我做得不对吗？我爹说过，能用银子解决的事就尽量用银子解决，伤筋动骨的划不来。"

周少瑾抹汗。集萤的父亲屡有高见，可你有的时候又不得不承认，他说的话很有道理。

周少瑾就问她："腊八节的时候，你有什么安排？要不要去我那里喝粥？我姐姐说，今年要教我熬腊八粥。"

"好啊，好啊！"集萤高兴地应了，可转瞬间又改变了主意，"还是算了，我去了又要给这个那个磕头的。"

周少瑾希望姐姐也能喜欢集萤。她忙道："只是去我们屋里，我们几个自己过腊八节。"

集萤有些心动。周少瑾忙道："那就这样说定了。你到时候还可以带些回来给南屏姑娘、池舅舅他们尝尝。"

"你池舅舅就不用了。"集萤道，"他腊八节的时候受邀去甘泉寺喝粥。"

周少瑾还以为可以趁机在程池面前挣点印象分，结果泡汤了。她略有些失望，道："我没听说甘泉寺的腊八粥煮得好吃啊，他为什么去甘泉寺喝粥？"

"你傻吧！"集萤笑道，"谁会请他去喝粥，是到了年尾，甘泉寺催着他捐香油钱呢！"

周少瑾道："不是开春后吃新饼的时候才开始捐香油钱吗？"

"你说的是南方的寺庙吧？"集萤道，"我们北方人就是爽朗，不像你们南方的人，九曲十八弯，想着名目让人掏银子。"

周少瑾娇嗔道："又不是我让甘泉寺的请池舅舅去喝粥的。再说了，他可以不去啊！"

"不去？"集萤撇了撇嘴，不屑地道，"不去你就等着那些大和尚每天蹲在家里给你讲经吧！"

这倒也是。那些知客和尚都很厉害。像她，梦中刚开始去大昭寺礼佛的时候，也不过是为了陪婆婆，后来却发展到每年都会定时给大昭寺捐五百两银子。

集萤道："算了，我们别说他的事了，说起他的事我就没有一句好话。我有件事告诉你，过两天我就要搬去立雪斋住了，你再来找我，就直接去立雪斋找。"

周少瑾愕然，道："为什么啊？"

集萤翻了个白眼，道："小山丛桂院里服侍的人不够，你池舅舅决定让大家都住到立雪斋去，把这边关了。"

周少瑾吓了一大跳，道："是今年的生意不好吗？"

她把集萤给问住了。集萤想了半天，道："看不出来啊，难道程子川今年的生意做垮了？我爹说，月有阴晴圆缺，人有旦夕祸福。程子川已经走了十年的鸿运，该不会是从今年开始走霉运吧？"

"这种话是能随便说的吗？"周少瑾"呸"了她一声，双手合十朝着西边拜了拜，喃喃地道了几句"童言无忌，童言无忌，菩萨莫要怪罪"。

集萤气结，道："我是童言，那你是什么？"

周少瑾这才惊觉自己的年纪，她哽了半晌。

集萤就对她道："你说，我跟我爹爹说，让我爹爹拿银子来赎我，程子川会不会答应啊？"

周少瑾实在拿不准。她总觉得池舅舅看上去和气，可却从骨子里隐隐透出几分骄傲来。如果他生意顺利，集萤的父亲拿了银子来赎集萤，他心一软，也许就会答应。可他的生意如果遇到了困境，不说别的，就算是为了预防那些生意对手落井下石，他也不会答应集萤的父亲。可什么事都有万一，她也希望集萤能早点回到自己的父母身边，做个备受人宠爱的大小姐。只是可惜集萤如果真的走了，她们以后恐怕就再也难以见面了。

"你试着跟池舅舅提一提呗！"周少瑾道，"不管他答不答应，总要试一试。"

集萤若有所思地颔首。

施香气喘吁吁地跑来找周少瑾，道："二小姐，马赐让人从荆州府带了信回来，大小姐让您赶紧回去！"

周少瑾哪里还坐得住？立马就站了起来，匆匆地对集萤说了句"我先回去了"，就急急地离开了小山丛桂院。

谁家还没有点要紧的事？集萤没有放在心上。程池那边却得了信："周家二小姐又来拜访集萤。话说到了一半，被周家大小姐叫走了。"

程池"嗯"了一声，吩咐怀山："腊月二十二之前，必须搬完。"怀山应声退了下去。

周少瑾觉得心都要跳出来了。她一面往回赶，一面问施香："姐姐什么时候接到信的？可说了些什么？"

"就刚才接到信的。"施香跟在周少瑾身后赶，道，"什么也没有说，也看不出来是高兴还是不高兴。"

那到底是好消息还是坏消息呢？马赐这里至少有个信来，樊祺那边却连个纸片也没差人递给她。这眼看着要过年了，他要是再不回来，她怎么向樊刘氏交代？周少瑾急急地回了畹香居。

因快过年了，各房头已经开始除尘，畹香居的丫鬟婆子们多在嘉树堂帮忙，因而院子里静悄悄的，没有什么声响。

周初瑾手里捏着封信，眉头紧锁地在书房里走来走去的，显得有些急躁。

周少瑾看着心里"咯噔"一下，忙朝着施香使了个眼色，示意她退下之后，这才三步并作两步地走进书房，笑道："姐姐，听说马赐那边有了音讯……"

只是她的话还没有说完，听到动静的周初瑾已经回过头来。"少瑾！"她满心欢喜，拽了妹妹就往东边去，"你可算回来了。"

周初瑾和周少瑾在书房里坐下，眼角眉梢就止不住地飞扬起来："你给我推荐的那个马赐可真行！他不仅打听到了欣兰的下落，还佯装是去荆州贩棉花的行商，把欣兰两口子诓到了金陵来。"她说着，把信摊开了给周少瑾看，"你看！马赐在信中说，他报的是大市街李记绸缎庄，让我们想办法在江东桥头接应，免得露了马脚！"

周少瑾又惊又喜，一面问着"这到底是怎么一回事"，一面接过姐姐手中的书信，一目十行地看了起来。

周初瑾则在一旁感慨："家丑不可外扬。不管兰汀说的是真是假，我也不能跟那马赐明言。可我又怕马赐摸不着头脑地撞了进去，打草惊蛇，让那欣兰跑了，再也找不着了。所以只当着马赐说这欣兰是我们家的旧仆，近日家里出了桩盗窃案，可能与欣兰有关，让他想办法打听欣兰的下落。我还怕马赐行事急躁，惊动了欣兰，他一个外乡人，在那里人生地不熟的，反被欣兰挟制。还拿了父亲的名帖给他，让他若是走投无路了，可凭此向官衙求助。

"没想到他却是个心思灵活的。一到武昌府就称自己是从金陵来荆州府收棉花的，雇了两个惯在这行里做的熟手做向导，又买了身好衣裳，去了荆州府。

"欣兰的男人一直做这一行，他去了荆州府随便一问就问到了欣兰的下落。原来欣兰从金陵城回去之后没两年就遇到了水患，两个儿子都溺水而亡，丈夫也因为呛了水得了肺痨，不能做重活，家境就这样渐渐败落下来。这几年更是到了揭不开锅的地步，全仗着欣兰帮别人家洗衣浆裳赚两个钱。

"马赐虽然不知道欣兰和我们家的恩怨，可想到那欣兰已经嫁到了荆州府，我们还派人去悄悄打探她的消息，他就怀疑那欣兰的事不简单。索性便佯装是大市街李记绸缎庄的少东家，因贪玩不懂事被家里人差到了荆州府来收棉花，请了欣兰两口子帮着押送棉花到金陵。

"欣兰不答应。可欣兰的丈夫却贪图马赐许的那二十两银子，不仅一口答应了，还怂恿着欣兰回周家看看。说她毕竟是周家放出来的，虽然太太不在了，可我们姐妹还在。看在从前太太的分儿上，我们姐妹怎么也要打赏她几十两银子的。有了这几十两银子，又有周家这座靠山，他就能东山再起。还说，从前是想回去没银子，现在不仅不用花银子就能回金陵，还可以赚二十两银子；她要是敢不答应，就把她卖到街头的李婆子那里去做半掩门的。

"欣兰一开始还咬着牙不答应，她丈夫把她狠狠地揍了一顿，她这才同意一起来金陵。因为我给的银子不多，马赐怕被欣兰两口子看出破绽，拿着父亲的名帖请荆州知府帮着赊了二百多两银子的棉花，又谎称还要继续收棉花，让欣兰两口子先押了棉花回金陵城。算算日子，欣兰两口子这两天就要到了。我喊了你来，就是想和你商量一下，看这件事怎么办好。"

"我吗？"周少瑾奇道。她以为姐姐早就有了对策。

"嗯！"周初瑾道，"我想，这件事得马富山出马，跟李记绸缎庄的打声招呼，让他们帮着出面把棉花收下。等到欣兰两口子去账房结账的时候，把他们绑了回来，让兰汀和欣兰对质。如若兰汀所说属实，再写信告诉父亲。然后拿了父亲的名帖告官，由官府审判。"

周少瑾迟疑道："由官府审判，那岂不是闹得尽人皆知？"

"父亲是官员，可以要求官府不公开审讯。"周初瑾道，"我想吴大人会答应的。"

周少瑾颔首。

周初瑾道："那你事后记得给父亲写封信，我已经让人去叫马富山了。他应该很快就会来了。还要请几个靠得住的人躲在李记绸缎庄的账房门口……"有很多事要忙。

周少瑾忙道："姐姐放心，写信的事就交给我了。"

周初瑾欣慰地笑了笑，去了厅堂等马富山。

周少瑾不由得叹了口气。姐姐这边好像也超支了，她要不要提醒姐姐一声呢？

下午，周初瑾和马富山家的去了平桥街周家的祖宅，周少瑾去了寒碧山房抄经书。

郭老夫人看上去情绪很好。周少瑾悄悄地问碧玉："有什么高兴的事吗？"

碧玉笑道："大爷来信了。"

程许是十月初六走的。他和闵行强去了京城。周少瑾"哦"了一声。

碧玉笑道："大爷说，平安到了京城，见到了大老爷、二老爷和二老太爷，二老太爷和两位老爷都让他代问老夫人好。还说二老太爷的精神很好，两位老爷的身体也好，大老爷、二老爷和二老太爷都留了大爷在京城过年，还去拜访了闵行健闵修撰，请了闵修撰看了他的文章制艺。闵修撰很热心，给大爷提了很多建议，大爷受益匪浅。闵修撰说如果大爷没事，可以常去闵府走动。老夫人看了非常高兴，刚让我执笔给大爷回了一封信。说让大爷听从二老太爷和二位老爷的教诲，就留在京城过年。要常去闵府走动走动，既要沉下心来读书，也要多结交些志同道合的朋友。"说到这里，碧玉抿嘴一笑，和周少瑾耳语道："老夫人还让送信的管事给大爷捎了一千两银票过去。"

长房可真有钱啊！周少瑾唏嘘着，又想起了程池。程池今年的生意到底是做得好还是不好呢？她决定抽个功夫去问问集萤。不过，当务之急是要把自己和集萤的事告诉姐姐，请集萤到畹香居来喝腊八粥。

周少瑾从寒碧山房出来先回了畹香居。周初瑾还没有回来。

周少瑾有些担心，让施香在门口等周初瑾，自己一个人去给关老太太问了安。

关老太太就朝着她招手，塞给了她一个大红锦绣年年有余的荷包，笑眯眯地道："快过年了，你们姑娘总想着买这买那，这个你拿去给自己买点喜欢的小玩意。"

周少瑾脸色微红，知道这是外祖母私下补贴给她的。她忙道了谢。回到畹香居一看，是二十两银票，比往年要多十两。

她把二十两银票收在了箱笼里，越发不想兑换那些银锞子金豆子了。可不兑换那些银锞子金豆子，她又拿什么补这个漏洞呢？姐姐那边肯定是不能开口的。要不就向父亲借三百两，以后慢慢还？不过，父亲肯定不会要她还的！

周少瑾胡思乱想着，姐姐回来了。她快步迎了上去。

冬天的夜晚很冷。周少瑾帮姐姐解了披风，沏了杯热茶。

周初瑾喝了口茶暖了暖身子，这才朝周少瑾笑了起来："成了！李记那边答应帮这个忙。也不用去请外面的人，就用他们铺子里平时帮着扛布的伙计。"

周少瑾松了口气，道："要不要准备点酒水酬谢那些伙计？"

"我倒把这个给忘了。"周初瑾有些意外，道，"贵人不可贱用。我这就吩咐马富山，让他明天在饭馆里订两桌席面请了那些帮忙的伙计出来吃一顿。"然后笑着问她，"你怎么知道这些？"

周少瑾嘻嘻笑。从前庄子里春播秋收的时候，东家都会做好吃的犒劳那些帮工的。她就趁机说了想请集萤到家里吃腊八粥的事。周初瑾觉得集萤是服侍程池的，自己对她客气点是应该的，便满口答应上来。还道："你看要不要把笳表妹也请过来？"

自静安斋开课之后，姜氏对程笳管拘得更严格了，程笳已经有些日子没过来畹香居了。周少瑾高兴地应了，让施香去跟程笳说一声。

谁知道施香回来的时候神色却有些奇怪，低声对周少瑾道："笳小姐和泸大太太起了争执。我去的时候如意轩正闹得不可开交，我就没说请笳小姐过来的事。"

不知道又是为了什么。周少瑾叹气，道："那你明天再过去说一声吧！"

施香应诺，服侍周少瑾梳洗。

第二天才知道，良国公世子朱琨有意迎娶程笳为填房，程笳却死活不同意，一直闹到了程泸那里，直到程泸发话谁敢提让他的女儿去做填房的事就立刻撵出府去，这件事才算平息，好比半空中的石头终于落了下来。

周少瑾这才长长地透了口气，和姐姐道："笳表姐以后应该好好孝顺泸大舅舅才是。"

"你这个小笨蛋！"周初瑾捏了捏妹妹的脸颊，笑道，"泸大舅母不这么闹一场，你让良国公府的面子往哪里搁啊！"

周少瑾干笑。她还真不适合在大家族里生活。

第三十章　风声

到了腊八节那天，天气骤变，突然刮起了刺骨的寒风。程笳穿着灰鼠皮的皮袄过来，脸红彤彤的，来了并不进屋，而是站在廊庑下望着被风吹得东倒西歪的石榴树枯枝哈哈大笑，问出来迎她的周少瑾："你说今年会不会下雪啊？"

周少瑾的记忆还停留在京城冬季的皑皑白雪中，闻言不由愣了愣。

程笳就感叹道："去年就没有下雪。但愿今年能下雪。我们就可以堆个雪人了！"

多大的人了，还惦记着这些。

周少瑾忙招了她进屋坐："外面太冷了。"

"冷才好。"程笳笑道，"冷了正好喝粥。"又问她，"你的粥是用什么熬的？"

"莲子米、花生、赤小豆、桂圆、薏仁米……"周少瑾边说边和程笳进了屋，"怎么了？"

屋里点了两个火盆，热气扑面，让程笳的呼吸一窒。她叫道："你点这么多火盆干什么？"

"太冷了。"周少瑾道，"在被子里焐半天才有点热气。"

程笳睁大了眼睛，道："你不会用汤婆子？"

"汤婆子也不顶事。"周少瑾道，"我就是觉得太冷。"不像在京城，热着地龙，手碰到哪里都是热的。

程笳有些无语，道："集萤什么时候过来？我出来的时候，识嫂嫂正好去送腊八粥，说是用了什么江米、大黄米、红香米、黑米……一共八种米熬成的，比一般的腊八粥都清爽。我原想尝一口再来的，又怕你们等着，看都没来得及看一眼就急匆匆地赶了过来。早知道集萤没来，我就应该晚点过来的。"

周少瑾气结。周初瑾解着围裙走了进来，笑道："粥我已经炖在茶房的炉子上了，等集萤过来就可以吃了。"

周少瑾点头。

程笳跳了起来，道："你不是说你熬的腊八粥吗？怎么是初瑾表姐下的厨？"

"你知不知道怎么做腊八粥？"周少瑾横了程笳一眼，道，"像那莲子米、赤小豆、薏仁米什么的，要提前一天就泡好。我今天是卯正就起来了，一直用勺子搅着粥，怕它们黏在一起。早知道这样，我就应该围个围裙去迎你的！"

程笳嘿嘿地笑，拉了拉周少瑾的衣袖，低声道："大不了我请你吃齐芳斋的马蹄糕好了。"

周初瑾听着就笑了起来。

屋里正热闹着，施香进来禀道："集萤姑娘来了。"

"快请她进来。"周少瑾说着，门帘一撩，集萤自己走了进来。

她穿了件玫瑰紫的妆花比甲，里面是柳黄色杭绸夹袄，乌黑的青丝随意绾了个纂儿，耳朵上戴了对珍珠耳环，手上还提着个礼盒，像是去谁家拜年似的。

周少瑾忍不住"扑哧"一声笑。集萤不解地望着周少瑾。

周少瑾怕集萤误会她是在嘲笑她，忙道："我看你这个样子像是去街坊邻居家里串门似的。这还没到过年呢！就算是过年，一个巷子里住的姐妹，也不用这么客气吧？"

集萤这才明白过来。她顿时咬牙切齿，道："秦子平，你等着，看我回去不好好收拾你！"

周少瑾奇道："这关秦管事什么事啊？"

"这就是他给我准备的！"集萤指了指礼盒，"齐芳斋的八大件。我说不用，他非塞给我不可，还说这是你们这里的风俗！"

大家都笑了起来。周初瑾温柔地告诉她："礼多人不怪。不过今天是姊妹们之间的小聚，就不用那么客气了。你若是实在想送什么东西过来，就拣你自己喜欢吃的，看着好看的带过来给她们长长眼就是了。"

集萤连声道谢。

周初瑾这下子看清楚了。别看这集萤长得冷艳动人，却和周少瑾一样，是个心里不装事的。她吩咐施香把粥端上来，几个人也围着厅堂的圆桌坐好。施香端了粥进来，正说着吉祥话，程诣过来了。

"好香啊！"他耸着鼻子，"你们躲在这里喝粥竟然也不喊我。"他说着，落在集萤身上的目光由惊艳变得发起直来。

集萤皱了皱眉。周少瑾忙咳了一声，道："诣表哥，你找我可有什么事？"

"我没事就不能找你。"程诣的眼睛像钉在了集萤的身上似的，心不在焉地道，"你们应该不止熬了这一点粥吧？也盛碗给我尝尝呗！我看看和我娘熬的有什么不同。"

程笳受不了了，干脆就踢了程诣一脚。程诣捂着小腿，眉一横，对着程笳就想说什么，结果眼角的余光一瞥，又硬生生地把到了嘴边的话给咽了下去，接着放开了小腿，若无其事地掸了掸衣角，道："好男不跟女斗，我不跟你一般见识。"

程笳脸色变了。

周少瑾很是尴尬。她自己也曾遇到过这种事，自然知道集萤的烦躁，可做这种事的是她从小一起玩到大的表哥，她就算是把他给撵出去，他恐怕也会死皮赖脸地在这里不肯走吧？周少瑾就朝着施香使了个眼色，低声道："你等会儿就说外祖母找他，把他给支走。"

施香会意，摆了碗筷在外面停留了片刻又走了进来，道："二爷，老安人让你过去！"

程诣正悄声地问周少瑾集萤是谁，闻言怀疑道："不会这么巧吧？"

施香委屈道："我骗您干吗啊！识大奶奶过来送腊八粥了。"通常这个时候关老太太都会把粥分食给他们。

程诣只好恋恋不舍地走了。

集萤透了口气，道："要不是看在他是你表哥的分儿上，我早就一巴掌扇过去了。"

周少瑾和程笳都窘然地笑着。周初瑾也不由莞尔，觉得集萤正如妹妹所说，非常特别。

有人撩帘而入。集萤等人面色微愠，循声望过去却是持香。三个人齐齐舒了口气。

持香禀道："马总管让人带信过来，荆州府的那船棉花再过一个时辰就能到江东桥了，问大小姐和二小姐是去平桥街等还是得了空再过去。"

周氏姐妹不约而同地站了起来。周初瑾转身把周少瑾按在了座位上，道："你去跟马富山说，我这就去平桥街等。"

周少瑾焦虑地喊了声"姐姐"就要站起来。周初瑾手一用劲，又把周少瑾给按了下去，并道："你就待在家里，到时候帮我写信给父亲就行了。"

周少瑾知道自己不能去。不要说程筎和集萤在这里，就算是两人不在这里，她们姐妹这样频频地回平桥街，肯定会引起别人的注意。她要留下来给姐姐打掩护。何况今天是腊八节，等会儿她还要去外祖母那里请安，她们姐妹俩总不能都不在家吧！

"姐姐，"周少瑾抬头望着周初瑾，清澈明亮的大眼睛里满是关心，"你早去早回。识大奶奶送粥过来，我会帮你留着的。"

周初瑾眼底闪过一丝讶然。她没有想到妹妹居然懂她的意思。周初瑾不禁笑了起来，柔声道："我知道了。你们喝粥吧，不用等我。我尽量早点回来。"

三个人起身送周初瑾出了门。

程筎就道："你们家还做棉花生意吗？怎么之前没有听说过？这些事不是应该由管事的打理吗？怎么要初瑾表姐出面啊？要不我跟我哥哥说一声，让他派个管事去瞧瞧？"

集萤却若有所思。

周少瑾知道集萤起了疑心，望着她回答着程筎的话："是家里临时出了点事，姐姐过去就行了，暂时不需要帮忙。若是有需要，肯定会向你开口的。"

程筎点头，在圆桌旁坐下。集萤则对周少瑾释然地笑了笑。

周初瑾回来的时候已是华灯初上。和上次接到马赐来信的欢喜不同，她显得既愤怒又疲惫。周少瑾结结实实地扶住了周初瑾。

"真是欣兰干的！"她面色苍白，面颊却像打了胭脂似的彤红彤红的，"是程柏指使她干的。她觉得母亲应该嫁给程柏，这样她也就可以服侍程柏了。程柏许了事成之后让她进门，她就做了。我要扒了她的皮！"

周少瑾没有作声。心里像打湿了的布般沉甸甸的透不过气来，腿却像踏在棉花上似的软绵绵的没有力气。就因为喜欢程柏，就可以帮着程柏害人？她想到了程铬。梦中的恨意仿佛穿越时光在她心里燃了起来。怎么有人这么卑鄙无耻？害死了她母亲，还来害她！

还有兰汀，既然发现了程柏和欣兰的阴谋，为什么不告诉父亲，一直装作不知道的样子？母亲是无事生非地责骂过她，还是不分青红皂白地惩罚过她？她一点也不念旧情，居然能心安理得地看着欣兰逍遥法外！她们的心是用什么做的？！

"姐姐，"周少瑾听见自己声音尖锐地道，"要让官府好好地判她们，不能就这样放过她们！母亲死得太冤枉了！"周少瑾想到从无印象的母亲，忍不住眼角湿润。

"我知道，我知道。"周初瑾回到了自己的房间，力气像被抽干了似的倒在了床上，"以德报怨，何以报德呢？如果杀了人只要放下屠刀，只要改过自新，只要哭着说几声'是我不对'就能得到原谅，又有谁会遵纪守法做好人呢？我明天就去找沔大舅舅，父亲隔得太远，这件事还得程家出面。"

周少瑾立刻道："我这就去写信。"

周少瑾义愤填膺地给父亲写了封信，周初瑾则去了程沔那里。

程沔听了经过惊讶得半天都没有合拢嘴，问周初瑾："可有口供？"

周初瑾道："我们都没有打过官司。让她们画了押，也不知道合不合官府的规矩。"

程沔拿过画了押的供词看了看，道："这件事你们暂时别声张，我这就去趟金陵府衙。"

周初瑾凝声应"是"，回了畹香居。

下午程沔就派人把欣兰和兰汀交到了金陵府衙。周少瑾松了口气。

把人交给了官衙，欣兰和兰汀是死是活，都不与她们相干了；不然在姐姐手里出了人命案，若是传了出去，不管是非曲直，姐姐一个心毒手狠的恶名是跑不了的。就像梦中，李氏去母留子，虽说符合礼制，可父亲到底觉得她为人凶狠，夫妻间的小事渐渐成了罅隙，罅隙成了摩擦，最后恶语相向，夫妻反目。这也是周少瑾建议姐姐把人送给官府，由官府审讯的缘由。有了周、程两家的关系，她不怕官府不秉公办事。

周初瑾却心中不平。掉头也不过碗口大的疤，就这样处置了欣兰和兰汀，那也太便宜这两个人了！怎么也要让她们吃点苦头才是。可人已经交到了官衙，她想怎样也晚了。早知如此，她就应该迟几天跟沔大舅舅说的。周初瑾早上起来，脸上就有点不好看。

周少瑾知道姐姐心里肯定和她一样难过着，默默地帮着姐姐盛粥，把姐姐喜欢吃的麻油素干丝、拌海蜇移到了姐姐的面前。

周初瑾欣慰地笑了笑，拍了拍妹妹的手，夹了周少瑾喜欢吃的小笼包，笑道："你也吃！不用管姐姐，姐姐过几天就好了。"

周少瑾明白。就像她梦中似的，遇到伤心难过的事没人说，自己一个人静静地待几天，气也就消了。她握了握周初瑾的手。哪天姐姐也向她倾吐心事就好了！她也会像姐姐安慰她似的安慰姐姐的。

姐妹俩用过早膳，去了关老太太那里。这件事瞒着别人，却没有瞒着她老人家。

关老太太遣了屋里服侍的，留了她们姐妹说话，道："这件事你们做得对。我们是正正经经的读书人家，容不得恃强凌弱，手里犯下人命。可这件事也不能像你们和你们的舅舅商量的那样，就这样悄无声息地把事情给处置了。该说的话，也是要透点口风出来。特别是存义坊那边。我们先前把他们寄在我们家名下的产业还给他们的时候，柏大太太就不怎么过来了。我想她心里肯定还存着埋怨的，我就一直有些担心，怕那程辂以后得了势，和我们家结下仇怨。我们虽不怕他，可若是有个人这样怨恨着你，也总是件让人不舒服的事。

"如今出了这么大的事，我们不追究程家的责任，对他们已是宽和仁厚了，两家也算是互不相欠了。"关老太太是想拿这个事挟制程辂。

周少瑾和周初瑾都同意。反正就算把程柏告了，程柏死了这么多年，也不可能把他怎样，反而会把当年程庄两家的恩怨牵扯出来，连累着庄良玉被人非议。还不如放出些对自己有利的风声，让董氏和程辂以后在程家抬不起头来。

"那就这么定了。"关老太太很满意姐俩的乖巧，道，"这件事你们就不要管了，我自有主张。这几天初瑾暂时别跟着你舅母打理家务，少瑾也不要去静安斋上学了，你们就在家里待着。若是有人问起，只说有些不舒服，要歇几天。"

这是让她们姐妹装伤心啊！不用装，她们已经够伤心的了。可如果能寒碜寒碜董氏和程辂，周少瑾还是愿意装一装的。姐妹俩不约而同地点头。

关老太太这才道："送去官衙的状纸、官衙的判决，你们都要好好地收一份。虽说是民不告官不究，可若是有人看那程辂不顺眼，把这件事告到了礼部；他有个这样的爹，只怕想做官有点难！"

姜还是老的辣！周少瑾姐妹大喜过望，连声向关老太太道谢。

到了下午，周少瑾的生母庄氏是被丫鬟欣兰害死的，住在庄氏娘家隔壁的程柏也牵扯在内的消息就如雨后的春笋般在九如巷的一定范围内冒了出来。

集萤来探望周少瑾，有些语拙地安慰她："天网恢恢，疏而不漏，不然也不会事隔这么多年，还是让你们发现了端倪。你放心，她们都不会有好下场的。"

周少瑾心中生暖，感激地道谢。

集萤就好奇地问:"按理说那欣兰已经嫁人了,她想跟着程柏,悄悄地跑了就是,怎么会又回头去害了你母亲,这人可真是奇怪!难道她还想让你母亲给她撑腰不成?会不会是你母亲看不惯她的行径,威胁她要报官或是告诉她丈夫,她才起了歹毒之心的?"

周少瑾滴汗。关老太太语气不详,就是想模糊视角,让大家自己去猜,尽量地不把庄氏扯进来,没想到集萤却得出了这样一个答案。如果大家都像她这样想就好了。

周少瑾去关了门,把事情的经过小声地告诉了集萤——集萤能将私藏的银簪子甚至有可能是救命的银簪子拿出来帮她的忙,她就不能自私地瞒着集萤。

集萤听了气得脸都涨红了,连声道:"你们怎么能把那两个贱婢交官衙?照我说,就应该把她们点了天灯,让别人瞧瞧,得罪了你是什么下场。"

点天灯啊!周少瑾依稀记得在哪本书里看到过,很残酷的。

她问:"你给人点过天灯?"

"哦!"集萤神色间颇有些不自在,道,"没有。不过,我哥哥给人点过天灯。"

周少瑾很怀疑。

集萤忙岔开了话题,道:"程家不是号称金陵第一家吗?你们程家的名帖到了金陵府衙应该很管用才是。能不能判个什么千刀万剐之类的……听说那个和点天灯一样,都挺厉害的。"

"不知道啊!"周少瑾有些蔫蔫地道,"我姐姐因为这个事,心里一直不怎么痛快呢!"

"要换了是我,我也会不痛快的。"集萤对周初瑾的印象很好,觉得她端庄大方又不失温柔敦厚。

周少瑾正想宽慰集萤几句,程筎过来了。她进门就嚷嚷:"这种事你怎么不早点告诉我?我要是知道了,肯定不会让你们把人交给官府的。"说着,她左右瞧了瞧,道,"初瑾表姐呢?不是说你们心里不太好受吗?她去了哪里?怎么没有过来陪你?"

"我又不是三岁的小孩子。"周少瑾嗔道,吩咐丫鬟给程筎上茶点。

程筎这才看见集萤,和集萤打了个招呼。集萤淡淡地点了点头,坐在那里若有所思。

程筎也不以为意,低声和周少瑾道:"你说,我们能不能佯装是兰汀的亲戚,然后给她送壶毒酒去,把她毒死好了?"

周少瑾没好气地道:"那还不如判她个斩立决呢!"

程筎嘿嘿地笑,不好意思地摸了摸头。

集萤突然幽幽地道:"我倒有个主意……"两人齐齐地望着她。她抬手整了整鬓角,慢条斯理地道,"我从前在家里的时候听人说,这世上最黑的地方莫过于大牢了,全是些作奸犯科之人,什么事都做得出来。可这世上最容易行事的,也是大牢——只要你有银子,那些狱卒才不管你从前是什么身份地位,做过什么事,反正没一个好人,杀人放火都做得心安理得。我觉得,与其扮了那兰汀的家人给她送壶毒酒去,还不如把这银子打点了狱里的狱卒,每天照着三餐让她吃些苦头,让她后悔去……更好!"

周少瑾和程筎面面相觑,道:"还有这事?"

"我骗你干什么?"集萤不悦道,"你们要是不相信,可以去问程……嗯,你池舅舅,他惯和衙门里打交道,最清楚不过了。"

"我相信集萤!"周少瑾等人的耳边突然响起了周初瑾的声音。三人回头,就看见周初瑾面色有些憔悴地走了进来。她看了集萤一眼,道:"我相信集萤的话。"又道,"集萤,我若是派人去打点那些狱卒,找谁好?知府,同知还是金事?"

"应该是找那些狱卒的头吧!"集萤想了想,不敢肯定地道,"上次淮安翻船的事,就是秦子平交代他手下的一个大伙计出的面。如果是找知府或是同知、佥事,秦子平应该亲自出马才是。"

周初瑾点头,真诚地对集萤道:"谢谢你了!等我忙完了这件事,请你过来吃顿便饭。"

"不用,不用。"集萤有些不好意思,道,"不过是举手之劳,大小姐不必如此客气。"

周初瑾笑了笑,没有多说什么,可周少瑾看得出来,姐姐主意已定,肯定是要请集萤吃顿饭的。她觉得这样挺好的。集萤是个值得一交的朋友。

周初瑾喊了马富山进府,两人决定拿出二百两银子打点那些狱卒。

周少瑾忙道:"这银子我出吧!"可话音未落,她想到了自己那空空的箱笼,气势顿时弱了下去,悄悄地打量着姐姐和马富山。

周初瑾一心想着怎么"照顾"欣兰和兰汀,马富山正寻思着这件事找谁做中间人好,两人都没有注意到她的表情,马富山更是笑道:"这银子怎么能让二小姐出呢?这是家里的事,要出银子,那也是家里出。二小姐的银子还是留给自己买花戴吧!"

周少瑾连客气话都不敢说,郁闷地回到了厢房。银子,银子!原来白花花的银子这么重要!她得想个办法开源节流才行!

郭老夫人派碧玉来请周少瑾过去说话。周少瑾想不出来郭老夫人有什么话要跟自己说。她有些忐忑不安地去了寒碧山房。

寒碧山房正在除尘。走道上、廊庑下、窗棂前都是拿着抹布的丫鬟婆子,模样儿也很陌生。碧玉笑着告诉她:"是蕴真堂那边的,过来帮帮忙。"

周少瑾"哦"了一声。碧玉把她领去了正房后院的退步。那里静悄悄的,没什么人,郭老夫人坐在罗汉床上,正弯腰和坐在小杌子上的史嬷嬷说着什么。

看见周少瑾走了进来,老人家和颜悦色地朝着她招了招手。

周少瑾上前屈膝给老夫人行了礼,碧玉端了个锦杌放在了史嬷嬷的对面。

"听说你家里出了事。"郭老夫人示意周少瑾坐下说话,道,"你父亲不在金陵城,官府那边,可要你泾大舅舅出面打声招呼?"

周少瑾十分意外。郭老夫人是出了名的不管事,能这样待她,实在是让她没想到。她忙向郭老夫人道谢:"沔大舅舅已经去过府衙,两个婢女也已经收了监。"言下之意,不需要郭老夫人帮忙。

郭老夫人挑了挑眉,看了史嬷嬷一眼,笑道:"真是个实诚的丫头。"

这是褒奖还是贬义?周少瑾有些拿不准。

郭老夫人已从旁边的黑色描金漆盒里拿出了个大红色绣祥云纹的荷包递给她:"拿着,给你过年用。"

周少瑾愕然。这还没过年呢!

郭老夫人已笑了起来,道:"过年是过年的,这是给你买零嘴的。"

长者赐,不敢辞。周少瑾连声道谢,接过荷包的时候差点被沉甸甸的荷包弄得失了手。等回到畹香居打开一看,居然是满满一荷包的金豆子。周少瑾有些哭笑不得。郭老夫人为什么不像外祖母那样打赏她二十两银子呢?银子用起来不用担心什么,可这金豆豆让她怎么用啊?

沔大太太知道后点了点周少瑾的额头道:"你啊,还真像郭老夫人说的,真是个实诚的丫头——你沔大舅舅的面子怎么比得上你泾大舅舅的面子?郭老夫人一片好意,你把那名帖接在手里就是了。就算这次用不上,下次有什么事也可以用啊!"

"名帖还能这样用的吗？"周少瑾很是惊讶。

沔大太太笑着对关老太太道："您听听，您听听，这都是什么话。怎么就把她养成了个万事都不知道的了！"

关老太太呵呵地笑，搂了周少瑾道："别听你舅母的，你做得很对。我们虽是女子，可行事也要光明磊落，仰天俯地，对得起自己的一言一行。"

周少瑾连连点头。她也是这么想的。是我的我不放弃，可不是我的我就不会去肖想，这样睡觉都是安稳的。

沔大太太听了不依，笑道："我不过是说一句话，您就回了我十句话。我这要是当着您的面把少瑾训斥一通，您岂不是要罚我去跪那祠堂？您也太偏心了。"

屋里的人都笑了起来。周少瑾挽着周初瑾的胳膊也在笑。她眼里带着些许的水汽。她喜欢这样的外祖母，这样的大舅母。大家就像一家人，能肆无忌惮地说话，能爽朗欢畅地大笑。

程沔就和关老太太商量起过年的事来："从腊月二十四的小腊到正月初四都一样，初五的时候何氏恐怕要带着大郎和二郎回一趟浦口——何家三房的大舅母带着几位外甥今年在浦口过年，过了元宵节就启程回京城了。"

沔大太太是浦口何家的姑娘，早年也是钟鸣鼎食的人家，但这几年除三房出了个任左通政使的何勉之外，再无精彩的人物，已无当年之盛。程沔所说的"三房大舅母"就是何勉之的妻子。周少瑾在梦中的最后时间，何勉之做到了大理寺正卿，程家被抄的消息，就是他告诉姐夫的。她还知道，沔大太太这次带程诰和程诣过去，是想为程诰求娶何勉之的长女何风萍。梦中，她直到程诰和何风萍定了亲才知道这件事。可如今……她望着程诰抿了嘴笑。

程诰莫名其妙。

程诣却拉了拉她的衣袖，低声道："二表妹，那天在你屋里做客的是谁？长得可真是漂亮！是顾家的十七小姐吗？我听笳表姐说，你们中元节的时候曾经一起去放过河灯。"敢情他还惦记着集萤。

周少瑾颇有些幸灾乐祸地道："她是池舅舅屋里的大丫鬟，叫集萤。"

"不可能！"程诣跳了起来。声音大得震耳欲聋。

正在和关老太太说话的程沔等人都望了过来，程沔更是肃然地道："你都多大了？还这样毛手毛脚沉不住气！给我把《论语·劝学》篇抄一百遍。"

程诣低声应"是"，一句申辩的话都没有，落寞地低着头，一个人失魂落魄地站在那里，直到众人要散去，他才默默地跟着程诰出了嘉树堂。

难道是因为自己的话说得太重了？可自己也没有说什么啊！周少瑾惴惴地回了畹香居。结果第二天一大早她还没有起床，程诣就来了。

他穿了件紫红色底蓝色银丝祥云团花袍子，红光满面，神采奕奕，昂首挺胸地站在她厅堂里对她道："二表妹，我决定了。就算集萤是池从叔屋里的大丫鬟又怎么样？也不是没有长辈把自己贴身的丫鬟送给晚辈为妾的。"他还怕周少瑾不相信，不知道从哪里摸了本族谱的副本出来，指了其中的一页道，"你看，七世祖庶长子的生母，就是族叔所赠。我可以求池从叔把集萤送给我。"

又一个把集萤当成池舅舅通房的。

周少瑾同情地望着程诣。她觉得程诣要是这么跟池舅舅说，池舅舅不说什么，集萤也会狠狠地收拾他，就像集萤不知道"点天灯"这回事一样。

她问程诣："你准备什么时候去？"

"我等会儿就去。"程诣退后几步，指了指自己身上的衣服，道，"怎么样？我看上去还可以吧？"

"那你先在我这里用早膳吧！"周少瑾道，"你这个时候过去，说不定人家集萤还没有起床呢！"

"不会吧？"程诣怀疑地道，"她不是池从叔屋里的大丫鬟吗？"

"大丫鬟难道就不休息吗？"周少瑾不耐烦地问他。

"也是哦！"程诣怕衣裳起了褶子，小心翼翼地坐在了一旁的太师椅上，道，"那你就让丫鬟给我上碗白粥好了，不，还是上几个小笼包，免得我等会儿要上官房。"

周少瑾出了门，低声吩咐施香快去叫了沔大太太过来，然后让丫鬟上早膳，她这才回到厅堂，不动声色地对程诣道："你先坐会儿，我才梳了一半头呢！"

"好，好，好。"程诣眉飞色舞地道，"你快去梳洗，我一个人就行了。"

周少瑾"嗯"了一声回了内室，支了耳朵听外面的动静。

沔大太太很快就赶到了，揪着程诣的耳朵就把他拽出了周少瑾的厢房。

程诣"哎哟"地惨叫，高声地指责周少瑾："你竟然出卖我，我们两个以后恩断义绝，老死不相往来！"

"你说什么？"沔大太太恶狠狠地道，"你要和谁恩断义绝，老死不相往来？你试试，看我不告诉你父亲让他打断了你的腿！"

程诣和沔大太太在吵吵闹闹中离开了畹香居。

程池听闻却哈哈大笑起来，道："程诣真的说过七世祖的庶长子的生母就是族叔所赠的话？"

怀山吓得胆战心惊。四爷这些日子很是暴躁，他不会一个不痛快就真的把集萤送给程诣吧？他不由抿了抿嘴，斟酌道："传出来的话，也不知道是真是假。"

程池不置可否地看了他一眼。怀山冷汗直流。

程池道："那两个丫鬟真的害死了庄氏？"

"千真万确。"怀山见他转移了话题，身子一松，道，"周家的管事马富山买通了牢里的狱卒，那狱卒就把那个因虐待儿媳妇致死的婆子和两个丫鬟安排到了一起。那婆子见两个婢女一个手筋被挑是个半残，一个骨瘦如柴没两把力气，很快就开始欺负两个丫鬟。这是那两个丫鬟被打怕了之后那婆子问出来的。"

程池听了指尖轻轻地叩了叩桌子，道："从端午节回家祭祖之后，她们姐妹就频频地出府，最后居然找出生母的真正死因，还使人将那婢女诓了回来。"他问怀山，"你觉得，这是巧合吗？"

"我不知道。"怀山老老实实地道，"我看周家的两位小姐都不像是那阴险狡诈之辈。"

"是吗？"程池淡淡地道，"能够看出来的阴险狡诈那不称之为阴险狡诈。"

怀山欲言又止。

程池看也没有看他一眼，又转移了话题，道："给刘永的东西都送到他手里了吗？"

"送到了。"谈起了正事，怀山一凛，道，"刘永说谢谢您，您哪天去京里，别忘了去他的别院坐坐。还说，万童的事，还要请您多担待点，他就是这么个性子。投之以木瓜，报之以琼瑶。您的损耗，他怎么也要补给您，让您放心。"

程池不屑地翘了翘嘴角，道："我的损耗？他能怎么补？也就是跟两淮盐运使打声招呼，把今年的盐引都给我们。可江南这么大，要是我们全接在了手里，那些言官还不得把唾沫都喷干了。你去跟他说，补偿什么的就不用了，我要个四品的缺。"

怀山奇道："您又不出仕，要个四品的缺做什么？"

程池略有些疲惫地靠在了太师椅的椅背上，道："淮安的主簿相志永这些年来帮了我们不少忙，我要走了，这些人却不能不安排。淮安向来复杂，前有漕运总督府、两淮盐运司，后有淮安知府、淮安县令，我寻思着是不是把他调到淞江或是湖州去，好歹是主政一方的大员，不用被人掣肘。"

这如交代后事般的话让怀山很是难过，他微微点头，道："四爷考虑得周到。相志永在淮安主簿的位置上也待了快十年了，是时候挪个地方了。"

程池点头，道："主要是他和我们走得太近，我走后，只怕他的日子不好过。但浙江道有宋先明，看在我的面子上，只要相志永不犯事，他怎么也能保他平安。等再过几年，事情淡了，也就天高任鸟飞，海阔凭鱼跃了。"

怀山默然。

程池笑道："对了，程嘉善既然不回来过年，以我母亲的性子，肯定会让袁氏也去京城和他们父子团圆。今年过年母亲会很冷清的，你去跟寒碧山房的人说一声，就说今年我会和母亲一起守岁。你们准备些烟花爆竹，母亲喜欢放爆竹。我记得父亲在世的时候，每年过年都会买很多爆竹回来，说是给我玩，实际上是想讨了母亲高兴……"他说着，渐渐陷入回忆，脸上的表情也变得黯然起来。

畹香居里，周少瑾惊讶地望着施香，道："你说什么？李长贵回来了！"李长贵是周镇的随从。

"嗯！"施香道，"说是老爷接到小姐的信，气疯了，连夜就让李长贵赶回来。太太听说李长贵回来，寻思着要过年了，就派了贴身的李嬷嬷过来给两位小姐请安。"

周少瑾皱眉，道："算算日子，太太应该快生了吧？这个时候，派李嬷嬷过来干什么？随便派个嬷嬷过来就行了。这不是瞎折腾吗？"

施香没有作声，心里却想，怕是新太太得了消息，知道两位小姐把兰汀给折了进去，心里高兴，派了体己的妈妈过来给两位小姐道谢的。说是道谢，只怕话还不能这么说。不知道那李嬷嬷见了两位小姐会说些什么？她问周少瑾："大小姐正和李长贵在说话，李嬷嬷就等在门外，您看……"

"那就让她进来吧！"周少瑾道，寻思着自己也应该帮姐姐分担些琐事了，而且她很想知道父亲现在怎样了。

施香应声而去，很快领了李嬷嬷进来。

或者是日夜兼程的缘故，穿着鹦哥绿的李嬷嬷看上去有些憔悴。她进门就给周少瑾磕头。

周少瑾颇为意外。虽说是来给她们姐妹问安，可李嬷嬷是服侍李氏的人，李氏是她们的继母，李嬷嬷跟着水涨船高，对她们姐妹恭敬是应该的，可这也太恭敬了！她吩咐施香端个小杌子进来。

李嬷嬷低眉顺目，连声称不敢，道："我来的时候太太嘱咐了的，在两位小姐面前切不可失了尊卑。"

周少瑾也不勉强，先问了李氏，知道她一切都顺利，然后问起了周镇："……父亲可好？"

"出了这样大的事，老爷怎么可能好！"李嬷嬷抹着眼睛，"吃不下、喝不下、睡不着的，不过一夜的功夫，人看着就瘦了一大圈了。那么好的一个人，就是见到我们这些仆妇也是和颜悦色的，现在却是一点点小事就暴跳如雷。我们也不知道错在了哪里，从前都是这样，突然就变得怎么做都不对了。太太说，老爷是心里不痛快，窝着火呢！把这火发出来就好了。可太太到底担心老爷，自己又身怀六甲，眼看着要生了，还每天都亲自在茶房里候着，就怕老爷要茶要水。太太琢磨着两位小姐只怕心里也不好受，还惦记着老爷，特意让我跟着李长贵一起回来了，说是两位小姐若是有什么话问，我回来也有个答应的人。"

李氏考虑得的确周到。周少瑾叹了口气，问："李长贵什么时候走？"

李嬷嬷咬着牙道："他要等兰汀和欣兰那两个贱婢判了再走，我却今天晚上就要赶回去——太太要生了，我不敢多耽搁。"

周少瑾点头，道："父亲那里，还请太太多多照顾。太太那里，你就多费心了。"

"这本是老奴的分内事，不敢当二小姐吩咐。"

两人寒暄了几句，李嬷嬷就从衣袖里掏出了两个荷包，一个大红色，一个宝蓝色，都绣着缠枝花纹："走得急，太太也没来得及给两位小姐置办些什么。只拿了两个荷包让我带给两位小姐，说只当是提前给的压岁钱。"

周少瑾让施香收了。

周初瑾过来了。她神色有些冷峻，和李嬷嬷说了几句话，知道她只是过来给她们姐妹请安的，赏了桌饭菜，赏了她十两银子，由持香陪着去了后院用膳。

周少瑾忙坐到了姐姐身边，道："李长贵怎么说？"

周初瑾却答非所问地道："集萤应该不是世仆吧？你可知道她老家是什么地方？都有些什么人？"

"怎么了？"周少瑾愣住，"你怎么突然问起集萤来？"

周初瑾道："李长贵是从衙门的监狱过来的。问我们姐妹怎么知道监狱里还有狱头这件事，问是不是沔大舅舅的意思，还说，父亲让他过来，也是办这件事的。没想到我们姐妹和父亲想到了一块儿。没赞我这是老成的办法，只有那些积年的老吏才知道。"

虽然她有什么事都会告诉姐姐，可这事关集萤，没有集萤的同意，她却不能告诉姐姐。但瞒着姐姐她也做不到。周少瑾想了想，道："我得问过集萤之后才能告诉你她家里的事。"

想必也有自己的不得已！但集萤对妹妹的好却是真心诚意的。"那就算了。"周初瑾脸上露出一丝笑容，"别人给我们出了个好主意，我们反而刨根问底地查别人家的家世，想想就让人心寒。以后有机会，我亲自问她好了。"

这样也好。

周少瑾道："那李长贵还说了些什么？"

"父亲让他和沔大舅舅商量，看能不能让欣兰和兰汀秋后再处斩。"周初瑾有些不满地道，"那岂不是让两人又多活一年？"如今已是冬季，秋后再斩，就只能等到明天的秋天了。

周少瑾见姐姐不高兴，猜测道："是不是因为她们俩在牢里这样等死，比立刻就审了她们日子更难熬？"

"我也这么想。"周初瑾道，"所以挺感谢集萤的。要不是她，我们哪里知道还有这种事？"

周少瑾道："我们家又没有作奸犯科的人，自然不知道这件事了！"说着，她心里一跳。难道集萤家有作奸犯科的人？可就算是这样，集萤待她那么好，她也不应该疏远或是害怕集萤才是。周少瑾长长地透了口气。

周初瑾就问起程诣的事来:"我刚听说。诣表弟这次算是铁了心了,不管大舅母是打骂哭泣还是威胁利诱,他都不为所动。吃了大舅舅两个耳光也不开口认错,外祖母还为此哭了一场。你要不要去跟集萤说一声,这种事,通常都是做丫鬟的吃亏。要是她能求了池舅舅出面,那就再好不过了。"

周少瑾听着胆战心惊。她知道程诣在闹腾,但因是她告的密,虽说她认为自己没有错,可程诣临走时那么一通叫嚷,还是让她心里有些发虚,也就没去打听他闹得怎样了。不承想程诣居然闹得这么厉害!梦中,她是官宦出身的千金大小姐,出了那种事尚且被人指责,何况婢女出身的集萤?周少瑾站起来就走:"我去跟集萤说一声。"

周初瑾叫住了她,道:"你先跟集萤说说,听听她的意思。如果集萤觉得应该告诉池舅舅,再告诉池舅舅不迟。我瞧着集萤不像池舅舅近身服侍的婢女,她又长得这样,池舅舅对她有安排还好,若是没有安排,以后最多也就嫁个管事的,哪里就拦得住别人动心思?这件事,你可别乱掺和,知道了吗?"

周少瑾想了想才明白姐姐的意思。姐姐是说红颜祸水吧!以集萤的相貌,若是池舅舅不收了她,也应该给她找户能保得住她的好人家,不然还不如趁机跟了程诣。程诣虽有这样那样的麻烦,可为人却纯善,外祖母、大舅母也都不是那不讲道理的人,总算是有个依靠。但到底要怎样选择,还得听集萤的。甲之蜜糖,乙之砒霜。这毕竟是她自己的事,她们没办法替她做决定。

可不知道为什么,周少瑾隐隐有种笃定。她觉得集萤绝对不会答应跟着程诣的。这不仅仅是年纪、见识、地位之间的差异,而是集萤绝对不会让自己受这种委屈。

"我知道了。"周少瑾颔首,急匆匆地去了小山丛桂院。

集萤阴着张脸,正站在廊庑下发脾气:"这是皇宫大内还是六部衙门啊?搬个家也不找几个人过来帮忙,就我们几个人!别说是十二月二十二了,就是正月初二,只怕也搬不完。要是四爷心痛银子,你去跟他说,我自己掏,成不?"

自己搬家!周少瑾睁大了眼睛,见集萤是在和对面的男子说话,她不由朝那男子望过去。那男子穿了件褐色的潞绸袍子,二十二三岁的年纪,身材高大,皮肤白皙,五官看着和秦子安有六七分相似,未语带笑,不仅比秦子安文雅秀气,而且还比秦子安和蔼可亲。

难道他就是集萤常提起的秦子平?周少瑾猜测着。那男子却像感觉到她来了似的朝周少瑾望了过来。两人的目光就对了个正着。

这样大大咧咧地打量别人,还被别人逮了个正着,周少瑾脸一红,忙朝着那男子点了点头,赧然地笑了笑。

男子微微一愣,正要说什么,集萤已高高兴兴走了过来:"二小姐,你怎么来了?怎么事先也不让丫鬟过来打个招呼,我这里乱七八糟的……"她说着,皱了皱眉,对那褐衣男子很不客气地道,"秦子平,你去给我找点茶点来。刚才搬家,茶叶都不知道放哪里了。"

秦子平"哦"了一声,老老实实地走了。

集萤就拉了周少瑾屋里去坐。

路过堂屋的时候,周少瑾看见两个仆妇在帮着收拾东西。她问:"这是怎么了?搬家这么大的事,怎么能只安排这几个人帮忙呢?我听你的口气,这是池舅舅的意思,池舅舅是不是打定了主意不添人了?不行我就让畹香居的人过来帮你搬了。也不是什么大事,犯不着生气。"

集萤显然被这事弄得很烦恼,她如释重负,拉着了周少瑾的手道:"哎哟,还好你来了。不然我还真不知道该怎么办好。等会儿秦子平过来了,我问秦子平——不让到外面雇人,用你们程家的仆妇总可以吧?要是这些人都信不过,我也没办法了。只好今天搬一点明天搬一点,搬到什么时候是什么时候,管他是怎么吩咐的。"

周少瑾笑着点头。

秦子平过来了。他不仅给她们带了茶叶过来,还带了青瓷茶具过来。周少瑾就请了秦子平喝茶。可没有等到秦子平开口,集萤已道:"他哪有功夫喝茶?你池舅舅要我们二十二日之前全都搬到立雪斋去。我这边还好,除了那把剑,也没什么太值钱的东西,砸了就砸了,偷了就偷。南屏那边可不得了,除了花棚子还有衣案、明纸、画粉、零头布角……七七八八的,仅箱笼就装了二三十个,他得去帮南屏搬东西。"

周少瑾笑道:"那我们就不留你了。"秦子平看了集萤一眼,拱手行礼走了。

周少瑾道:"秦管事是不是生气了?"

"生气?"集萤摸不着头脑地道,"他为什么要生气?"说完,她恍然大悟般地道,"难道是我刚才当着你指使他,所以他生气了?不对啊,我以前也常当着南屏或怀山叔的面指使他,他也没怎么着。"她想不出来了,索性不去想,道,"我们别管他了,他这个人还不错。就算是生气,估计等会儿气也就消了。"随后亲自给周少瑾沏了杯茶,道,"你来找我,可是有什么急事?"

"也不是什么急事。"程诣毕竟是自己的表哥,周少瑾有些不好意思,道,"腊八节的那天,我不是请了你和笳表姐喝腊八粥吗?当时诣表哥也在场……"她吞吞吐吐地把事情的经过告诉了集萤。

集萤像被石头砸中了脑袋似的,半晌都没有反应过来。等反应过来,气得就跳了起来:"王八蛋,他哪只眼睛看我像程子川的通房了?"说着,转身就要去取那把挂在墙上镇宅的剑。

周少瑾吓得脸都白了。这要是让集萤这样提着剑冲了过去,就算有池舅舅护着,只怕也活不成了!若是一不小心无意间伤了程诣,她和姐姐也没脸见外祖母和大舅母了。周少瑾想也没想就抱住了集萤的腰,并急急地道:"集萤,我知道这件事是我诣表哥的不对,可请你看在我的面子上,不要和他一般计较。我外祖母和大舅母不是那种恃强凌弱的人,只要你不愿意,断然不会逼迫你跟了我诣表哥,你大可放心。"

集萤扭腰,周少瑾就落了个空。周少瑾愕然。集萤已转过身来,哭笑不得地道:"我是去找程子川!不是去找你那个诣表哥!"

周少瑾闻言顾不得追究集萤怎么一扭身就轻轻巧巧地从自己怀里挣脱了出去,忙道:"你,你不是去找诣表哥啊!"

"是啊!"集萤很无语地望着周少瑾,道,"我去找他做什么?正如你所言,你外祖母和你大舅母并不是那种恃强凌弱的人,只要我不愿意,她们断然不会让程诣胡来的。我是怨你池舅舅,要不是他,怎么一个两个都以为我是他的通房呢!"

周少瑾觉得她的想法很奇怪。这个时候她不是应该想办法和外祖母、大舅母澄清吗?怎么一心一意地想着和池舅舅算账呢?何况这关池舅舅什么事啊!是诣表哥自己看中了她,也是诣表哥自己以为她是池舅舅的通房,难道这么多年以来出了这种事集萤就都算在了池舅舅身上不成?

"从前的事我不知道,但这次的事你却是错怪了池舅舅。"周少瑾道,"如果说是池舅舅当着我诣表哥的面说了些什么或是做了些什么,我诣表哥误会了你是池舅舅的通房,那是池舅舅不对。可我诣表哥一年四季也难得见到池舅舅一面,是他自己想当然,

· 131 ·

你怎么能怪到池舅舅的头上去呢！我来的路上想了个主意，不知道你答不答应？如果你答应了，我就去跟诣表哥说。如果你不答应，我觉得你不如把这件事告诉池舅舅，让他给你拿个主意。要是他不管或是说出来的话不好听，你再怪他也不迟啊！"

集萤没有作声，却也没有往外冲。

周少瑾松了口气，道："我想，诣表哥之所以敢这么大的口气说要向池舅舅讨了你去，多半是觉得自己是真心喜欢你，还会给你个名分，就凭这一点，你跟着他就会比跟着池舅舅强。我们只要让他知道，就算是你跟了他，他想给你名分，除了要看外祖母和大舅母高兴不高兴之外，还要看他未来的妻子答应不答应。而池舅舅不同，他有自立门户的能力，你跟着池舅舅，哪怕是通房，只要池舅舅还把你留在身边，就算是池舅舅以后成了亲，池舅母也不会随意给你脸色看。他若是真心待你好，就不应该再缠着你了。"她说到这里，不安地看了集萤一点，道，"只是要委屈你背个名声，以后怕是还有这样那样的误会。"

集萤倒不在意，道："我得在你池舅舅身边待十年，就算他不误会也有别人误会，就算是此时不误会以后也会误会。你既然觉得这个主意不错，那你就去跟程诣说吧！"

周少瑾没想到集萤这么好说话，感激地挽了她的肩膀，道："谢谢你，我一定会让诣表哥发誓，不乱说你和池舅舅的关系的。"

集萤笑道："这有什么好感激的，不过是些许小事。"

周少瑾知道她是真没有把这件事放在心上，不禁道："你真大度。"

集萤哂笑，道："这也算大度？"

周少瑾认真地道："如果搁在我身上，我肯定愁死了。"

"不会的！"集萤很有信心地拍了拍她头，笑道，"就看你想的那个主意，你都不会是个坐以待毙的。这事要是搁你身上，你一样会很快想到办法的。"

周少瑾愣住。梦中，她慌乱无措，不要说想办法了，就连面对外祖母等人都不敢……如今，她真的有所改变了吗？周少瑾回去的路上一直在想她自噩梦中醒来之后的所作所为，想从中找出些她的改变。

而在立雪斋的程池听到怀山的禀告之后，好一阵讶然，道："周家二小姐真的这么说的？"

"是啊！"怀山道，"周家二小姐说，您有自立门户的能力，就算是您以后成了亲，只要您还把集萤留在身边，哪怕是您的发妻，也不会随意给集萤脸色看。"

程池奇怪地看了怀山一眼，道："我又不是问你这个，你啰啰嗦嗦地说这些做什么？"

怀山不解地道："那您问什么？我是觉得周家二小姐说的那通话里，只有这几句话最中听——她年纪虽小，又是家中的次女，却没有那些少爷小姐不问经济的臭脾气。"

"行了！"程池不耐烦地打断了怀山的话，道，"我是问，她让集萤在程诣面前默认是我的通房，集萤居然没有气得拔剑就刺？"

"没有。"怀山道，"商婆子说，她在厅堂里看见周家二小姐抱住了集萤的腰，当时还吓了一大跳，生怕集萤伤了周家二表小姐，人都闯到了落花罩那时，却看见集萤用了他们计家的独门功夫'金蝉脱壳'脱了身。还好周家二表小姐什么都不知道，没有追问，不然肯定要出事。您看，要不要让集萤去藻园里住些日子？"

程池没有作声，指尖就轻轻地叩了叩书案。

怀山就小心翼翼地道："四爷，还有件事，那个樊祺，从京城返回来了，应该这两三天就会到金陵城。"

第三十一章　设计

程池感兴趣地"哦"了一声，道："说说看，他在京城都干了些什么？"

怀山嘴角露出一丝笑，道："现在还不知道他要做什么呢！"

程池挑了挑眉。

怀山道："他在上清宫里住了一段时间，整天就是和上清宫那几个犯了事被贬为杂役的道士混在一起。其中一个姓杨的，是原来上清宫的知客，特别喜欢喝酒，喝了酒就吹牛，总说自己年轻的时候如何有天赋，如何差点就被龙虎山天一教收为了入门弟子。樊祺不信，就和姓杨的道士打赌，说姓杨的道士若能让沐家的大小姐今年就嫁给林家的大爷，他就输一百两银子给他；若是能让沐家的大小姐明年就嫁给林家的大爷，他就输给他三十两银子；如果能让沐家的大小姐后年嫁给林家的大爷，他就请姓杨的道士到京城最有名馆子里去吃一顿。还请了当时在座的几个道士作证。姓杨的道士立刻就应下了。

"过了几天伴装成龙虎山天一教的道士路过沐家，说什么沐家大小姐命中有一劫，若是留在家里就会殃及父母兄妹。那沐大人是个读书人，这讲的是怪力乱神，他哪里会信？不仅没有把那姓杨的道士奉为座上宾，还让仆从用扫帚把姓杨的道士给打了出来。

"姓杨的道士不服这口气，和几个相好道士一商量，用几个铜子找了个街头要饭的，让他悄悄地把沐大人家的门轴给弄坏了。结果第二天沐家的人一推门，大门倒在了地上，把街坊邻居都吓了一大跳。又过了几天，沐大人回来的时候官轿的踏脚突然坏了。就这样连着出了几天的事，沐大人不信，沐太太信了，找了上清宫的大师帮着沐姑娘算命。上清宫的大师倒没有算出沐姑娘有什么劫难，不过沐家这两年的运程是有点不好。沐太太便拿了私房钱请上清宫帮着化解。

"姓杨的道士见沐夫人入了彀，龇牙咧嘴地心痛打赌的那一百两银子，悄悄地把他和樊祺打赌的事告诉了那位大师。等沐太太再去给家里祈福的时候，上清宫的大师就说，原来是你这个女儿命中有一劫，阻碍了沐大人的运程。不过没事，只要你今年过年之前把女儿嫁了，这沐大人的运程也就好了。

"沐太太听了就真的起了嫁女儿的心。只是一来沐大小姐今年才十三岁，还没有及笄；二来是沐大人根本不信这些；三来快过年了，再怎么着急也没办法赶在年前把沐大小姐嫁了。犹犹豫豫地，沐太太又去了潭柘寺。"

说到这里，怀山忍不住笑了起来，道："四爷，难怪您总说这些道士和尚都是骗人的。您猜怎么着？那潭柘寺的和尚竟然也跟着那上清宫所谓的大师一样，也说沐大小姐命中注定有一劫，要做七七四十九天的道场才可以化解。樊祺回来的时候，沐太太正和沐大人置气呢！说是无论如何明年春上一定要把沐大小姐嫁了，不然沐太太就带着几个孩子回娘家去。"

程池听着有些意外，道："那樊祺就这样回来了？"

"嗯！"怀山道，"给了那姓杨的道士二十两银子，说明年开了春还会跟着家中的长辈来京城做生意，到时候再去看那姓杨的道士。"

程池轻轻地叩着桌子。

怀山道："可能是要过年了，怕家里的人怀疑，所以只好赶了回来。我会派人注意的，一旦樊祺再有什么举动，让他们不必示下，直接派人跟着就是了。"

"你说的也有道理。"程池隐隐觉得这件事不应该就这样完结，"他们处心积虑地去了趟京城，不可能就这样折了回来。你继续派人盯着，看他们到底要做什么。"

怀山应诺。清风隔着帘子禀道："四爷，朱国公世子爷派人从京城送了封信过来。"

十月中旬，朱鹏举随着父亲去了京城，除了他们父子，皇上的兄弟湘王、越王、晋王、楚王等也都带了子嗣进京。皇上留了他们在京城过年，并决定在保和殿摆家宴，招待这些多年未见的兄弟侄儿，并在长安街放焰火，与民同庆。

程池道："把信拿进来吧！"

怀山去接了书信。程池撕了信封的封口，一目十行地扫了一遍。怀山躬身，等候差遣。程池却坐着没动，半晌才道："我们去寒碧山房。"

怀山恭声应"是"，忙喊了声"鸣鹤"，话音未落，他突然想起鸣鹤马上要嫁人，正在屋里给自己赶着嫁衣，顺口就想喊清风，又想起清风今年才八岁……偌大个小山丛桂院，连个给四爷更衣的人都没有。他亲自去拿了件衣服过来，一面服侍程池更衣，一面道："四爷，您还得在这里住两年，我看还是添两个丫鬟吧？年纪大一些，您走之前放出去就行了。"

"到时候再说吧！"程池的兴趣不大，自己换了衣服，去了郭老夫人那里。

嘉树堂，周少瑾却在劝程诣："……你这样，岂不是把集萤往火坑里推？你既然说喜欢她，又怎么这样对她？你让她以后还做不做人？"

程诣半边的脸肿得老高，又红又紫，还留着指头印子，被绳索捆着丢在地上，十分狼狈。还好他穿的是件皮袄，不然这样的天气，地上铺的又是青石地砖，就算是有火盆也会被冻坏的。

他斜着眼睛看着周少瑾轻蔑地哼了一声，道："我已经和你绝交了，你再也不要和我说话。你说的话，我也不会听的。"

周少瑾气极，踢了他一脚，道："你以为我喜欢和你说话啊！我是不想看到集萤落得个'狐媚惑主'的名头被发卖了，你以后后悔！"

"发卖？！"程诣冷哼，"你少吓唬我了！集萤是池四叔的人，怎么也轮不到祖母和母亲插手。"

周少瑾不客气地道："我问你，你和池舅舅见过几次面？说过几次话？你可知道他的为人？你就那么肯定你向池舅舅要人，池舅舅就会一点怀疑、芥蒂也没有地把人给你？家里这么多爷们，又不是没人见过集萤，怎么就你一个要急巴巴地向池舅舅讨了她？"

程诣急得脸红脖子粗，嚷道："你胡说八道！你造谣！你无事生非！我和集萤什么也没有！就只见过一次。别人不知道，你难道不知道？"

"我知道啊！"周少瑾道，"我也相信你啊！可别人会不会相信你呢？"

程诣嘴角翕合，好半天都没有说出句话来。

周少瑾道："你好好想想吧！我先走了。你可别为了自己一时的喜好害了别人一辈子！"

程诣沉默地垂下了头。周少瑾轻手轻脚地走了出去。

沔大太太正静心屏气地等在帘子外面，见她出来，立刻拉着她的胳膊往前走，直到走到了院子中央这才停，小声地道："少瑾，这次谢谢你了。你诣表哥要是能回头，我一辈子都感激你。"

"大舅母，您言重了。"周少瑾不好意思地道，"我也是胡乱说的，也不知道诣表哥听不听得进去。"

"听不进去，那是他不知道好歹。"沩大太太恨铁不成钢地道，"你的心意，大舅母却领了。"然后爱怜地道，"走，我们去你外祖母屋里说话去。这外面冷，小心凉着了。"

周少瑾点头，和沩大太太去了关老太太那里。关老太太正等着她们，还没有等她们站稳，已焦灼地道："那不知死活的东西怎么说？"

"什么都没有说。"沩大太太到底心疼儿子，道，"可我们瞧那样子，倒不像先前那么嘴硬了。"

关老太太听着就松了口气，沉吟道："我看这不是个法子。你初四的时候不是要回娘家吗？把二郎带给何家的老太爷瞧瞧，看看能不能把二郎就留在何家读书。"

何家老太爷是少年进士，曾在翰林院里任过职，后来因没办法适应北方的气候，落了个哮喘的毛病，这才辞官回乡静养。何勉之就是他的孙子，也是跟着他启的蒙。梦中，程诣可是一直在程氏族学里读书的。自己又改变了一件事，周少瑾强忍着，才没有去擦额头上的汗。

沩大太太闻言却十分欢喜。如果儿子能得了何家老太爷的青睐，可比这样在族学里跟着一堆人上课强多了。

"我听您的。"她立刻道，"我这就把送给娘家的东西再添一成。"万一成了，这谢礼却是不能少的。

寒碧山房，程池在和郭老夫人下围棋。

郭老夫人沉思良久，还是叹着气放下了手中的黑色棋子："你的围棋是我教的，可现在让我三子，我都不是你的对手了！"

"青出于蓝而胜于蓝。"程池浅浅地笑道，"这不是所有老师对弟子的期望吗？"

"可也有教会了徒弟气死了师傅的。"郭老夫人笑道，看得出来，她心情非常好。

程池就问："大嫂什么时候启程？若再不走，怕是赶不上年三十的团圆饭了。"

"就是此刻走也来不及了。"郭老夫人笑望着程池，若有所指地道，"我何尝不想让她早点走，你大嫂又何尝不想早点走？可她若是走了，长房的中馈怎么办？但凡她有个能搭把手的，我早就让她去京城照顾你大哥去了。"

程池没有搭腔，却在心里叹了口气。母亲到底老了，明明知道他不想成亲，这两年也开始催他了。

郭老夫人对程池的反应很是失望，但她不敢再多说，怕逼紧了，儿子会拂袖而去。他难得来一次，就不要让他不高兴了。郭老夫人调节着自己的心情，笑道："你等会儿留下来用午膳不？"目光隐隐含着几分期盼。

程池看着心中一酸，不由道："好久都没有吃糟鹅掌了，您让厨房里给我做一个吧！"

"好，好，好。"笑容就止不住地在郭老夫人的脸上荡漾开来，她高声吩咐珍珠，"四老爷今天中午留下来用午膳，你去跟厨房里说一声，让她们做个糟鹅掌，再做个拌素丝，少放点香油；炸个老豆腐，放点四川的辣椒；清蒸狮子头，多放点荸荠；脆皮乳鸽要配上我们自家做的五香粉；再用前几日申家送来的那个羊肉做个一品锅，配上些小菜一并端过来。其他的，就让她们看着办好了。"林林总总，全都是合程池胃口的。

珍珠笑着应"是"，见郭老夫人兴致勃勃，有意讨好，笑道："那酒呢？喝什么酒？"

前几天二老爷让人送回来的梨花白，说是贡酒呢！"

"就你会来事儿。"郭老夫人呵呵地笑，看了程池一眼，道，"今天喝金华酒，我也陪着喝两杯。"

寒碧山房里的几个大丫鬟都知道，郭老夫人的话不要说在九如巷了，就是在京城的杏林胡同，一样好使，可到了四老爷这里，不免就会打个折扣。珍珠不由睃了程池一眼。

程池无奈地在心里又叹了口气，脸上就有了几分笑意，道："就听我母亲的，我们今天喝金华酒。你去小山丛桂院跟南屏说一声，让她把我上次从泉州带回来的那个美人画的烫酒壶拿过来。"

这下大家是真的高兴起来。珍珠更是如释重负，欢天喜地出了门。

程池就道："大嫂不在家，本来应该接您去我那里过年的。可您也知道，小山丛桂院的路不好走，也清冷，我今年就到您这里来蹭饭吃好了。"

"真的！"郭老夫人大喜过望，眼眶微湿，拉了他的手又惊又喜地反复问道，"你说的可是真的？"

别人的孩子都是看父母的脸色，只有他的母亲，反而看他的眼色。程池差点被心中的愧疚打翻在地，半晌才道："自然是真的。我什么时候骗过您？"

"我倒希望你常常骗骗我。"郭老夫人眼中闪着水光，面上却带着欣慰的笑容，"你啊，就是脾气太犟了！不过，你爹说的也对，脾气要是不犟，又怎么读得好书呢？你还记不记得你小时候，你打翻了你爹的墨汁，还偏偏说是在画画。你爹有意压压你的气焰，就拿了支画笔给你，说：那你把这幅画画完。那时候你才五岁，还在写大字，不知道从哪里找了张仇英的山水画出来，照着那山水画就画了片崇山峻岭，然后又怕麻烦，在山脚画了几只小鸡算是完事了。你父亲问你，这荒山野岭的，哪来的小鸡。你说是怕被杀了吃了，从家里逃出来的。你父亲听了忍俊不禁。原想狠狠地惩罚你一顿的，最后也不了了之了。"说着，她叹了口气，道，"如果你父亲还活着，今年也有六十八了，看到你这样，不知道有多高兴呢！他从前总说，皇帝爱长子，爹娘宠幺儿。你大哥、二哥小的时候要是敢这样调皮，早就被罚跪廊庑了，对着你，他却硬不下心肠来。怕是要把你宠坏了。又说，宠坏了也不打紧，反正有你两个哥哥担着，保你一世衣食无忧，随心所欲是没问题的。没想到你两个哥哥现在却托了你的福……"

郭老夫人说着，伤心地抹起了眼泪。

和父亲在一起的那些事，程池已不大记得了。他无意让母亲难过，示意翡翠拿了块帕子递给母亲，温声地安慰母亲："我这样不好吗？好歹没成了纨绔子弟，母亲应该为我高兴才是。不知道有多少人看我脸色行事呢！"

那也不如做官的好！这句话在郭老夫人嘴边打了个转，又咽了回去。她强忍着心中的悲痛，笑着接过了帕子，擦了擦眼泪，道："听说你让南屏她们搬到立雪斋去住了，要不你搬到我这里来住吧？我后面的厢房还空着，你要进出，可以从北边的角门走，不会碍着你什么事的。大家住在一起，也热闹些！"

程池迟疑了片刻，道："我想想！"

从前儿子都是毫不犹豫地拒绝，这次还要想想，郭老夫人已经很满足了，忙道："那你仔细想想。嘉善这两年都不会回来，你大嫂这些年也和你大哥聚少离多。我跟她说了，让她住个一年半载的再回来。长房就我们两个，你又一年四季不见个人影……"

"我知道了！"程池笑道，想了想，又补充道，"我那边这几天正忙着盘点，一时间也没空想这件事。等我忙完了再说。"

郭老夫人不敢再催，笑眯眯望着程池，让翡翠给儿子换杯茶。

冬日的阳光斜斜地从窗棂里射进来，照在郭老夫人的身上。夹杂在黑色头发间的银丝闪闪发亮，让郭老夫人平添了几分老态。程池看着，心中好一阵难受。母亲年事已高，却为着他的事寝食难安。可这件事母亲又有什么错呢？不过是利益权衡之下的选择而已。他们身为程家的子弟，受了程家的供养，就得为程家出力。如果连这个自觉性都没有，又凭什么享受程家先辈的余荫呢？

程池不禁握住了母亲的手，道："娘，我这两天就搬过来吧！正好陪着您过小年。"

"你说什么？"郭老夫人简直不敢相信自己的耳朵，眼睛瞪得像铜铃，愣愣地望着儿子。

程池心里就更难过了。是他们这些做儿子的不孝，凭什么让母亲跟着担惊受怕？他深深地吸了口气，好好陪陪母亲的念头更加清晰、明了、坚定。

"我说，我明天就搬过来好了。"程池笑道，"您今天下午赶紧安排人把您后面的厢房都打扫出来，我那边的东西还挺多的。北边角门恐怕还得设个轿厅……这些我让秦子安去做好了……"

他思忖着，郭老夫人已欢喜得说不出话来，只知道拉着儿子的手不住地点头。

等程池从寒碧山房出来，怀山迫不及待地迎了上去。

"四爷，我们，我们还走吗？"他斟酌地问。从京城回金陵的时候，四爷是住在藻园的，可架不住郭老夫人每天往藻园送衣送食。四爷搬了回来，选了路最不好走的小山丛桂院。现在，四爷又决定搬到寒碧山房来住……

"已经决定下来的事，没有必要更改。"程池知道他在想什么，一旦搬到寒碧山房的消息传了出来，还会有很多人和怀山一样心存顾忌。他有意让怀山来解释这一切，道，"我两年之后就要走了，趁这个机会，就好好地孝顺孝顺我娘吧！子欲养而亲不待，我是亲虽在却不欲养。这两年，就当是我对母亲最后的孝敬吧！"说到最后，他怅然不已。

怀山低声应"是"，情绪也很低落。

嘉树堂里，沔大太太送走了周少瑾，和关老太太说着程诣的事："若是一切都顺利，诣儿能娶勉之从兄的女儿，我想为诣儿求娶少瑾。您也看见了，少瑾虽柔柔弱弱的，关键的时候却不糊涂，也管得住诣儿。有她帮我看着诣儿，我也能少操些心。"

关老太太沉吟道："孩子也都还小，姑老爷那边刚去保定，要忙的事也多，新太太马上又要生产了，这件事还是找个合适的机会再跟姑老爷提提。"

"好！"沔大太太兴高采烈地应了，再看见周少瑾的时候，眼神就热切了很多，弄得周少瑾在心里暗暗打鼓，猜不透沔大太太是因为自己帮她说了程诣所以才对自己这么热情，还是因为沔大太太太别有所求才会对自己这么热情。好在过年的时候事多，她也不是常碰到沔大太太。些许的不自在之后，她又很快释然，见周初瑾跟着沔大太太忙得团团转，就督促屋里的丫鬟扫尘、贴符。

持香笑道："从前这些都是大小姐的事，什么时候二小姐也管起这些琐事来？"

周少瑾脸一红，强作镇定地道："那是因为你们今年比较偷懒！"

众人哄堂大笑。

持香赧然道："二小姐也开始和奴婢们开玩笑了。"

周少瑾抿着嘴笑了笑，佯装苛刻地道："快把这几扇花窗擦干净了，要是让我看到一点灰尘，今天午膳的梅菜扣肉就没有了。"

大家跟着凑趣，纷纷说周少瑾没有周初瑾待人宽厚。周少瑾不以为意，笑盈盈去了书房。

春晚跑过来道："二小姐，樊祺回来了！"周少瑾惊喜地站了起来，忙道："快让他进来！"

春晚转身去叫了樊祺。他比走的时候瘦了些，但人也长高了些，举止间更是多了些许的沉稳，有点小大人的模样了，这三个月在外行走显然让他得到了磨砺。见着周少瑾，他恭恭敬敬地给她行了大礼。

周少瑾见他穿了件崭新的粗布袍子，干干净净，整整洁洁的，知道他是回家换了衣服过来，吩咐春晚端了张凳子给他。

樊祺再次道谢，半坐在了凳子上。

周少瑾笑着问他："见过你母亲了？"

"见过了。"樊祺恭谨地道，"我回来的时候穿着件潞绸镶灰鼠领的袍子，怕我母亲起疑，就先回家梳洗了一番，这才进府和母亲说了会儿话。"

这是老成的做法。周少瑾赞同地颔首。等春晚上了茶点退了下去，她就问起樊祺京城之行来。

或者是对自己此行非常满意，樊祺再也绷不住了，眉飞色舞地讲述起自己此次的出行，又变回了原有的样子："计家的人根本没有想到，一下子就被我丢下了……我仔细地琢磨着二小姐的话，觉得以我的年纪，只怕是镇不住那些成了精的老油条。在路上的时候，我就差点被计家的人问出端倪来！可我想来想去，二小姐的方法却是最可行的。我一时间也没有了主意，又见那计家的人在外行走都是先敬衣裳后看人，我也就索性买了几件好衣裳，雇了个人冒充我的长辈，装成了个少东家的模样住进了上清宫。思忖着先把沐、林两家的事摸清楚了再说。

"不承想那上清宫里一个姓杨的杂役却原来是个知客，后来犯了事被贬到了杂役处，喜欢吹牛不说，还喜欢喝两盅小酒。我先是想在他嘴里多打听点事，就常请客买些吃食和酒菜送了他，后来发现他和道观里有些人关系非常好，我就想让他帮我引荐个在上清宫游历的道士……"

他把事情的经过娓娓道来，说到最后，他自己也笑了起来："不承想到了最后，我没说给钱的事，他却咽不下这口气，想着法子也要让沐家把女儿嫁了。还说，等到沐家大小姐嫁了之后，他要到京城最高档的成衣铺子'花想容'去置一身金光闪闪的道袍，还要在背后绣上太极八卦图，从沐家门前再走一遍，定要诓了那沐老爷给上清宫捐几十两银子不可。"

周少瑾听得又惊又喜。惊的是事情一波三折，喜的是樊祺为人机敏大胆，总算是把这件事办成了。她不由双手合十，朝着西边念了声"阿弥陀佛"，说一声"多谢菩萨保佑"。

樊祺见了犹豫道："二小姐，你要不信了道吧？我听那些道士说，菩萨修的是来生，他们是养生的。像小姐这样好命的人，就应该修今生，求长生不老。"

周少瑾愕然。樊祺在上清宫待了几天，不会是把那些道士的话都听进去了，改信道教了吧？万一他走火入魔要信道，那樊妈妈怎么办？她忙摆手道："这件事以后再说，以后再说。"然后夸奖他道，"还好是你去了，若是换了个人，事情只怕都不会这么顺利。你这段时间辛苦了。这几天你好好休息休息，我也提前放了樊妈妈的假，你们母子俩好好说话。等过了元宵节，你恐怕还得去趟京城——你之前既然和姓杨的道士说了明年还会过去的，不妨把这件事当成笑话看，想办法让那姓杨的从中周旋，尽快让沐家大小姐嫁到林家去。"

樊祺也是这么想的。他道："若不是怕我娘起了疑心，我就等到沐家大小姐出了嫁再回来的。"说着，他从兜里掏了个荷包出来，道，"二小姐，我往返的吃住都是计家出的银子。在上清宫寄居的时候，本来花二两银子就够了，但我想我装的是少东家，就给了他们五两银子。再就是请那姓杨的道士喝酒吃饭花了大约快十五两银子，他说要请他的师兄帮他圆谎，我又给了他二十两银子，还有雇轿子的钱、买零嘴的钱、雇下人的钱……加起来一共花了六十七两三钱银子。这是剩下来的四百三十两银票和碎银子，都在这里了！"

周少瑾喜出望外，大方地道："你拿着吧！开了春你还要进京，等回来再一并和我结算好了。"

樊祺不肯，诚惶诚恐地道："我怕弄丢了。您可不知道，我之前不知道去趟京城要多少银子，只拿了五张十两的银票出来。其他的四百两银票，我都卷成了卷缝在贴身衣服的夹缝里，每隔两个时辰就摸一摸，计家的伙计还以为我身上长了虱子呢！这银票还是您收着吧。我去的时候再向您要。"

周少瑾倒能理解他的害怕。梦中她逃出金陵城的时候，只带了体己的二百两银子，觉得只要有了这二百两银子，她就能找到姐姐了，当时她就怕银子掉了或是入了那些帮闲的眼被偷了，反复地叮嘱樊刘氏把银子藏好。

"那好。"她笑着收了银票，转身去拿了二十张十两银子的银票递给了樊祺，笑道，"这是我答应你的二百两银子。因要过年了，管事们都很忙，说好的那十亩上等的水田只有等你回来再说了。"

樊祺涨红了脸，道："二小姐，我的事还没有办妥呢！您等我从京城回来再赏我好了。"

"你拿着就是。"周少瑾把银票塞给了他，笑道，"正好可以好好地过个年。"

樊祺不敢推搡，只有收下了。

周少瑾又给了他一个匣子，道："这里面有一根金簪，一对金手镯。金簪是给你娘的，金手镯你和你哥哥一人一个，娶媳妇的时候用。"

"多谢二小姐。"樊祺给周少瑾磕了头。

周少瑾笑眯眯地受了，让春晚送了他出门。

施香就小声嘀咕道："太太赏的二百两银票都还没有焐热，钱就赏了人，照您这样下去，我看就是金山银山也经不起您的折腾。"

周少瑾肃然地把樊祺还回来的荷包放在了桌子上，淡淡地道："这里一共有四百三十两银票，四百两银票收起来，那三十两银票去大舅母那里兑些银锞子来，今年怕是要赏人。剩下的碎银子，你们这些日子当差十分用心，就拿去买些零嘴分了吧！"

春晚欢喜雀跃，用手肘拐了拐施香。施香红着脸悻悻然地低下头。

周少瑾强忍着笑意进了内室，换了件衣服，去了寒碧山房抄经书。碧玉在路口等她。远远地看见她就迎了上来，笑着屈膝给她行了礼，道："四老爷要搬到我这边来住了，秦总管正带着人在收拾后面的鹂音馆，在寒碧山房设了围帷。老夫人怕那些粗人冲撞了二表小姐，特意让我在这里等您。"

周少瑾惊讶不已，道："池舅舅怎么突然会搬到寒碧山房这边来住？"

"可能是小山丛桂院地方大，服侍的人又少吧！"碧玉笑道，"我听从前在四老爷屋里当差的人说，四老爷念旧，身边的人都是用了七八年的。那些小厮、随从还好说，我们这些丫鬟到了年纪却是要放出去的，四老爷又不愿意进人，就只好先将就着住进来了。"

"那倒是。"周少瑾笑道,"你们几个都是心灵手巧又知书达理的,与其再升个大丫鬟,还不如让你们服侍。不过,这样一来你们的事就要多起来了,更辛苦了。"

"这原本就是奴婢们分内的事,哪里就当得了'辛苦'二字。"

碧玉和她一边说,一面往寒碧山房去。周少瑾很快就看见了靛蓝色的粗布围帷。

她们在围帷内行走,可以听见外面有男子声音沙哑地道:"快点,快点,秦大总管说了,天黑之前必须弄完。弄完了每人赏一两银子,弄不完每人少发一两银子。这里外一算就是二两银子。二两银子啊!可以给你媳妇买件花棉袄了。"

周少瑾忍不住笑了起来,觉得这人很会说话。

碧玉就道:"这是府里的陆管事。小的时候不小心被烟熏了嗓子,说起话来像鸭公,反倒容易让人记得他。"

周少瑾笑着颔首。

旁边围帷后面陡然走出个人来。周少瑾和碧玉都吓了一大跳。碧玉更是把周少瑾拦在了身后,大声地喝着"是谁"。

"是我!"来人活泼地道。

周少瑾定睛一看,竟然是集萤。她不禁拍了拍胸,道:"你可吓了我一大跳。"

集萤道:"是谁在这里围的这围帷?我转了半天,差点就迷了路。"说着,她朝着周少瑾笑了笑,道,"四爷说要搬到这里的鹂音馆住,我想着你每天下午都会过来抄经,特意来告诉你一声。你以后找我就方便了!"

周少瑾咯咯地笑,挽回了碧玉的胳膊:"我们早就知道了!"

集萤气得直瞪眼。

大家笑着去了正房。集萤要去看看鹂音馆在什么地方:"我要选个僻静的地方住。"

碧玉告诉她:"你往南边走,那边有个三阔的厢房,推窗就可以看见荷花池,屋后种了几株石榴树。"

"石榴树?"集萤两眼发光,"你们这里竟然有石榴树。我都多少年没看见朵花了。"这话当然有点夸张。

碧玉掩了嘴笑,道:"我听史嬷嬷有一次说,那几株石榴树是四老爷小时候种的,宝贝着呢!"

"那我要住那里。"集萤听了和周少瑾耳语,"然后在石榴树上挂满了姹紫嫣红的各色香囊、荷包,我看程子川还嘚瑟不嘚瑟。"

周少瑾哭笑不得,和集萤挥手作别。

郭老夫人并不在正房,而是在正房后面充当库房的三阔厢房里。

冬日暖暖的阳光晒在紫红色檀香木包祥云铜角的箱笼上,古朴庄重而又高贵。郭老夫人站在打开的箱笼前向周少瑾招手:"你来看看,这个赏瓶如何?"

天青色的釉面,像龟背一样裂开,圆圆的肚子,高高的瓶颈,线条优美自然流畅,让人想起天鹅的脖子,是媲美那尊"月下美人"的前朝哥窑赏瓶。

周少瑾强忍着心中的惊讶,笑道:"真漂亮!"

郭老夫人笑眯眯地点头,道:"这是我母亲的陪嫁。当时战乱,我外祖父家是当地的乡绅,最先遇到好些土匪抢劫,家里的很多好东西都没了。只有这个赏瓶,被我外祖母藏在后院的水井里,留了下来。后来我出嫁,我母亲把它给我。我想把它摆在你池舅舅的多宝格上，你觉得怎样？"

"应该会很合适。"周少瑾笑道。

郭老夫人就吩咐身边服侍的翡翠："把这个拿出来。"

翡翠应诺，小心翼翼地将赏瓶放到了一旁的长案上，在账册上记了一笔。

郭老夫人就道："我记得我还有个哥窑蟹爪纹的马蹄炉……翡翠，你仔细找找。把它和那尊哥窑龟背纹的赏瓶摆在一起，应该很好看。"

翡翠笑着应"是"，在满满一箱子的账册里找到了写着"瓷器"的十本账册，开始一页一页地翻。

郭老夫人就和周少瑾叹道："年纪大了，东西也多，我自己都不记得有哪些东西了。"

这样最容易被盗。当年太后娘娘的九珍璎珞项圈不见了，就是管库房的太监监守自盗。若不是长公主出嫁，太后娘娘突然想起这件东西来，只怕太后娘娘驾崩都没有人知道这东西早被盗出宫卖了。但郭老夫人身边的几个丫鬟看着人品都挺不错的，应该不会出现这种事才是。周少瑾微微地笑，冬日的暖阳下，如开放的水仙花。

郭老夫人不由在心底叹了口气。不怪嘉善对她念念不忘，就凭这相貌，就已让人百看不厌，至于其他，反而是次要的了……那庄氏比起周少瑾来还要出色几分。如果真就应了情深不寿的话来。

郭老夫人轻轻地拍了拍周少瑾的手，想了想，打开了个贴着"甲子"的箱子来，拿出了个小匣子打开，枣红色的绒布上静静摆放着枚赤金菊花点翠簪。酒盅大小的菊花，镶着宝蓝色的点翠，卷曲而细长的花瓣，金黄色颤巍巍的花蕊，无一不栩栩如生。

郭老夫人盖上了盒子，把它递给了周少瑾，道："快过年了，拿去戴吧！"

"无功不受禄。"周少瑾虽然不知道它的来头，却一看就知道绝非凡品，她极力地推辞。

郭老夫人笑道："你不是在帮我抄经书吗？收下吧！要是心里觉得过意不去，等到明年春上，就给我做件披肩。我生你池舅舅的时候肩膀受了寒气，冬天还好，有火盆，到了春天就隐隐作痛，非要在肩头搭上什么东西才好。今年的披肩，就交给你好了！"

周少瑾忙不迭地应了，接过了郭老夫人手中的匣子。

她看出来了，郭老夫人的库房没有一件不是好东西的。她怕郭老夫人又心血来潮送她东西，便起身告辞。郭老夫人也没有留她，继续和翡翠在库房里找东西。

周少瑾在小佛堂里刚抄了两页经书，集萤过来了。她笑道："你想不想去看看鹂音馆？"

周少瑾奇道："鹂音馆有什么很特别的东西吗？"在此之前，她并不知道寒碧山房还有个鹂音馆。

集萤颇带几分神秘地笑道："鹂音馆外面有个套着太极阵的八卦阵，寻常的人进去一定会迷路。我带你去见识一番。"

周少瑾心中一动。难道就是自己上次迷路的竹林？她还记得那竹林东边好像还有个院子，几朵火红火红的石榴花从花墙后探了出来。周少瑾道："你懂阵法？"

"我不懂。"集萤道，"不过怀山懂。他说每隔五步就在竹林上绑了红绳，大家照着红绳走，就绝不会出错。可照着他说的走有什么意思？趁着怀山在指导小厮绑红绳，我们跑过去玩玩。若是迷了路，只管大叫一声，就有怀山相救。还有什么时候比这个时候更好的？"

上次的事，周少瑾还心有余悸。她头摇得像拨浪鼓，道："不行，我今天得把这些经文抄完了。改天我再陪你一块去吧！"

集萤有些失望，道："你什么都好，就是胆太小。"

周少瑾窘然。

集萤笑道："那好，我一个人去了。你到时候可别后悔啊！"

周少瑾觉得集萤就像个诱惑自己去玩的小孩子。她莞尔，送集萤出了佛堂，继续抄经书。等她抄完今天的经书，收拾好东西就去向郭老夫人辞行。

竹林里依稀传来集萤的呼喊声。周少瑾吓了一大跳，忙让施香去找怀山。施香很快就折了回来，笑道："集萤姑娘被怀山给拎出了竹林。"

"拎？"周少瑾有些不解。

施香就学着怀山的样子："像拎小鸡似的。"

周少瑾想到自己第一次见到怀山时怀山那冰冷刺骨的目光。怀山恐怕不是普通人。周少瑾思忖着，回去后就跟姐姐说了。

姐姐笑道："应该是池舅舅的贴身保镖吧？池舅舅为了家里的生意，常在外奔走，遇到的也是三教九流的人，没有个像怀山这样武艺高超的保镖，怎么敢和那些船帮边军打交道啊！"说到这里，她微微一顿，低声道，"二房的励老太爷，据说就是死在船帮的手里的。"

周少瑾骇然，道："不是说病死的吗？"二房的励老太爷就是二房的老祖宗程叙的独子，唐老安人的丈夫。

周初瑾朝四周看了看，见屋里只有她们姐妹俩，这才道："我小的时候，有天睡午觉起来，外祖母和大舅舅正坐在碧纱橱外面说话。当时大舅舅刚刚掌家，家里日子艰难，大舅舅不知道从哪里弄了几张盐引，因要到永嘉场取盐，外祖母不让大舅舅去，当时曾言：你看二房的励伯父，要钱有钱，要物有物，人又精明能干，最后还不是死在了漕帮手里……"

周少瑾半信半疑，道："朝廷不是一直说漕帮'聚众生事'，留不得吗？那时候二房的老祖宗应该已入朝为官才是，既然励老太爷是死在漕帮手里的，怎么不报官？就算不能找到凶手，也能让漕帮大受创伤！"

"具体的我也不知道。"周初瑾道，"朝廷哪年不说漕帮是'法律崩坏之源'，可哪次能彻底地剿了漕帮？想必这漕帮也有自己的过人之处。二房老祖宗就算是朝廷的命官也没有用。何况正经的生意人，又怎么会惹上这些江湖亡命之徒？说不定当时的事也是个'说不清道不明'，拔出了萝卜带着泥！"周初瑾有些不以为然。

"这倒也是。"周少瑾感慨道，"只是可怜了唐老安人，孤儿寡母的，守了这么多年。"

"所以说三十年河东，三十年河西，也说不上什么可怜不可怜的。"周初瑾道，"如果励老太爷还活着，有二房的老祖宗帮忙谋划，长房哪里还有今天？二房的老祖宗比长房的老祖宗大，励老太爷也比励老太爷大，这就是人算不如天算，你不认命不行啊！"

家族的资源有限，年纪一大，就意味着懂事早；懂事早，就可以为自己争取更多的资源。这也是为什么嫡妻不怕丈夫有宠妾，就怕宠妾生出比自己儿子大的儿子。周少瑾想到了一直掌握在二房老祖宗手中的族谱。二房的老祖宗肯定很不甘心，并且把希望寄托到了程识的身上。

姐妹俩说了会儿悄悄话，看着天色不早，就去了嘉树堂。谁知道关老太太却有客人。

似儿悄悄地告诉周少瑾和周初瑾："是存义坊的柏大太太。说是听说了兰汀和欣兰的事，特意来找老安人评理的。"

· 142 ·

周少瑾听了气得脸色通红，道："难道我们冤枉了程柏不成？她还好意思来找外祖母评理！她评什么理？我们没有找她的麻烦就是好的了。"

"二小姐别生气。"似儿低声道，"她不是为程柏评理的，她是为自己来评理的。说是她什么也不知道，程柏在的时候三天两头不在家，她一个妇道人家，还能管到自己丈夫头上去不成？程柏在外面做了什么，她根本就不知道。还说程柏死的时候程辂只有六岁，就更不知道父亲所做的事了。如今程柏做错了事，却要祸及子孙，她想想就觉得想死的心都有了云云。说了快半个时辰了，老安人烦不胜烦，连句安慰她的话都懒得说了。"

周少瑾和周初瑾听了都觉得好笑。

周初瑾更是道："枉我以前还觉得柏大太太为人虽然有些浮躁却也还讲道理，原来是没有遇到切肤之痛，如今大难临头，却说出什么'祸及子孙'的话来。人死如灯灭，若是不能祸及子孙，那谁都可以杀人放火之后自缢，所有的债都可以一了百了了。那谁还怕犯事？"她说着，抬脚就往正房去，"她这样缠着外祖母算是怎么一回事？让她来找我说！"

周少瑾怕姐姐吃亏，忙跟了过去。

董氏正一把眼泪一把鼻涕地跪抱着关老太太的双腿在那里哭泣着。关老太太坐在罗汉床上，半是无奈半是不悦地望着董氏，很是头痛的样子。

周少瑾一看心里就冒火起来，只是没等她开口，周初瑾已喊了声"柏大太太"，似笑非笑地道："您是什么时候来的？没想到我们姐妹过来给外祖母请安竟然会遇到您！您这是遇到什么不顺心的，哭得妆也花了，眼也红了，头发也没有了个正形。"说着，一面上前扶了董氏，一面冲着跟进来的似儿不悦地道，"似儿姐姐也是的，柏大太太这个样子，你也不吩咐小丫鬟们打了水进来服侍柏大太太洗个脸！"然后拉了董氏道，"您有什么话不能跟我大舅母说的？非要到老太太面前哭。这大过年的，多不吉利啊！知道的说您和我外祖母情同母女，有什么话都会过来跟外祖说，不讲究这些俗礼；不知道的还以为您家死人走水了……"

诅咒他们家死人走水，程辂在赶回家过年的路上还没有平安到家，又是过年的当下，周初瑾还是个晚辈，董氏哪里还忍得住，跳起来就道："你这丫头片子说什么呢？你也知道快过年了，死人走水，这是能说的话吗？"

周初瑾没等董氏的话音落下来，就笑道："我也不是有意的，听到外面的小丫鬟们都这样议论，还以为您家里真的发生了事，一时说错了话，您就大人不记小人过，原谅我这一次好了。既然您家里大人孩子都平安，您哭得这么伤心做什么？弄得大家在外面议论纷纷的。"

董氏语凝，看见了周少瑾。她不由老脸一红。在周少瑾面前，她向来是端庄大方，矜持肃穆的……董氏恨恨地瞪了周初瑾一眼。

程柏做出那等丢人现眼的丑事，她可以像这样哭得别人都知道，让别人背后议论程柏无情无义，却不能当着众人的面承认。于理于情她都得带着儿子过来给周少瑾姐妹赔不是，给周家的人赔不是。那岂不是坐实了程柏的丑事，以后他儿子背着这个骂名，还怎么抬头做人？还怎么说亲娶媳妇？

她在家里也是想了又想的，觉得自己好歹是比周氏姐妹高一个辈分，关老太太又向来怜惜她一个人带着孩子不容易。她在关老太太面前好好地哭诉忏悔一番，关老太太说不定心一软，也就把这件事揭了过去。等到程辂回来的时候，再备份厚礼给程洵赔个礼，程洵还能忤逆了关老太太不成？大家也就心照不宣地不再提起这件事。四房的不追

· 143 ·

究了，其他房头又凭什么说三道四的！

　　至于周家，关老太太都不追究，程柏又死了这么多年了，说出去对庄氏也没有什么好处，她把钟山脚下那块三十亩的上等良田赔给周家。周家看在程家的面子上，想必也不会再追究这件事了。可不承想关老太太这次却铁了心不松口，翻来覆去的只说这是程周两家的事，她一个前岳母，不能因为给周家带过两个孩子就挟恩图报……她这才没有办法哭起来的。如今被周少瑾看了个正着，只怕以后再难在她的面前摆那长辈的谱了。

　　周少瑾看姐姐被瞪，心里更加不舒服。枉她从前觉得董氏是个和蔼可亲的长辈，梦中落得那样下场还真不怪别人！周少瑾忍不住道："您也用不着瞪我姐姐。任谁看着您这么哭着闹着，都会以为您家里出了什么大事呢！我姐姐这是关心您。如果是别人，我姐姐早就装作什么也不知道，扭头就走了，横竖您的事有我外祖母呢，您难道还找到我们姐妹身上来了不成？"

　　董氏向来知道周初瑾精明能干，刚才那一通话绵里藏针，她心里就有点怵周初瑾，此时周少瑾横插一句，她想起了那次二房的老祖宗过寿时周少瑾的不敬，又想到儿子有意求娶她居然不识抬举，顿时有些恼羞成怒，想着我对付不了周初瑾，我收拾你周少瑾还不是现成的，想也没多想地张口就道："少瑾，你什么时候也跟着别人学得这么牙尖嘴利的了？我们家辂从前当着我的时候总是不住地夸奖你，说你贤良淑德，温柔敦厚，是个难得的好姑娘……"

　　周少瑾听到她提起程辂就气得全身发抖。难怪梦中这母子俩都没有把自己放在眼里，敢情人家是觉得她心地善良好欺负呢！她起了心火，哪里还顾得上什么长幼尊卑，冷冷地打断了董氏的话："您说的这是什么话？我一个闺阁女子，辂表哥怎么会私下和您说起我？我瞧着辂表哥也是个正人君子，对兄弟们恭敬有礼，对我们这些表妹也爱护有加，怎么到了您嘴里，就像变了个样子似的？莫非是我们都看错了辂表哥，辂表哥私底下却是个喜欢非议他人的人？"

　　董氏听了气得发晕。周少瑾这一顶顶的大帽子扣下来，儿子以后还要不要做人了！关键是她不相信这些话是周少瑾说的。周少瑾向来软弱无能，定是有人给她撑腰，她才敢这样和自己对着干。

　　"少瑾，你看你现在哪里还有个大家闺秀的样子？"董氏睁大了眼睛，痛心疾首地道，"你快别说了。这话要是听在别人耳朵里，还以为你喜欢搬弄是非，逞那口齿之利呢！"

　　周初瑾听着上前几步，就要和那董氏理论。

　　周少瑾心里明白，人都喜欢捏软柿子，自己从前就是那个软柿子，董氏自然要捏一捏。除非她想像梦中般永远地躲在姐姐身后，不然她就得自己站出来和董氏应对，让董氏知道，她脾气虽好，可也不是没有原则、没有底线的。

　　"柏大太太这话我可不同意。"她一把拉住了姐姐，打断了董氏的话，"我上有外祖母，下有大舅母，我外祖母和大舅母都没有说话，不知道什么时候我的教养德性需要您来管了？或者是您觉得您教出了个中了秀才的儿子，就比我外祖母或是大舅母都要体面几分？若是您真要这份体面，我劝您还是先管好自己家里的事再说吧！免得站门口指手画脚地说着别人家的事，自家后院的葡萄架却倒了，白白给人耻笑才是。"

　　董氏刚才还当着关老太太说不知道程柏所做的事，现在就被周少瑾嘲讽糊涂无能，她又羞又气，脸涨得通红，张嘴就要和周少瑾理论。谁知道关老太太却高声喊了句"少瑾"，道："还不快给柏大太太赔礼！长辈的事，也是你们小辈能议论的？"说完，也不等周少瑾给董氏赔礼，已笑着对董氏道："小孩子家家的，不懂事，你是长辈，就不要和她一般见识了。"随后又朝周少瑾喝道："还杵在这里做什么？你下午不是要去寒碧山房抄经书吗？难得郭老夫人如此器重你，你也要争气才是，不求你战战兢兢，也要按规守时才是。"

这哪里是在呵斥周少瑾，分明是在包庇周少瑾。董氏听得出来，周少瑾姐妹也听得出来。周初瑾忙拽着妹妹就退了下去。

董氏气得脸色发紫，可想到刚才关老太太又是什么"寒碧山房"，又是什么"郭老夫人"地威胁她，肝都痛了起来。

周初瑾和周少瑾却在茶房里掩了嘴笑。特别是周少瑾，第一次这样想说什么就说什么，心中不知道有多畅快。她陡然间又想起了集萤那天给她讲的那个故事。是一辈子低眉顺言只求死后的殊荣，还是遵循本心只求不负岁月，做自己喜欢的事？周少瑾恍恍惚惚的，直到关老太太打发了董氏，请了她们姐妹过去，她才回过神来。

"少瑾也知道维护外祖母了。"关老太太拉着周少瑾的手，轻轻地拍了拍她的手背，很是感慨。周初瑾和她有血缘关系，周少瑾却只是她名义上的外孙女，所以她敢管周初瑾，却不太敢那样去管教周少瑾。可没想到周少瑾这孩子如此懂事，有一天会像她亲孙女似的维护她。她觉得自己这些年来抚养周少瑾的辛苦都值得了。

关老太太不禁道："以后不要再和人逞口舌之利了，不管怎么说，柏大太太是你的长辈，别人看见了，总觉得是你容不得人，是你不对。以后要是再遇到这种事，你只管大哭就是了。她若是再说你，那就是她的不对了。"

周少瑾热泪盈眶。这才是肺腑之言。梦中，她求之不得。如今，却这样轻轻巧巧地就落了自己的身上。她含着泪笑道："我这不是看见是在您屋里又没有外面的人吗？若是在外面，我肯定不会这样和她说话的。"

关老太太看得出她的感动。就觉得周少瑾更像庄氏了，懂得感恩图报，心里越发喜欢她，遂笑道："你要记住了，切不可和人硬碰硬；就算是赢了，也得罪了人。俗话说得好，宁愿得罪君子，不可得罪小人。你又不知道那人是君子还是小人，所以还是万事留个心眼，小心点好。"

周少瑾连连点头。

关老太太就呵呵地笑了几声，道："好了，我也不在这里讨你们的嫌了，我呀，应该只负责让你们快快活活的才对，管教你们，是你们大舅母的事！"

周少瑾抿了嘴笑。周初瑾则娇嗔道："外祖母又要推卸责任了！"

关老太太哈哈大笑。屋里服侍的人也都笑了起来。

第三十二章　过年

周氏姐妹和关老太太的一番举动算是彻底把董氏给得罪了。她关在内室里足足哭了两天，直到听说程辂回来了，她这才像是抓住了一根救命稻草似的直奔厅堂。

"大郎，大郎，不好了，不好了！"她眼睛已经肿成了核桃，根本就看不清楚东西。她丢开扶着她的贴身丫鬟就朝那个站在厅堂正中穿着深蓝色衣服的人影冲了过去，"你父亲他，你父亲他出事了！"

按照岳麓书院的规矩，外地求学的学子可以根据自己的实际情况任意安排回家的时候，可快过年的时候，他却被岳麓书院的教授叫去帮着编三年前的时文集子，直到喝了腊八粥才放他回来。他生怕错了大年夜的祭祖，日夜兼程才赶了回来。谁知道人还没有站稳，母亲就慌慌张张地冲了出来，嘴里还嚷着什么"父亲出事了"的话。

他父亲已经死了十年了，能有什么事？程辂又累又饿又冷，哪里还有什么好态度对待董氏？

"娘，您能不能稳重点？"他有些不耐烦地道，"您有什么话能不能等我换件衣服，喝口热茶之后再说？"

"你，你还没有更衣啊！"董氏期期艾艾地忙站好了，想到那些糟心的事，又想哭，可眼泪却像干涸的井似的，怎么也流不出来，眼睛却涩涩的痛，但她还是拿着帕子擦了擦眼睛，道，"大郎，你都不知道你父亲背着我们干了些什么！现在可好了，他活着的时候从来都不管我们母子，死了还要祸害你……"

"母亲！"程辂听了脸色铁青，暴喝道，"您知不知道您在说些什么？当着这满堂服侍的丫鬟小厮，您以后还要不要做人了！"

董氏面露畏缩之色。

程辂沉着脸吩咐她贴身的丫鬟："莲香，扶夫人回屋里去。"

莲香吓得瑟瑟发抖，忙去扶董氏。董氏却没有像从前那样乖乖地跟着丫鬟回屋，而是拽了程辂的衣袖，半是哀求半是惶恐地道："大郎，你换件衣服就过来。我有要紧的事跟你说。"然后想到儿子也许连饭都没有吃，又道，"你要是还没有用膳，就让丫鬟端到我屋里来，我一面说，你一面吃。这件事很要紧。"儿子从小就喜欢父亲，若是从下人嘴里听到了他父亲的不好，她怕儿子伤心的时候连个安慰的人都没有。

程辂皱着眉头"嗯"了一声，等到董氏离开了厅堂，这才吩咐赵大海："你赶紧把我们从长沙府买的土仪都送到九如巷各房去，明天就是小年，再晚就不合适了。"

赵大海连声应是。程辂带着小厮松清回了内室。

墨香不知道程辂什么时候回来，一进入腊月就像程辂在家的时候一样，每天都把程辂住的偏厢房打扫一遍。此时得了信说程辂回来了，她忙迎了出来。

程辂见自己事先没说什么时候回来，屋里却干干净净、整整齐齐的，就是中堂的画也挂上了应景的瑞雪兆丰年，很是满意，微微颔首，赏了墨香五两银子。

墨香喜出望外，麻利地吩咐丫鬟打水进来服侍程辂梳洗，又让小丫鬟去跟厨房里说一声程辂回来了，准备些他喜欢吃的酒菜。

程辂想起母亲的话来。他母亲虽然有些时候不着调，却是个心疼孩子的，明知道他刚回来，如果不是出了什么让她慌了神的大事，她不可能明知道他没有用膳还要他去她屋里说话的。难道真是父亲出了什么事？念头闪过，他"哑"了一声。母亲糊涂了，自己也跟着糊涂了，竟然和母亲说出一样的话来！

他想了想，对墨香道："把饭摆到太太屋里，我要和太太说说话。"

墨香恭敬地应诺，等到程辂梳洗完毕，换了一身青莲色湖杭锦袍，这才服侍着程辂去了董氏的屋里。

董氏立刻把两人身边的丫鬟婆子都赶了出去，拉着儿子的手就忍不住捂着眼睛干嚎了起来："你爹那个死了都不做好事的……"她把周家如何发现兰汀假传庄氏的遗命被周氏姊妹查出程柏与欣兰合谋害死了庄氏告诉了程辂。

只是程辂还没有等董氏把话说完,他已暴跳如雷,冲着董氏咆哮道:"你听谁跟你胡说八道的?父亲那么好的一个人,怎么会伙同个卑贱的婢女,还是个嫁给了商贾的婢女合谋!别人没脑子,你也跟着没脑子!你整天在家里都在干些什么?我辛辛苦苦地支撑着这个家,不是让你人云亦云地说我父亲不是的!"

董氏被儿子狰狞的面孔吓得一下子瘫软在椅子上,要不是身后的靠背,她只怕就要跌落下去了。

程辂看着母亲的样子又是可怜又是憎恶。他揉着太阳穴,疲惫地道:"好了,娘,我不应该吼您。可您说的话也太离谱了。您以后再也别这样了。我看您是太闲了,您要是实在无聊,就去庙里多走走,像郭老夫人似的,念念经,抄抄经书什么的,别总是听风就是雨了!"

董氏不识字,怎么可能抄经书呢?只是此刻程辂忘记了这件事,董氏也忘记了这件事。她见儿子面色和缓下来,身上的力气这才一点点地回来了,朝着程辂就哭了起来:"大郎,我没有胡说八道,我真的不是胡说八道……那两个婢女,已经入了监。"

程辂一愣。

董氏把自己为了他的前程是如何去程家求的情都一一地告诉了程辂,最后抓着儿子的手道:"你要是再不回来,我都不知道该怎么办好了。万一别人要是知道了你父亲的事,你想想,你还能做官吗?我们这家可怎么办?你十年寒窗苦岂不是白读了?你还没有娶媳妇呢!"

程辂脸色煞白,道:"娘,您是说,您去求周少瑾,她不仅没有答应放过我们,还把您呵斥了一顿?"

"是啊!"董氏现在怎么看周少瑾怎么不顺眼,她生怕儿子放在周少瑾身上的心收不回来,夸大其词地道,"她说的话可真是难听!要不是我亲眼所见,根本不敢相信是周少瑾说出来的,就是那市井泼妇,也比她要有教养得多……"

程辂根本没有认真地听董氏在说些什么,他的神情有些恍惚。是啦!程、周两家怎么会就这样轻易地放过他呢?原来是留有后手呢!他们恐怕还不知道他是什么人吧!想在他的头上扣屎盆子,恐怕不是那么容易的事。如果周家真的是以这个名义把两个丫鬟送进府衙的,他得抓紧时间赶快弄到那两个丫鬟的供词才行,看能不能从字里行间找到破绽。

程辂是个说干就干的人,他高声喊着墨松,这才发现母亲还抓着他的手在那里絮絮叨叨地说着周少瑾的不是。他忙对母亲道:"这件事您就别管了,我自有主张。您只要记住,父亲是个好人,那些话都是些别有用心的人诋毁父亲的就行了。"

向来对儿子言听计从的董氏却很是怀疑,她吞吞吐吐地道:"这次恐怕不是什么流言蜚语。听说那欣兰承认,你父亲还送过那欣兰一整套的赤金头面。欣兰的丈夫也证实了那贱婢真的有那么一套赤金头面,她当时说是庄氏所赐,她丈夫才没有起疑。"说到这里,她不由咬牙切齿,"要不是你父亲死得早,他只怕早就将那个破烂货收了房……"

程辂不喜欢听母亲这样说父亲,他不悦地打断了董氏的话,道:"我不是跟您说了吗?那些都是骗人的!是周家胡说的!"

或者是那套赤金头面刺激了董氏,她刨根问底地道:"周家这么做于他们又有什么好处?我觉得不像是周家的人在造谣!"

程辂对母亲的冥顽不灵很是恼火,他不由冷冷地道:"您难道现在还没有看出来,周家这是要打击报复您儿子呢?"

· 147 ·

"他们为什么要打击报复你？"董氏呆住，道，"你又没有做什么对不起周家的事！"话音未落，她"哎哟"一声，忙道，"难道周家是怪你喜欢上了周少瑾？可这也不对啊？如果是这样，周家大可把周少瑾许配别人就行了，又何必得罪你呢？周家难道就不怕你以后飞黄腾达了来找他们算账？"

对着这样的母亲，程辂很是不屑。他不无恶意地把程庄两家的恩怨告诉了母亲。

董氏骇然地望着儿子，半响都没有回过神来。等她回过神来，再也难忍心中的愤怒，指着儿子的鼻子大声道："你是什么时候知道的？为什么没有告诉我。你明明知道周少瑾是庄良玉的女儿，你竟然还要娶她回来？你怎么有脸让我去程家提亲？你把她娶进门，那我们成什么了？你就不怕走在路上被人指指点点地说你们父子两人都没脸没皮，老子喜欢娘，儿子喜欢闺女，把一家人的脸面给别人踩……"

程辂只觉得深深的无力。"娘，您小点声音好不好？您就不怕隔墙有耳被人听见？"他妥协般地道，"我也是刚知道，不然我怎么会想到要娶周少瑾呢？你现在知道了缘由，就别再相信那些道听途说了。我现在已经有了功名，也不用事事都求着程家了。您以后还是安安心心地在家里做您的太太好了！"

董氏将信将疑。程辂已顾不得她。他要想办法找人拿到欣兰和兰汀的供词。

且不说那程辂是如何愤怒焦急、董氏是如何伤心欲绝，弄得存义坊程家上上下下都无心过年，周少瑾这边因为过年，暂停了抄经书，就在家里画观音。

周初瑾笑妹妹："怎么一刻也停不下来？"

周少瑾冲着姐姐抿了嘴笑。

周初瑾让丫鬟端了很多系着红绳的水仙花摆在她的屋里，说这是周家伺候花房的余嬷嬷托马富山家的送过来给她们姐妹过年的。周初瑾送了关老太太几盆，送了沔大太太几盆，其他的就搬到了畹香居。

周少瑾见那些水仙都养出了苗，且形态各异，品种繁多，很是喜欢，在茶房里多点了个火盆，把水仙都放在了茶房里。

周初瑾笑着叮嘱她："这屋里这么热，你小心把水仙养死了。"

"不要紧。"周少瑾笑道，"我想让它们赶在大年三十之前都开花。"

周初瑾怀疑道："这样行吗？"

周少瑾笑着把姐姐推出了茶房，道："你就等着好了。"

周初瑾笑着去了涵秋馆，和沔大太太安排小年夜的团年饭。

程诣身边的小厮三宝畏手畏脚地过来禀道："大太太，二爷说、说他屁股疼，就在自己屋里吃、吃年夜饭！"

沔大太太气得一佛出世，二佛升天，喝道："那你就跟他说，让他别过来了。我有两个儿子，少了他这一个，还有一个。"

三宝吓得瑟瑟发抖，恭声应着"是"，仓皇地退了下去。

沔大太太当着周初瑾抚着额头直落泪："我怎么生了个这样的东西！他是不把我气死不罢休啊！"

周少瑾劝了程诣一通后，程诣虽然不再嚷着要向程池讨要集萤了，可也依旧犟着嘴不肯认错。照关老太太和沔大太太的意思，小孩子家面皮薄，这样也就行了。程沔却不依，说什么"现在年纪这么小，正是明辨是非的时候，做错了事都不认错，以后长大了是不是也可以这样默不作声地走开"，非要程诣写过错书不可。程诣哼哼叽叽地不痛快，程沔就让小厮把他绑了，在嘉树堂的厅堂前打了二十大板。

程诣在外面哭天抢地,关老太太和沔大太太在屋里哭得像个泪人似的,却始终咬着牙没有出去给程诣说一句好话。

周少瑾和周初瑾知道后都去探望程诣,程诣和周初瑾、程诰甚至是来探望他的程笳都有说有笑的,唯独不理睬周少瑾。周少瑾心里有些难过,程诰顺手就给了程诣一巴掌,道:"你要是连谁对你好谁对你坏都分不出来,你以后就给我待在家里哪里也不要去,混吃混喝地等死好了。家里的庶务也一并由我打理,免得你把父亲好不容易才积攒起来的一点家当都败光了。"

程诣嗷嗷叫"痛",硬着脖子道:"大丈夫说话算话,我说了和她老死不相往来的!"

"你再说!"程诰又给了程诣一巴掌。

周少瑾忙拦着程诰,气道:"诰表哥别把手给打疼了,他不想和我来往,我正好落得清闲。谁家的哥哥见到妹妹的朋友就两眼发直的?这样的哥哥不要也罢。"然后叫了程笳:"你是待在这里还是去我那里?我要回去了!"

程笳来探望程诣不过是看在从兄妹的情分儿上,她和程诣根本就说不到一块去,闻言立刻挽了周少瑾的胳膊,道:"当然是去你那里。我看诣表哥没有百来天休想下床,我们也别在这里讨他的嫌了。"拉着周少瑾就出了房门。

"喂,喂,喂,你给我说清楚,我要在床上躺这么长的时间吗?"程诣听了心里发慌,冲着周少瑾和程笳的背影直叫唤。自上次五房走水,程诺等人想进四房来找他玩就没那么容易了,周少瑾和程笳再不来,他岂不是要孤零零地一个人在床上躺上百来天?他想想就觉得害怕。

程诰和周初瑾见他这个样子无奈地摇头。

周少瑾道:"诣表哥的伤需要这么长时间吗?我听姐姐说,诣表哥的伤都是皮肉伤,养个十天半个月就好了。"

"你可真实诚。"程笳咯咯笑,道,"我是随口说说的!谁让他那么嚣张的。"

周少瑾讪然。

程笳约了她元宵节去看灯。在程家吃过小年的团圆饭,周少瑾和周初瑾就要回周家了,要等到初二给舅舅拜年才会回来。

"我也不知道到时候能不能出去啊!"周少瑾道,"若是我能出去,一定和你去看灯。"程笳满意地走了。

周少瑾回到畹香居,集萤在等她。

"听说你去看程诣了?"她道,"他怎么样了?"程诣看中了集萤的事府里已经悄悄地传开了,他被打的事自然有人说给集萤听。

"还好!"周少瑾把刚才的事讲给集萤听,并道,"我看他精神挺好的,不像是有事的样子。"

集萤也不过是随口问问,听了笑道:"你们家算是家教严的。上次程嘉善被打,袁夫人居然让贴身的丫鬟暗示行家法的婆子轻点打。难怪郭老夫人对袁夫人很不以为然,想把二老爷家的让二爷带回家来让程子川帮着带些日子。程子川好像没同意。"

周少瑾很是惊讶,道:"你怎么知道的?"

集萤睁大了眼睛,道:"我现在住在寒碧山房,这些事当然是听那些丫鬟小厮说的啊!"

周少瑾的眼睛顿时瞪得比集萤还大,道:"我在寒碧山房抄了大半年的经书都没有听说过,你这才住进去了几天,怎么什么事情都知道了!"

集萤鄙夷地瞥了周少瑾一眼,道:"你能跟我比吗?"

周少瑾嘿嘿地笑，道："池舅舅为什么不想带让二爷？"在她的印象里，程让是个胆小却很老实的人，这样的人通常都很听话。如果能把程让教出来也是挺不错的，程家最少也能多个举人。

"可能是嫌麻烦吧！"集萤不以为意地道，笑着转移了话题，"我听说你明天就要回家，到了正月初二才回来，是真的吗？"

周少瑾点头，笑道："我们周家也要祭祖啊！"

"好了，我知道了。"她说完就要走。

周少瑾莫名其妙，道："你就为了问这个吗？"

"是啊！"集萤道，"我到时候好去找你玩！"

"哦！"周少瑾送了集萤出门，想着等会儿要去嘉树堂吃团年饭，重新梳了个双平髻，换了大红色妆花褙子，戴了金珠发箍，去了周初瑾的屋里。

周初瑾刚刚回来，见周少瑾眉眼带笑，一颗悬着的心这才落了下来，但还是带了几分小心地问她："不生气了？"

"不生气了。"周少瑾哼道，"他不理我，我就不让笳表姐去看他，看到时候谁更不自在。"

"小丫头。"周初瑾忍不住捏了捏妹妹的脸，感慨道，"这才对！他不理你，是他的损失，我们高高兴兴的，气死他。"

"是！"周少瑾咯咯地笑，心里的那点不快这才烟消云散，催促着姐姐，"快去换衣服，我们早些过去。"

周初瑾让人拿了装着糖食的攒盒给周少瑾，这才去换了衣服。因四房没几个人，周少瑾等又是小辈，嘉树堂的年夜饭也就没有分桌。

周少瑾和姐姐过去的时候，碗箸已经摆好了，沔大太太正笑盈盈地和关老太太说着话，可她的眉宇间却难掩轻愁，见到周氏姐妹，她忙笑着打招呼，吩咐丫鬟端了果盘上来："先吃点水果垫垫肚子，你诰表哥去请你大舅舅了。你大舅舅也不知道是哪根筋不对，考起你诰表哥的功课来。也不知道什么时候能说完。"没有提程诣的事。大家也都不提。

周少瑾在心里偷偷地笑。沔大舅舅是担心诰表哥去何家被何家的老太爷问功课的时候答不出来吧！

她装作不知道，和姐姐一左一右地坐在关老太太身边吃着水果，陪老人家说着家常。

过了大约两炷香的工夫，程沔和程诰一前一后地走了进来。程沔神色和煦，看得出来，对程诰的功课还是很满意的。屋里的人忙给程沔行礼。

程沔目光一扫，微微一愣，脸就沉了下去，道："二郎呢？"

沔大太太小心翼翼地道："他身上还伤着，所以妾身做主，就让他在屋里歇着了……"

"胡闹！"她的话还没有说完，程沔已是一声暴喝，鬓角冒着青筋道，"你这就把他给我叫过来。他要是敢狡辩一句，你就跟他说，让他以后再也不要来了，程家以后祭祖、过年也都与他无关了。"

沔大太太吓得脸色煞白，朝关老太太望去。关老太太垂了眼睑，捻着手里的佛珠。周少瑾胆战心惊，不由依偎在了姐姐的身边。周初瑾握住了周少瑾的手，安慰般地朝着她笑了笑。

屋外就传来了似儿又惊又喜的声音："大老爷，老安人，太太，二爷过来了！"

屋里的人俱松了口气，沔大太太更是热泪盈眶，道："快，快扶了二爷进来。"

似儿没等沨大太太的吩咐已撩了帘子。三宝扶着程诣挪着步子走了进来。

程沨神色微霁。程诣老老实实地给程沨行礼。

"不用了。"程沨冷冷地看了程诣一眼,吩咐沨大太太,"上菜吧!"

屋里的气氛一暖。周少瑾觉得空气都畅通了不少。

关老太太就出来打圆场,笑道:"都坐下来吃饭吧!今天是团年夜,诰哥儿,等会儿你领了你少瑾妹妹去放爆竹!"往年这种事儿都是程诣抢着做的。

周少瑾看了程诣一眼,他果然哭丧着脸。周少瑾觉得心情大好,她笑眯眯地应是,等到大家团团坐好,她和程诰去放爆竹。说的是一起,实际上是程诰的小厮悟儿挑着竹竿,程诰点了爆竹,周少瑾站在廊庑下捂着耳朵躲在似儿的身后。

一阵"噼里啪啦"的爆竹声过后,院子里硝烟弥漫。远处此起彼伏地传来阵阵的爆竹声,也不知道是哪房的年夜饭开始了。周少瑾这才深刻地感觉到新年即将到来,她很快将迎来至德十九年。希望明年沐姨娘能顺利地嫁给林世晟,希望她明年能顺利地和池舅舅搭上话。她望着远处如繁星般的红色灯光,默默地向菩萨许愿。

程诰却笑着拍了拍她的肩膀,道:"走了,我们回去吧!这里硝烟大,小心被呛着。"

周少瑾笑着和程诰进了屋。程诣坐在垫了厚厚锦垫的圈椅里,冷傲地不看周少瑾一眼。周少瑾也懒得理他,坐到了姐姐的身边。

小丫鬟开始上冷碟,程沨开始说话。他先祝福了关老太太几句,然后说起了周少瑾姐妹:"回家后要闭好门窗,有什么事就立刻派人过来跟舅舅说。初二一大早我就会叫了管事去接你们姐妹回府。"说到程诰和程诣的时候则道:"从今天开始闭门读书,好好地把从前先生教的功课温习几遍,知道就是知道,不知道就是不知道。你们的舅母初五的时候回浦口省亲,你们两个初三就跟着你母亲去浦口,一来是去给你舅母请个安,二来是去给何家的老太爷磕几个头,再者你们也不小了,何家表哥那边也应该多多走动才是。"

不知道是不是已经提早得到了消息,程诰沉稳地应了一声,神色显得有些凝重;程诣听闻后却两眼发光,眼巴巴地朝沨大太太望去。

自己生的自己知道。沨大太太看了眼丈夫,见丈夫神色温和,这才若有所指地低声对程诣道:"这次娘也带了你去,你可要听话,不然你以后休想我再带你出去。"

被挨了打之后居然还有份儿!程诣喜疯了,高声应诺,止不住地欢快起来。程沨瞥了程诣一眼。程诣立刻眼观鼻、鼻观心地坐好了。程沨眼底闪过一丝满意,转头温声地问关老太太:"娘,您有没有什么要说的?"

"没有,没有。"关老太太笑道,"大家今年都平安顺遂,明年也一样能安泰康宁!"

"承您老人家的吉言!"沨大太太笑道,周少瑾几个也都嘻嘻地笑。

小丫鬟开始上热菜。程沨亲自给关老太太倒了杯酒,并笑道:"这是我特意让人从杭州府带回来的伍家金华酒,您尝尝。"

关老太太笑呵呵看着儿子给自己倒了酒,笑道:"你也给你媳妇满上一杯,她这一年主持中馈也辛苦了。"

沨大太太脸涨得通红,忙站了起来,连声道:"您可折煞儿媳妇了。"

"不为过,不为过。"关老太太说着,程沨给沨大太太倒了杯酒。沨大太太还没有喝人就像醉了似的。周少瑾和周初瑾都在一旁掩了嘴笑。

沨大太太就道:"你们两姐妹也喝点,特别是少瑾,已经是大姑娘了,这酒也要慢慢学着喝会了。"

梦中,她直到离开程家,也没有哪位长辈认为她可以喝酒了。周少瑾红着脸由小丫鬟给自己倒了酒。

程洇就举起了酒杯。除了关老太太,大家都笑着站了起来。程诣面前是茶,他扶着圈椅站了两次才站起来。

待喝过一小口酒,年夜饭就正式开始了。不同于往日的食不言寝不语,大家都比平时要放纵,等到上一口锅的时候,关老太太已低声和洇大太太讨论去浦口有没有忘记谁的礼物,程洇则和程诣说起近日来流行大江南北的《论语新裁》:"是已故大学士胡卓然的遗作,据说皇上很是看重,有意把它作为科举的注释之一。何家老太爷和胡卓然虽然只见过一面,却是学术上的知己。你这次去,一定要好好向何老太爷请教!"

周初瑾书读得极好,对时文经济也感兴趣,听得津津有味。

周少瑾不知道何家老太爷和这个胡卓然关系好不好,但却知道,何家老太爷三年后就会病逝。因为何风萍比程诰还大一岁,为了不耽搁何风萍和程诰的婚事,何家老太爷一病,何太太就把何风萍嫁了过来。而胡卓然写的这本《论语新裁》六年后成了科举的注释之一。既然洇大舅舅说起这件事,她觉得也应该跟姐夫廖绍棠提个醒——廖绍棠大归的姑姑廖英章嫁的就是何家的子弟。不过,此时洇大舅舅正和诣表哥说话,不是机会,等会儿回去后一定要记得这件事。

周少瑾在心里琢磨着,有人凑了过来,低声道:"你是不是知道我娘要带我们兄弟去浦口的事?"

这屋里总共只有这几个人,她不用抬头也知道和她说话的人是谁。周少瑾"嗯"了一句。

程诣气得够呛,道:"那你刚才怎么不提醒我一声?我要是不来岂不是去不成浦口了?"这一年来他一而再、再而三地被禁足,已经快要长绿毛了。

周少瑾淡淡地道:"你不是说要和我老死不相往来吗?我为什么要告诉你?"

程诣气结。周少瑾就慢条斯理地舀了碗鸡汤喝,所以她没有看见坐在她对面的关老太太和洇大太太笑而不语地互相对视了一眼。

平桥街的周家祖宅,尘也除了,桃符也贴好了,灶神也迎了,周少瑾和周初瑾回到家里又没有了管头,真的是睡觉睡到自然醒,想什么时候吃饭就什么时候吃,想吃什么就吃什么。不过两天的工夫,周少瑾就开始晚上睡不着,白天起不来。

自律的周初瑾忙道:"可不能这样了,等过几天回了九如巷还不得让人诟语啊!"

"我们就当是走亲戚好了!"周少瑾像在大兴的田庄似的,在临窗的地方放了架罗汉床,四周点了火盆,裹着灰鼠皮的袍子靠在猩红的漳绒大迎枕上看着一本名为《碧玉簪》的话本,她一面看,还一面点评:"写书的这个绿茵楼楼主是什么人啊?哪有人会这么傻啊?见别人拿了支玉簪子就怀疑是自己妻子送的,也不去查查看到底是怎么一回事。"

"既然不好看为何还要一直看下去?"周初瑾笑道,"我看你这不是看书,你这是在受罪,还是自作自受!"

周少瑾嘻嘻笑,道:"我这不是不好玩吗?"谁知道她的话音刚落,春晚跑了进来:"二小姐,二小姐,集萤姑娘过来了!"

"你说什么?"周少瑾一下子就坐了起来,"集萤?她怎么过来了?谁送她过来的?人在哪里呢?"

她连珠炮似的一通问，春晚好不容易等她说完，这才笑道："是秦管事送集萤姑娘过来的，人就在门外……"

"快让她进来，快让她进来。"周少瑾不等春晚说完，已下了床去趿鞋，春晚要给她穿她都没让，直催着让她把人领进来。

周初瑾看着直摇头，笑着回了屋。

不一会儿，春晚就把集萤领了进来。集萤把头发绾在头顶梳了个绾，戴着桃木簪子，穿了件男子穿的青色锦袍，外面罩了件宝蓝色的羊羔皮披风，虽然作男子打扮，可一看就能辨出雌雄。周少瑾张大的嘴巴半天都没有合拢。

集萤笑道："怎么样？我这身打扮还不错吧？"

周少瑾道："是秦子平送你来的？"

集萤点头，道："他出来给程子川办事，我说想来看看你，就跟程子川说了一声，跟着他一起出来了。"

周少瑾不由上上下下打量了她一番，道："池舅舅就同意了你来看我？"

"我又不是去做什么坏事，他为什么不同意？"集萤笑道。

也是哦！周少瑾忙请了她进屋。

集萤看见那张临窗放着的罗汉床就低呼了一声，三步并作两步地走过去坐了下来，还把毛茸茸的大迎枕抱在了怀里，道："二小姐，我就知道来你这里比待在寒碧山房有趣多了！你这张罗汉床我好喜欢，这个大迎枕我也喜欢。"

因为都是北方的东西嘛！周少瑾道："你要是喜欢，我就把这张罗汉床和这几个大迎枕都送给你好了！"

"好啊，好啊！"集萤高兴地道，"罗汉床就不用了，寒碧山房有好几张，这几个大迎枕我就却之不恭了！"

周少瑾笑道："你还和我转起文来！"

集萤抿了嘴笑，问她："你在家里做什么？明天是大年三十，你们家的年货应该都置办齐了吧？你要不要和我一起出去走走？我听人说每到这个时候在江东桥下讨生活的那些人都会停业，大小船只一艘挨着一艘，一直排到江中心，非常壮观，我一直想去看看都没有机会，我们一起去看看吧！"

"这个时候？去江东桥？"周少瑾觉得这个主意有些天马行空。

"是啊！"集萤却再认真不过了，"就是这个时候去，不然等到大年初一，大家都开始拜年，路上的人又多了起来，去就不方便了！"

路上的行人不多，周少瑾怦然心动。但大年三十的跑出去玩，好像有点不太好……她不免有些犹豫。

集萤看出了她的心思，抿了嘴笑，不停地怂恿她："去啦！去啦！那里可好玩了。我从沧州过来的时候就是在江东桥上的岸。当时我就被江东桥那些来来往往的大船小舟给镇住了。只是那个时候我的心情不好，也没有顾得上仔细瞧上几眼。后来住进了藻园，又摸不清楚路。这次我好不容易能出来，你家的长辈也不在家，我们正好一起过去看看。我听人说，金陵城的吃喝用度都是从江东桥运进来的，每到春、秋贩运货物的旺季，百舸竞帆，场面十分壮观。但那个时候我们恐怕都难以轻易出门，不然怎么也要去目睹一番。"

周少瑾还是有些拿不定主意。正巧周初瑾过来给集萤打招呼，闻言笑着问集萤："你这样跑去江东桥不要紧吗？"

集萤听着这话有些松动，忙道："这有什么打紧的——四爷要跟着郭老夫人去听雨轩吃年夜饭、守岁。等我回去的时候，听雨轩那边只怕还没有散！"

这倒是真的。周初瑾想了想，点头道："出去可以，但你们必须在申初以前赶回来。"

周少瑾一阵雀跃，不敢相信地道："姐姐，我真的可以出去吗？"

"真的可以。"周初瑾笑道，"不过，你要是不能依时回来，以后就再也不准出去了。"

周少瑾紧紧地抱住了姐姐。集萤也连声道谢，并道："大小姐也和我们一起出去走走吧！"

"我要留在家里准备年夜饭。"周初瑾笑道，"要不是九如巷那边有规矩，我就留你在这里吃年夜饭了！"

越是过年过节的人就越容易疲惫，留在九如巷过年的仆妇虽然可以拿到一笔可观的报酬，却也要一天十二个时辰守在府里，哪里也不准去的。

集萤嘿嘿笑，道："哪天我请大小姐吃烤猪颈肉好了！"

周初瑾从来都不吃这些，但感激她的好心，笑着道了谢，吩咐马富山家的安排轿子和随车的丫鬟婆子护院送周少瑾和集萤去江东桥。

集萤笑道："大小姐您不用这么麻烦，我带了马车过来的。"

周初瑾一愣。金陵城里的人家多用轿子，用马车的，非常稀少。不说别的，马匹本身就受朝廷管制，又因水土问题，很不好养活，比养几个轿夫还要贵。

集萤笑道："是程府的马车。"

周初瑾还是有些不放心，对马富山家的道："这大过年的，还要麻烦他们跑一趟江东桥，你去给随轿服侍的人送些热汤，打声招呼，赏几个钱。"马富山家的应声而去。

这些都是礼节，集萤没有放在心上，周少瑾却知道姐姐是不放心集萤，让马富山家的去落实那马车和马车夫到底是不是程家的。

不一会儿，马富山家的笑着折了回来，一面朝着周初瑾使了个"放心"的眼色，一面道："来的是欢庆，许大爷身边欢喜的胞兄。我想着他胞弟是许大爷近身服侍的，就多赏了他几两银子。"

周初瑾一颗心这才落了地，送了周少瑾和集萤出门。

街边的店铺早就关了门，街上冷冷清清的，看不见什么人影，偶尔看见家杂货铺子，也都是圆滚滚的老板或是精明干练的老板娘孤孤单单地守在铺子里，照顾着一两单生意。从前繁华的街市突然给人一种很萧条的感觉。

周少瑾不禁紧了紧身上的灰鼠皮斗篷，道："这个时候去江东桥还有船可看吗？"

"实际上我也不知道。"集萤老老实实地道，"我主要是想出去走走，整天待在寒碧山房看绿叶子，看得我人都要长苔藓了。"

周少瑾忍不住笑。

集萤叹气，道："你不知道，袁夫人吃了小年夜的团圆饭就去了京城，说是要到九月初九老夫人的生辰之前才会回来。我只要一想到要在寒碧山房里待上九个月，就觉得自己去了半条命。我昨天跟你池舅舅说了，让他把我送到藻园扫地好了，你池舅舅说到时候再说。"她说着，笑盈盈地望了周少瑾，"要是我去了藻园，一定邀请你过去做客。"

"藻园的风景很好吗？"周少瑾奇道。

"至少比寒碧山房好。"集萤笑道，"种了很多的花树，有种四季不败的感觉……"

两人说着，很快就到了江东桥附近。

马车停了下来，欢庆隔着帘子禀道："二表小姐，集萤姑娘，这边马车走不过去了，您等一会儿，我这就去雇顶轿子来。"

集萤奇道："怎么会走不过去？秦子平不是说很好走的吗？"

"这不快过年了吗？"欢庆笑道，"江东桥附近本来就住着很多挑夫、骡夫，平日里在外面做活倒不觉得，此时都在家里歇了，那边板车、箩筐什么的就全都拴在了门口，把道都挡了……"

"这个时候能叫得到轿子吗？"集萤道，"要不换条路走？"

"换条路就怕把二表小姐送回府之后九如巷落了锁，"欢庆笑道，"这地方住的多是做苦力的，打听打听，应该能找得到。万一找不到，我们换条路走也不迟。"实际上是告诉集萤，最好是从这条路上走，不然回去晚了不要怪我。

集萤本是出来散心的，这下子弄了一肚子的气。她不由小声地抱怨："难怪府里的人都说这欢庆和欢喜虽是同胞兄弟却像两个人似的，欢庆懒散，欢喜世故。他居然连这点小事都做不好！"

周少瑾安慰她："我们又没有什么事，耐心等等就是。大不了我们下次再来好了。"

"也只有这样了！"集萤蔫蔫地颔首。

等了一会儿，也没见欢庆回来。她有些坐不住了，道："我们到车外站会儿吧？外面的空气好一些。"

周少瑾穿得很暖和，和集萤下了马车。

她们停车的地方是条小巷，两边堆放着很多东西，甚至还有孩子的摇车，只是家家户户大门紧闭，传出烧卤的香味。她们一下车就看见了高高的桅杆和宽广的河面。

"那是哪里？"周少瑾有些激动地问，"是江东桥吗？"

"应该就是了。"集萤踮了脚打量，道，"看来欢庆是走的小道，这么点距离，我们走过去好了。等他雇轿子，还不知道要等到什么时候呢！"

周少瑾看那巷子不过一射之地，她们身边又有个粗壮的婆子和两个小丫鬟，就点头同意了。

集萤带着周少瑾，一面注意着脚下的坑洼，一面道："可惜我不知道桐园在哪里，听说先帝体恤民力，在蒋山种了数千万株棕桐漆树……"

"你看！"跟着她的周少瑾陡然间拉住了她的衣袖，道，"那个人像不像池舅舅？"

集萤顺势望了过去。不远的一座三桅帆船船头上站着两个人。其中一个长身玉立，穿了件玄色貂皮大氅，戴着碧玉扳指的手悠闲自在地搭在船舷上，冬日的阳光暖暖地照在他的身上，仿佛照在一尊玉瓶上，莹润如玉，雍容金贵。

集萤吓了一大跳，失声道："真是程子川！他这个时候怎么会在这里？他不是说下午要陪着郭老夫人下棋吗？"

周少瑾探过头去："真的是池舅舅吗？"

"真是程子川。"集萤又看了一眼，然后神色一紧，拽着周少瑾就往回走，"天气太冷了，我们还是在马车上等欢庆好了。"

周少瑾莞尔，笑道："你是怕被池舅舅发现吧？"说着，回头又望了一眼船头。

站在程池身边的是个年约三旬的大汉。他身材魁梧，反穿着件羊羔毛的皮袄，里面是件褐色的棉布袍子，身材笔直地和程池对峙而立，像两把扫帚般浓密乌黑的眉毛下有双仿若枯井寒潭般幽深冷漠的双眼，隐隐流露出睥睨天下的霸气，和优雅自若的程池形成了鲜明的对比。

· 155 ·

她不禁小声嘀咕道："奇怪！那人看着像个做粗活的挑夫，可气势却很强横，又不像是个做粗活的，倒像是……是个一呼百诺的土匪似的……"

集萤倒吸了一口凉气。她突然很想把周少瑾的话告诉程池。程池的表情一定会很精彩！

因为巧遇程池，她们的江东桥之行就这样草草结束了。

周少瑾回去讲给周初瑾听。周初瑾掩了嘴笑，道："只许你们偷偷地跑出去玩，就不许池舅舅偷偷地跑出去见朋友啊！你和集萤一主一仆，他和他那个朋友一文一武，有什么可稀奇的？"

周少瑾嘻嘻地笑，和姐姐一起祭了祖，吃团年饭。外面的爆竹放得"噼里啪啦"的响，让两个人的小花厅更显得静谧。周少瑾却不觉得冷清。她给姐姐盛了碗猪肚阴米汤，笑眯眯地问姐姐："你刚才给祖先上香的时候说了些什么？"

周初瑾不理她，喝了口汤道："说出来就不灵了！"

周少瑾只是笑。梦中，她听到了。姐姐说，求祖先保佑李氏生个儿子，支应门庭，光宗耀祖，名留青史。这一次，姐姐注定要失望。可至少她们的小妹妹会活下来，平平安安地长大。

正月初二一大早，程家来接周氏姐妹的人就到了。

周少瑾和姐姐早已经收拾好了，打赏了来接她们的管事婆子，她们就坐着轿子回了九如巷。

姐妹俩先后去了嘉树堂。正房的厅堂到处都是箱笼，沔大太太只穿了件夹袄，正指挥着丫鬟婆子们清理东西。

看见周少瑾和周初瑾，沔大太太立刻笑了起来："你们可算是来了。早上起来到现在，老安人已经念叨好几次了。用过早膳没有？快去见她老人家去，免得她老人家惦记。"然后没等姐妹俩给她请安就让随身的丫鬟去取了两个荷包过来，道，"这是给你们的压岁钱！"

周少瑾和姐姐笑盈盈地接了，给沔大太太拜过年，这才去见了关老太太。

关老太太正由似儿几个陪着打叶子牌，见周氏姐妹进来，像见到救星似的，忙朝着周初瑾招手："可算是回来了，我这都输了好几两银子，快过来帮我掌掌眼。"就像她们姐妹从来没有离开似的。

周初瑾和周少瑾笑盈盈地给关老太太几个道了声"过年好"，周初瑾这才坐到了关老太太的身边，接过关老太太手中的牌仔细地看了起来。

关老太太这才"哎哟"一声，道："忘给初瑾和少瑾压岁钱了。"

周少瑾嘻嘻地笑，道："我可没忘记——您要是再不吱声啊，我就要讨了。"

"这个鬼丫头。"关老太太爱怜地点了点周少瑾的额头，亲自开了身边的匣子，拿了早已准备好的荷包给了周少瑾和周初瑾。

荷包比往年都要沉。周少瑾不动声色地放在了兜里，见关老太太和姐姐的脑袋已经凑到了一起，她跟关老太太和姐姐说了一声，去了厅堂。

"大舅母，您这是做什么呢？"她乖巧地给沔大太太端了杯茶，道，"有没有什么地方要我帮忙的？"

"没有，没有。"沔大太太笑道，"我不是要回几天娘家吗？我寻思着我这一走要过了元宵节才可能回来，那时候已经开春了，我得把你外祖母的衣服、首饰都准备好了，免得丫鬟们慌手慌脚的，不知道该怎么办好。"说到这里，她沉吟道，"少瑾，要是你有空，就常过来陪陪外祖母吧！我和你表哥不在家，你外祖母这里就冷冷清清的了。"

"大舅母放心，"周少瑾忙道，"在您回来之前，我会先陪着外祖母的。若是过了元宵节，我去跟郭老夫人说一声就是了。郭老夫人看着冷峻，心底却很好，是个外冷内热的，想必不打紧的。"

沔大太太听了欣慰地点了点头。

既然有心把少瑾留在家里，有些事就得慢慢地放手让这孩子去做。沔大太太就道："我年纪大了，低着头找了这半天东西，头有点晕。你帮我把你外祖母开春要穿的衣裳首饰都清理出来，冬天的衣裳首饰放一半进去，留一半，怕有倒春寒。"

周少瑾应了，和小丫鬟们一起帮着关老太太整理箱笼。她没有想到关老太太还有镶着雪白兔毛的兔儿卧，有大红色宝石像那壁画上菩萨戴的璎珞。

沔大太太含蓄地道："老人家年纪虽然大了，可也喜欢这些鲜亮的东西。"

周少瑾受教地点头。

下午去了郭老夫人那里拜年。郭老夫人正在和程池下棋。程池穿了件宝蓝色素面织锦袍子，映衬着他的面孔更显几分温文清雅。他浅浅地笑，也学着关老太太的样子给了周少瑾和周初瑾两个荷包。

周少瑾一回到畹香居就有些迫不及待地打开了程池给的荷包。居然是两张十两的银票。周少瑾有些泄气。池舅舅这样给压岁钱，也太敷衍了。不过，郭老夫人给她的是金锞子，是五个万事如意的金锞子。她很喜欢，摆在铺着枣红色漳绒的檀香木匣子里。

周初瑾笑她道："真是个小财迷。"

周少瑾不以为意，笑眯眯亲手将匣子放进了箱笼里。这些都是长辈赠给她的，她希望能永远保留下来，甚至是传给自己的后代子孙。

等初四送走了沔大太太，她和姐姐每天不是陪着关老太太打牌，就是说闲话，或是陪着在院子里走走，日子一眨眼就过去了。

正月十二，沔大太太从浦口写了信回来，说是还要在娘家多待几天，程诰被何老太爷留下来考校学问，程诣则会留下来跟着何家老太爷读书。这对四房来说，是个再好不过的消息了。

关老太太口述，让周少瑾给沔大太太回了封信，让她只管安心地在浦口多待几天，问要不要送银子过去？程诰什么时候回来？有了准信，这边好给两人送热冷的四季衣裳过去，还有服侍的小厮，也要跟着一并过去。

等到沔大太太再写信过来，已是元宵节。

沔大太太在信里写，她二月初一回金陵，程诰会跟着她一起回来，程诣则留在何家，把程诣的衣裳和惯用的笔墨纸砚让管事送过来就行了。何家老太爷崇尚简朴，小厮什么的就免了。何家有给弟子洗衣服的仆妇，其他的，就得自己动手了。

周少瑾想想就会忍不住笑出声来。程诣以为自己是去玩的，结果没想到却把自己丢坑里出不来了。四房虽然对他们兄弟管教严格，可这吃穿用度上却从来不曾少他们兄弟的。程诣这么一下子上了赤贫的日子，一张脸肯定皱成了腌杏子。

她帮着收拾程诣的东西。三宝不停地抹眼泪，哽咽道："二爷不会不要我了吧？那我怎么办？"

在周少瑾的印象里，三宝是一直跟着程诣的。她笑着安慰他："二爷不在家，可他的东西还在家。你只要好生地守着二爷的东西，大老爷和太太都不会亏待你的。"

三宝眼睛一亮，手脚都轻快了很多。等到程诣的东西都装了箱笼，上了锁，三宝磨磨蹭蹭地在周少瑾面前不走。周少瑾失笑，道："你有什么话就说。"

三宝嘿嘿地笑了几声，讨好地道："二表小姐，我听说过了元宵节樊祺就要去保定府。您看我现在也没什么事，要不我陪着樊祺一起去吧？这路上多一个人，胆子也大一些啊！"

年后樊祺还要去趟京城，总不能像上次似的再说去看地吧？想到李氏应该生了，也该带信回来了，她放出风去说给未出世的弟弟或是妹妹做了些小衣裳，想让樊祺带去保定府，顺便再给父亲和继母问个安。没想到事情这么快就传开了。想必是有些仆妇一辈子都没有出过什么远门的原因吧！

周少瑾笑道："这件事可不行。樊祺也是跟着别人一块去，再多带个人，怕是别人不答应。"

三宝不好再说什么，向周少瑾保证："二表小姐，我一定替二爷把家看好。"

周少瑾点头，赏了三宝一两碎银子。回到畹香居，她果然接到了保定府的信。李氏和梦中一样，生了个女儿。

周镇很是失望，但还是按着女儿的排序给新生孩子取名为"幼瑾"。

周初瑾觉得不必让樊祺亲自去给李氏送东西："我们各尽本分就好，走近了未必是件好事。"就凭李氏把兰汀支给周少瑾处置，她就没办法喜欢这个继母。

"我是想让他去看看父亲。"周少瑾笑道，"父亲这个时候肯定有点难过。"

这倒是。周初瑾不再说什么，临到樊祺走的那天却把樊祺叫了过去，给了他一个厚厚的信封，道："这是给太太的。你要记住了，不能亲手交给太太就亲手交给太太身边的李嬷嬷。若是有人问起来，就说是我说的。"

樊祺恭敬地应诺，这次是光明正大地离开了金陵城。

周少瑾问姐姐给了李氏什么。周初瑾叹气道："是我向沪大舅母要的求子偏方。"

周少瑾很是意外。周初瑾道："我虽然不喜欢她，可也不会有意为难她。"

姐姐待人很好又有自己的喜恶，自己什么时候也能像姐姐这样就好了。周少瑾紧紧地抱住了周初瑾的胳膊。

周初瑾就和妹妹说起马赐来："……这次能捉住欣兰，他立了首功。我已经跟父亲说过了，就把他留在我们姐妹身边当差。樊祺虽好，可到底年纪太小，我看就让马赐带着樊祺帮你跑跑腿好了。"

周少瑾愣住。梦中，马赐可是姐姐的陪房。姐姐还是像从前一样有什么好的东西都留给她。周少瑾摇头，道："姐姐，还是让马赐跟着你好了，你总不能什么鸡毛蒜皮的事都求了马富山家的吧？就像我跟你说，让你想办法给姐夫送个信，跟他说程家族学的士子们都在研读胡卓然写的《论语新裁》，你就没人可用。我们还是先把姐姐的事安排好，我的事还可以等几年。"姐姐明年四月份就出阁了。

周初瑾面色微红，没有坚持。周少瑾松了口气。这要是把马赐留给她用，岂不是乱了套？

程池那边得了消息，说计家的人会在保定府等樊祺，送樊祺去趟京城。

他眉头蹙了蹙，吩咐怀山："让人看着他！别像计家的人似的，被他给溜了。"

怀山笑了笑，道："我们的人已经在路上了。"

第三十三章　冒险

　　周少瑾自然不知道她和樊祺已经被程池给盯上了。元宵节的时候，她原准备和程笛出去赏灯，结果二房的唐老安人宴请几位孀居的老安人吃饭，周初瑾需要主持四房的中馈，只好由周少瑾陪着关老太太赴约。程笛一个人也没有了逛灯会的兴致，索性陪着自己的祖母李老安人去了二房。

　　二房的宴席就安排在唐老安人居住的长寿馆。周少瑾还是第一次去，进门就看见两尊比人还高的铜铸仙鹤，四周摆着造型各异的青松盆景，也都根扎虬节比人还高。

　　来迎她的丫鬟十五六岁的样子，雪白的一张瓜子脸，嘴角有颗米粒大小的朱砂痣。看见周少瑾多打量了那些盆景几眼，不由骄傲地道："二表小姐还是第一次看这么多人高的盆景摆在一块吧？这些都是我们家老安人养的。"

　　去年四月初八的浴佛节，唐老安人身边就是这个小丫鬟在服侍，好像叫什么"余儿"的，在唐老安人面前颇有几分体面的样子。周少瑾见她斜着眼睛看人，心中不快，淡淡地笑道："我的确是第一次看到这么多人高的盆景摆在一块。怎么不放到花房里去？这盆景本是点缀之物，这样全都堆放在一起，我还以为没地方放。正寻思着二房只有诣表哥一家，还占了外院的春泽院、桐花楼。我们四房除了诰表哥、诣表哥，还住着我们姐妹俩人，也没觉得住着挤。"这话中之意就是说二房没有规矩，连盆景应该怎么摆放都不知道。

　　余儿又羞又愤，顿时脸涨得通红。原来这里也只是错落有致地摆了几盆，可来的人都赞这盆景养得好，大气，唐老安人非常高兴。她就自作主张，慢慢地把花房里的几盆盆景都搬了过来，来的人多像周少瑾一样多打量几眼，唐老安人也没说什么。她一直很得意，没想到竟然被周少瑾这样鄙夷了一番。

　　"多谢二表小姐教训她。"周少瑾的话音刚落，就有个身材高挑的丫鬟撩帘走了出来，笑盈盈地道，"我说了她几次了，她都置若罔闻，这下子遇到了营造的高手，知道厉害了吧？"最后一句话，却是对余儿说的。

　　这个丫鬟周少瑾也见过几面。她是唐老安人身边排行第一的大丫鬟庆儿。余儿听庆儿这么说，就瞥了周少瑾一眼。周少瑾看着心惊。那余儿的目光中居然闪过一丝怨恨。

　　周少瑾越发不喜欢二房了。不过，反正最终二房和长房都是要翻脸的。她如今在寒碧山房里帮郭老夫人抄经书，就算她不想掺和到其中来，在别人看来她也贴上了长房的标签。既然如此，她就算是低头求饶只怕二房也不会放过她，还会因为她的没有立场让长房脸上无光。反正她只是四房的一个外孙女，姓周又不姓程，大不了走人就是了，何必连这些小丫鬟的眼色都要看？父亲当她如珍似宝，可不是让这些人来糟践她的。

　　"营造的高手谈不上。"周少瑾笑容温和，语气却一点也不客气，"不过是喜欢摆弄些花花草草，看着让自己心里别扭的，就忍不住要多看上几眼。让两位姑娘见笑了。"

　　庆儿有些意外。她早就听说四房的周家二表小姐性情怯弱，没想到传闻有误，让她估计错误。

"多谢二表小姐指点！"她立刻改变了态度，恭谦地上前给关老太太行礼，笑道，"我们家老安人正在屋里等着您呢！等会儿我再领了余儿向二表小姐赔不是。"

关老太太听了呵呵地笑道："小丫鬟们不懂事嚼个舌，你回去管教管教就行了。给少瑾赔不是，闹到了你们老安人面前，只怕她的日子不好过。你们姐妹一场，你也要顾着她点才是。"

这才是真正的姜是老的辣！周少瑾大为佩服。

庆儿没有想到关老太太会说出这样一番话来，惊愕之余忙笑道："还是老安人待人宽厚，余儿，还不快谢谢老安人和二表小姐。"

余儿倒也是个角色，立刻两眼含泪地上前给周少瑾和关老太太道谢。

关老太太和蔼地笑，由周少瑾扶着进了屋。可一进屋，关老太太的笑容就褪了下来。

周少瑾心中咯噔一下，庆儿已高声禀道"四房的老安人过来了"，周少瑾只好把心思藏在了心里。

唐老安人虽然满脸是笑，但一双精明外露的眼睛却依旧让她显得有些咄咄逼人。她看见周少瑾搀着关老太太就笑着打趣道："还是你好啊，有外孙女，走到哪里都有人陪着，不像我，打个牌都找不到人。"

周少瑾但笑不语。

关老太太听了笑着拍了拍周少瑾的手，道："我这外孙女的确很是乖巧，不过，识大奶奶也不错。"

"那是，那是。"唐老安人笑道，"不说别的，我只要一看到那两个重孙，心都要化了；更不要说老祖宗了，恨不得每天都要乳娘抱过去给他老人家瞧一瞧才好。"两人一边说，一边往里走，"听说你们家的诰哥儿和谐哥儿都留在了浦口？我们家的族学放眼整个金陵也是数一数二的。"言下之意是说四房舍近求远。

"诰哥儿只是跟着他娘去走亲戚。"关老太太说着，在小丫鬟的服侍下坐了下来，道，"您也知道，我们家谐哥儿不像他哥哥那么听话，就把他留在了那里。读书事小，主要是拘拘他的性子。"

唐老安人点头："孩子长大了，不能像小鸟似的总关在家里，还是要多出去走走才是。我们家识哥儿，我就跟老祖宗说，也得放出去走动走动才是。"

难道是想去京城？所以才会借了元宵节请几位老安人吃饭？周少瑾在心里琢磨着，郭老夫人过来了。

她神色倨傲，带着碧玉、翡翠两个丫鬟，一出现就给人种蓬荜生辉的感觉。周少瑾不由在心里唏嘘：郭老夫人不管在什么时候都是那么耀眼！

她上前给郭老夫人行礼。

郭老夫人笑着携了她，笑着上下打量了她一眼，对关老太太道："是我有几天没见着少瑾还是过了年她就大了一岁？我瞧着怎么觉得她好像又长高了些！"

真的吗？周少瑾梦中一直遗憾自己长得比姐姐矮。

她低头打量着自己的衣衫。好像没有短啊！

周少瑾有些气馁，就听见关老太太笑道："她天天在我的眼前晃，我倒没觉得。你有几天没看见她了，应该看得比我准。"

郭老夫人笑着颔首。

李老安人带着程笳过来了。大家见过礼，几位老太太就坐在那里聊天。

周少瑾还好，程笳像猴子屁股似的坐不住。李老安人怕她受了委屈，支了她和周少瑾出去走走："……也好让我们安安心心地说上几句话。"

程笳毫不客气地拉着周少瑾出了厅堂。余儿正和几个丫鬟在搬那些青松盆景。看见周少瑾出来，她装作没有看见似的扭过头去。

程笳没有发现异常，拉着周少瑾点评着那些盆景："……头重脚轻不好看。那盆就更丑了，也不知道把那凸起的根须那里放块小石头，就会多出'悠然见南山'的味道。还有那盆，既放了太湖石，为何不种几株小草？"

周少瑾觉得自己指点他们都是便宜了二房，笑道："你什么时候对这些感兴趣了？立了春，我那边的花都要换盆了，你要不要去我那里看看？"

"行啊！"程笳和周少瑾都喜欢花草，程笳喜欢告诉别人怎么弄，周少瑾喜欢自己动手。

两人讨论着花草，沂大太太洪氏过来了。她温温柔柔地和周少瑾、程笳说了几句话之后，就进屋去服侍几位老安人了。

程笳笑道："也不知道识大嫂会不会来，我想看看她生的两个侄儿，都可漂亮了。"

周少瑾没有吱声，想着如果她是唐老安人，想求长房帮忙把程识引荐给京城的士子，就不会让识大奶奶抱着两个孩子来这里刺激郭老夫人。

果然，一直到宴请结束，识大奶奶也没有出来。反而是关老太太，回去的时候不屑地回头朝着二房的方向笑了笑。

周少瑾想了想，道："唐老安人是想让识表哥去国子监读书吗？"

关老太太沉默片刻，道："你怎么知道的？"

"我猜的。"周少瑾笑道，"虽说靠二房老祖宗的名帖识表哥也一样能去国子监读书。可识大爷去国子监读书并不仅仅是为了考取功名，更多的却是希望交到能助自己一臂之力的朋友，长房泾大舅舅的推荐就很重要了。我刚才看唐老安人说起诣表哥的话时，您没有作声，就猜着唐老安人是不是想借着元宵节的宴请，趁机把这件事跟郭老夫人说了。"

关老太太讶然，半晌才道："少瑾，我一直觉得你不懂事，没想到你竟然能想到这些，比你姐姐还要强！你姐姐像你这个年纪的时候，还只知道谁对我好，对我不好。对我好的我要怎样，对我不好的我要怎样……"

周少瑾汗颜。那是因为她有了噩梦中那仿若隔世的一生，比别人更多的经历！

"那，郭老夫人答应了吗？"她忙问道。

关老太太只道："当然答应了。"

周少瑾点了点头，没有再继续追问。

关老太太反而奇怪起来，道："你是不是觉得既然是一家人，就理应相帮相助？"

周少瑾摇了摇头。刚才在二房时，关老太太那无人时褪下的笑容让她一直耿耿于怀。人生的经验让她明白了解释的重要性。她一直想找个机会向关老太太解释自己为何会对二房丫鬟们不客气。也许关老太太会认为她心机重，从而失去了外祖母的宠爱；可也许关老太太认为她并不是个"绣花枕头"，也会去思考生活中遇到的种种事情，从而对她另眼相看，她能像姐姐似的，在外祖母、大舅母面前能说得上话。一半对一半的机会，很冒险，可她不能不去冒这个险。

如果她在四房都没办法为自己争取到话语权，那她又怎么在郭老夫人面前说得上话呢！大不了就像上一世似的，被外祖母疏远、客气。所以她才会主动地提起自己的猜测。这样既可以有个机会向外祖母解释自己的所作所为，也可以试探外祖母的底线到底在哪里。现在一切都很顺利。接下来就看她的回答能不能让外祖母满意了。

周少瑾不免有些战战兢兢，但她还是强忍着心里的不安，尽量让自己笑容自然而甜美地道："那倒不是。我在寒碧山房抄了这几个月的经书，对郭老夫人虽说不上了解，但也摸到了点儿她老人家的脾性。程家的宗主不是这么好当的。许表哥如今在京城，既有泾大舅舅护着，还有长房的二老太爷看着，占尽了天时地利人和。若还是被背井离乡的识表哥抢了风头，那他就算是在长辈的支持下做了程家的宗主，恐怕也没办法服众。郭老夫人的意思，怕是要让识表哥当许表哥的磨刀石，看许表哥能不能担得起宗主的责任。"

"不错，不错！"关老太太眼中流露出毫不掩饰的赞赏之色，"没想到你小小年纪，平时不声不响的，居然会有这样一番见识。郭老夫人是喜欢放山养虎的人。当年你泾大舅舅小小年纪就跟着郭家舅老太爷去过西滇，你渭二舅舅也曾被郭老夫人丢在川西待过一段时间，你池舅舅就更不用说了，小小年纪就跟着劭老太爷读书，若是既定的功课没有完成，过年也不让回来。我平生最佩服的就是郭老夫人了。不管长房处在如何劣势的情况之下，她都能不吭声地把局面扭转过来。

"或者是前朝杀孽太多，程家的子嗣向来艰难，我们都把孩子当眼珠子似的，却不知道子不教不成人，不成人的子孙不仅会祸及家族，更会祸及别人。在这一点上，我们都不如郭老夫人。

"少瑾，以你的年纪能想到这些已经是很了不起了。但你要记住了，男主外女主内，内院，是女人的天地。你以后除了要主持中馈，还要负责教育子女，切不可因心疼他们是自己身上掉下的一块肉而溺爱宠惜他们。要知道，他们不可能永远在你的羽翼下生活，总有一天他要到外面去，和外面的人打交道。外面的人可不管他是谁的孩子。你这个时候对他们越是严格，他们出去之后受到的伤害就会越小。这才是真正的心疼孩子。你听懂了吗？"

外祖母说的全是肺腑之言。周少瑾恭敬应诺。

关老太太满意地笑了笑，转身在罗汉床上坐下，温声道："不过，就算是这样，你对二房的那个丫鬟也太严厉了些。"

周少瑾脸色微红。她自从知道了二房的一些事后，就再也没办法尊敬二房了，所以二房的丫鬟顶撞她的时候，她一时没忍住……

好在关老太太也没有追究这些，而是身子微倾，神色凝重地道："少瑾，你在长房是不是听说了什么？"

周少瑾斟酌道："有些是我听说的，有些是我猜的，也不知道对不对，我都说给您听听。您也帮我拿个主意，看我以后该怎样行事好。"

关老太太听着就对她做了个"噤声"的动作，然后让似儿请了王嬷嬷过来，吩咐王嬷嬷："我有话和少瑾说，你帮我们看着门户。"

王嬷嬷面色微变，郑重应"是"，帮她们带上了门。

关老太太就指了自己对面的罗汉床，道："你坐下来说话。"

周少瑾应是，半坐在了罗汉床上，倾身悄悄地把自己自噩梦醒来之后的一些发现告诉了关老太太："长房和二房的矛盾由来已久，但因有三房，所以之前大家看不出来。识表哥的学识人品在诸位表哥里也算得上是出类拔萃的，却一直没有继续参加科考，我寻思着是不是当年发生过什么事，使长房和二房一直压着三房，让三房在科举上始终不能得志，只能依靠长房和二房过日子；可三房一直不甘心，想着法子要摆脱这困境，所以证表哥一直都没有说亲。良国公进京，曾邀池舅舅帮着打点。池舅舅拒绝了，之后就传出良国公世子爷看中了笳表姐的事。说不定良国公家是知道这段恩怨的。他们想和程家更近一步，有几分把握三房会答应，所以才会求娶笳表姐的。虽说程家拒绝了，可良国公和世子爷还在京城，只怕这件事还没有完。如今长房如鲜花着锦，传承有序；二房却如那日薄西山，没有能独当一面的人物。二房老祖宗心里肯定很着急……"

说到这里，她语气微顿。所以梦中，他们才想毁了程许。因为长房的第四代"言"字旁的爷们，除了个程许，也没有出什么人才。

"父亲回来的时候，二房老祖宗不惜自降身份，亲自把识表哥引荐给我父亲。福建闵家来人的时候，竟然还出面招待。两家离反目也不远了。"周少瑾双手紧握成了拳，道，"我总觉得，长房和二房一旦翻脸，我们其他三房都不能幸免地会卷进去。到时候只怕是几代人受的恩惠都要还回去。"

关老太太垂着眼睑，轻轻地捻着手中不知什么时候褪在手里的十八子佛珠，没有作声。

周少瑾冒着冷汗。这是她想了又想，综合人世的经历想出来的，也不知道对不对。

时间一点点过去，关老太太像尊泥做的菩萨，纹丝不动地坐在那里捻着手中的佛珠。屋子里静悄悄的，针落可闻。

周少瑾一动不动地端坐着，喉头发紧，身子骨又僵又酸，只盼着有个什么人闯进来或是有个什么事发生就好，不由在心里嘀咕：早知道是这样，她就应该摆个舒服的姿势再和外祖母说话的。

不知道过了多久，关老太太终于抬起头来。她看着周少瑾，长长地叹了口气，脸上的褶皱突然间好像变多了似的："你这孩子，让我说什么好！这些话跟外祖母说说就算了，就是你大舅母那里，也不要提起了，免得祸从口出。"

外祖母相信了！周少瑾如释重负。要不是场合不对，她就要雀跃地跳起来了。

"我谁也不会说的。"她连忙发誓，"把话烂在肚子里。"

"这倒不必！"关老太太失笑，道，"你说的这些事老一辈的都知道，就是小一辈的，多个心眼也能猜出几分来。我要和你说的是另一桩事，你怎么就那么肯定长房就一定会笑到最后呢？你想想，二房为了牵制住子川，至少二十年内不可能有人接手子川的事，等于是活生生地废了长房的一个进士，长房又无人可用。而嘉善实际上在某些方面不如有仪。如果二房的老祖宗活得久一点，有仪未必就没有机会，而且沂大奶奶洪氏出身也不简单。万一我们走错了路呢？"二房程识字有仪。

这么大的一个题目，周少瑾根本就不知道怎么回答，如何思考。可她知道，十二年之后，程家会被满门抄斩。这些恩怨和阴谋都摧枯拉朽般地倒在皇权之下。只有程池和程许逃了出去。应该说，程池只救了程许出去。

梦中，长房在她默默如蝼蚁般偷生的时候依旧是胜利者。如今，避免了程许的悲剧，有了她的警示，长房没有道理逃不出去。想到这里，周少瑾不寒而栗。程池为什么只救程许一个人？是没有这个能力，还是仅仅因为程许是长房长孙，代表着程家的传承？她想到了程池的冷漠，陡然间觉得自己好像隐约了解到了些什么。可这个时候，却容不得她多想。她要让四房跟着长房走，就得让关老太太相信长房会是最终的胜利者。

"您是知道福建闵家的，"周少瑾沉静地道，"袁夫人想为许表哥求娶闵家的小姐。"

关老太太愕然，道："不是说偶然遇到的闵家公子吗？"

"具体的我不知道。"周少瑾道，"我只是听袁夫人有这个口音。"她把程识在闵公子那里碰壁的事告诉了关老太太，"您想想，无缘无故的，那闵公子为何要得罪人？"

"如果是这样……"关老太太沉吟道，"长房的确可以有恃无恐！"

福建闵家，就这么厉害吗？袁夫人觉得和他们联姻程许就能入阁拜相，关老太太听说长房有闵家的人支持，就觉得长房会赢……周少瑾不服气。

但服不服气不是靠嘴上说说的。周少瑾觉得自己只有做得更好，才能为自己争一口气。她面色如常地离开了嘉树堂，心里却翻江倒海似的复杂。

关老太太站在窗棂前，看着周少瑾的背影慢慢地消失在了花墙后面，这才叫了王嬷嬷进来，低声道："你想办法让人和梁姨太太搭上话，看看二房的老祖宗身体到底如何。"

王嬷嬷一惊。

关老太太把刚才周少瑾跟她说的话全都告诉了王嬷嬷，最后苦笑道："只怕是要站队了，我们不能不早做准备啊！"

王嬷嬷是家里的老人，对程家的事甚至比程沔更了解。改朝换代之后，程家没有了官宦之家的光环和便利，又顶着个前朝余孽的名声，大小官吏都敢上前打秋风，日子过得之艰难，直到她跟着关老太太陪嫁过来还没有缓过气来。要不是二房的老祖宗天资聪慧，考中了进士，程家早就垮了。可以说，九如巷之所以有今天，全是程叙的功劳。程叙是怎样让程家一点一点地兴旺起来的，她们不仅看在眼里，还亲身经历过。在她们这些老人的心目中，程叙不亚于一个朝代"中兴之君"，让她们去挑战程叙的威严，她们还不敢！

所以王嬷嬷闻言不由战战兢兢地道："您，您有把握吗？可别惹怒了老祖宗！郭老夫人虽然厉害，可到底是女人，名不正言不顺……池四爷就更不顶事了，那些什么船行票号的，都是镜中花水中月，恐怕老祖宗一封信就能让那些船行票号倒台。"

"哪有你说的那么简单！"关老太太不以为然地道，"今时不同往昔，老祖宗那些同年同僚都陆陆续续地过世了，下属们又各有各的心思，要不是有长房的大老爷支着，有些人未必会卖老祖宗的面子，不然老祖宗也不会为有仪笼络姑老爷了。我倒不是想跟着长房斗倒了二房好从中得利。你还记不记得当时池四爷做票号生意要我们入伙的事？我当时三天三夜没有合眼。不入股，家里的收益不足以支撑诰哥儿和谐哥儿以后的学业；入股，我们就和长房绑在了一条船上。更让我觉得害怕的是，池四爷当年只有十六岁！若是他平平安安地长大成人，还不知道会做出什么妖孽的事来！你现在知道池四爷创建票号的用意了吧？二房忍着不和长房翻脸则罢，若是翻了脸，你看着吧，跳出来打头阵的肯定是五房！"

五房缺的就是银子。银子就是身家性命。二房要五房的身家性命，五房就能豁出命去和二房争个鱼死网破。

王嬷嬷默然。关老太太悄声道："现在就看老祖宗的身体如何了……"王嬷嬷会意，点头称"是"，退了下去。

周少瑾在家里画了一天的观音像，心里的那股郁气才一点点散去。算算日子，也到了她去寒碧山房抄经书的日子。她想到程池住在寒碧山房，又考虑到春节刚过，下厨做了香酥饼带过去给郭老夫人、碧玉他们尝。

郭老夫人不住地点头，道："这点心做得不错。"然后奇道，"里面放的好像是五香粉，吃着又不像。"

周少瑾笑道："我加了一点儿川椒。"

"哦！"郭老夫人又尝了一口，道，"好像还有别的。"

"您老人家真是皇帝舌。"周少瑾笑道，"我把川椒磨成了粉，然后用盐炒了，加五香粉一起起的酥，那川椒的味道和平时略有不同。"

"我就说，这香酥饼和平时吃起来不太一样。"郭老夫人释然地笑道，吩咐碧玉，"给四郎也送几个去尝尝。"

周少瑾笑道："我给池舅舅也做了一匣子。"

郭老夫人不由挑了挑眉。

周少瑾笑道："我既然给您做了，自然也不能少了池舅舅的。"

郭老夫人呵呵地笑，道："看来四郎还是讨了我的好，也行，那我就不管了，这几个拿去给吕嬷嬷好了。"最后一句话，是对碧玉说的。

碧玉笑着应"好"。

周少瑾就告辞去了佛堂。几天没有抄经书了，那淡淡的墨香味闻着让她觉得非常亲切舒心。她深深地吸了口气，开始磨墨。

而那边程池接到碧玉转送的香酥饼，打量了半天，把匣子一送，递给了怀山，道："你是北方人，应该喜欢吃这个，你拿回去吃吧！"

怀山接了匣子。

程池继续和他说事："……萧镇海既然能找到金陵来，别人也能找来。我不方便在金陵城露面，程家以后就对外称我病了吧！这样也可以解释我为什么不出仕了。等过两年我病逝了，程家也就平安了。"

怀山"嗯"了一声，就看见集萤走到了院子里，和个面生的小丫鬟低头说了半天话。那个小丫鬟拿出了个和刚才程池递给他一样的匣子递给了集萤，集萤接过匣子，赏了那个小丫鬟几个铜子，高高兴兴地往回走了。

"四爷！"他不由道，"周家二小姐好像也给集萤送了吃食。"

"哦！"程池淡淡地道，"大概是做了很多，大家都送点，礼多人不怪嘛！她在寒碧山房抄经书，和这些仆妇交好，行事会方便很多。"

怀山应是，揣着匣子回去了。

集萤则跑去了周少瑾那里，笑眯眯地道："二小姐，你做的香酥饼可真好吃！多谢你了！还惦记着我。"

周少瑾嘻嘻地笑，道："我做了很多，大家都有份儿。池舅舅也有份儿。"

"是吗？"集萤很是可惜的样子，道，"你池舅舅不喜欢这种干点。"

周少瑾整个人都不好了，问："那他喜欢什么？"

集萤想了半天，道："我也不知道。不过我知道他不喜欢吃甜的，可也不对，他好像也吃兰花酥……不吃糯米做的东西，这个肯定，因为他不吃汤圆和粽子；也不对，他吃猪肉粽子……哎呀，反正他这个人很奇怪，我也不知道他喜欢吃什么。谁知道什么东西就突然对了他的胃口呢！"说到最后，她有些不耐烦了，道："反正他对吃挺讲究的。"

难道是因为她做的不好吃？周少瑾想了想，第二次做了翡翠烧卖，用的是猪肉、糯米、青菜和虾米。为了漂亮，她还特意找了个粉彩缠枝花的盘子装烧卖。据说程池看到后只是觉得那盘子还不错。

她第三次做的是不甜的芝麻糕，为了好看，还特意切成了三角形，一层白色的玉米粉，一层黑色的芝麻，黑白分明，看去上非常新颖。程池赏给了清风和朗月，倒是吕嬷嬷非常喜欢，吃了之后赧然地向她来讨配方。

周少瑾哭笑不得，败下阵来，决定只给那些喜欢吃的人做糕点。她不仅把芝麻糕的配方写给了吕嬷嬷，还做了江米桂花糕送给吕嬷嬷。

吕嬷嬷高兴极了，分了些给郭老夫人。郭老夫人笑道："这江米糕做得不错。"吃了好几块。

周少瑾吓了一大跳。江米吃多了容易积食。

吕嬷嬷委屈地道:"老夫人是我们劝得动的吗?"

周少瑾道:"劝不动也得劝啊!不然吃出个好歹来,我们可怎么办?"说着,思忖了片刻,道,"那我明天做些萝卜糕来好了。一样的软糯易吃,却是用萝卜和猪肉做的,比江米糕好。"

吕嬷嬷连连点头。

第二天,周少瑾做了萝卜糕送过来。郭老夫人连吃了四块这才放下筷子。等到周少瑾去向她辞行的时候她问:"你是不是很会做饭?"

"不是很会。"周少瑾谦虚道,"我自己喜欢吃的就很会做,自己不喜欢吃的基本上不会。像我不喜欢吃鲨鱼,我就不会做。"

郭老夫人笑了起来,道:"那你都喜欢吃些什么?"

"松鼠鱼啊,桂花糯米糕、龙井虾仁、莲藕排骨汤啊……"周少瑾扳着指头数着,道,"反正好吃的我都喜欢吃。"

郭老夫人哈哈大笑,赏了周少瑾一套楠木做的糕点模子。有桃子、菊花、莲花、祥云甚至是五蝠捧寿的团花,一共有二十一种,不仅可以用来做点心,还可以用来做月饼,十分难得。普通人家有这样一套模子,通常都是用来做传家宝的。周少瑾不敢收。

郭老夫人笑道:"我没有女儿,你筝表姐几个都不喜欢做饭。别人是宝剑赠侠士,我是模子送名厨,也算是相得益彰了!"

周少瑾也的确是喜欢,不再推辞,高高兴兴地收下了,决定以后好好做几样点心给郭老夫人尝尝。只是让她没有想到的是,当她拿着模子回到嘉树堂的时候,吴夫人居然正在和关老太太说话。

周少瑾悄声问似儿:"吴夫人是一个人来的吗?"

似儿点头,低声和她道:"来的时候哭哭泣泣的,刚才才好不容易止住了泪。看那样子,好像是来找老安人诉苦的。"

梦中,吴夫人也常找关老太太哭诉。可自从吴宝璋得了识大奶奶郑氏的青睐,吴夫人再有什么事就会在识大奶奶那里哭诉,几乎没有来过四房了。周少瑾冷笑,进去给关老太太请安。

眼睛还有点肿的吴夫人看见她却前所未有地热情,笑盈盈地就要上前拉她的手:"二小姐从寒碧山房里回来了?今天的风有点大,吹着没有?不过几个月没见,二小姐长高了些,人也比从前漂亮多了!"

这是唱的哪一出戏?周少瑾不动声色地退后了一步,避开了吴夫人。

吴夫人微微一愣,脸上闪过一丝窘然,回头对关老太太笑道:"少瑾回来了,天色也不早了,那我就先回去了,等过两天再来拜访您!"

关老太太笑着应"好",没有留客,由周少瑾扶着,亲自送她出了嘉树堂。

周少瑾就低声问外祖母:"吴夫人过来做什么?"

关老太太若有所指地看了周少瑾一眼,笑道:"说是吴大人有意把吴家的大小姐嫁给刘府的三老爷做填房。吴家大小姐不同意,闹死闹活的,还怂恿着吴家大爷把刘家三老爷给打了。刘家岂是怕事的?吴家大爷不仅没占到便宜,反被刘家的人打得躺在了床上。刘家还不依,说要去京都告吴大人。这门亲事自然也就告吹了。吴大人和吴家大小姐、大爷却把这笔账算在了她的头上——吴大人责怪她没有管教好吴家大小姐,吴家大小姐和大爷却说是她背着吴大人给吴家大小姐说的这门亲事,现在她里外不是人,连个说话的地方都没有，想来想去，只有跑到我这个姑母面前来哭一场了。"

周少瑾愕然，道："刘家三老爷，是那个被人称为'梅府'的官街刘家吗？"

"正是。"关老太太道。

周少瑾思忖道："吴夫人是想让您出面请了长房或是二房的人帮着他家和刘家说和吗？"

关老太太笑道："她没有提，只说是心里不舒服到我这里来透透气。不过我寻思着她应该就是为这件事来的，不然吴大人正忙着春耕的事，她怎么会有空一而再、再而三地到我这里来串门？"

梦中吴宝璋很快就融入了金陵城的仕女圈，并且获得了好评，自然也就没有嫁给人做填房这一件事。

周少瑾笑道："那您是怎么打算的？"

关老太太笑道："县官不如现管。我们总不好和吴家闹得太僵，我且等她开口怎么说了再做计较。"

周少瑾微笑着颔首。

过了两天，吴夫人真的过来了。她除了礼品，还带了吴宝华姐妹。

"少瑾，"吴夫人见到她一如从前的亲热，把吴宝华和吴宝芝拉到了她面前，"早就听说你的女红好，我这两个女儿，跟着我在乡下地方待久了，人倒灵巧，可就是没什么眼界。我今天特意带了她们姐妹过来，想让你在女红上指点她们姐妹一二。"然后没等她拒绝又道，"我知道你每天下午都要去寒碧山房里抄经书，也不敢耽搁你的时间。以后她们姐妹若是有了绣品，你帮着看看哪里需要改进就是了。我在这里谢谢你了！"说着，就要给周少瑾行礼。

这要是传了出去，一个"轻狂"的名声周少瑾是背定了。周少瑾心中大怒，觉得吴家个个都是这样，想干什么就干什么，完全不顾及别人的感受。吴宝璋说起吴夫人的不是如数家珍，现在看来，她的这些毛病也是跟着吴夫人学的。可她不再是梦中的周少瑾，她学会了控制自己的情绪，不会傻傻地把把柄往别人手里递了。

"多谢吴夫人错爱。"她客气地微笑着，"要说女红，我们阖府也比不上针线房里的那几位师傅。我年纪小，不敢为师。若是吴夫人不嫌弃，两位吴小姐有什么不懂的地方，只管找我，我带着她们去针线房给师傅们瞧瞧。他们可都是名满江南的大师，别说是得到他们的指点了，就是把他们做的东西拿出来仔细地瞧瞧都是眼福！"

吴夫人的笑容顿时有点僵。

周少瑾只当没看见，笑着问吴宝华："你是什么时候过来的？我们有些日子没见了，你这些日子都在做什么？我们这边的静安斋二月初二就要开课了，以后我就更忙了。你们姐妹都跟着谁在读书？也不知道这书读到什么时候是个尽头！"她叹息着，就像个为赋新词强说愁的小姑娘。

吴宝华是典型的长相一般却非常内秀的姑娘，周少瑾一开口她就明白了周少瑾的用意。又因吴夫人一直想把她培养成个品行高洁的官家小姐，在她面前表现出来的也都是好的一面，吴宝华姐妹俩反而受吴夫人的影响比较小。见母亲如此行事，姐妹俩都羞红了脸。

吴宝华忙道："我们家里请了位女先生，我和妹妹每天都跟着女先生读书，有时候也想歇歇。倒不比二小姐能忙里偷闲，还有放假的时候。"她当机立断就为这件事做了决断，"我到金陵城后也听人说起过九如巷的针线房，是在整个江南都是数一数二的。能沾了二小姐的光去看看，我们姐妹都非常荣幸。只是我听人说程家二房老祖宗的衣裳都是在针线房做的，我们就这样冒昧地闯过去，不知道会不会打扰针线房的师傅们做事？"说完，瞥了吴夫人一眼。吴夫人立刻噤若寒蝉。

难道吴夫人平时还要听女儿的不成？周少瑾猜测着，面上却不显山不露水，笑道："吴二小姐是客，这主随客便。要说沾光，还是我沾了吴二小姐的光，能去针线房里见识一下大师傅们的手艺。"言下之意，我平日里也不是想去就能去的。你若是知情识趣，就不要再提什么指点女红的事。

吴宝华笑道："好在我们姐妹们平日里在家也有婆子指点针线，这事也不急，等我们遇到难处的时候再来请教。"

这就是个场面话了。周少瑾突然对吴宝华的印象不错起来。至少比吴夫人和吴宝璋的印象好。

吴宝华就笑道："二小姐每天都去寒碧山房抄经书吗？就没有一天间断的？"

"抄经书是个诚心的事，怎么能间断？"周少瑾笑着，刚开始还以为这只是一句很寻常的家常话，可当她发现吴夫人正支着耳朵听，联想到刚才吴夫人的表现，她立刻意识到这句话里另有含意。

吴夫人最终的目的难道是长房？不知道她求长房做什么？周少瑾暗自猜想，试探道："不过我下午也没有什么事，去寒碧山房抄经书还可以和郭老夫人说说话……"她发现自己的话还没有说完，吴夫人的眼睛都亮了起来。

周少瑾朝关老太太看去。关老太太笑着朝她微微点头。她知道关老太太也看出端倪来了，三两下就结束了话题，借口要回屋更衣，离开了嘉树堂。

到了晚上，关老太太对她道："吴夫人磕磕巴巴的，只说是有事找长房，想我从中说项，找长房有什么事却只字未提！"

周少瑾很烦这种把别人当成傻瓜当枪使的人。她小声嘀咕道："她要是想为吴大人求官难道您也陪着她去见郭老夫人不成？这么大个面子，我们四房以后可怎么还？我看您还不如把这力使到沅二舅舅身上呢！"

关老太太呵呵地笑，很喜欢她用"我们四房"来称呼自己。所以等周少瑾走后，她悄声问王嬷嬷："你觉得少瑾和诣哥儿怎样？"

"我瞧着好。"王嬷嬷笑道，"漂亮孝顺不说，还性子好，和家里的每个人都相处得好，正应了那句'家和万事兴'。"

关老太太笑眯眯地喝了口茶，道："我也是这么想的。"

过了几天，吴夫人又来了。她这次是一个人，在屋里和关老太太说了良久的话，出来的时候眼睛依旧红红的，神色间却一扫前两次的阴霾，满面春风的。而关老太太却恰恰相反，眉头紧锁，能夹得住蚊子。

似儿不免有些担心，待周少瑾从寒碧山房回来给关老太太请安，她悄悄地朝着周少瑾招手。

周少瑾和她去了茶房。似儿凑在她耳边把事情的经过说了一遍，最后道："您说，会不会是那吴夫人威胁老安人了？"

"不会。"周少瑾也有些拿不准，道，"我等会儿进去探探外祖母的口气。但愿不是如此。"

似儿不住地点头，深深地叹了口气。

可让周少瑾意外的是，她给关老太太行过礼之后还没有来得及开口问什么，关老太太已招了她到身边坐下，说起了吴夫人的来意："……说是吴大人吏部有交好的同年给吴夫人透了个底，有人看中了金陵知府的位置，要让吴大人挪位子。吴大人派了师爷在京里活动良久，别人才暗示他是我们九如巷这边长房的人发的话，说是想找相熟的人做金陵知府，家里的事也有个人照应。吴大人和吴夫人急了，几次登门都没有见到长房的人。实在是没有办法了，这才找到我们这里来。想让我们跟长房递个话，他们若是哪里做得不对，让长房的只管说出来，他们立马就改，何必非要换个人做金陵知府？说起来他们家老爷的师座宋景然宋大人和长房的二老太爷还是同年，也算得上是自己人……"

这真是飞来的一笔！周少瑾目瞪口呆，道："还有这种事？"

关老太太苦笑，道："不管有没有这种事，人家吴夫人说了，欣兰和兰汀的事，你沔大舅舅一张名帖递过去，他们家老爷二话没说就全都照办了。就是狱里的事，也都装作不知道。再来个知府，和长房熟，未必就和四房熟。对方答应的事他们也一样能答应。又何必折腾来折腾去的？大家都不方便。"

"那您答应了吗？"周少瑾道。

"答应了。"关老太太叹气，"她说的也有道理。一动不如一静。再换个人来做金陵城的知府，对于四房来说，未必就比吴大人好。"

周少瑾同意。

关老太太心不在焉地和她说了几句话，就让她回房了。

王嬷嬷迟疑道："您不让二表小姐陪着您去吗？"

"还不知道长房是怎么想的呢！"关老太太面露倦色地道，"还是别把少瑾给牵扯进去了。"

王嬷嬷笑道："这孩子也是个有福气的，得了您的青睐！"

"她得了我的青睐有什么福气可言！"关老太太谦逊道，"她得了郭老夫人的青睐，那才是真正的有福气呢！"

"能得长辈的青睐，那都是福气呢！"王嬷嬷笑眯眯恭维了关老太太几句。

关老太太呵呵地笑，道："你去帮我给寒碧山房下张帖子吧！"

王嬷嬷笑着应"是"，去了长房。

程池正懒洋洋地倚在罗汉床的大迎枕上津津有味地看着本游记，等着用晚膳。

郭老夫人走进来嗔道："这是在哪里惯的坏毛病，走到哪里就躺到哪里！我这要不是有张罗汉床，我看你要自己搬张进来了！"

"让您说中了！"程池不以为意地笑了笑，丢了手中的游记，笑道，"今天晚上吃什么？"

"吃你喜欢吃的烤羊腿。"郭老夫人笑道，"你还有什么想吃的没有？"

"这年都过完了，也要收敛收敛了。"程池道，"我明天去趟藻园那边拿点东西，明天晚上就回来。"

郭老夫人听了眼底闪过一丝困惑，语带几分试探地道："往年你一过初三就往外跑，怎么？今年很清闲吗？"

程池笑道："您可真不好服侍！我出去，您嫌我天天不着家；我在家，您又嫌我不给您赚银子花。我这可是左也为难右也为难。"

"胡说八道！"郭老夫人笑嗔道，"我是怕你在家里无聊！"

程池笑笑没有作声。

有小丫鬟面色苍白地跑了进来，道："老夫人、四老爷，京城，京城有信过来！"

郭老夫人看那丫鬟的样子心里就隐隐有种不祥的预感，待拆了信，双腿一软，差点就瘫在了地上。

程池大吃一惊，人如脱兔般起身，稳稳地扶住了郭老夫人，肃然道："出了什么事？"

郭老夫人嘴角翕动，已经说不出话来，拿着信的手抖得像筛糠似的。

程池接过了郭老夫人手中的信，只看了一眼，已是脸色大变。长房二老太爷的独生子程汾，十六天前暴病身亡。程池打了个寒战。郭老夫人的眼泪流了下来。

"难道是天要亡我程家！"她一下子像苍老了十岁，神色间再也没有了从前的刚强，"你不肯成亲，大郎和二郎都只有一个男丁，现在三郎又折了……你们就是再有本事，双拳难敌四手，能成就什么气候。"她说着，一把抓住了程池，"你得去趟京城，我怕你二叔父经不起这个打击。"

程池目光微沉，道："娘，您放心好了，我这就赶去京城。"郭老夫人的脸色这才好看了些，任由程池扶着她坐在了罗汉床上。

屋子里一片死寂，服侍的丫鬟连大气都不敢出。程池给母亲沏了杯茶。郭老夫人慢慢地把一杯喝完了，这才徐徐地道："四郎，二房的老祖宗那里，你亲自走一趟，把三郎没了的消息告诉他。然后跟他说，我要见他。"

程池闻言皱了皱眉，道："娘，您有什么话让我去跟他说吧！您年纪大了，不宜伤肝动火，您要保重身体才是。"

郭老夫人冷笑，道："他让你接手了家里的庶务，等同是折了我们长房的一条手臂，你还让我不要和他伤肝动火，是个圣人也做不到，更何况是我？你要是不去跟他说，那我自己去跟他说。"

"娘！"程池不温不火地道，"您说什么我也不会让您跟他见面的。您要么让我去传个话，要么就把话都藏在心底，您看着怎么办吧！"

"你这个不肖子！"郭老夫人大怒，可看见眼前儿子那英姿挺拔的身影，那怒火又不禁丢到爪哇地里了，"算了，你给我去传个话好了。你跟他说，我想把耘哥儿过继到你训侄儿的名下，由我帮着他养大。"

二房的程识有两个儿子。长子学名叫程耕，次子的学名叫程耘。而训侄儿则指的是长房二老太爷的孙子，程汾的儿子程训。

程池无奈地道："娘，这是不可能的……"

"有什么不可能？"郭老夫人突然跳了起来，道，"天下间就没有不可能的事！当时他是怎么说的？他忘记了，我可还记得呢！怎么，又想做婊子还要立牌坊，哪有这么好的事？你就跟他这么说，一个字也不许改地跟他说，我倒要看看，他有什么脸面跟我说'不'！"

程池看母亲脸上一片潮红，心里怦怦乱跳，忙道："您别急，我照着您的原话说给他听就是了。"程叙就是拼了命也不可能把自己的玄孙送给长房，母亲心里也明白，不过是要发泄发泄罢了。

他安慰好了母亲，也没有用晚膳的心情，索性去春泽居给程叙报丧。

出了门，程池和正殷勤地和碧玉说话的王嬷嬷碰了个正着。王嬷嬷忙上前给程池行礼，解释道："我是四房关老安人身边的王氏，我们家老安人明天早上想过来拜访老夫人，特意差我过来说一声。"

家里出了这么大的事，谁还耐烦应酬别人？程池原想拦着的，可转念想到母亲这些年也只和四房走得近些。别人看母亲高高在上，母亲实际上也很孤单，立刻改变了主意，"嗯"了一声，出了寒碧山房。

王嬷嬷背心出了把汗。

碧玉笑道："我们四爷待人最和气不过了，嬷嬷不必害怕。"

王嬷嬷心想,那是你们年纪轻,没见过当年四老爷似笑非笑地坐在那里和二房老祖宗分庭抗礼的模样儿。可这些话,却是不能乱说的。她笑道:"是我胆小,平时不怎么见得着四老爷。"把这事揭了过去。

　　而在嘉树堂的关老太太却有些坐立不安。按理说王嬷嬷去了这么长时间,早就应该转回来了,可到现在也没有人影,不会是吴夫人所求之事传到了郭老夫人那里,郭老夫人无意帮这个忙又不好拒绝,就一直拖着王嬷嬷吧?念头闪过,她顿时觉得自己太紧张了。郭老夫人连在二房的老祖宗面前都敢说"不",更别说是她了。她不禁摇了摇头。什么时候四房也能扬眉吐气一次!关老太太想到了在浦口的两个孙子,一时间陷入了沉思。

　　王嬷嬷却在这个时候赶回来:"老安人,不好了,不好了。长房二老太爷家的汾三老爷,突然暴病身亡了,长房那边现在一片哀恸。"

　　"怎么会这样?"关老太太完全蒙了,"这,这长房的二老太爷岂不是绝了嗣!"她立刻想到了二房程识的两个儿子。

　　"这下可麻烦了!"她喃喃地道。

　　"可不是!"王嬷嬷满脸的懊恼,"郭老夫人虽然说了让您明天还是依约过去,可您怎么好跟她老人家说这件事啊!"

　　"这都是小事了。"关老太太头痛地道,"长房二老太爷那边汾三老爷去世才是大事。"她决定明天去了寒碧山房只吊唁程汾,其他的话她都不说。

　　虽然神色有些憔悴却看上去依旧硬朗的郭老夫人却洞若观火地开门见山道:"这不年不节的,你自恃孀居,等闲不出来走动,今天来我这里,必定是有事相求。我和你已经做了大半辈子妯娌了,我的性子你也是知道的,你有什么话只管说来。我斟酌斟酌,能此时办的就此时办了;若是不能此时办的,等三郎的五七过了,我们再来说这个事。"

　　关老太太见什么也瞒不过郭老夫人,心存讪然地把吴夫人所求之事说了。

　　郭老夫人有些意外,道:"你肯定是我们长房说出去的话?"

　　"我坐在家里,也无处可证实。"关老太太道,"不过我倒赞同吴夫人所说的话,所以才过来帮她求个人情的。"

　　两人正说着话,程池进来向郭老夫人辞行。

　　郭老夫人干脆叫住了他,把吴夫人的事告诉了他,并道:"我也觉得吴夫人说得不错。你这次去京城问问你大哥,看到底是怎么一回事。若不是什么打紧的事,就别插手金陵的事了。这天底下没有不透风的墙,这要是传出去了,于吴大人的官声不好,别人也会觉得我们盛气凌人,还平白结了个仇家,典型的损人不利己!也不知道是谁说出来的这烂主意!"话说到最后,已很是不耐烦。

　　程池表情变得有些奇怪。他要了个江南的四品知府给相志永,难道是那些人自作聪明,把相志永安排到了金陵?程池在心里骂了一句。他原本是想把相志永给拔出来的,相志永若是被排在了金陵府,那岂不是出了虎穴又入狼窝?

　　"这件事您就别管了,我会处理好的。"他淡淡地道,眉宇间全是胸有成竹的自信。

　　关老太太一愣。自从程池十六岁那年为了说服他们入股裕泰之后,她只是在几次祭祖的时候远远地看见过程池几次。程池于她,甚至比四房外院的管事还要陌生!她是不是漏掉了什么?关老太太忙笑道:"他池四叔,这件事就麻烦你了!"

　　程池只是笑了笑,很冷漠!

第三十四章 明白

关老太太心事重重地回到了嘉树堂。

周少瑾和周初瑾都已经知道程汾去世的消息。

周初瑾觉得，长房的二老太爷绝了嗣，长房正是伤心欲绝之时，关老太太选择这个时候为吴夫人说项，是件很不明智的决定。

周少瑾也觉得此时说这件事不太合适，毕竟长房有亲人去世，还有什么事比这更重要的？就算是郭老夫人答应了，事情只怕也很难有进展。但她知道梦中长房的二老太爷绝嗣之后，既没有承嗣也没有纳妾，长房的小二房就这样断了香火。

想到这里，不知道为什么，她脑海里就浮现出一个矍铄的老者在豆大的灯光下读书的孤单身影。长房的二老太爷，两榜进士出身，堂堂的探花郎，就这样如烟花一样熄灭在了历史的长河里，她们这些姻亲们甚至不知道他长什么样，是个怎样的人，有过怎样的成就，周少瑾就有点发呆。要不是姐姐站起来急急地朝外面走去，她可能还没有发现关老太太已经回来了。

"外祖母。"周初瑾搀了关老太太，"您还好吧？"她很想问外祖母事情怎样了，可看见外祖母的脸色她又有些不敢问。

周少瑾也忙起身迎了上去。

关老太太露出了些许的笑意，朝她们姊妹点了点头，柔声道："怎么在这里等着？是不是有什么事？"

"没什么事！"周少瑾笑道，"姐姐担心吴夫人的事说迟了吴大人那边有变故，就算是郭老夫人答应帮忙也迟了，所以有些担心。"

"没事。"关老太太笑道，"郭老夫人答应了，还当着我的面让要去京城给你们汾舅舅奔丧的池舅舅问问这是怎么一回事！"

"那敢情好。"周初瑾心里的一颗大石头落了下来。

周少瑾却愣了愣，道："池舅舅要去京城奔丧吗？"

"是啊！"关老太太叹了口气，道，"毕竟从小在二老太爷跟前长大的，你们的汾舅舅要比你们的池舅舅大十几岁呢！只怕待他就像待自己的儿子一样。现在你们的汾舅舅过世了，他怎么也要去灵前上炷香。"

可惜这次是去奔丧，要是因为别的事去京城，她若是也能跟了去就好了——可以见到泾大舅舅，说不定还能因为池舅舅和泾大舅舅说上几句话呢！周少瑾暗自摇了摇头，去找集萤。

"你跟着去京城吗？"她问道，"池舅舅什么时候启程？"

"我跟着去京城。"集萤显得有些沉闷，道，"今天下午就启程。"

周少瑾道："是因为会路过沧州你的心情不好吗？"沧州是集萤的故乡。

集萤点了点头，低声道："我很想回去看看，可没有你池舅舅点头，我不是能回去的。"

"那你好好跟池舅舅说说吧！"周少瑾劝道，"现在的天气还很冷，你要多穿点衣服。路上也要小心,别和池舅舅顶嘴了,最后总是你吃亏。"

集萤笑了起来,冷艳的面孔犹如夏花绽放,让人惊艳:"多谢你,我会小心的。"

周少瑾做了核桃酥让春晚送给集萤,让她带在路上吃。集萤道了谢,赏了春晚二十几个铜子。春晚接过铜子,心里怪怪的。池四老爷身边的丫鬟怎么个个都像小姐似的,上次她过来给池四老爷萝卜糕的时候打赏她的那个大丫鬟叫南屏……她习惯性地屈膝道谢,退了下去。

集萤看着一匣子的核桃酥,决定还是把自己的自尊心放在一边,去找程池说说。毕竟这样的机会很难得,以后还不知道什么时候才能碰到。可等她到了程池住的地方,程池却在和怀山说话。她就在厢房外面的石凳上坐着等。

怀山透过镶着玻璃的窗棂看见了集萤,迟疑道:"我们路过沧州的时候,集萤要是想回去看看……"

"那就让她回去看看好了。"程池不以为意地道,又仔细地翻了翻手头的书,道,"你把这本《黄钟大吕》带上,二叔父看到这本书一定会很高兴的。"

二老太爷程勋的爱好是制琴。怀山想到了小时候二老太爷程勋把程池放在膝头上手把手地教他弹琴的场景,不由得嘴角微翘,低低地应了一声"是"。

程池道:"樊祺那边还没有信吗?"

怀山困惑地道:"有信过来。说是他这次又以少东家的名义借住在了上清宫,不是和那姓杨的道士到处玩耍就是去那胡尚书胡同溜达……"

程池有些意外,道:"除此之外,别的什么都没有做吗?"

"别的什么都没有做。"怀山很肯定地道,然后像想起什么似的笑了起来,"您还别说,他们无心插柳柳成荫,那沐家和林家已定下四月初六正午的吉时,过两个月沐家大小姐就要嫁去林家了。"

这么快就成了亲!看来那姓杨的道士还真就促成了这桩姻缘。程池却没有像怀山似的觉得有趣,反而神色间多了几分凝重,低头沉思了半晌,道:"这件事太奇怪了。周家二小姐花了这么大的力气派了个小厮去京城,难道仅仅就是让他去胡吃海喝一通吗?如果不是那姓杨的道士有问题那就是沐林两家有什么问题。这样,你派个人好好地摸摸这三个人的底,看这三个人之间到底有没有什么相关联的地方,周家二小姐那里,也派人看着好了。这件事我怎么看怎么觉得蹊跷。"说完,他语气微顿,道,"越是让人没有办法解释的事越是让人觉得危险!"

怀山肃然抱拳,吩咐下去。

集萤进来和程池提起想中途回家看一看的事:"我不进屋,就远远地看一眼。"

"行啊!"程池没等她说完已爽快地道,"当年和你父亲打赌也是我太过年轻气盛的缘故,如今想起来却觉得行事太过凌厉。你年纪也不小了,若是想回去,和你父亲商量商量,让他和我碰个头就是了。"

集萤愕然地望着程池,好一会儿都没有回过神来。程池,这是要放她走吗?盼了这么长的时候,忍了这么长的时间,她终于可以回去了吗?集萤高兴得差点跳起来,可她很快就冷静下来。程池让她父亲和他碰个头,父亲未必会同意。她顿时又觉得意兴阑珊。程池哪里是想放她回去,分明是在空中画了个大饼给她吃。集萤"哦"了一声,也懒得收拾行李了,去了畹香居找周少瑾。

"那你准备怎么办?"周少瑾没办法理解怎么会有人为了打赌输掉子女十年的自由,更想不出来集萤再遇到自己的父母会是怎样的心情。

"我先送个信回去吧!"集萤道,"先让我父亲知道这件事……至于其他的,可以到了沧州后再细说。"

"能回到自己家里，待在父母的身边，总是好的。"周少瑾说着，"哎哟"一声，笑道，"要是你父亲带了你回去，我们岂不是再也见不着了？不行，我得送你样东西做纪念才是。"

集萤笑着拉住了周少瑾，道："你放心好了，就算是我回了沧州，我知道你住在哪里啊！我会找来的。"

周少瑾听了心里才好过了些。两人又互相说了些保证的话，周少瑾看着时辰不早了，这才送集萤出了畹香居。

结果集萤回去的时候程池的东西都已经收拾好了，正准备上车走。集萤想到自己什么都还没有收拾，不由得脸一红。程池却没有等她的意思，冷冷地看了她一眼，道："等会儿金陵城就要落锁了，你收拾好东西就自己骑马追过来吧！你的那匹胭脂红在藻园，你应该知道怎么去藻园吧？"

集萤脸上火辣辣的，低头送程池出了门，这才匆匆地回屋收拾东西。

马车上，怀山问程池："您就不问问她都和周家二小姐说了些什么？"

"有什么好问的？"程池漠然地道，"要去京城了，还有可能回家，说来说去也不过是这些女孩子的小心思罢了！"

怀山默然。

周少瑾也得知了沐姨娘和林世晟的婚事就定在了四月初六的消息。这就算定下来了吧？她不由念了声"阿弥陀佛"。

寒碧山房却因为程池的离家而变得非常冷清起来，特别是郭老夫人，像被伤了元气似的，好长时间都没有恢复过来。等到她打起精神来，已是春暖花开的时节。郭老夫人就常在湖边散步，有几次还特意叫了周少瑾。只是程池一直没有什么消息，只在最初到达京城的时候让人递了个平安信回来。郭老夫人不免有些担心，走路走得好好的，时不时地会陡然发起呆来。

等过了浴佛节和二房老祖宗的寿辰，樊祺赶了回来。

"二小姐，"他两眼闪闪发亮，道，"我亲眼看见沐家大小姐上了花轿才回来的。"

"辛苦你了！"周少瑾难掩感激之情。要不是樊祺，她只怕还是愁眉不展的。

樊祺嘿嘿地笑着摆手。

周少瑾心里说不出来的高兴。自噩梦中醒来有一年多了，她终于完成了一桩心愿。虽然离自己的目标还很远，可也说明只要自己愿意、坚持，还是能做好一件自己看来简直是无法完成的事。她对自己更有信心了。周少瑾决定好好地筹划一番，无论如何也要打破她和池舅舅之间的壁垒，就算是挤，也要想办法挤到池舅舅身边去。

可怎么才能接近池舅舅呢？就算是挤也得能挤得进去才行啊！周少瑾支肘托腮地坐在书房的大画案前琢磨着。送鞋袜？好像不行。池舅舅身边有个女红比她可能还厉害的南屏，弄不好她费尽心思做出来的东西有了南屏的对比根本就不算什么。送吃食？她已经试过了，而且失败了！想到这里，她不由叹了口气。池舅舅好像对小吃不太感兴趣。做菜？她岂不是越俎代庖，而且也太明显了。说不定池舅舅会以为她得了失心疯。

周少瑾想想就觉得心塞，不知道有什么好的办法。她想了又想，问程笳："如果你想让一个人对你心生好感，你会怎么做？"

程笳道："你想让谁喜欢你？老安人吗？我瞧着她挺喜欢你的啊！"

"不是。"周少瑾当然不会说实话，不然程笳没完没了地问下去，说不定还会跟姜氏说，到时候事情就麻烦了，"我就是这些日子在想这件事，想知道你有没有这方面的经验。"

"哦！"程笳认真地考虑道，"我爹、我娘、我祖母，还有我哥，这个算不算？我觉得我也没怎么样，就是撒了撒娇，他们就全都依了我。"

撒娇？不行。周少瑾立刻就否定了。她想想那个场面都觉得很是违和。

"除此之外你就没有别的办法了？"周少瑾不甘地问。

"没有。"程笳觉得周少瑾很奇怪，道，"我们一个女孩子，为什么要主动？和别人好好地相处就是了，主动，也太自降身份了。"

周少瑾默然。她也不想啊！可不自降身份不行啊。池舅舅几乎是油盐不进。最重要的是，他还可以随时进京。这就意味着他能随时见到程泾。

晚上回屋里歇息的时间，施香蹲在澡盆旁帮她擦脚。周少瑾看着心中一动，问施香："你觉得怎样才能让一个人对你心生好感？"

施香笑道："当然是尽心尽力地服侍她了。"想了片刻，又道，"还要忠心耿耿。"

好吧！周少瑾不得不承认自己问错了人。她去问了姐姐。周初瑾笑道："投其所好即可！"

"投其所好！"周少瑾若有所思。

周初瑾笑笑没有理她。

周少瑾第二天比平时早了半刻钟的时间去了寒碧山房，但她在给郭老夫人请过安之后，没有直接去佛堂，而是去了鹂音馆。

程池去了京城，鹂音馆只留下了南屏和几个小丫鬟。

周少瑾去的时候，南屏正带着那几个小丫鬟在给程池做秋衫，见周少瑾过来就丢下了手中的活，笑着迎了上来："二表小姐过来了！这太阳晒在人身上暖暖的，却容易把人晒伤，二表小姐快这边坐，这边阴凉些。"

已是仲夏，太阳照在人身上已有了热度。周少瑾笑盈盈地坐了。南屏亲自给她上了茶点。

周少瑾客气了几句，就和南屏说起事来："过些日子是我父亲的生辰，我想给父亲做几件衣服，大家都说池舅舅屋里有了你连府里的针线房都要藏拙了，我就想过来看看有没有什么特别的样子或是料子，我也试着给我父亲做一件。"

很多人都知道南屏的女红好，刚开始的时候很多人求她做东西，她一个丫鬟，得罪谁都不好，几乎是有求必应，最后还是程池看不下去，明显地流露出几分不喜，那些人才不敢来找她。可能周少瑾不知道这件事吧！南屏想着，笑着去拿了几件新裁的衣裳过来。

周少瑾一看就知道南屏是高手，衣袖、肩膀这块裁剪得极其细腻，她还是有次进宫偶尔听说才学到的。可见民间从来都是藏龙卧虎的，皇上的日子未必就比得上那些积年的百年望族过得快活。她想到父亲的身形，选了件宽袖窄身的，一件一字领的，都是持重中带着几分活泼的样子。

南屏笑着赞道："周家二小姐好眼光，这都是今年上半年杭州府那边流行的样子，我们金陵城还没有人穿过！"

你大门不出二门不迈的，怎么知道金陵城没有人穿过？周少瑾很想问一句，但她在南屏面前始终不能像在集萤面前那样自在，笑了笑，问她这里有没有料子配这两款衣服。

南屏就带她去了隔壁的耳房。柜子里满满当当的全是布匹。

"这些都是今年淞江、湖州、杭州新出的布料，这些是广东、青环那边出的……"

南屏向她介绍，并抽了其中一匹靛青色的淞江三梭布道，"我觉得这匹尺头做您先前看中的那宽袖就很好。那秋裳穿在身上有些仙风道骨，用这种布做最好。月白色的淞江三梭布很常见，可若是染成靛青色的，远远看去像道袍，走近一看是直裰，就很有些看头了。"说起了自己熟悉的领域，南屏的目光都亮了几分。

周少瑾笑道："我看南屏姑娘之所以女红好，除了天赋，在这上面也花了很多的功夫。"

她的认同感让南屏非常高兴，又加上平时没有什么人能和她说这些，相比平时，她的话多了很多。

周少瑾不时"嗯""啊"两声，让南屏的话不至于冷场。等到南屏拿了自己珍藏的几个花样子给周少瑾看的时候，周少瑾笑道："你什么时候进的府啊？这得多少年才能有这样的本事啊？你刚进府的时候在哪里当差？"

南屏是世仆，周少瑾问的这些话又是稍一打听就能打听到的，南屏也没有放在心上，道："我七岁就进府了，刚进府那会儿在寒碧山房的茶房里当差。后来四老爷回了金陵城，老夫人见四老爷身边也没个细心的人照顾。我当时也是机缘巧合，跟着老夫人屋里原来的大丫鬟锦程一个屋。她专管着老夫人的衣饰首饰，女红极其出色，老夫人就把我赏给了四老爷。我就一直待在四老爷屋里了。"

也就是说，南屏也不是从小服侍的。可除了集萤和程池比较亲近的就是南屏了。周少瑾有些失望，但她还是不死心地继续和南屏聊着天："没想到还有比南屏姑娘厉害的人！她现在在哪里？能见得到吗？"

南屏苦笑着摇头，道："她早就去世了，不然哪里轮得到我服侍四老爷？四老爷挑人又不看相貌，只看你合不合适。"

两人你一言我一语的，话题很快就转到了前些日子周少瑾送糕点的事上。

周少瑾不好意思地道："原想凑个趣的，没想到池舅舅不仅不吃鱼，还不喜欢吃点心，弄得我都不好意思了！"

南屏笑道："你也别不好意思，我刚过来服侍四老爷的时候也是闹了很多笑话。比如说四老爷总穿着道袍，一开始我以为是因为他喜欢穿，所以花着心思给他做了很多件，结果他问我为什么每件道袍都不一样，他喜欢穿道袍，就是图它们方便，一模一样……结果我的心血全白费，重新给他做了十件一模一样的道袍。还有你选中的那两个秋裳的样子，我要是真的做出来了，四老爷虽然什么也不会说，却怎么也不会穿的。"说到最后，也有点唏嘘，不知道是叹自己英雄没有用武之地还是觉得程池的脾气很怪。周少瑾觉得前者的可能性比后者大一些。

话题渐渐从衣食住行上展开，她从鹂音馆出来的时候都快酉时了，可她更茫然了。原来池舅舅不是不吃鱼，他只吃冷水鱼。他不是不吃甜的，只是不喜欢吃砂糖，喜欢吃冰糖。他也不是不吃软糯的东西，只是喜欢吃那薄薄的裹上一层的……总之，他的生活说简单却有奢侈的地方，说奢侈却又在很多事上很简单。她觉得有些他喜欢的东西她都只是听说过，估计还没有他精通，又怎么能够讨好他呢？周少瑾觉得前途一片黑暗。

远在京城的程池并没有住进杏林胡同，而是住在程劭位于双榆胡同的宅子里。

因有长辈在，给程汾做完了五七的法事后家里挂着的白布就收了起来。

程劭原本就是个颇为沉默的人，此时就更加沉默了，加上老妻两年前已经过世，他一个人住在书房，谁也不理。

程池没有勉强，像往常来京都一样，早上见过裕泰票号的一众掌柜之后，下午见了蔚字号票号的大掌柜李三江。

李三江四十来岁,是从歙县李家老太爷的跟班做起来的,以他的年纪,能做到这个位置,在业界已是公认的厉害。但他在程池面前却只落了半个座。这不仅仅是因为程池除了是裕泰票号的大股东之外还是蔚字号的第四大股东,而是因为程池这些年来从来没有出过错,足以当得起他这样的尊重。

程池已经懒得理会这些繁文缛节了,直接道:"我们家二房的老祖宗想和歙县罗家联手,也创建一个票号?"

"是啊!"因这可能涉及九如巷的内讧,李三江带着几分小心道,"刚开始罗家还以为是您的意思,后来才知道是您家老祖宗的意思。罗家见不着您,就专程派人去拜访了我们家老太爷,想透过我们家老太爷给您回个话,说罗家既然答应您退出了票号的生意,就会信守诺言,请您不要误会!"

程池冷笑:"做官做久了!"

李三江没有作声。做官的人以为商人逐利,只要有利可图,就会背信弃义。实际商人是最守诚信的——他们的地位本来就已经很低了,若是还不守诺,怎么能立足?

李三江没有说话,程池一时间也仿佛陷入了沉思。

书房里悄然无声,好一会儿程池仿佛才回过神来似的道:"蔚字号这边,我准备撤股。你回去问问你们家老太爷看有没有意向把我手里的股份买回去……"

他的话音还没有落,李三江已脸色一白,诚惶诚恐地站了起来,道:"四爷,出了什么事?好好的,您怎么突然想到要撤股?"

难道程家要收回程池管理庶务的权力?可这也不对啊!先不说现在外面的人和程家做生意只认程家四老爷这一块招牌,程家要是真不让程池管庶务了,程池两榜进士出身,正好心无旁骛地去做官,还正脱了这泥沼,巴不得的事。且说这蔚字号的股份是当初被程池逼急了,老太爷没办法捏着鼻子"请"他入的股,程家未必就有人知道。有了这份收益在手,以后就算是程家不扶持程池,程池自己就可以独立门户,于别人来说是件秋后摘桃子,让人悲愤填膺的事,对程池来说却是件欢天喜地,敲锣打鼓的好事才是。他怎么会想到要从蔚字号撤股?

李三江首先想到的就是蔚字号出了问题,其次想到的就是程池是不是要和李家翻脸!可这几年大家合作得挺好的,李家也从来不曾捋过他的虎须,程池不会这么无情吧?

这件事程池也考虑了很久,但既要丢,就彻底丢开好了。以他现在的身家,只要后代子孙不拿了田庄去押大小,也够两三代人挥霍的了。有时候,钱多了未必就是好事。

他道:"我要在天津那边建个码头,需要银子。你去跟你们家老太爷说一声吧!"

如果他把股份卖给第三大股东信王朱承,朱承就会成为仅次于李家的第二大股东,加上朱承的特殊身份,李家恐怕会失去对蔚字号的掌控权。

李三江想也没想,笑道:"四爷,既是银子的事,在我们票号又算得上是什么事呢?您也别急着退股,您就说说您要多少银子吧。蔚字号有多少家底您是知道的,再不济,我们歙县那一块不是开银楼就是开钱庄的,凭着李家这张老脸,别说几千百万两银子,就是再多些,也能给您凑齐了。您就给我交个底好了,我回去也好跟我们家老太爷说,实在是用不着退股!"

没有程池,李家老太爷也未必就压得住朱承,蔚字号也迟早是要拆伙的,还不如把银子借给程池。他到目前为止不管做什么生意都没有亏过!

程池道:"里面的水太浑,你们不要蹚进来。"

李三江没话说了。程池有两榜进士的身份护身,走到哪里也不怕,不像他们,只是个商贾。但愿李家四公子能不负众望，明年的秋闱能考中举人，也不枉老太爷强撑了这么多年。他躬身道："那我就回去和我们家老太爷说一声。"

程池端了茶，怀山送客。程池一个人在书房里待了一会儿。

怀山折了回来，道："四爷，您不会是觉得这两年没什么事，准备和萧镇海去建那个什么码头吧？"

程池冷笑，道："我脑袋又没有进水！萧镇海拦路抢劫还成，建码头，还是在北塘那块建码头，得多少银子打水漂？萧镇海那是要洗白身家，我跟着去凑热闹，那算是怎么一回事？"话说到最后，京片子就溜了出来。

怀山面色一红，喃喃地道："我看您那天和萧镇海谈得挺好的。"

程池眼角都没有瞥他一下。

怀山面露窘然，心里却百转千回。那天萧镇海咄咄逼人，四爷却始终但笑不语，萧镇海走的时候心里肯定是没底的。如今四爷当着李家的人说要参股天津北塘码头，萧镇海听到消息还不得高兴坏了，谁不知道四爷是"财神爷"啊，怕就怕之前还在观望的那些人听说四爷要参股进去立刻就改变了主意，银子泼水似的往萧镇海那里送。等到正式签契书，那些人发现四爷根本没打算时，不是把账算到李家的头上就会把账算到萧镇海的头上。他同时为李家和萧镇海默哀了几息。不过，萧镇海那人也是个狠角色，不知道到时候会不会来揭了四爷的老底。

他悄声道："四爷，李家在中原，萧镇海在北边，十三行在南边。川西是排教的地盘，上次您让人沉了他们五艘船，他们到今天还憋着这口气呢！您既然准备收手了，何不就此罢手算了！"

程池觉得怀山是个好保镖，却真不是个好随从，更不要说管事了。但怀山是他的人，所以他解释道："我今年卖了程家在两淮、浙江的盐引，卖了杭州织机坊，卖了泉州船行……天下没有不透风的墙，我总得给人一个交代吧？要怪也只能怪萧镇海的运气不好，大过年的，他居然找到金陵城来了，这黑锅他不背谁背？"

怀山无语了。

程池道："对了，你上次说那个樊祺怎么了，我一时没听清楚。"

怀山忙道："他等到沐家大小姐嫁了人就回去了。"

那他来京城干什么？就为了亲眼看到沐家大小姐嫁人？沐家和林家都没有什么问题。两家的结交也很寻常——林家是老京城人，沐家是随着沐父做官搬过来的。沐父回家的时候被人抢劫，正好林父路过，不仅帮沐父追回了失物，还把跌倒在地的沐父送去相熟的医馆看跌打。沐父感谢林父正直热诚，两家渐成通家之好，后又成儿女亲家。他理了几遍，也没有看出沐家和林家有什么特别之处，更想不通周少瑾为何要让樊祺进京。樊祺和那姓杨的道士打赌到底是无意的还是有意的？可不管怎么说，这个樊祺小小年纪就能坑计家一把，虽有计家大意在前，可也说明这个小子极其机敏。程池想了想，道："这件事不急，先放一放。我们回了金陵再说。"然后问起程勐，"还关在书房里不想见人吗？"

怀山点头，担忧地道："老爷子年纪大了，我怕……"

程池道："你想办法给他老人家找几块制琴的木头来，我陪着他制把琴之后再回金陵。"

怀山道："我们不和良国公一起回去吗？"良国公定于六月二十六日离京。

程池道："等他们干什么？给人当靶子打啊！"

怀山语凝。他以为程池怎么也会给良国公府一个面子的。

程池收了收桌前的账册，一面往外走，一面道："我去看看二叔父。相志永的事你让谢鼎之去刘永府上催催，别让那些每天只知道揣测上意的吏胥们马屁拍到了马腿上，把相志永给弄到金陵城去做了知府。"

怀山应"是"。有小厮一路小跑了进来，禀道："四老爷，大爷过来了。"

"他过来做什么？"程池向前走着，脚步甚至顿都没有顿一下，吩咐怀山，"让秦子平去见他，就说我正陪着二叔父。"

怀山去了前边的花厅，程池去了程勋的书房。

程勋是个清癯高瘦的老头，头发却乌黑发亮，看见程池，他有些茫然的眸子慢慢亮了起来，淡淡地笑道："坐下来说话吧！"

程池拱了拱手，坐了下来，却并不如九如巷传的那样，和程勋的关系亲切。

程勋道："你还好吧？"

"挺好的。"程池笑道，"走遍山川河流，吃遍美味佳肴，人生不过如此！"

"这是气话吧！"程勋宽和地笑道，"看来你都准备好了，什么时候离开？"

程池有些意外。

程勋道："实际上我一直不太赞成你去打理那些庶务，不过当时只有你合适，权衡之下，只好让你去了。"他说着，笑了笑，"我记得你小的时候有一次不知道闯了什么祸，我有事去找大哥，大哥正在训斥你，你小脸绷得紧紧的，瞪着圆溜溜的大眼睛望着你父亲，满脸委屈地问：为什么要顾这顾那的？我偏不！我就要自己玩，那是我的。我当时就想，这孩子长大了肯定是个刺头。不承想你竟然为了大嫂忍了这么多年……"话说到最后，也很是唏嘘。

程池眼角眉梢也没有动一下，只是道："您既然感激我娘，就别让我娘伤心了。我走的事，还是暂时别告诉她好了。我安顿下来之后，会悄悄回去探望她老人家的。"

"也好！"程勋并没有劝他，道，"有春就有夏，有夏就有秋，这世间万物，如时光日月更迭有序，此消彼长，谁也无法阻挡。程家如那百年老树，终有枯萎腐朽的一天，顺其自然吧！"

程池笑了笑，没有说话。

程勋道："你不用管我。我看你的事已经办得差不多了，过两天就回去吧！你能承欢膝下，大嫂不知道有多高兴，比在我这里待着有用多了！"说到最后，他哂然一笑。

程池颔首，起身道："那我三天之后回金陵！"

在金陵府的周少瑾心情却有些烦躁，不仅仅是因为她想不到用什么办法接近程池，还因为自从那吴大人得到消息，金陵知府依旧是他之后，吴夫人突然间就成了四房的常客。这还不说，吴宝璋也开始跟着吴夫人进出程家。拐了一个大弯，怎么还是会见到吴宝璋？

周少瑾端坐在嘉树堂花厅的玫瑰椅上，看似面带微笑地听着关老太太和吴夫人说话，实际上眼角的余光却看着窗外抽出嫩芽的石榴树。

原本说过了元宵节就回来的沔大太太行程一推再推，如今已到了四月中旬却依旧没有影子。如果沔大太太在家，她也就不必非得陪着关老太太出来见客了。她记得梦中沔大太太是过了元宵节回来，之后四月份又回了趙浦口，诰表哥和何家大小姐的婚事就定了下来。难道这次有了变故？

她是很感激这个表嫂的。不仅长得漂亮，温柔大方，而且对诰表哥很好。四房因她

· 179 ·

的事受了影响之后，家里的事多亏有她出面周旋，不然四房的处境会更艰难。

周少瑾正寻思着要不要写封信去试试大舅母的口气，陡然感觉到有人在背后轻轻地推了推她。她心思微敛，抬头就看见花厅里的人都笑盈盈地望她。

出了什么事？她不由捏了把汗，耳边已传来春晚声若蝇蚁的声音："吴家大小姐邀您去吴府赏花。"

周少瑾顿时心里冒出把火来。

梦中，吴宝璋在这个时候也曾邀了她去府里赏花。那个时候她和她的关系已经很好了，程笳又是喜欢到处走动的，吴宝璋又正奉承着程笳，她们表姐妹就结伴去了吴府。结果在吴府遇到了吴宝璋的哥哥吴泰成也邀了程诣和五房的程诺、程举去吴府赏花。吴宝璋说什么大家都是亲戚，又难得春日正好，就别那么拘泥，大家一起走走好了。她虽然觉得不好，可架不住程笳同意，只好跟着他们一起去了后花园。

吴泰成直直地盯着她，却殷勤地招待着程笳。然后还有个程举，左一句"妹妹"右一句"妹妹"地直夸她长得好。程诣那个笨蛋只顾着和程诺在旁边钓鱼，什么也不管……她又羞又愤，拂袖而去。程笳追上来。两人不欢而散。

程笳虽然最后还是跟着她回了九如巷，却很长一段时间都没有理睬她，把她撇到一边和吴宝璋玩得不亦乐乎，吴宝璋就是那个时候得了二房识大奶奶的青睐，吴泰成也是那个时候开始和程识、程证两人走动的。

"我没空。"周少瑾想也没想地拒绝了。

吴夫人脸色变得有些不好看起来。吴宝华也蹙了蹙眉头。关老太太则很是意外。这一年来，周少瑾几乎再也没有像从前那样硬生生地说话了，怎么突然间又……她心里不免有些犯嘀咕。

周少瑾顿时明白过来，暗暗自责自己的鲁莽，面色和煦地笑道："我每天都要去寒碧山房抄经书，真是羡慕吴大小姐可以出门做客。"

吴夫人面色微霁，笑道："二表小姐的经书抄得怎样了？这都快一年了，怎么还没有抄完吗？"

"九月份应该可以抄完。"周少瑾笑道，"只有等我抄完了经书再做东请三位吴小姐到家里来坐坐了！"她本来可以早点抄完，可程池搬去寒碧山房后，她就改变了主意。但如果九月份她还是没有办法和程池搭上话，她隐隐觉得自己恐怕再也不可能和程池搭上话了，那个时候就只能再想办法。留在寒碧山房也没有什么意义了！

吴夫人感慨道："二表小姐真是好定力。若是换了个人，只怕这经书要换人抄了！"

关老太太笑着点头，看得出来很高兴。

吴夫人就笑道："我和您说着从前的一些老黄历，几个小丫头只怕早就坐不住了。我看二表小姐还是带着她们去花园里走走好了。"这是有话对关老太太说。

周少瑾带吴宝璋姐妹往花园去。路上，她朝着吴宝华笑了笑，低声和吴宝华道："上次听说你姐姐要和刘府的三老爷定亲了，怎么？婚期还没有定下来吗？我看你姐姐还跟着吴夫人出门做客，是不是婚期还早得很？"

春日的林间小道，鸟啼都会传得很远。吴氏姐妹愕然。这件事虽然很快就被吴刘两家压了下来，可金陵城稍有些脸面的人家是都知道这件事的。周少瑾这么直白地问出来，是因为人在深闺无人跟她说这些不知道呢，还是为了羞辱吴家呢？

吴宝华很快否定了后者。以现在程吴两家的关系，周少瑾应该不会这么做。而且周少瑾若是有心羞辱吴家，大可换个场合问这件事或是大声地问吴宝璋，她却选择了和她窃窃私语……

吴宝璋却气得血直往上涌，上次二房老太祖寿诞上发生的事她已经决定忘记了，没想到周少瑾还揪着她不放。她不由四处张望。吴宝芝走在她的后面，前面是周少瑾和吴宝华，服侍的丫鬟媳妇子都远远地跟着。

她强压着心底的愤怒，冷冷地道："二表小姐，父母之命，媒妁之言。我不知道你是从哪里听到的这些流言蜚语，父母可没有跟我说起这门亲事。二表小姐的嘴也太长了些。"

周少瑾瞪大了眼睛，满脸讶然，欲言又止，好一会儿才道："那我们去湖边的水榭坐坐吧！那边的景致不错。"

堵住了五房的漏洞，没有了程许，程家对于她来说，还是个安全的所在。

吴宝华等人当然没有异议。一行人往水榭去。吴宝华看着脸色铁青的吴宝璋，心中一动，低声向周少瑾道歉："我姐姐这些日子心情不好，要是有什么说错话的地方，还请二表小姐不要放在心上。"

周少瑾发现吴宝华是个妙人。瞧这话说得多好。吴宝璋否认了婚事，吴宝华就说她心情不好。什么事能让她心情不好？那就引人遐想了。

周少瑾很讨厌吴宝璋，这种讨厌还不仅仅因为吴宝璋梦中的所作所为，更多的是吴宝璋每次出现所做的事都会引起她对梦中那些不好的事的回忆，仿佛阴魂不散般，让她的情绪低落。她希望吴宝璋能很快嫁人，离她远远的，再也不要出现在她的生活里。

周少瑾决定试探一下吴宝华。她轻声道："是不是出了什么变故？我刚才真不是有意的。"她说着，瞥了眼吴宝璋。

通常这个时候说话的人都会说几句安慰周少瑾的话，转移话题。可吴宝华却苦笑道："二表小姐可能还不知道吧？刘家是向我们家提过亲，我大姐倒没说什么，可我大哥，却嫌弃对方是鳏夫，也不跟我父亲说一声，就把人给打了。"

"二妹，你在胡说些什么？"吴宝璋闻言脸色煞白，她做梦也没有想到向来把"大局为重"挂在嘴边的吴宝华会说出这样的话来，她跳起来就去拉吴宝华的胳膊。

也不知道是有意还是无意的，吴宝华一面向前走了两大步，正好避开了吴宝璋，一面道："大姐，这里又没有别人。何况这件事早就传遍了金陵城，就算我不说，二表小姐迟早也会知道的。与其让二表小姐从别人嘴里听到那些添油加醋的话，还不如我们直言以告，哪天别人在二表小姐面前嚼舌根，二表小姐也能为我们辩护两句。"

吴宝璋听了像落在锅里的老鼠似的，恨不得撕了吴宝华。

周少瑾不禁看了吴宝华一眼。吴宝华正巧也朝她望过来。两人的目光一碰，会心地笑了起来。

原来程家二表小姐针对的是吴宝璋。虽然不知道为什么，可这场面总归是对自己有利的。吴宝华思忖道。

看来自己梦中的记忆没有错，吴宝华和吴宝璋之间势如水火，根本不可能走到一块儿去。周少瑾想着。

两人不约而同地一左一右散开，好像要划清楚界限般，拉开了一段距离。

送走了吴夫人，沔大太太回来了。这可真是说曹操，曹操就到了。

沔大太太上次来信说，她要过了端午节才回来。

周少瑾又惊又喜地随着姐姐迎接。沔大太太在程诰的搀扶下下了轿子，虽然满脸疲惫，却难掩眉宇间的喜气。

应该是婚事成了吧？周少瑾暗自猜测着。沔大太太和关老太太说话的时候她就支了耳朵听。关老太太却在沔大太太把给周少瑾姐妹带的土仪给了她们之后，就让她们回屋歇息去了。

周少瑾心中哀号一声，第二天一大早就拉了姐姐给关老太太请安。关老太太笑眯眯地把程诣即将和何家的大小姐定亲的事告诉了她们。

周少瑾早已知道了结果还好一点，周初瑾却紧张地问："大舅母应该见过何家大小姐吧？何家大小姐性情如何？长得好吗？诣表哥怎么说？"

要娶长孙媳妇了，关老太太非常高兴，呵呵地道："你大舅母之所以在浦口住了这么长的时候，就是想好好看看何家大小姐的脾性。这门亲事是何家老爷做的主，何家老太爷可是考量了你们诣表哥的学问才点的头。真是再好不过的一桩姻缘了！"

周初瑾松了口气。周少瑾看着就抿了嘴笑。正巧沔大太太进来。看着笑靥如花的周少瑾，心里不知道多欢喜。长子支应门庭，何家大小姐端庄贤淑。等到再过两年，程诣娶了少瑾，她就可以安安心心地在家含饴弄孙了！她拉着周初瑾的手却对周少瑾道："何家大小姐我暗暗留心了很久，是个明事理的孩子，进了门肯定会和你们相处得好的。"

周少瑾哪里知道沔大太太在想什么，她和姐姐笑着颔首，都为程诣高兴。只是等到程诣见过程沔来给关老太太请安的时候，不免有些腼腆起来，惹得周氏姐妹咯咯直笑，把程诣笑得脸涨得通红，进也不是退也不是。

"你们两个！"关老太太笑嗔着替长孙解围，"来，到我这里来，别理你两个表妹，她们是替你欢喜呢！"

程诣点头，在周少瑾和周初瑾含笑的目光中硬着头皮坐到了关老太太身边。

"定了亲，就是大人了。以后行事，要更稳重才是。除了孝敬父母，爱护妻儿，还要照顾弟妹，知道了吗？"关老太太拉着程诣的手，说出了对长孙的期许。

"是！"程诣起身恭恭敬敬地给关老太太行了大礼。

关老太太欣慰地笑了笑，然后把定亲的事宜告诉了程诣："……我们这边，你父亲决定请了你池叔父和顾家大老爷做媒人，顾家大太太做全福人，你泸伯母帮你去提亲。"

周少瑾一愣，忍不住道："池舅舅回来了？"

"没有。"关老太太不以为忤，笑道，"我昨天晚上去了郭老夫人那里，郭老夫人已经答应了。"

难怪！周少瑾在心里长吁了口气。她派了樊祺注意程池什么时候回家，樊祺昨天来拜见她的时候都说还没有回来，但让池舅舅做媒人，她想想就觉得好奇怪。可如今程家在家的男丁里面就只有池舅舅和二房的老祖宗是两榜进士出身，二房的老祖宗肯定不会做这种事，那就只能让池舅舅去了。顾家大老爷如今是顾家书院的山长，只是不知道性子如何。如果是个八面玲珑的还好说，如果是个古板迂腐的，那程诣的婚礼……周少瑾想想都为程诣提心吊胆。

之后关老太太叮嘱了程诣些什么她都没怎么留心地听，只知道程诣不住地点头。

直到程诣走后，沔大太太安慰关老太太不要担心，说"诣儿在浦口住过些日子，我家里上上下下都很喜欢他，您就放心好了，不会为难他"的时候，她才回过神来。

按理，提亲的时候新女婿是要和媒人一起上门的。周少瑾自己的婚礼根本无心去管，别人的婚礼不过是去观礼，还从来没有参与过。程诣又像她哥哥一样，哥哥要成亲，她自然十分好奇。她想起梦中程诣定亲的时候，姐姐曾随泸大太太去何家送金钗，她问关老太太："下小定的时候，我能和姐姐一起跟泸舅母去浦口吗？"

下小定的时候，男方会到女方家里送金钗，男方的女眷这个时候可以派人跟着媒人一起去看新娘子。去看新娘子的可以是新娘子未来的婶娘、妯娌，也可以是小姑子。周少瑾和周初瑾勉强算是小姑子。

关老太太有些犹豫。周少瑾长得太漂亮了，去了那边肯定稳稳地压新娘子一筹甚至是几筹，就怕何家误会这是程家给新娘子的下马威。沔大太太倒觉得无所谓。万一周少瑾嫁了程诣，难道何风萍能一辈子都不见周少瑾？何况她早就跟自己家嫂嫂递过音了，说家里的两个表小姐都是一等的相貌，自家嫂嫂还曾道，让她把人领去看看，若真像她说的那么好，那她们两家再亲上加亲，把没有定亲的周少瑾说给她娘家的大侄子。要不是她透了口风，她嫂嫂说不定真的会过来相看周少瑾呢！

沔大太太就笑道："让她们去好了！我们少瑾这么漂亮，不怕别人看。"

周少瑾知道自己漂亮，可从来没有觉得自己比姐姐漂亮，因而对自己到底有多漂亮，就打了个很大的折扣，也就没有看出来关老太太到底在顾忌什么，还以为关老太太怕自己贪玩，到时候丢了程家的脸。听了沔大太太的话她忙道："外祖母，我一定听话，乖乖地跟在姐姐身后的。"

"那好，你跟着你姐姐去吧！"关老太太见儿媳妇都这么说了，肯定是有把握何家不会有想法，根本没有注意到自己没提要周初瑾跟着去送金钗，周少瑾就肯定地说出来周初瑾会去送金钗的事。屋子里的人也都没有注意。

大家欢欢喜喜地说着给程诣定亲的事，泸大太太过来了。和泸大太太一起来的，还有程笳。她进门就嚷："我也要去给诣大嫂子送金钗。"

"您别听她胡说。"姜氏头痛地抚了抚额，给关老太太行了礼，道，"她就是唯恐天下不乱。她要是去了，还不知道要闹出什么笑话来，到时候把我们家的脸都丢到浦口去了。"

程笳闻言委屈得眼泪都要出来了。

沔大太太看着明眸皓齿的程笳，心中一动，忙搂了程笳，对姜氏道："嫂嫂也是，我们笳丫头都及笄了，哪有您说的那么不懂事？"一面说，一面朝着姜氏使了个眼色。

姜氏这才把到了嘴的训斥咽了下去，拿出在家里拟好的提亲礼单递给了关老太太："您看看行不行？"

周初瑾接了过去，一字一句地念给关老太太听。

程笳早拉着周少瑾到一旁窃窃私语去了。她要说服周少瑾，也一起跟着去浦口。

长长的一串单子好不容易念完了，关老太太满意地称赞姜氏"办事稳妥、仔细"，笑着让周初瑾把单子递给了何氏，道："你再看看，若是没有什么添减的，就照着这单子上的东西准备吧！"

沔大太太也很满意，笑着向姜氏道谢，要拉了她去涵秋馆喝茶，商量些具体的事宜。

除了关老太太之外，大家又去了涵秋馆。路上，沔大太太把周少瑾几个甩在身后，不停地和姜氏耳语，有几次姜氏还回头看了程笳一眼。程笳还以为母亲在告诫自己不要顽皮，每次母亲回头的时候都冲着母亲殷勤地笑，只盼着母亲看在她这么巴结奉承的分儿上同意她和周少瑾一起去浦口给小何氏下定。

不承想回到家里还没有等她开口，母亲已告诉她："带你去可以，你若是做出一点点不着调的事，以后就休想我再带你出门。"程笳喜出望外，连声向母亲保证。

第二天，姜氏喊了裁缝进来给程笳做衣裳，又从自己的妆奁里挑了几件适合小姑娘戴的首饰，再次告诫了她一番，这才去忙程诣定亲的事。

程笳忙跑去告诉周少瑾。周少瑾也挺高兴的，但她此时没空理睬程笳，道："我要去寒碧山房抄经书了，等我回来我们再细说吧！"

· 183 ·

程笳看了看屋里的漏斗，道："这才刚过午时……你这么早过去做什么？"

周少瑾灵机一动，道："早点去了好早点回来啊！"

程笳不疑有他，忙道："那你快去快回。"

周少瑾让施香陪着她，自己匆匆去了寒碧山房——她刚得了信，程池回来了。她急着想知道集萤到底是回了沧州还是跟着程池回来了。

寒碧山房里，怀山正指使着小厮们卸箱笼，程池则和郭老夫人在屋里说话。

周少瑾拐进了旁边的茶房。碧玉和珍珠在茶房里坐着说话。周少瑾忙道："你们可看见集萤了？"

"看见了！"碧玉笑道，"她沉着个脸回屋去了，我喊她她都没应。"

周少瑾心中一沉，道："那我先去佛堂抄经书了。"碧玉送她出了茶房门。周少瑾从后面拐进了鹂音馆。

集萤的厢房大门紧闭，几个小丫鬟正手足无措地站在廊庑下，面面相觑。

周少瑾三步并作两步走了过去，沉稳地朝着几个小丫鬟点了点头，轻轻地拍着集萤的窗棂："集萤，是我，你怎么了？快开门！"

她还以为自己要多拍几次窗子，没想到她的话音刚落，窗棂就"吱呀"一声打开了。周少瑾差点没躲开，撞到了脸。可她哪里还顾得上这些，集萤像过了水的青菜，整个人蔫蔫的，眼睛更是又红又肿，好在她说话还很冷静："你来了！进来坐吧！"说着，去给周少瑾开了门。

周少瑾忙道："出了什么事？"

集萤又关了门，和她在屋里那张临窗的罗汉床上坐下，低声道："我回去见着焦子阳，他说，我们两家已经退了亲，但那是他父亲的意思，他除了我，谁也不会娶的。还跟我说，让我和他私奔……"

"千万不行！"周少瑾脸都白了，忙道，"聘者为妻奔者为妾！你可千万不能做出这种糊涂事来。你要真是想嫁他，宁可跪着求你爹娘，也不可跟着他就这样不明不白地走了。"

看见周少瑾焦灼的神情，集萤紧绷的面孔露出了一丝久违的笑容。

"我知道。"她的声音依旧很低，却多了一份柔和，"我又不傻。他说什么就是什么。我听他说的时候，就想，原来是因为我要给你池舅舅做十年的婢女，所以我也是同意退亲的。现在我既然回来了，焦子阳未娶，我未婚，与其像焦子阳说的那样和他私奔，我还不如去说服焦子阳他爹，让他同意我和焦子阳恢复婚约。"

周少瑾不禁松了口气，赞道："你可真行！马上就想到了办法。"

集萤微微地笑，道："你猜，我去焦家，发现了什么？"

周少瑾想到她宁愿回程家也不愿意待在家里，心里拔凉拔凉的，喃喃地道："难道，难道他已经成亲了？"

集萤笑道："成亲本是正常，那有什么好奇怪的？"那笑容，只挂在嘴角，目光却冰冷冰冷的，像出了鞘的剑，寒光四射。

周少瑾打了个寒战，道："那，那是怎么了？"